Estelle et Edwige,

Les Demoiselles de l'étrange

DU MÊME AUTEUR

Une Petite Fille magique, Schibboleth, 1988.
Bestialité, Fleuve noir, collection « Frayeur », 1995.
La Cabriole a disparu, Liv'Éditions, collection « Letavia Jeunesse », 1997. Prix de la Jeunesse.
Les Dialogues sans fin, Nouvelles éditions Mirandolle, 1998 (tirage limité).
Enfer privé, Sortilèges, collection « Les Anges du Bizarre », 1998.
Monseigneur Rat, Sortilèges, Les Belles Lettres, 1998.
La Statue de chair, Sortilèges, collection « Les Anges du Bizarre », 1998.
Cauchemar d'anniversaire, Rafaël de Surtis, 1998.
La Promeneuse, suivi de *Le Palais des jungles*, Sortilèges, 1999.
Les Deux Orphelines vampires, Films ABC, 2001.
La Petite Ogresse, Rafaël de Surtis/Edinter, 2001. Premier prix littéraire de l'Automnale du livre de Sury-le-Contal.
Gargouillis glauques, Rafaël de Surtis, 2001.
Tùatha, Les Belles Lettres, 2002.
Vies et aventures de Jean-Pierre Bouyxou, Films ABC/Rafaël de Surtis, 2002.
La Petite Fille au cerceau, Films ABC/Rafaël de Surtis, 2002.

À paraître

Vies et aventures de Jean-Pierre Bouyxou, e-dite et Films ABC, collection « Aventures et mystères » : n° 1, « La Femme spectrale », « Le Château de Blangis » ; n° 2, « Les Trois Moines rouges », « Notre Seigneur l'écorché ».
Coraline-Laurence, paramnésie du réel, suivi de *Tùatha* et de *Bestialité*, e-dite.

Jean Rollin

Estelle et Edwige,
Les Demoiselles de l'Étrange

Les Demoiselles de l'Étrange
La Résurrection des Demoiselles
La Nonne Sanglante
La Mort du Maître (inédit)

e-dite & films abc

Les cinquante premiers exemplaires de cette édition sont signés par l'auteur et l'illustrateur. Ils comportent une jaquette avec une composition originale de Véronique Djaouti.

ISBN 2-84608-108-5

4 avril 90

Cher Jean,
Merci de m'avoir envoyé « Les demoiselles de l'Étrange ». J'ai pris grand intérêt à lire le livre. Vous avez fait preuve de beaucoup d'imagination et de savoir poétique. Les descriptions nocturnes de Paris sont souvent dignes des Surréalistes. Et l'on retrouve cette petite fille magique qui a hanté vos précédents livres et qui est comme un souvenir de celle qu'a aimée votre mère, lorsqu'elle était enfant.
Avec mon fidèle souvenir,

Maurice Blanchot

PRÉFACE

« Ce ne sont que des pensées d'enfants ou d'adolescents. Les autres n'existent pas.
– Tu veux dire qu'il n'y a pas de véritable pensée à l'âge adulte ?
– Aucune. »

« La Nonne Sanglante ».

On ne saurait rêver meilleure introduction à l'œuvre foisonnante, feuilletonesque et surréaliste de Jean Rollin, que la lecture des aventures d'*Estelle et Edwige, les Demoiselles de l'Étrange*. On ne saurait rencontrer, à l'aube d'un siècle menacé par toutes les impostures et les brimades de la pensée unique et du matérialisme médiocratique, œuvre plus nécessaire à la défense de nos aspirations d'hommes libres, que celle du cinéaste écrivain, défricheur infatigable des contrées aujourd'hui les plus négligées de l'esprit : celles de l'enfance, du rêve, et de la subconscience.

À notre monde réel, qui chaque jour davantage s'essouffle et se mutile dans la frénésie suicidaire de ses sinistres jeux d'adultes, Jean Rollin oppose l'univers onirique de ses deux petites héroïnes, la radieuse incohérence, la spontanéité jubilatoire de leurs flamboyants jeux d'enfants.

Jeux de *dé*construction – comme ceux de leurs petites cousines, les Orphelines Vampires – ; déconstruction de la logique, ce redoutable aspic lové dans notre esprit, et dont la seule activité consiste à se mordre la queue ; déconstruction, par là même, des fondements du mal qui nous taraude : l'asséchante servilité à ce que le bourgeois comme le politique – mais aussi, hélas ! l'homme de la rue comme le penseur ou l'artiste « modernes » – ont réappris à révérer sous le nom d'« Ordre des choses ».

Le principal attrait – l'originalité profonde – des jeux d'Estelle et Edwige, est qu'à aucun moment ils ne reposent sur le classique antagonisme de parties adverses. Rien de moins belliqueux, de moins guerrier que ces jeux d'enfants là, dont les participants, quel que soit leur clan, se rencontrent sur la même aire du rêve et de la poésie, dans l'arène magique où se joue le destin d'une cause que tous aspirent à voir triompher : celle de l'imaginaire. Luttant pour son avènement, mais par des moyens différents, les Demoiselles, le Maître, et leurs adversaires, la Femme Mystérieuse, le démon Andras, Méduse ou la petite fille aux anglaises, ne se livrent un combat parfois sanglant, que pour apprendre à se connaître, et, finalement, *se reconnaître* les uns dans les autres. Aussi leur affrontement ressemble-t-il plus souvent à l'étreinte exaltée d'âmes en quête de fusion, qu'au haineux corps à corps d'ennemis irréductibles.

Combat parfois sanglant, ai-je écrit. Car ne nous y trompons pas : « la vie des Demoiselles de l'Étrange n'est pas un conte de fées », nous rappelle Jean Rollin dans le dernier chapitre, jusqu'alors inédit, de sa saga. « Elle n'admet aucune mièvrerie, et, si elle est poétique, c'est d'une poésie de sang et de mort. »

Là encore est marquée toute la différence entre les jeux d'enfants d'Estelle et Edwige et ceux du monde des adultes. Les couleurs violentes des premiers, l'extravagance de leurs joutes, la cruauté qui se manifeste dans ce qui n'en demeure pas moins un *simulacre*, ne sont elles pas aux antipodes des silences étudiés, des dissimulations précautionneuses, des fuites et des assoupissements coupables qui président à la barbarie et aux étripages – bien réels ceux-là, et autrement irrévocables – de nos amusements quotidiens ?...

Nul doute qu'entre les deux champs de bataille – celui de l'Ailleurs rollinien, et celui d'Ici-bas – le lecteur des aventures d'Estelle et Edwige n'hésitera pas à faire son choix. À moins que, téméraire, il ne se lance sur le second muni des armes récoltées lors de son voyage dans l'univers des Demoiselles... Mais tout le monde n'est pas Jean Rollin...

Au cours des dernières décennies, bien peu d'auteurs, à plus forte raison français, auront œuvré avec plus de constance et d'intégrité à la perturbation du sacro-saint « ordre établi », ni mis autant de célérité à réexpédier les idées reçues à leurs envoyeurs. Il faut voir dans cette attitude l'expression d'une fidélité sans contrainte à certains principes essentiels hérités – et moins perpétués qu'on voudrait nous le faire croire – de la révolution surréaliste. Fidélité qui se manifeste, non seulement dans l'évolution d'une démarche créatrice définie dès les premières œuvres, mais aussi dans l'attachement, que l'on a pu dire obsessionnel, à des personnages-fétiches, des figures emblématiques que leur géniteur se plait à faire revivre – littéralement à *ressusciter* – d'un livre à l'autre, d'un tome au suivant.

Estelle et Edwige ont vu leurs aventures se poursuivre, s'augmenter, s'accroître de nouveaux chapitres, en une quinzaine d'années d'écriture parfois longuement interrompue. Le présent volume offre au lecteur l'intégralité de leur saga – laquelle, selon les dires de l'auteur, n'est guère susceptible d'être poursuivie. Le dernier chapitre, « La mort du Maître », clôturerait définitivement l'histoire des Demoiselles. Et pourtant... imagine-t-on fin plus ouverte, plus prometteuse de merveilles inédites que celle qui nous est proposée par cet auteur si peu soucieux des clôtures et des limites – fussent-elles celles que la mort nous oppose ?

Une chose est sûre : quand bien même leur créateur joue-t-il à *en finir* avec ses Demoiselles, ses admirateurs, eux, ne sont pas prêts à mettre un terme à leur existence échevelée, et il y a gros à parier qu'Estelle et Edwige poursuivront leurs pérégrinations dans l'imaginaire de très nombreux lecteurs.

Car comment ne seraient-elles pas éternelles, ces héroïnes investies de cette force essentielle, définie par Rollin dans un livre à paraître : cette « magnifique énergie qu'il faut pour accepter le rêve et le transformer, par le seul et impérieux désir, en réalité, en présent, maintenant, demain comme hier, et aujourd'hui à jamais[1] » ?...

Pascal Françaix

1. Jean Rollin, *Coraline-Laurence, paramnésie du réel*, roman inédit.

LES DEMOISELLES DE L'ÉTRANGE

LES ENSEVELIES

En lévitation à quelques de mètres du sol, le Maître méditait depuis le matin.

On aurait pu le croire mort, mais les fidèles de ce monastère isolé à l'extrême pointe est du Tibet savaient que le Maître voyageait, que son esprit, malgré les apparences cataleptiques du corps, était en éveil, lucide, aigu, pénétrant.

Seul le mental du Maître voyageait, mais aucun des fidèles ne se serait risqué à ouvrir la petite porte basse, en bois poli, qui donnait accès à la salle où il méditait.

Cette salle couvrait toute la longueur du monastère. Comme un grenier, elle supportait la toiture, avec ses énormes poutres.

Tout était en bois. La charpente, le plafond, le sol.

Seuls quatre petits vasistas permettaient à la lumière du jour d'entrer. Quand il faisait soleil, quatre rais de lumière trouaient le vide. Il n'y avait aucun meuble, aucune marche, aucune décoration, juste ces ouvertures sans vitres, par lesquelles entraient le jour et le froid de l'hiver ou la chaleur de l'été.

Au sol, la fine poussière qui recouvrait les lattes du plancher n'était souillée que par une trouée d'à peine un mètre : c'est là que le Maître s'asseyait chaque jour, avant de s'élever doucement presque jusqu'au plafond.

Cette salle vide avait bien vingt mètres de hauteur. Il arrivait que le Maître restât la journée entière suspendu dans le vide, à méditer ou à voyager.

C'était le cas ce jour-là. Derrière la porte basse, passait de temps à autre un des fidèles du monastère. Il s'arrêtait, collait son oreille contre le bois, écoutant, afin de savoir si le Maître était revenu ou s'il voyageait toujours… Dans le premier cas, on l'entendait aller et venir, ses pas faisant grincer le plancher.

Dans le second cas, c'était le silence le plus absolu, et alors le fidèle s'éloignait, poursuivant son chemin.

Soudain, la paupière gauche du Maître tressaillit légèrement. Puis la paupière droite. Il revenait… Alors il commença à redescendre lentement vers le sol.

Personne n'avait jamais assisté à son élévation ou à sa descente. Mais c'était un spectacle surprenant : on aurait dit qu'une main le soutenait, et s'abaissait vers le bas, sans que le corps bouge.

Le Maître posa son corps exactement là où la poussière était écartée, c'est-à-dire là où il s'asseyait chaque jour.

Il resta un moment encore immobile, laissant à son esprit le temps de se répandre dans son enveloppe physique, puis, ses forces revenues, il ouvrit les yeux, souriant au bois, aux poutres, aux rais de lumière, aux fines poussières qu'elles faisaient danser, aux craquements des solives, au poids de son corps qu'il retrouvait chaque fois avec le même amour.

En se courbant, il passa par la porte basse et sortit dans le couloir, puis il gagna sa chambre, saluant chaque fidèle qu'il rencontrait. Et il les rencontra tous, car chacun savait que c'était son dernier jour, comme il l'avait annoncé la veille.

Dans sa chambre, il s'allongea sur le lit, et de nouveau ferma les yeux, mais cette fois définitivement : il venait de mourir.

Le corps du Maître fut enfermé dans un cercueil de bois simple, de ce même bois dont était faite la charpente du monastère.

Et une lente caravane de fidèles descendit de la montagne, jusqu'à la ville, où le cercueil fut à son tour enfermé dans un réceptacle en acier plombé, pour être rapatrié là où le Maître était venu au monde, afin qu'il repose à jamais dans le caveau de sa famille.

Plusieurs jours passèrent, et enfin, par une belle et triste matinée d'automne, le cadavre du Maître rouvrit les yeux.

En même temps, des sensations lui arrivaient, mais aucun bruit, le silence mugissait dans ses oreilles, la nuit illuminait ses yeux, le froid de la vie pesait sur son corps...

Il lui fallait voir, il lui fallait entendre, pour que son corps et son esprit se coordonnent à nouveau... Il se leva, repoussant acier mal scellé, bois mal enclos, et ne tarda pas à se heurter aux marches de pierre qui conduisaient vers l'extérieur.

Quelques instants plus tard il se tenait devant l'entrée du tombeau, il voyait les feuilles rouges de l'automne, il entendait les oiseaux de l'automne, il sentait les odeurs de l'automne, le vent qui là-bas soulevait les feuilles mortes, le vent de l'automne, tournait autour de lui, sur lui, en lui.

Il était vivant.

À pas lents, serrant contre lui les pans du suaire qui l'enveloppait, il traversa le petit cimetière vers la grille qui en marquait l'entrée.

En passant, il laissait errer son regard sur les inscriptions des tombes, sur tous ces noms inconnus qui étaient pourtant ceux des gens de son pays. Mais le Maître avait été absent si longtemps…

Mêmes les vieilles pierres moussues, les plus anciennes, couvertes d'herbes, fendues, craquelées, effritées, lui étaient étrangères.

Ses pieds nus faisaient bruire les feuilles mortes, rouges, jaunes, vertes encore, amoncelées dans l'allée centrale. Rares étaient ceux qui avaient marché là, depuis que son corps avait été descendu dans le caveau. Il arriva près de la grille.

Le cimetière se trouvait à l'orée d'un petit bois. Il était abandonné depuis longtemps. Il avait fallu le retour du corps de cet enfant du pays pour que l'on rouvre ce caveau. On nommait cet endroit « l'ancien cimetière ». Nul ne venait plus à l'orée du bois.

Pourtant, il fallait que quelqu'un vînt.

Le Maître était revenu, mais il ne pouvait agir seul. Il fallait qu'on lui ouvre la porte pour qu'il puisse sortir.

Faute de quoi il devrait errer dans cet enclos.

Plusieurs jours passèrent ainsi.

Chaque matin, le Maître s'en venait à la grille, enfermé dans son drap blanc. Il s'asseyait sur la tombe la plus proche de l'entrée, et attendait. Quelquefois il voyait au loin un paysan qui passait, avec une charrette ou un fusil, et alors le bois retentissait des coups de feu des chasseurs. Ou encore ses yeux devinaient un couple d'amoureux contre un arbre. Mais aucun ne s'en venait jusqu'à l'ancien cimetière.

Là-bas, tout au bout du monde, dans le monastère du Tibet, les fidèles se réunissaient chaque jour dans la grande salle où jadis le Maître aimait entrer en lévitation. Et tous se concentraient sur son image, car tous savaient maintenant que dans son pays, en France, il s'était réveillé et de nouveau habitait son corps.

Et tous étaient visités par l'image claire, nette, lumineuse du Maître enroulé dans son drap blanc, assis sur la vieille pierre tombale, près de la grille, attendant le passage d'un ami inconnu.

À la nuit tombée, le Maître regagnait son tombeau dans le mausolée familial, afin de méditer jusqu'à la prochaine aube.

Et le cycle se poursuivait, jour après jour, semaine après semaine, sans que jamais quelqu'un passe devant l'ancien cimetière.

Ce fut la fin de l'automne et les premiers jours de l'hiver.

Un soir, il faisait déjà nuit noire, comme le Maître se levait pour regagner son tombeau, il s'arrêta, le dos tourné à la grille, après quelques pas dans l'allée.

Il n'était pas seul. Il sentait une présence…

Un être vivant qu'il n'avait pas vu, qu'il n'avait pas entendu, venu sans doute par le bois, et assis au pied de l'arbre le plus proche, à quelques mètres de la grille.

Un promeneur qui avait dû arriver quand il faisait déjà sombre, et sans bruit, sans être vu du Maître mais aussi sans voir lui-même le Maître, ce qui était étrange : enveloppé dans son drap blanc, pieds nus, s'éloignant entre les pierres tombales, il ne pouvait passer inaperçu.

Mais rien ne troublait le silence de la nuit.

Le Maître resta un moment immobile, tournant le dos à l'inconnu mystérieux, afin d'essayer de le contacter avec son esprit, de le deviner, de le sonder, de le rassurer, pour qu'il soit prêt à la rencontre. Mais il ne trouva rien à quoi s'accrocher.

Aucune personnalité humaine, aucune réaction, aucune émotion. Rien. Pourtant quelqu'un était là, assis au pied de cet arbre. Mais ce quelqu'un était comme vide, il n'avait pas conscience de la présence physique du Maître non plus que de sa présence mentale.

Et, pour la première fois, le Maître fut décontenancé.

Alors il se retourna et s'approcha de la grille, fouillant avec ses yeux l'obscurité du bois.

Au pied du gros arbre qui semblait baliser la limite de la forêt, il vit non pas une mais deux petites silhouettes assises, parfaitement immobiles, regardant devant elles sans paraître le remarquer, deux silhouettes qui respiraient normalement, deux silhouettes vivantes et humaines enfin, ni surprises ni effrayées par sa présence insolite.

Le Maître cligna des yeux, habituant son regard à la nuit, et enfin, il vit. Mais tout ce qu'il vit ce fut deux jeunes filles. On aurait presque dit des enfants, assises sagement, le regard perdu. Elles étaient simplement vêtues, mais pas comme des filles de paysans. Jupes et chandails. Un chandail de laine bleue, un chandail de laine rouge, deux jupes gris clair. Rien qui puisse indiquer qui elles étaient ni d'où elles venaient.

Une fois encore, le Maître projeta son mental, cherchant à fouiller leurs esprits, s'introduisant dans leurs têtes. Sans résultat autre que de lui donner une forte migraine.

Les deux filles ne réagirent pas, comme si elles n'étaient que des mannequins privés de conscience, incapables de sentir les investigations intérieures auxquelles se livrait le Maître.

Alors il les appela :

– Mesdemoiselles ! Mesdemoiselles !

Elles tournèrent les yeux vers lui.

– Est-ce que vous m'entendez ?

Rien, juste ce double regard indifférent.

Stupéfait, il ne dit plus rien. Au bout d'un moment, elles se levèrent et s'en furent, dans la direction du village, d'un pas tranquille et égal, se tenant par la main, sans se retourner.

Le Maître resta bouche bée. Et, quand il fut certain qu'elles étaient parties, il regagna son mausolée en hochant la tête.

Au matin, les fidèles, dans le monastère du Tibet, reçurent une image du Maître un peu différente de celle qu'ils percevaient dans leurs têtes, chaque jour, au moment où ils méditaient sur lui.

Il n'était plus assis sur la pierre tombale près de la grille, mais debout, scrutant le lointain, là où des filets de fumée laissaient deviner un village…

Tout le jour il resta là à guetter.

Au soir, comme il allait regagner son tombeau, il s'arrêta : sans qu'il les ait senties venir, elles étaient là.

En effet, quand il se retourna, les deux filles étaient assises au pied du même gros arbre, dans la même posture que la veille, les yeux dans le vague, mais dans la direction du Maître qu'elles ne pouvaient pas ne pas voir.

Il s'approcha et les regarda, captant le regard des quatre yeux. Comment faire pour obtenir une manifestation qui lui prouvât qu'elles réalisaient sa présence ? Il chercha autour de lui. Il restait quelques fleurs encore vivantes, en ce début d'hiver. Notamment de ces grandes marguerites bêtes que l'on dirait fausses, et qui poussent par petites touffes de cinq ou six, quand ce n'est pas par champs entiers. Elles sont hautes de près d'un mètre, leur tige est dure, recouverte d'un duvet piquant, énervant pour les doigts, presque urticant. Le Maître en arracha une, tige et racine, la passa entre les barreaux de la grille, et la jeta sur les genoux de la fille au chandail bleu.

Pendant un moment, il ne se passa rien, puis la fille baissa les yeux, regarda la fleur en travers de ses genoux, la prit dans sa main, et enfin la tint comme un cierge, sans plus s'en préoccuper.

Un petit moment passa encore, puis la seconde fille, celle avec le chandail rouge, tourna les yeux vers sa compagne, vit la fleur qu'elle tenait, tourna la tête vers le Maître, et tendit la main vers lui.

Il poussa un soupir de soulagement.

Et, là-bas, à l'autre bout du monde, tous les fidèles du monastère qui étaient en méditation depuis le matin afin d'aider le Maître, poussèrent un soupir de soulagement eux aussi.

Parce que cette suite de regards et de gestes montrait qu'il y avait tout de même une sorte de relation réfléchie entre ce que les yeux des filles voyaient et leur comportement.

Souriant, le Maître alla cueillir une seconde marguerite et la lança sur les genoux de la fille au chandail rouge. Elle la regarda, puis, comme l'autre avait fait, elle la prit dans sa main, la tenant elle aussi comme un cierge, sans plus y faire attention.

Et leurs yeux se perdirent dans le vague.

Et leurs regards devinrent fuyants.

Et leurs esprits un instant entrebâillés se fermèrent jusqu'à la nuit.

Et, à la nuit, elles se levèrent, se tenant par une main, serrant chacune une marguerite dans leur autre main, et s'en furent vers le village sans se retourner, malgré les appels désespérés du Maître.

Cette fois encore, il regagna son mausolée en hochant la tête.

À l'autre bout du monde les fidèles s'en allèrent coucher, jusqu'au matin où ils reprirent leur méditation et où l'image du Maître attendant ses deux jeunes filles leur apparut.

Il fallait en finir.

Le Maître avait décidé que ce serait elles qui lui ouvriraient la grille, et il n'en démordait pas. Comme il s'y attendait, quand arriva le soir elles revinrent. Mais cette fois, il les guettait et il les vit sortir du bois, toutes de silence et d'absence, toutes de vide, comme si elles n'étaient pas là. Dès qu'il les vit, il comprit qu'il était, avec ses marguerites, parvenu à éveiller leur attention. Et qu'elles possédaient la mémoire, car à peine arrivées, avant même de s'asseoir au pied du gros arbre, elles le regardèrent, puis regardèrent en direction du bouquet de fleurs : visiblement elles attendaient que cette fois encore le Maître leur jetât à chacune une marguerite.

Elles étaient venues les mains vides.

Le Maître cueillit deux tiges, mais resta là où il était, à quelques pas de la grille. Alors les filles s'approchèrent et tendirent les mains, avec un bel ensemble, vers les marguerites qu'elles voyaient entre les doigts du Maître qui jouait avec.

Le Maître leur fit signe de venir plus près.

Elles touchèrent la grille de leurs doigts pointés devant elles, comme des aveugles l'auraient fait… Et elles poussèrent, et la grille s'ouvrit. Elles entrèrent, le Maître enfin délivré souriait. Il les prit dans ses bras, les serrant contre lui, il sentait leurs corps d'êtres vivants, d'être réels. Elles s'emparèrent avec une douceur timide des fleurs qu'il tenait, et ils sortirent du cimetière tous les trois, lui entre elles, les tenant chacune par une main.

Ils partirent à travers champs, vers un épouvantail que le Maître avait repéré depuis longtemps et qui était habillé d'une veste et d'un pantalon.

C'est un grand bâtiment triste que l'orphelinat près du village. Là habitent pourtant les deux protégées du Maître, c'est là qu'elles le conduisent, avec cette douceur insistante qui est la leur.

Le Maître est maintenant en possession de tous ses pouvoirs, il va retrouver son identité, sa position sociale, même factice.

Chaque jour, à l'heure où elles se rendent au petit bois devant le cimetière, il les attend devant la porte de l'orphelinat. Elles le savent, et aussitôt dehors, elles vont jusqu'à lui, d'un même pas tranquille et en apparence indifférent, le visage sérieux, le regard lointain et vide. Mais leurs mains viennent toutes seules se placer dans les siennes, chacune d'un côté.

C'est comme si elles se livraient. Elles cessent tout à coup, dès qu'il les tient, de bouger par elles-mêmes, attendant qu'il les guide. Ce n'est pas l'abandon de toute volonté, de toute initiative, de toute liberté, c'est comme un cadeau chaque jour renouvelé, redonné, et elles sont le cadeau.

Pourquoi les a-t-on gardées là, ces deux filles dont l'esprit n'a pas évolué en même temps que le corps ? Muettes, absentes, ensevelies dans un état de néant vague. Elles ne régressent pas, simplement elles « existent » comme ça, elles ne se quittent jamais, chacune paraissant prendre dans la présence de l'autre une sorte d'acceptation de vivre.

Ce qui vit, ce qui est animé chez elles, ce sont leurs mains. Peut-être qu'elles ne peuvent voir que l'intérieur de leurs têtes, car leurs yeux sont vides et lointains, peut-être que le toucher plus que la vue leur indique notre réel, qu'elles tolèrent à côté du leur, en le caressant distraitement de leurs doigts. Ainsi elles prenaient les marguerites, elles ouvraient la porte du cimetière pour que le Maître puisse sortir, ainsi elles calmaient leurs mains en les enfermant dans les siennes comme dans une boîte, ainsi, quand elles sortent de l'orphelinat, se tiennent-elles par la main en allant vers le Maître qui les attend.

Mystères de l'administration, toujours est-il que les deux innocentes venant d'on ne sait où et allant vers nulle part, découvertes un jour au coin d'un chemin, sont restées dans cet orphelinat pour enfants, plutôt que d'être mutées dans un centre spécialisé. On leur confie de menues tâches, on les laisse sortir pour se promener, elles reviennent toujours, on les aime bien. Elles ont au poignet de simples plaques d'identité qui portent les noms par lesquels on les désigne : Estelle et Edwige.

Ce ne sont pas deux sœurs, elles ne sont mêmes pas parentes semble-t-il, mais le vide les rend semblables, et l'union de leurs mains est leur sécurité. Ce lien n'est pas brisé quand le Maître est entre elles, car ses mains à lui servent de relais entre leurs mains à elles.

Pendant des semaines, il va chez le notaire, en sortant de l'orphelinat où il les a ramenées après leur silencieuse promenade quotidienne.

Il se fait reconnaître, retrouve sa position. Il devient une espèce de notable en faisant, Dieu sait comment, la preuve qu'il est le frère de celui que l'on a enterré dans l'ancien cimetière. Le frère lointain revenu pour faire valoir ses droits.

De démarches en expertises, de duplicata en extraits de registres, il acquiert enfin une existence légale. Nul ne peut plus s'opposer à la procédure d'adoption qu'il a engagée.

Elles ne possèdent presque rien. Quand elles quittent l'orphelinat, chandails et jupes plissées bleu marine, chaussettes blanches et souliers plats, tenues offertes par l'administration, elles ne tiennent qu'une toute petite valise en carton chacune.

Indifférentes, elles poursuivent le rituel, séparent leurs mains pour les confier à celles du Maître. Et tous trois s'éloignent, mais cette fois ils ne reviendront pas.

Là-bas, depuis longtemps, les fidèles du monastère tibétain ne sont plus visités par la triste image du Maître enveloppé dans son linceul, assis sur sa pierre tombale. Mais ils suivent sa promenade en compagnie des deux muettes, et ces étranges demoiselles provoquent chez eux une émotion et une tendresse qui ressemblent bien à un état d'amour absolu.

C'est que le Maître ne pouvait être libéré que par un être innocent, donc totalement sans défense. Et ces deux inconnues sont tout cela, elles seules pouvaient l'être, car elles existent sans pensée, sans réflexion, sans analyse, sans passé ni souvenirs.

D'ensevelies dans l'obscurité première, elles vont devenir d'étranges demoiselles que guette l'ange du Bizarre.

C'est une sorte de carriole de louage dans laquelle le Maître installe Estelle et Edwige. Comme il va monter, il s'arrête un moment pour les contempler, bien rangées côte à côte sur la banquette, main dans la main, regard lointain et vide. Il hoche la tête. Un bref instant, il doute. Ouvrant son esprit à ceux du monastère, il est sur le point d'interroger : comment pourra-t-il faire avec ces deux perdues ? Mais il constate avec surprise que l'esprit de tous les monastiques, à travers le sien, regarde les deux muettes sur leur siège… s'assemble tout autour de leurs visages inexpressifs, de leur allure de noyées, de leurs yeux vides et de leurs mains aux doigts entremêlés.

Alors le Maître n'hésite plus, il contourne la carriole, au passage il caresse machinalement le vieux cheval qui attend, attelé au véhicule, et grimpe sur le siège côté conducteur. Il secoue les rênes, le cheval avance à pas lents, traînant à sa suite, sur le chemin de la gare, le Maître et ses deux absentes, que ce dernier doit ressusciter avant de prendre le train pour Paris.

Ils sortirent du village.

Alors, tout doucement, aussi doucement que le moindre de leurs gestes à elles, quand elles prenaient les fleurs ou les mains, il se glissa dans leurs têtes, s'insinua avec toute la tendresse dont il était capable dans leurs esprits fermés, clos, cadenassés. Et il passa, d'un seul coup, comme on entre dans l'eau quand on plonge.

Il se tint là, à l'intérieur, debout, immobile, afin qu'elles puissent le reconnaître.

Elles ne frémirent même pas. Mais leurs regards parurent se faire un tout petit peu moins lointains. Il attendit. Lentement, sa présence se faisait jour dans leurs têtes. Alors, les quatre yeux firent le point sur le monde tout autour, sur le cheval, sur le chemin, sur les arbres de chaque côté de la route, sur la campagne au loin. Leur regard vide avait tout à coup basculé dans ce monde, l'appréhendant sans encore en prendre conscience. Et elles réagirent comme par la suite elles devaient le faire en toute occasion : lentement, elles tournèrent la tête et se regardèrent. Longuement, comme si en découvrant l'existence du monde elles commençaient par se découvrir, comme elles n'avaient pu survivre l'une sans l'autre.

Le Maître ne disait toujours rien : il reposait dans leurs têtes, et il assistait à leur retour lent et périlleux. Et tous les habitants du monastère retenaient avec lui leur souffle, n'osant respirer de peur d'interrompre ce retour si fragile.

Alors il y eut une sorte de grand cri muet, car à cet instant précis toute l'innocence du monde était d'un seul coup précipitée sur le siège de la carriole côté passagers : Estelle et Edwige se souriaient.

Oh, pas un grand et large sourire, mais un minuscule étirement du coin des lèvres. Pourtant, les deux visages en devenaient vivants.

Ce fut un éveil fugitif, car à ce moment le Maître quitta l'intérieur de la tête des demoiselles, afin de les laisser à elles-mêmes.

Et le sourire s'en alla, et le regard redevint lointain et vague, et c'était à nouveau deux ensevelies, deux englouties, qui étaient assises sur le siège avant de la carriole en route vers la gare.

Le Maître soupira. Il fallait poursuivre. De nouveau, il entra dans leurs têtes.

Cette fois encore, elles s'éveillèrent, un peu plus, et il se retira si doucement qu'elles restèrent éveillées. Il savait qu'au moindre choc, à la plus petite maladresse, elles s'enfuiraient pour se cacher dans leur absence et que cette fois ce serait incurable, qu'elles seraient parties à jamais. Il pensa : « Que dire pour retenir deux si jeunes demoiselles, si étranges, si innocentes, si enfantines ?... »

Le jeu est le privilège de l'enfance, et le Maître savait cela. Il dit :

– Vous voulez jouer ?

Elles ne bougèrent pas, mais on aurait dit qu'elles réfléchissaient au sens de ses paroles. Puis, sans le regarder, sans faire un mouvement, d'une voix parfaitement neutre, atone, Estelle parla :

–Jouer.

Sans interrogation, sans exclamation, sans rien, elle prononça « jouer ».

Peut-être ne faisait-elle que répéter le dernier mot de sa phrase. Mais peut-être aussi le comprenait-elle.

Il y eut un instant de silence, et à son tour Edwige parla. Elle dit :

– Jouer à quoi ?

Cette fois, il y avait bien un ton légèrement interrogatif, qui montrait clairement qu'elle avait compris, qu'elle répondait à la proposition du Maître, et que pendant le silence qui avait précédé la réponse, Estelle et Edwige s'étaient consultées de quelque mystérieuse façon. Le Maître continua cette incroyable conversation :

–Jouer aux mystères.

Nouveau silence, puis nouvelle phrase atone d'Estelle :

–Comment on joue aux mystères ?

–Je dois résoudre les énigmes. Je suis venu pour faire reculer ce que le Mal dresse tout autour de nous. Je suis venu... pour vous chercher et vous faire trouver la cachette des mystères.

Elles se turent, et le Maître pensa fugitivement qu'il avait été, comme elles, enseveli. Soudain elles se regardèrent, et se mirent à parler comme si le Maître n'existait pas, comme si elles continuaient une conversation engagée longtemps auparavant, et qui n'avait jamais véritablement cessé, mais qu'elles poursuivaient maintenant à haute voix :

–Tu rêves ?

–Bien sûr, je rêve, puisque je parle.

–À quoi tu rêves ?

–Je rêve que je rêve.

–Et dans le rêve de ton rêve, tu rêves quoi ?

–Je rêve que je rêve que je rêve que je rêve...

Le Maître avait la tête qui lui tournait.

Le cheval hennit.

Estelle et Edwige se turent, retombant dans une sorte de mutisme absent. Sentant qu'il les perdait à nouveau, le Maître les secoua. Leurs mentons se plissèrent, elles se mirent à pleurer et à renifler : elles entraient dans la vie.

Quand ils arrivèrent à la gare, non seulement Estelle et Edwige parlaient entre elles presque couramment, mais elles s'adressaient au Maître avec une familiarité déconcertante. Et lui, il tremblait d'émotion quand elles le regardaient avec cet air sérieux et pénétré qu'elles avaient. Mais tout de suite après, juste après, comme si le fait de l'avoir regardé les avait un peu plus rassurées, ancrées dans leur certitude de sa présence, il arrivait qu'elles éclatent de rire et échangent leur habituel coup d'œil.

Se tenant par la main, elles traversaient la place menant à cette gare de province, passant devant les boutiques sans s'arrêter, à la suite du Maître qui portait les valises.

Soudain, elles firent halte. Elles ne dirent rien, mais leur expression devint grave, on aurait pu dire intérieure, pénétrée de quelque chose qui venait de se manifester.

Le Maître se retourna, vit ce qui se passait, les rejoignit, les observa. Elles écoutaient la musique qui sortait d'une boutique de disques et cassettes et qui provoquait cette étrange réaction.

Le Maître n'avait pas une culture musicale très étendue, mais pourtant il identifia assez vite la première *Gnossienne* d'Erik Satie.

Il était peu probable qu'Estelle et Edwige connussent cette musique.

Tout ce qui avait précédé leur éveil dans la carriole avait glissé sans laisser d'empreinte. De plus, ce que l'on pouvait jouer au village ou à l'orphelinat était d'un autre genre.

Bientôt on n'entendit plus le piano : la vendeuse avait tout simplement changé de cassette.

Estelle et Edwige reprirent leur marche et leur conversation, comme si de rien n'était. Le Maître de son côté fit celui qui n'avait rien remarqué, et se dirigea vers la gare. Mais il était intrigué. La première *Gnossienne* d'Erik Satie avait éveillé une sorte de trouble intérieur chez ses deux demoiselles.

Il attendit que tous trois soient installés dans un compartiment et que le train roule dans la campagne pour faire allusion à l'incident :

– Vous connaissiez cet air de piano tout à l'heure ?

Elles secouèrent la tête.

Puis, sans crier gare, comme une chose qui s'arrête, Estelle demeura immobile, fixe, sans âme, les yeux dans le vide : elle était redevenue l'idiote du village qu'elle était avant la rencontre avec le Maître.

Edwige vit cette transformation et, alarmée, lui saisit le bras et la secoua énergiquement. C'était la première fois qu'elles n'avaient pas la même réaction, et cela terrifiait Edwige.

Estelle revint comme on s'éveille brusquement, tourna aussitôt la tête vers Edwige pour la regarder, et le mystérieux regard de complicité se produisit une fois de plus. Rassurée, Edwige demanda :

–Où étais-tu ? Comme avant ?

–Comme tout à l'heure.

C'était une allusion à l'incident Erik Satie. Le Maître n'intervint pas, et, se tenant fermement par la main, les demoiselles quittèrent le compartiment sans plus prêter attention à leur compagnon, comme elles faisaient chaque fois qu'un conciliabule devenait nécessaire.

Dans le couloir, elles se plongèrent dans la contemplation du paysage, collées contre la vitre. Elles ne se regardaient pas, mais leurs mains étaient fortement serrées l'une dans l'autre.

Le Maître les observait sans en avoir l'air, du coin de l'œil. Il voyait leurs lèvres bouger : elles se parlaient. Elles conversèrent longtemps, puis revinrent dans le compartiment. Elles s'assirent en face du Maître et leurs yeux pétillaient.

–On a vu des choses, dit Estelle.

–Des choses qu'on verra pour de vrai un jour.

Dans le train qui les emporte à toute vitesse vers Paris, le Maître et les demoiselles jouent comme savent jouer les enfants, jouer avec l'étrange, jouer avec le danger, jouer avec la vie et la mort.

Cette fois c'est le jeu des devinettes, le jeu de l'hypnose. Le Maître a compris qu'Estelle et Edwige, grâce à la musique entendue par hasard, ont eu des visions, une sorte de voyance prémonitoire. Elles sont toutes deux médiums. Et, afin de les aider, il vient de capter leur attention et de les mettre dans cet état entre le sommeil et le rêve qui est celui de l'hypnose. Elles parlent, elles disent les images qui, tout à l'heure, les ont traversées alors que ces images n'existent pas encore, sont des possibilités du futur qui n'interviendront peut-être jamais dans le réel. Mais ces personnages et ces lieux s'imposent avec assez de force pour que ce possible devienne probable :

–La musique… le piano… Il y a un grand piano à queue… c'est la nuit, il est dehors et quelqu'un joue cette musique…

–Il y a aussi une tombe enfouie dans la végétation… la tombe d'une petite fille…

–Maintenant c'est une tour, haute, seule, droite, avec des gargouilles de pierre… une chose menaçante l'habite…

–Un autre train… Avec une femme… le visage caché par un masque blanc…

–Et un jeune homme… un ami… pourchassé…

–Encore une tour… deux tours cette fois ! Dans la campagne…

–Et des pierres dressées…

–Et la mer, et une île, et des carcasses de bateaux, et…

C'était fini. Elles ne disaient plus rien, elles attendaient. Le Maître doucement les tira du faux sommeil, et tous trois se sourirent.

Il ne fit aucune allusion à la voyance. Il dit simplement :

–Nous arrivons à Paris. J'ai loué un appartement. Nous y vivrons tous les trois.

–Et le jeu ?

–Notre vie, toute notre vie, sera le jeu.

Estelle et Edwige sont aujourd'hui vives et gaies, épanouies, ravissantes, espiègles.

Une certaine atmosphère les environne pourtant, si bien qu'on les surnomme, du moins les rares privilégiés qui les connaissent, les Demoiselles de l'Étrange.

LE MYSTÈRE SOUTERRAIN

Ce matin-là, dans l'appartement du Maître à Paris, Estelle et Edwige, les Demoiselles de l'Étrange, se réveillèrent de mauvaise humeur. Sans raison apparente. Simplement, quelque chose flottait dans l'atmosphère qui les agaçait, les mettait mal à l'aise.

Pourtant, elles sautèrent de leurs lits avec grâce : Estelle dormait dans celui du haut, Edwige dans celui du bas. Les lits superposés étaient étroits, comme des lits d'enfants, et les gracieuses Demoiselles aimaient bavarder en penchant leurs têtes l'une vers le haut, l'autre vers le bas, jusque tard dans la nuit, quand le Maître les croyait endormies.

Elles préparèrent le thé et, Estelle portant le plateau, Edwige la corbeille avec les croissants, elles traversèrent le grand appartement en direction de la bibliothèque où le Maître prenait son premier repas de la journée.

Les Demoiselles occupaient les pièces du nord, le Maître celles de l'est. Entre ces deux groupes de pièces, un long couloir sombre, flanqué de diverses commodités. Comme la cuisine, par exemple. Les pièces réservées aux Demoiselles possédaient, outre la chambre à coucher, une salle de bains particulière, un petit salon, une entrée, une porte palière indépendante.

Pour les appartements de l'est, les Demoiselles ne connaissaient que la bibliothèque, et supposaient l'existence d'une seconde porte palière, elle aussi indépendante. En fait, il s'agissait probablement de deux anciens appartements que l'on avait reliés par ce long et sombre couloir, qui au début avait effrayé les jeunes filles. Il était chichement éclairé par quelques ampoules.

Estelle et Edwige arrivèrent devant la porte de la bibliothèque et l'entrebâillèrent. Estelle risqua un œil, mais ce qu'elle put voir la fit reculer vivement. Adoptant aussitôt un chuchotement de circonstance, Edwige demanda :

– Qu'est-ce qu'il fait ? Il médite ?

– Non, ses yeux sont ouverts, mais… il a une drôle d'expression !

– Pousse-toi, que je regarde !

– Non non, tu vas le déranger.

– Chut, tais-toi, laisse-moi faire.

La malicieuse Edwige repoussa Estelle et glissa à son tour un œil dans la bibliothèque.

Le Maître était assis bien droit sur une simple chaise, les mains posées à plat sur les genoux, dans une attitude qu'il affectionnait pour méditer. Mais, comme l'avait remarqué Estelle, ses yeux étaient bien ouverts, et il était évident qu'au lieu de méditer, il réfléchissait. Il se leva et arpenta la pièce deux ou trois fois, regardant les livres qui couvraient tous les murs à l'exception de la porte. Cela fait, il sembla « choisir » un de ces murs, en apparence semblable aux autres et lui aussi couvert de rayonnages supportant de lourds volumes, du sol au plafond. Il tourna alors le profond fauteuil de cuir qui, avec la chaise et un lutrin ancien, composait l'unique ameublement. Le fauteuil se trouva ainsi faire face au mur qui retenait l'attention du Maître.

Estelle et Edwige échangèrent un regard d'incompréhension.

Le Maître s'installa dans le fauteuil, et s'abîma dans la contemplation du mur plein de livres.

Les Demoiselles entrèrent alors en communication mentale afin de ne pas troubler par leur bavardage les réflexions du Maître. Estelle, sans doute plus réfléchie qu'Edwige, proposa un semblant d'explication :

– Peut-être qu'il a « senti » quelque chose. Comme nous.

– Nous, on a senti quelque chose ?

– La mauvaise humeur sans raison... Ça veut dire qu'il y a des effluves dans l'air... des ondes perturbantes...

– Et tu crois que c'est ça qui le fait réfléchir avant le thé ?

– Attends... je crois qu'il va parler.

La voix du Maître brisa le silence. De l'intérieur du fauteuil, il dit de sa voix basse et bien timbrée :

– Vous pouvez entrer, Mesdemoiselles. Je crois que je prendrais avec plaisir un peu de thé nature.

Penaudes d'avoir été surprises, mais riant sous cape, Estelle et Edwige entrèrent et servirent au Maître une tasse de ce thé vert et acide qu'il aimait. L'impertinente Edwige l'interrogea la première :

– Pourquoi regardez-vous ce mur et ces livres ?

Le Maître aimait bien leur familiarité. Il répondit sans cesser pour autant de fixer la bibliothèque :

– Une sorte d'avertissement me parvient... il rôde ici un signe... il ne va pas mettre très longtemps à se manifester... ne vous éloignez pas de moi... vous le verrez.

Et tous trois, le Maître dans son fauteuil, les Demoiselles assises sur le tapis de part et d'autre, entreprirent de guetter le moindre frémissement de la bibliothèque.

C'est aux alentours de midi que le signe se manifeste.

Estelle et Edwige somnolent, le tête posée sur les accoudoirs du fauteuil dans lequel le Maître veille. Il n'a pas relâché son attention depuis des heures, surveillant le moindre craquement.

Imperceptiblement d'abord, un livre, sur un des rayonnages du haut, près du plafond, semble bouger. Il avance d'un ou deux millimètres, comme s'il voulait sortir du rayon. Le voilà qui glisse encore, il dépasse de la rangée d'au moins dix centimètres maintenant.

Le Maître a remarqué ce mouvement insolite. Ses yeux fixent le volume animé. Et soudain le livre bascule, choit du haut de la bibliothèque. Mais son mouvement est comme ralenti, il tombe lentement, il s'ouvre, l'air qu'il déplace agite ses pages. Enfin il s'écrase sur le sol avec un bruit sourd, étouffé par l'épaisseur du tapis.

Ce bruit pourtant tire les Demoiselles de leur rêverie. Elles se lèvent toutes les deux en sursaut, regardent l'étrange volume qui est tombé ouvert et expose une gravure ancienne.

À ce moment, comme le Maître se lève à son tour, le livre prend feu. Tout de suite, une haute flamme s'élève, menaçant la bibliothèque elle-même car déjà la tranche des volumes les plus proches noircit.

Estelle et Edwige crient, mais le Maître, avec promptitude, saisit la théière et en verse le contenu sur la flamme. Celle-ci s'éteint dans un sifflement désagréable.

Le Maître et les Demoiselles regardent avec stupeur cet objet qui est tombé sans raison et a pris feu tout seul. Puis le Maître le ramasse et le porte jusqu'au lutrin. Estelle et Edwige suivent en silence tous ses gestes. Comme lui, elles se penchent sur la première page, afin de connaître le titre de cet ouvrage qui s'est lui-même désigné à l'attention du Maître.

C'est une édition ancienne, peut-être même la première édition, du *Dictionnaire infernal* de Collin de Plancy. Avec le plus grand sérieux, le Maître feuillette, s'arrêtant aux gravures naïves mais inquiétantes représentant les démons infernaux auxquels croyait ce contemporain des romantiques.

Le savoir du Maître est tel qu'il peut, au passage, nommer les démons au fur et à mesure qu'il tourne les pages craquantes du vieux volume, pages jaunies, durcies, cassées, dont les coins s'émiettent sous les doigts, mais tellement évocatrices des grandes inquiétudes d'antan :

– Voici Flauros, créature velue à longue queue et tête de tigre, avec pourtant ce regard, voyez, on le dirait humain… et Lechies, énorme, ventripotent, tête de bouc et sabots… Ah, Amduscias, corps humain, pattes griffues, tête de cheval couronnée d'une unique corne frontale. Il est souvent représenté avec des instruments de musique en cuivre :

trompette, cor… Maintenant c'est Andras, chevauchant un loup. Sa tête est celle d'une chouette, son corps humain, nu, est ailé, il tient une longue épée.

Les personnages de cette étonnante galerie défilent devant les yeux émerveillés des Demoiselles. Et soudain le Maître s'arrête. On dirait que le livre tremble, frémit. Le Maître éloigne ses mains, et en effet les pages se tournent d'elles-mêmes, revenant en arrière, jusqu'à la gravure représentant le démon Andras. Le Maître et les Demoiselles se penchent, examinant le dessin simpliste et pourtant précis.

Sur la page de gauche du livre se trouve le texte que le Maître déchiffre à mi-voix, Estelle et Edwige suspendues à ses lèvres :

– Andras, grand marquis aux Enfers. On le voit avec le corps d'un ange, la tête d'un chat-huant, à cheval sur un loup noir et portant à la main un sabre pointu. Il apprend à ceux qu'il favorise à tuer les ennemis, maîtres et serviteurs.

Le Maître se tait, un lourd silence s'installe.

Estelle tente de tourner les pages, mais en vain, denses, on les dirait collées. Il semble que le livre lui-même pèse un poids énorme. Le lutrin émet des craquements… et voici que les bords de la page sur laquelle se trouve la gravure se recroquevillent, noircissent, tombent en cendres, comme si un feu invisible rongeait le papier. Une odeur d'incendie se répand. La feuille se consume, respectant les contours de la gravure. Bientôt il ne reste plus que le dessin d'Andras, comme épousé par le feu, souligné, découpé au trait noir, tandis que les cendres du reste de la page s'éparpillent dans la bibliothèque, chassées par un souffle inconnu.

Andras… le démon qui apprend à tuer maîtres et serviteurs.

Les Demoiselles se serrent l'une contre l'autre et regardent le Maître. Pourquoi ces signes mystérieux qui désignent à l'évidence Le *Dictionnaire infernal*, et plus précisément le démon Andras, au point que le livre ne puisse s'ouvrir ailleurs qu'à la page le représentant ?

Edwige rompt le silence, d'une toute petite voix émue et craintive :

– Maître… Qui nous envoie ces signes ? Qui essaie d'attirer notre attention sur ce démon du passé ?

Le Maître sourit avec gentillesse :

– C'est un influx mental qui se manifeste… Il vient peut-être de « là-bas », du monastère… je ne sais pas vraiment… Mais ce qui est certain c'est que d'un instant à l'autre, probablement cette nuit même, le démon Andras ou quelqu'un adoptant son apparence va réveiller les puissances malfaisantes. Notre tâche est de les contrer.

C'est au tour d'Estelle de se manifester :

– Et nous Maître, que devons-nous faire ?

–Oh oui, Maître, s'il vous plaît, donnez-nous une mission.

–Courir après les démons !

–Lutter contre Andras !

–Tuer le loup !

–Tuer le chat-huant !

–Arracher l'épée !

Les deux jeunes filles s'exaltent de plus en plus, et les voilà sautant d'un coin à l'autre de la bibliothèque, provoquant d'invisibles ennemis. Il n'y a plus aucune trace de crainte dans leurs esprits, car le Maître les a comme « lavées » de toutes les peurs, de toutes les angoisses, de toutes les terreurs qu'engendrent les superstitions religieuses. Débarrassées de tout conditionnement, pures de tout atavisme, de toute hérédité génétique, comme si elles venaient de naître à l'instant de la substance originelle, les deux élèves du Maître, les deux anciennes idiotes du village, sont prêtes pour l'expérience inouïe de symbiose qui unit leur mental neuf au cerveau du Maître.

Il va voir par leurs yeux, entendre par leurs oreilles, sentir par leur toucher, il va partager avec elles leurs émotions, leur sensibilité. Mais avant, il faut que la piste du mal se manifeste.

Devant les yeux soudain attentifs des Demoiselles enfouies dans le profond fauteuil, le Maître agite doucement ses mains aux doigts fins et longs… ses mouvements sont de grâce, de lenteur.

Estelle et Edwige ne peuvent détourner leurs regards de ces mains qui vont et viennent avec une merveilleuse harmonie, dessinant des figures géométriques dans l'espace, tournant autour des poignets souples et déliés.

Les yeux des Demoiselles de l'Étrange sont maintenant fixes, comme s'ils plongeaient dans l'intérieur de leurs têtes, comme si elles voyaient se dessiner les contours de scènes irréelles. Les deux petites médiums parlent en plein rêve éveillé, en complète divination, l'esprit profond du Maître servant de relais avec le mystère.

Le mouvement des mains du Maître se ralentit encore. On dirait le flux et le reflux de la marée, la rotation de la Terre autour de son axe, le mouvement des planètes, l'équilibre même du monde. Et dans leurs têtes, les Demoiselles voient les signes annonciateurs du réveil des forces maléfiques.

Alors, afin que les visions se précisent, le Maître leur envoie une image mentale, lumineuse, qui les éblouit un moment. C'est l'image du démon Andras tel qu'il est représenté dans le *Dictionnaire infernal*.

Puis le Maître fait disparaître le dessin, et dans l'esprit vide et vierge des médiums en transe, surgit alors le message.

D'une voix sans timbre, atone, voilée, d'une voix qui est celle de tous les fidèles du monastère du bout du monde, Estelle dit :

–Une tour… c'est une tour… seule, isolée… ancienne… Tout en haut il y a des gargouilles de pierre qui se tendent vers le vide…

Edwige parle, son esprit en communication avec celui d'Estelle lui permet de préciser ce qui défile en elles :

–Près de cette tour coule le fleuve… Non loin la cathédrale lui impose silence… Mais dans la tour Andras se tient !

–Andras bouge et avec lui les anciens sortilèges…

–Quelque part près de Paris le tombeau de Nicolas Flamel attend le réveil de la tour…

–La tour des magies…

–La tour du Grand Œuvre !

–La tour des creusets et des transmutations !

–La tour des alchimistes !

–C'est là…

–Cette nuit !

–Tout à l'heure… maintenant !

–C'est à l'heure des prodiges, à minuit, que tout basculera !

Le Maître a compris. Il murmure pour lui-même : « La tour de l'ancienne église Saint-Jacques-la-Boucherie… La tour construite par Nicolas Flamel… La tour Saint-Jacques… Comment n'y ai-je pas pensé plus tôt… Et c'est pour cette nuit ! »

Les Demoiselles parlent encore :

–La grande réunion se tiendra sous terre…

–Entre minuit et l'aube…

–C'est le bouffon qui sera le guide !

–C'est Triboulet qu'il faut suivre !

Le Maître sent qu'il est temps de libérer les médiums de son fluide mental.

Il relâche son emprise.

Avec un soupir, Estelle et Edwige glissent à la renverse du fauteuil où elles se tenaient bien droites. Les voici maintenant endormies, les traits du visage parfaitement détendus.

Le Maître regarda avec émotion ses deux compagnes inconscientes. Il regrettait de devoir interrompre leur sommeil charmant, mais il le fallait.

Il hésita encore : la tête d'Estelle venait de basculer doucement et reposait sur l'épaule d'Edwige. Leurs chevelures se mêlaient, toutes deux souriaient.

Doucement, le Maître secoua ses deux petits anges, afin de les instruire de leur mission.

Le premier signe s'était manifesté vers midi.

C'est aux alentours de cinq heures du soir, juste avant la tombée de la nuit, que les Demoiselles se mirent en route.

Le Maître restait seul dans la bibliothèque, assis dans son fauteuil, les yeux fermés, suivant mentalement les déplacements des Demoiselles. Il était temps : déjà un soleil pourpre illuminait le faîte de la tour Saint-Jacques, sur laquelle les sinistres gargouilles projetaient leur ombre indécise et dentelée.

La pluie menaçait, le tonnerre grondait au loin... D 'épais nuages noirs se formaient... On aurait dit qu'ils s'amoncelaient comme pour cerner la tour qui se dressait au milieu du petit jardin face à l'une des sorties de la station Châtelet.

Les derniers passants se hâtaient vers la file des taxis ou l'entrée principale du métro sur le terre-plein, entre les deux théâtres.

En quelques instants, le ciel s'obscurcit comme si les nuages s'étaient étendus de part et d'autre de la tour, telle une nappe sombre, une marée noire soustrayant la ville aux dernières lueurs du jour.

Bientôt la place fut déserte, à l'exception de quelques voitures qui remontaient le boulevard Sébastopol en direction des gares de l'Est et du Nord. Des éclairs commencèrent à zébrer le ciel opaque, là-bas, du côté du pont d'Ivry.

Par la bouche située à l'angle de l'avenue Victoria et de la place, deux petites silhouettes sortirent en courant, main dans la main, et se hâtèrent jusqu'à l'entrée du jardin entourant la tour Saint-Jacques. C'était les Demoiselles de l'Étrange.

Une triple alliance les protégeait : leur esprit, en contact direct avec celui du Maître, lui-même relayé par la concentration des fidèles, réunis dans la grande salle du monastère. Il s'agissait maintenant de se mettre en embuscade jusqu'à minuit.

Estelle et Edwige avançaient sur la pointe des pieds, courbées en deux, silencieuses, attentives. À mi-chemin entre la tour et la petite porte grillagée qui commandait l'entrée du jardin, se dressait un épais buisson feuillu.

Les Demoiselles échangèrent un regard, et, sans un mot, se comprirent. Écartant les branchages, elles entrèrent dans le buisson et s'accroupirent en son centre, afin d'attendre l'heure de l'action.

Alors il se mit à pleuvoir. Une petite pluie fine, désagréable, accompagnée de coups de tonnerre de plus en plus assourdissants, d'éclairs de plus en plus proches. On se serait cru dans un monde de cauchemar, car la nuit était tombée et tout était devenu invisible, sauf la haute masse de la tour illuminée à chaque éclair.

Il n'était pas encore sept heures, et déjà les malheureuses dégoulinaient d'eau, trempées, transies, et pourtant immobiles comme de petits fauves aux aguets, les yeux braqués sur la tour dont on devinait la voûte. Là devait se trouver une porte, un passage, une dalle pivotante, enfin quelque chose qui dévoilerait, à minuit, le messager du désastre qu'elles avaient pour mission de suivre.

En effet, le Maître avait considérablement restreint leur enquête : en aucun cas elles ne devaient intervenir. Juste repérer l'ennemi, le suivre, localiser sa cachette, découvrir ses fidèles, éventer le complot. Ensuite, le Maître lui-même agirait. Mais comment museler ces deux petites renardes qui n'attendaient que la possibilité de désobéir afin de résoudre elles seules l'énigme du démon Andras, le mystère du bouffon mentionné dans leur voyance ?

Estelle écarta de la main quelques branches, et risqua un œil en direction de la place du Châtelet.

– Il n'y a plus personne dans les rues, murmura-t-elle.

– C'est l'orage, la pluie, ce froid soudain, chuchota à son tour Edwige.

– Tout cela n'est pas naturel, reprit Estelle, toujours à voix basse.

À cette remarque, Edwige pouffa de rire :

– C'est le moins qu'on puisse dire...

Elles se turent. De l'autre côté de la place, un garçon rentrait les chaises de la terrasse, les lumières du café s'éteignaient.

Seule la grande brasserie à l'angle du Théâtre du Châtelet servait encore quelques clients qui étaient entrés par crainte de l'averse, et qui maintenant dînaient.

Tout à coup, un message mental du Maître parvint aux Demoiselles :

– Attention ! Quelqu'un vient !

Attentives, Estelle et Edwige se concentrèrent sur le jardin devant la tour. Une forme enveloppée dans un épais manteau noir entreprit de le traverser, se dirigeant visiblement vers la voûte sous la tour... La silhouette était à mi-chemin, quand un éclair illumina un très bref instant tout le jardin, permettant aux Demoiselles de l'identifier, personnage noir annoncé par le Maître qui avait *senti* son approche, sensibilisé qu'il était à la moindre manifestation de l'obscur, du mal, du ténébreux.

Estelle et Edwige étouffèrent un cri et, cette fois encore, échangèrent un regard, afin d'être certaines d'avoir vu la même troublante vision : la silhouette était celle d'une femme.

Grande, mince, chaussée de bottes de cavalière, le pan de son manteau rejeté sur son épaule, elle avançait à grandes enjambées, certaine de n'être point vue, en cette nuit d'orage et de tempête. Sa chevelure blonde tirant sur le roux avait éclaté comme un feu grégeois pendant les quelques secondes où l'aveuglante clarté de l'éclair avait illuminé le jardin abandonné.

Maintenant, de nouveau silhouette obscure, elle de courbait, luttant contre le vent qui s'était levé et soufflait en rafales. Elle atteignit la tour, et disparut sous la voûte. Mentalement, les Demoiselles consultèrent le Maître :

–Faut-il la suivre ?

–La capturer ?

–Que l'une d'entre vous se faufile sans se faire voir jusqu'au pied de la tour, et regarde ce qu'elle fait.

Estelle, en silence, se glissa hors du buisson. Elle retira ses souliers plats, la boue couvrant ses socquettes blanches, elle avança vers la voûte.

Elle disparut du champ de vision d'Edwige, et la solitaire Demoiselle commença à trembler pour sa compagne. Mais bientôt Estelle revenait, vite, vite, sur la pointe des pieds, se glissait dans le buisson, et rendait compte, remettant ses chaussures par-dessus ses chaussettes souillées et humides.

Elle parlait à voix basse, pensant fortement les mots afin que le Maître, dans sa bibliothèque, puisse les saisir mentalement.

–Personne ! elle a disparu ! Et elle n'a pas pu quitter la voûte, il n'y avait aucune silhouette, nulle part.

–Tu veux dire que tout est désert ?

–Oui. Si elle avait traversé et continué, je l'aurais vue dans le jardin ou rue de Rivoli... Non, elle a disparu sous la tour !

Un ordre du Maître arriva aussitôt :

–Ne bougez plus ! Il faut attendre minuit. À ce moment, nous saurons.

Et la longue attente recommença.

Le vent redoubla, l'orage se déchaîna, la pluie devint déluge, la nuit fut obscurité, jusqu'à ce qu'enfin tout le quartier avoisinant la tour soit totalement déserté du moindre passant.

Alors il fut minuit.

Comme si tout avait été prévu, programmé, à cet instant même le vent tomba, l'orage s'éloigna, la pluie cessa, la lune se dévoila.

Les douze coups commencèrent à sonner.

La main gauche d'Estelle étreignait la main droite d'Edwige. Dans la bibliothèque, le Maître était attentif. Il sentait, une fois de plus, venir le monde souterrain.

Les Demoiselles ne respiraient plus. Et le douzième coup sonna. Un silence étrange et inattendu se fit autour du jardin. Aucune voiture ne passait, on n'entendait même plus les voix joyeuses des dîneurs de la brasserie. Un silence surprenant, car minuit venait de passer et rien ne s'était produit.

Encore une fois, les gentilles Demoiselles se regardèrent. Elles ouvrirent la bouche dans un cri muet de stupeur, tandis que leurs yeux s'arrondissaient d'étonnement. En effet, le silence venait d'être brisé par une musique, une sorte de valse sautillante, une valse de carrousel, une valse de fête foraine. Cette musique virevoltait dans le jardin, enveloppait la tour, partait se perdre sur le Sébasto pour revenir par la rue Saint-Denis, courait le long de la rue de Rivoli pour enfin tonitruer aux oreilles des deux Demoiselles clouées sur place.

Une valse aigrelette, à minuit, place du Châtelet.

Estelle fit un effort, avala sa salive, et dit bêtement :

– Qu'est-ce que c'est ?

– Viens, il faut aller voir.

Elles sortirent du buisson, pauvres choses aux vêtements trempés, collés à leurs corps, les cheveux emmêlés par le vent, les yeux luisants de curiosité et d'excitation.

Tout au bout du jardin était le manège. Un des ces manèges à deux étages, aux brillantes et multicolores peintures, plein de lampes, plein de lumières, plein de dorures, plein de chevaux qui tournent ! Tout cela maintenu par un axe central soutenant un toit rond et qui tourne lui aussi.

À la tombée de la nuit, quand Estelle et Edwige étaient arrivées, une toile grise recouvrait l'objet cadenassé et éteint. Et voilà que maintenant il tournait de toute sa musique et de toutes ses ampoules allumées, avec cette valse qui rappelait la *Valse triste* de Sibelius.

Fascinées, les gamines s'approchèrent. Elles n'entendaient plus la voix du Maître, qui pourtant criait dans leurs oreilles :

– N'approchez pas ! Danger ! Je sens l'odeur de la mort ! Éloignez-vous !

Trop tard. Elles étaient devant les chevaux aux têtes dressées, éblouissants, blancs, mauves, crème, perle. Les petites lampes de couleur disséminées sur tout l'édifice scintillaient devant leurs yeux éblouis, les empêchaient d'entendre le Maître leur criant de reculer, de voir la forme ricanante assise sur un des chevaux du second rang, tout en haut, qui les désignait du doigt, les attirant vers les bêtes de bois qui montaient et descendaient verticalement sur leurs tiges de métal sans cesser pour autant de tourner.

Leurs mains se tendirent malgré elles, saisirent les montants, et aussitôt qu'elles furent à califourchon, le manège se mit à danser follement comme une toupie déréglée. Et montait le cheval d'Estelle, tandis que descendait le cheval d'Edwige, sous le regard torve du maître des cérémonies, simple forme indistincte manœuvrant boutons et leviers, en plein milieu de la nuit.

Le manipulateur de minuit rit de plus belle.

Mais voici qu'il faut épargner les deux cavalières.

Elles ne sauront jamais qu'à l'instant où la bête allait soulever un certain loquet – il posait déjà sa main dessus – un grincement se fit entendre du côté de la tour. Il a suspendu son geste.

Et le loquet qui libérait les attaches des deux montures de bois, lesquelles projetées en avant par la force giratoire se seraient écrasées avec leurs jolies passagères sur le boulevard Sébastopol désert, ce loquet est resté à sa place. Il a sauté en marche, le messager du Mal, oubliant l'éblouissant carrousel qui déjà ralentit et libère les gracieuses Demoiselles, lesquelles se dissimulent vivement derrière leur buisson qu'elles ont rejoint en quelques enjambées. Il se tient devant ses chevaux, leur lumière guide l'étrange personnage qui vient de paraître sous la voûte de la tour. On devine ses formes menaçantes grâce justement aux lueurs projetées par le carrousel. Personnage dont les Demoiselles de l'Étrange s'empressent d'envoyer une image mentale au Maître avec lequel elles reprennent aussitôt contact, un peu honteuses de leur escapade.

En effet, c'est un groupe stupéfiant qui semble sortir de dessous la tour et se diriger à pas lents vers le montreur de chevaux de bois.

Et du groupe qui hante le jardin, il n'est pas le moins bizarre : c'est une sorte de nain dont la grosse tête est surmontée d'un bonnet à trois longues pointes terminées par des clochettes qui tintent, mais sourdement… funestement même… À la main il tient une marotte qu'il agite… Ce nain, ce messager, c'est lui dont parlaient les Demoiselles en transe… C'est Triboulet ! C'est le bouffon ! Il en a la tenue, celle du redouté compagnon du roi François Ier… Et il agite sa marotte pour attirer l'attention de ceux qui viennent de la tour. En tête, comme un héraut, marche la femme mystérieuse aux cheveux blond-roux, enveloppée dans son manteau de nuit. Elle est suivie par une terrifiante incarnation.

À sa vue Estelle et Edwige se mettent à trembler, se serrent l'une contre l'autre… À l'autre bout de Paris, le Maître les supplie d'éviter le moindre bruit qui signalerait leur présence dans ce buisson. Passe devant les deux jeunes filles recroquevillées sous branchages et feuilles, accompagné de son loup gris, Andras lui-même. Son corps blanc, pâle, maladif, est nu. Il tient d'une main tremblante de froid et de fièvre maligne son épée ; ses deux ailes d'ange déchu, fines, comme ciselées, bruissent dans son dos ; enfin, ses énormes yeux myopes de chat-huant fixent la tache de lumière du carrousel devant lequel s'agite grotesquement Triboulet.

À ce moment les lumières du manège s'éteignent, la valse aigrelette s'arrête, le groupe est plongé dans la nuit. Ce ne sont plus que des silhouettes sombres qui se dirigent vers les quais. Seul le corps nu d'Andras fait comme une ombre blanche.

Encore tremblantes de l'inoubliable image du groupe insensé qui un instant auparavant traversait le jardin, encore frissonnantes du froid, du vent et de la pluie, les Demoiselles de l'Étrange emboîtent le pas aux invités de la tour Saint-Jacques.

Il est une heure du matin.

Comme des ombres, les trois personnages et le loup traversent l'île de la Cité, Estelle et Edwige à leur suite.

Maintenant, ils suivent les quais rive gauche. La femme mystérieuse a jeté son long manteau sur les épaules d'Andras, couvrant son corps nu. Sa tête de chat-huant n'est pas identifiable dans la nuit, et au passage du groupe on dirait que le froid redouble.

Les rares passants s'écartent, serrant leurs manteaux contre eux, claquant soudain des dents, une inexplicable angoisse les tenant au ventre. Et l'assemblée nocturne passe. Derrière trottinent les Demoiselles avec dans leurs têtes la voix du Maître qui dit :

– Attention ! Attention ! Pas trop près…

La pluie, le froid, faisaient cortège à Andras et ses suivants, l'orage qui s'était éloigné éclate à nouveau. Les Demoiselles serrent frileusement contre leurs corps gelés leurs vestes légères.

Il est presque deux heures quand le groupe descend sur les berges de la Seine et s'approche du pont Alexandre-III. Là se trouve un curieux passage, sous une des arches du pont.

Nombreux sont les Parisiens qui se demandent, empruntant en automobile la voie express, où peut bien mener cette bouche ouverte sous l'arche du pont, ignorant qu'elle appartient au réseau du métropolitain.

Le premier, le loup gris s'engouffre dans l'ouverture. Aussitôt après, c'est la femme mystérieuse de la tour Saint-Jacques qui entre dans la lumière. Mais elle s'arrête, se retourne, faisant face à Andras et au bouffon qui sont restés immobiles sur la berge.

À plat ventre, collées le plus près possible de la coque d'une péniche amarrée à cet endroit, Estelle et Edwige peuvent enfin détailler cette femme énigmatique, crûment éclairée, débarrassée de son long manteau dont elle a couvert Andras.

Elle est d'une beauté impérieuse. Son allure est de fierté, une de ses mains, en un geste harmonieux, se pose sur sa hanche, tandis que son autre main, d'un mouvement qui doit lui être familier, plante ses doigts écartés dans sa chevelure. On dirait qu'elle s'inquiète, et en effet, voici plusieurs personnes venant de la berge ou du pont dont elles descendent l'escalier, côtoyant les énormes anneaux de fonte scellés dans le mur. Sans doute, il y a longtemps, servaient-ils à quelques amarrages, à l'époque où l'on voyait encore de paisibles pêcheurs.

Aujourd'hui c'est une assemblée fantastique qui rejoint l'entrée devant laquelle la femme mystérieuse attend, comme une gardienne, comme un sphinx trouble et ambigu. Hommes, femmes, ils sont une trentaine, arrivant par trois ou quatre, vêtus comme pour un bal : robes de soirées décolletées, longues, scintillantes de bijoux et de parures, cheveux arrangés en coiffures savantes pour les femmes. Smokings ou même habits pour les hommes. Tous ces personnages conviés à ce rendez-vous d'avant l'aube ont en commun la dissimulation de leurs traits grâce à un simple masque de velours noir ou grenat, un loup. Justement, le loup d'Andras a reparu, et se tient à côté de la femme, assis, le regard fixé sur les arrivants. Ceux-ci inclinent légèrement la tête devant Andras et se glissent derrière la femme, disparaissant les uns après les autres, s'enfonçant dans la lumière jaune des éclairages du métro.

Alors la femme s'efface, afin de laisser passer Andras. Elle est avalée à la suite du démon. Il ne reste plus que le bouffon. Il regarde d'un côté puis de l'autre, afin de vérifier si aucun retardataire n'arrive, et sans doute également pour s'assurer que la berge est bien déserte et qu'ils sont tous passés inaperçus. Puis, ricanant sous cape, il entre à reculons dans la bouche et disparaît. Aplaties sur la pierre de la berge, les Demoiselles entendent ses pas décroître. Puis le silence s'établit.

Le Maître reprend le contact mental :

– Revenez… la mort rôde cette nuit dans les couloirs du métro… revenez vers moi… vite… vite ! Il est temps !

Mais les virevoltantes Demoiselles ne l'entendent pas ainsi :

– Maître, aucune porte ne s'est fermée, l'accès est libre, nous pouvons les suivre, les débusquer, les dévoiler !

– Revenez ! Sous terre, le lien mental s'éteindra, vous ne pourrez plus me joindre, je perdrai votre trace ! Revenez tout de suite ! Je sens le Mal qui accourt vers vous ! Vite ! Vite ! Il arrive ! Il est là…

Inquiètes, Estelle et Edwige se lèvent d'un bond, regardent autour d'elles, fermant leurs esprits à la voix du Maître. Elles font quelques pas, s'éloignant de la péniche qui se balance doucement. Elles s'approchent du passage éclairé qui s'enfonce sous terre. Muettes, elles se consultent du regard : l'aventure est trop tentante.

Riant toutes deux, se tenant par la main, elles courent tout à coup vers l'entrée, et disparaissent vivement à la suite du cortège nocturne, à la suite du chat-huant démoniaque, du loup gris, de tous les conjurés.

À peine sont-elles entrées, joyeuses, vives, certaines de l'impunité, qu'elles se trouvent devant une haute porte blindée ouverte. Elles franchissent cette porte et, en un instant, elles se retrouvent dans le labyrinthe des couloirs. L'écho de leur rire juvénile disparaît peu à peu, remplacé par le ricanement du bouffon. Le sinistre Triboulet referme la pesante porte blindée. Sans doute en ignore-t-il le mécanisme, car il pousse, il s'arc-boute, il manœuvre avec ses mains, avec ses épaules, avec son corps, la masse inerte. Elle se clôt enfin avec un claquement qui se répercute alentour. Et l'écho de ce claquement se superpose aux derniers rires des jeunes filles que l'on devine au loin.

Une sorte de silence revient. Plus de rires, plus d'écho de la course enjouée, juste le vague raclement des semelles du bouffon qui s'éloigne en traînant les pieds.

Coupé de ses Demoiselles, le Maître fouille fiévreusement dans sa bibliothèque afin de compulser un texte du XVe siècle dont il sait posséder une copie… C'est le *Malleus maleficorum*, dans lequel il espère découvrir pour quelle raison la personnification du démon Andras s'est enfoncée sous la ville, entraînant à sa suite une assemblée hétéroclite.

À cet instant, des grincements se font entendre un peu partout dans Paris : ce sont les grilles du métro que l'on tire.

Les invités nocturnes sont maintenant tous prisonniers de l'univers souterrain. Une lumière glauque souligne les couloirs, fait luire doucement les rails sur lesquels courent déjà les rats, à la recherche des reliefs des humains disparus pour quelques heures.

Comme des Indiens sur le sentier de la guerre, Estelle et Edwige avancent prudemment, penchées en avant, main dans la main, regardant à droite, jetant des coups d'œil à gauche, tremblantes dans leurs chandails dont la laine trempée énerve leurs corps.

Mais la chaleur du métro leur redonne confiance. Là-bas, les guide le brouhaha de l'assemblée. Et les regards, que comme d'habitude elles échangent, sont malicieux et impertinents.

Estelle tente un contact avec le Maître. Puis c'est au tour d'Edwige. En vain : comme il l'avait prévu, sous terre le lien mental ne peut se faire. Les Demoiselles sont seules, coupées de leur monde familier.

Dans la bibliothèque, le Maître lit avec effroi ce qui est relaté par le *Malleus maleficorum* au chapitre traitant de la victoire du mal : « Et l'ange satanique, le chat-huant des ténèbres, descendra de la tour de l'effroi. Et il ira par les rues, et tous les maudits le suivront, et il descendra sous terre, et là tous s'assembleront à son appel. Et l'on dansera les incantations antiques, et de partout surgiront les démons, et l'innocence sera souillée à jamais. »

En lisant ces derniers mots, le Maître ne peut dissimuler son inquiétude, imaginant ses protégées seules dans les couloirs du métropolitain. Il tente lui aussi un appel mental. Il ne rencontre que le néant.

Alors, désespéré, il entre en contact avec le bout du monde, avec le monastère où ses compagnons sont assemblés. « Intervenir ! porter secours aux Demoiselles de l'Étrange ! » est le message que tous lui envoient. Et aussitôt le Maître empoigne sa veste molletonnée et se rue hors de l'appartement.

À la station Passy, le Maître range sa voiture. C'est en effet là que le métro aérien cesse de l'être pour s'enfoncer dans les sous-sols. Et c'est l'entrée la plus proche de la Seine, des berges, du pont Alexandre-III. Il a vite fait d'escalader, de s'introduire sur le quai désert. Et, courageusement, il s'engage dans le tunnel qui mène à la station Trocadéro.

Il est trois heures : Andras le chat-huant peut commencer le sabbat infernal.

Debout sur le rail électrifié mort à cette heure, l'angélique homme-oiseau fait bruire ses ailes, lève les bras. Sur les deux quais de la station Étoile, ses adeptes font silence. Alors le chat-huant ouvre son bec-bouche, et une mélodie aiguë, haut perchée, insupportable, commence. Ce sont les antiques incantations, psalmodiées à haute voix, comme jadis, et un étrange souffle plaque les robes décolletées et les smokings contre les corps. C'est un vent de malheur, un froid surnaturel qui se dégagent du corps maladif d'Andras lui-même, se répandant le long des couloirs, saisissant tout à coup Estelle et Edwige dissimulées derrière le portillon automatique ouvert. On les dirait paralysées, tant le froid les mord, tant le vent furieux les plaque contre le mur, leur coupe bras et jambes, suspend leur respiration, les précipite dans la nuit noire de l'inconscience comme dans un gouffre : les deux gamines transies s'évanouissent.

Au même moment, le Maître perd définitivement la faible trace mentale qu'il avait ressentie en pénétrant sous terre. Relié aux esprits lucides de ses Demoiselles par leur commune immersion dans les sous-sols, il se hâte dans la direction de la station Étoile, d'où provient leur présence mentale. Une seconde, il pense qu'elles ne vivent plus. Puis il reprend sa course, car une émotion lointaine lui montre comme une image les deux corps gisants dans les couloirs du métro, yeux fermés, mais la poitrine soulevée par le souffle de la vie. Il dépasse la station Boissière, se dirige vers Kléber.

C'est alors qu'il commence à entendre la mélopée aiguë du chat-huant. L'ombre glacée de la peur circule à toute vitesse dans les tunnels, le long des couloirs, et heurte le Maître en pleine face. Il faut faire vite, déjà on découvre les Demoiselles évanouies.

C'est le bouffon qui les débusque et les montre aux autres avec force ricanements, trépignant de joie mauvaise et perverse. Sans interrompre son chant, l'ange chat-huant les désigne à la femme mystérieuse. Celle-ci s'approche, se penche sur les deux innocentes sans défense. Le bouffon la regarde, suspendant sa respiration, la bouche tordue par une grimace d'espoir : va-t-elle les achever ? Mais non, ce sera pire sans doute. Indifférente en apparence, la femme saisit les Demoiselles par les cheveux, et se dirige vers les rails où chante le démon ailé. Les balançant alors, elle les précipite aux pieds du chat-huant, où elles choient, heurtant les rails. Elles gémissent. Sur un geste de la femme, le bouffon a sauté sur les voies.

Les Demoiselles sont promptement entravées, liées aux traverses, immobilisées. Sans doute seront-elles, et c'est certainement la volonté de la femme mystérieuse, électrocutées au retour du courant ! Et leurs corps noircis et terrifiants attesteront seuls de la réunion malfaisante qui s'est tenue, cette nuit, sous terre, pour que triomphent les forces du Mal descendues du haut de la tour Saint-Jacques où elles attendaient cernées par les gargouilles de pierre.

Elles tirent en vain sur les cordes qui les lient.

L'horrible bouffon danse autour d'elles une sinistre farandole. Et toujours le chat-huant humain lance son appel, de plus en plus haut, de plus en plus aigu, à la limite de ce que l'oreille humaine peut supporter.

Haletant, épuisé par sa course, le Maître a ressenti en son corps, en son esprit, le choc dur et douloureux des Demoiselles précipitées contre les rails. Il a souffert comme s'il était lui-même jeté contre le métal, tant le lien qui l'unit à ses envoyées est puissant. Malgré sa fatigue, il presse sa course, il approche du nœud ferroviaire qui environne les quais de l'Étoile. Où chercher, où courir ? La voix du chat-huant chanteur semble venir de partout ! Où le forcer ? Où l'abattre ?

Là-bas, les effets du chant commencent à se produire : les adeptes masqués sentent leur esprit vaciller, leurs facultés disparaître : ils se regardent, étonnés, sans plus savoir qui ils sont, comment ils se nomment, ni même où ils se trouvent présentement. Ils avancent, titubants, car l'équilibre les a quittés. Certains tombent sur les rails. Leurs cerveaux se vident à toute vitesse, ils n'ont pas le temps d'avoir peur ou d'esquisser une défense. Et en quelques instants, ces adeptes, à qui on avait promis la puissance, se retrouvent avec leur cerveau lavé, effacé, vierge comme une cire.

Le moment est venu pour l'ange chat-huant d'imprégner sa marque sur les cerveaux déconditionnés, d'y déposer la petite graine qui s'étendra et fera place aux légions souterraines.

La bête module son chant. Sa voix inaudible, tant elle est haute. Elle est sur le point d'implanter les semences démoniaques dans les cerveaux sans défense des assistants.

Alors, le Maître paraît.

Le bouffon et la femme debout sur le quai le virent en premier. Les assistants sans conscience humaine étaient aveugles et sourds à tout ce qui n'était pas la voix du chat-huant. Les Demoiselles ligotées sur les rails, le ventre tordu par l'horrible nausée que provoquait le chant inhumain, ne réalisaient plus les événements qui se succédaient.

Le Maître s'arrêta, afin de reprendre son souffle. Et la bête, lentement, se retourna pour lui faire face. Le loup gris s'était dressé et grondait sourdement.

Les yeux dans le vague, la tête vidée, hommes et femmes aux masques de velours assistaient à cette rencontre sans en comprendre le sens. Aucun ordre ne leur parvenant plus, ils s'éloignaient, se répandant le long des couloirs déserts, de leur démarche incertaine de zombies, heurtant les parois, titubants et hagards, mécaniques, inconscients.

Le chant du chat-huant traversait le cerveau du Maître, qui le renvoyait au loin, là-bas, dans la grande salle du monastère où tous l'entendaient, et les multiples esprits se liguaient pour le soutenir, pour faire échec à la mélopée du désastre.

Le chant revint comme un boomerang à la face de la bête, mais chargé du fluide que le monastère tout entier accumulait dans le cerveau du Maître. Et la bête vacilla, ses jambes se plièrent, enfin elle tomba sur les rails, juste à côté des Demoiselles agonisantes.

On aurait dit que le Maître avait pris possession du chant, on aurait dit que la mélopée lui jaillissait des yeux tant son regard était aigu, pour venir frapper son adversaire.

La défaite de l'homme chat-huant ne faisait plus aucun doute maintenant. Le loup gris reculait, le poil hérissé, et la femme étrange qui le tenait, cramponnée à la peau de son cou, reculait avec lui, se fondait dans le plus proche couloir, disparaissait à la suite des créatures sans cerveau.

Seul demeurait le bouffon, crachant sa rage, agrippé aux rails à côté d'Andras et l'exhortant au combat.

Le Maître mit un genou à terre et détacha les Demoiselles. Andras et le bouffon profitèrent de cet instant pour s'enfuir dans le plus proche tunnel.

Andras avait interrompu la mélopée, la cérémonie restait sans conclusion. Indécis, les visiteurs masqués sentaient petit à petit leur cerveau se remplir de tous leurs souvenirs, leurs facultés reparaître, le vertige du vide les quitter. Tous se précipitaient vers les sorties et se heurtaient aux grilles fermées, attirant de leurs clameurs et de leurs cris désespérés les premiers passants : il devait être quatre heures du matin.

Andras et son bouffon fuyaient par où le Maître était venu. Mais derrière eux ils devinaient les chasseurs qui les coursaient : le Maître lui-même et ses deux Demoiselles délivrées. Alors le bouffon sauta sur les épaules de la créature, incapable de courir sur ses courtes jambes torses. Le maintenant en crispant ses mains sur les cuisses épaisses, Andras accéléra sa course vers la lumière qu'il voyait briller faiblement au loin, lumière qui pouvait être pour lui le salut.

Cette lumière était celle du jour naissant. Le métro aérien commençait là. Et en effet les deux malfaisantes créatures débouchèrent du tunnel de la station Passy. Le pont de Bir-Hakeim était devant eux.

Sentant la fin proche, Triboulet sauta des épaules du chat-huant et se sauva aussi vite qu'il le put en direction du pont. La bête le suivit. Derrière eux le Maître et les Demoiselles s'engagèrent à leur tour. Les cinq personnages furent bientôt au-dessus de la Seine, courant entre les rails.

À ce moment un grondement sourd se fit entendre devant eux. C'était le premier métro. Tous s'immobilisèrent. Sauf le bouffon qui, hurlant de panique, courut encore plus vite dans le fol espoir de gagner les quelques marches qui permettaient de grimper sur le quai, avant que la rame le heurte. Mais la station était encore loin, et déjà on entendait la sirène du départ, puis le claquement des portes.

Alors le bouffon fit un faux pas. Une sorte d'éclair bleu illumina un instant le corps bariolé, la tiare fit sonner tragiquement ses clochettes, la bouche de Triboulet s'ouvrit sur le silence.

Son corps noirci, agité de tremblements saccadés, fut précipité par-dessus le tablier de protection tant la puissance électrique l'avait frappé avec violence, et il tomba de toute la hauteur du pont dans la masse sombre de la Seine.

Il coula sans un cri. Le métro quittait la station. Le jour n'était pas encore suffisamment levé pour que le conducteur pût distinguer les formes maintenant immobiles entre les rails. D'un geste, le Maître avait arrêté les Demoiselles. Andras lui faisait face, et leurs regards se croisaient, leurs esprits se parlaient.

Le Maître entendit la supplique du démon : *Laisse-moi fuir*, disaient les grands yeux du rapace nocturne.

Et, soudain envahi d'une étrange pitié que rien ne justifiait, le Maître resta immobile, ses mains crispées sur les bras frêles d'Estelle et d'Edwige qui assistaient, stupéfaites, à ce face-à-face inouï.

Les yeux du chat-huant s'embuèrent de larmes: *Je resterai à jamais dans la tour, invisible, endormi...*

Le Maître inclina légèrement la tête. Ils échangèrent un dernier regard afin de sceller leur accord. Puis Andras déploya ses ailes, et s'éleva vers le ciel juste au moment où le métro arrivait.

Le jour venant découpait sa silhouette improbable.

Le Maître leva le bras, et le conducteur de la rame le vit. Le train s'arrêta. Les Demoiselles suivaient des yeux un point blanc qui se déplaçait haut dans le ciel, en direction du Châtelet.

Le lendemain, pour les remettre de leurs émotions, le Maître emmène les deux Demoiselles au cinéma.

Puis, au crépuscule, l'air est doux, ils regagnent à pied leur domicile. Comme ils remontent la rue Monge, Estelle demande:

–Maître, nous aimerions bien savoir ce qui s'est vraiment passé la nuit dernière.

Edwige poursuit:

–Que sont devenus la femme mystérieuse et le loup gris? Et Andras, pourquoi vous a-t-il supplié? Et pourquoi l'avez-vous laissé fuir?

–D'ailleurs comment auriez-vous pu le détruire?

–Et qui l'a réveillé, car il dormait en haut de la tour, hein?

–Et dans quel but? Pour quoi faire? Pourquoi?

–Et tous ceux qui les accompagnaient, les « masqués », où sont-ils?

–Le chant... le chant d'Andras, qui vide les esprits, c'est quoi?

Le Maître ne peut s'empêcher de rire.

–Que de questions! Mais attendez...

Tout à coup son rire se fige. Il *sent* de nouveau la présence qui le sollicite. Comme un appel intérieur. Aussitôt il entre en contact avec le monastère, là-bas, dans les montagnes du Ladàkh[1]. Les moines lui répondent aussitôt, leurs voix traversant les espaces instantanément: le danger rôde. Le Mal est sur le point de se manifester.

Le Maître ne dit rien aux Demoiselles, mais il regarde autour de lui. Une voûte surplombant un couloir est là, qui semble l'inviter. Entraînant les Demoiselles à sa suite, il avance et débouche presque aussitôt au centre d'un jardin entouré de gradins en ruine.

1. Au pied des chaînes de l'Himalaya, entouré par le Tibet, le Népal, l'Inde et le Pakistan, le plateau de Ladàkh appartient à l'État indien. Peu peuplée, cette région de haute altitude est de culture tibétaine.

Il est entré dans les arènes de Lutèce.

–Je vais vous dire... mais pendant que je parlerai, soyez vigilantes. Toi, Estelle, tu regarderas les gradins. Toi, Edwige, le jardin. Il n'y a personne à cette heure, aussi vous remarquerez la moindre manifestation insolite. Maintenant, voici.

Le Maître s'assied sur un des gradins de pierre. L'une à sa droite, l'autre à sa gauche, les Demoiselle examinent, pendant qu'il raconte, les ruines désertes sur lesquelles la nuit tombe lentement.

–Je pouvais facilement détruire Andras. Pour cela, il me suffisait de le retenir jusqu'au lever du jour. Cette créature chat-huant est essentiellement nocturne, et le soleil nous l'aurait livrée sans défense. Au moyen des projections mentales que me permettait ma liaison avec le monastère, je pouvais l'immobiliser et le forcer à recevoir les premiers rayons du soleil. Mais je ne peux faire un acte négatif autrement que pour me défendre. Aussi, il m'était impossible de l'achever. Il n'était pas menaçant. Quant au loup gris, il est comme l'épée d'Andras, une sorte de symbole qui ne fait pas partie du réel. Il a disparu quand Andras s'est envolé. Les malheureux qui suivaient cet ange malfaisant, ce sont de pauvres dupes qui croyaient aiguiser leurs sens en appartenant à une secte pseudo-hermétique, dirigée certainement par cette femme mystérieuse. Elle, je ne sais pas ce qu'elle est devenue, et je crains que nous la voyions resurgir à un moment ou à un autre. C'est elle qui, la première, est entrée dans la tour, cette fameuse nuit, et a sans aucun doute redonné conscience humaine au démon endormi. C'est elle qui avait probablement dressé le bouffon à servir Andras. Dans quel but ? Et pourquoi cette horde de victimes sans cerveau ? Je ne sais quelle folie la possède, ni si elle agit seule ou pour le compte d'un ennemi qui se cache derrière sa chevelure rousse, mais bientôt nous...

–Maître ! Regardez là-bas !

C'est Estelle qui désigne un point sur les restes des gradins de l'autre côté du jardin. En effet, une silhouette indistincte se tient debout et immobile, tournée vers eux. Le Maître se tait et tous regardent l'apparition que l'on dirait enveloppée d'une sorte de brume stagnante.

Le Maître sourit : son regard aigu a reconnu cette femme étrange sur laquelle ils viennent de s'interroger.

Ils échangèrent un regard amical : cette rencontre n'est pas un affrontement. Et la femme s'adresse au Maître, mais aucune phrase audible n'est échangée : chaque mot est doucement, on pourrait dire tendrement, déposé dans la tête de l'autre.

Les Demoiselles n'entendent rien à ce dialogue mental, aussi regardent-elles ces deux étranges personnages qui se sourient en silence.

« Vous vous souvenez, pense la femme mystérieuse, de votre enfance à la campagne, de vos randonnées pédestres dans les champs. De ce petit bois incongru, comme posé entre deux immenses labours, près de Meaux ? Ce petit bois dans lequel vous êtes entré, vous aviez dix ans peut-être. À l'intérieur, les arbres étaient si touffus qu'on aurait dit qu'il faisait nuit. Pas de chants d'oiseaux, mais un silence inhabituel, troublé seulement par le tracteur de la ferme, loin, très loin. Rappelez-vous cette odeur de terre humide, de champignons vénéneux qui montait du sol, fade, écœurante, et malgré cela, malgré l'absence de vie, la senteur de pourriture émise par la terre noire et grasse, vous avanciez… n'est-ce pas ? »

Bouleversé par ce que les paroles de cette femme impliquent, le Maître à son tour lui dépose sa réponse dans la tête, comme une caresse : « Comment pouvez-vous connaître cette histoire ? »

Les Demoiselles attentives voient l'émotion se peindre sur le visage du Maître, et elles voudraient bien entendre ce qui se dit. Dévorées de curiosité, elles font le vide dans leurs esprits, dans l'espoir de surprendre quelques mots. mais c'est impossible. Rien ni personne n'interviendra dans cette conversation silencieuse, entre ces deux formes immobiles.

Il y eut comme un silence intérieur, tous deux revoyaient ce petit garçon de dix ans, entré comme par hasard dans le cœur même du mystère, à la recherche d'on ne sait quelle énigme d'enfant, et qui aujourd'hui s'entend raconter sa propre aventure.

Le Maître se taisait. La femme, en face de lui, dit encore : « Dans ce bois noir, un corbeau tout aussi noir était perché sur une branche. Et le jeune garçon vit l'oiseau qui semblait le regarder de ses petits yeux. Il attendit, observant la bête luisante. Le corbeau, silencieusement, s'envola.

Quand il descendit, le garçon était là, juste à quelques pas de lui. Et le corbeau se posa sur un enchevêtrement de broussailles, d'arbres abattus et morts, tout un décor ruiné, duquel émergeait une forme de pierre toute bouleversée, cassée, comme soulevée du dessous par un séisme.

Cette construction de pierre jetée bas était tout ce qui restait d'un tombeau. La pierre tombale se dressait, le corbeau y était perché. En dessous était comme un trou noir, comme une bouche d'où sortaient des pierres cassées, des branches mortes, des morceaux de bois issus de quelque cercueil pourri et rongé.

Une herbe épaisse, fournie, verdâtre, poussait là drue, immobile, pesante. Le jeune garçon, fixait la bouche ouverte du trou, n'osant descendre.

Le corbeau émit un son glapissant et disparut.

À ce moment, du bruit se fit entendre, venant d'en bas, venant de dedans le trou, venant du tréfonds de la tombe.

Le garçon avait peur. Il était si terrifié même qu'il n'arrivait pas à s'arracher au spectacle de ce lieu saccagé, profané, violé, pour s'enfuir, sortir du bois et, à travers les champs labourés, rejoindre le tracteur du fermier dont on devinait vaguement le moteur, loin, si loin là-bas…

La terre remua, les branches craquèrent, les taillis s'écartèrent, et du fond du gouffre parut l'habitant du tombeau. »

La femme, à l'autre extrémité du jardin, se tut, esprit clos, mental muet. Mais comme si cela avait été convenu, le Maître prit intérieurement la parole et poursuivit le récit : « Le jeune garçon regardait maintenant de tous ses yeux braqués sur le trou. La curiosité remplaçait doucement la peur. Il entendit des pieds nus qui écrasaient la végétation calamiteuse. Il vit d'abord une main blanche, si blanche, qui se tendait, écartait les broussailles. Une petite main jeune et fine, avec un poignet mince, et un bras nu et blanc lui aussi, de cette pâleur que peut avoir la peau humaine quand elle n'est jamais exposée au soleil, quand elle est celle d'un prisonnier loin de la lumière du jour, et qui soudain se fraie un passage jusqu'à la clarté.

Enfin l'habitant souterrain parut devant lui. C'était une petite fille comme il était, lui, un petit garçon. Elle le regardait de ses grands yeux étonnés. Elle portait une sorte de longue chemise de nuit tombant jusqu'à ses pieds nus, et elle clignait des yeux comme quelqu'un tiré à l'instant du sommeil par on ne sait quel bruit bizarre.

Le jeune garçon fut tellement surpris qu'il ouvrit la bouche pour parler, mais aucun son n'en put sortir.

Le corbeau revint, et se percha sur la main gauche de la petite fille, qu'elle levait gracieusement pour lui servir de perchoir.

Mais là, ce n'était ni Brocéliande, ni la Dame à la Licorne, mais une petite fille dans une chemise de nuit blanche, sortant d'une tombe massacrée, tenant sur son doigt un corbeau, au beau milieu d'un bois si touffu que la lumière du jour n'y entrait pas.

Sans rien dire, elle acheva de sortir du trou et le regarda avec une curiosité égale à la sienne. Le corbeau tournait la tête de droite et de gauche, les observant.

Ils se mirent en marche, lui, la gorge nouée par l'irruption de l'extraordinaire dans sa vie, nouée par la crainte de s'éveiller ailleurs, et elle, c'était comme si cette tombe enfouie et soudain remontée à la surface avait été sa seule demeure depuis toujours. Ils arrivèrent à la lisière du bois.

Dedans, c'était l'ombre de la nuit. Dehors, c'était la platitude infinie des champs, l'écrasante lumière du soleil de midi. Le contraste entre ce monde d'ombre et ce monde de chaleur était impossible, presque insoutenable. Il sortit tout naturellement de sous les arbres, et fut brutalement éclairé par le jour et le chaud, comme il avait été assombri par la nuit et le froid.

Elle, son corbeau sur la main, le regardait, à la limite de la lumière. Puis elle fit un pas vers lui, pénétrant dans le jour, comme on plonge, d'un seul coup.

Le corbeau s'envola, disparaissant dans le bois.

La petite fille brusquement prit feu.

Simplement, son corps tout entier s'embrasa, les flammes grimpant loin au-dessus de sa tête. Elle poussa un long cri plaintif comme un animal qui meurt. Le jeune garçon, la main encore tendue vers elle, sentit son cœur s'arrêter, tomba sur les genoux, sans respiration. La succession des prodiges auxquels il assistait était trop rapide pour qu'il pût réagir efficacement.

Ses yeux agrandis virent l'image instantanée du corps blanc, tout entier dénudé, tandis que s'envolait la chemise de nuit flambant comme une torche, longue chevelure de flammes emportée par le vent, tourbillonnante au-dessus du corps révélé.

La silhouette immobile à son tour devint brasier dérobant la forme humaine, l'enveloppant de fumée et de rouge dansant. La vision fugitive de cette nudité pâle devait rester à jamais gravée dans la tête du jeune garçon.

Pendant des années, il lui suffit de fermer les yeux pour la revoir, revoir ce corps immobile, les bras légèrement levés, la bouche ouverte comme si elle allait parler, lui dire quelque chose. Ses yeux, comme les siens, agrandis par la surprise. Et le bruit incroyable de la chemise froissée, tordue par les flammes ronflantes, s'envolant d'un seul coup, emportée par la tempête.

Tout était figé, sans mouvement, suspendu, elle, lui, le temps et l'espace, seul le linge embrasé tournait sur lui-même en s'enfuyant vers le ciel noir. Cela ne dura que quelques secondes.

Les cheveux de la petite fille s'enflammèrent d'un seul coup, avec un bruit de souffle. Très vite, boule de feu rouge, elle rentra dans l'ombre et disparut en direction de la tombe éventrée.

Le silence revint. Il était bien trop frappé par ce qui venait d'avoir lieu pour bouger ou même respirer. Il était lui-même suspendu.

Le ciel devenait de plus en plus noir, un orage soudain allait éclater. C'était comme si la lumière du jour fuyait, avalée par les nuages qui recouvraient de leur ombre la campagne tout à l'heure éclatante de soleil. Le tonnerre, puis les éclairs le glacèrent, et enfin une pluie torrentielle le trempa sans qu'il bouge.

Mais un désir fou le submergea. Désir irrésistible de la revoir encore une fois, même en feu, même agonisante, même carbonisée, désir impérieux de croiser son regard.

Il courut vers le bois, glissant dans la terre devenue boue, se rattrapant aux premières branches, forçant pluie, vent, orage, ciel noir et éclairs blancs, et il arriva devant les tombes bouleversées.

Comme il avançait, tout semblait prendre feu dans sa tête, ses pensées, sa mémoire, ce qu'il était, tout s'enflammait et disparaissait en cendres. Il était comme vide, il recevait les images apportées par ses yeux sans les analyser, sans même les comprendre, juste comme des images.

Là-bas, la petite fille brûlait toujours, mais la pluie faisait disparaître une à une les flammes de son corps, de ses cheveux, la laissant enveloppée d'une fumée noire que le vent dispersait.

Elle tourna la tête vers lui, avec une expression perdue, indécise. Comme il se mettait à courir pour la rejoindre, elle sauta dans le trou béant de la tombe. Quand il arriva, avec la lenteur énervante des rêves, il n'y avait qu'une ouverture noire d'où montait une très légère fumée...

Il allait sauter derrière elle, quand un grondement sourd parut monter de la terre. Sentant le sol se dérober, il vacilla. Alors la lourde pierre tombale que le cataclysme avait jadis soulevée bascula, et, avec un bruit qui éveilla un lointain écho souterrain, obstrua définitivement l'entrée de la tombe.

Avec cette disparition, tout revint à la normalité. Le vent balaya les nuages, la pluie cessa, l'orage et les éclairs se turent. Un bruit, tout doucement, revint. C'était celui du tracteur, là-bas, au bout du champ, audible à nouveau.

Allant et venant dans le bois, le petit garçon ne trouva que des lambeaux de fleurs artificielles rouillées, des restes de couronne mortuaire, tout cela abandonné depuis longtemps.

Loin au-dessus de lui, comme un point noir, un corbeau volait.

Plus tard, il partit pour le Ladàkh avec, enfoui dans un recoin de sa tête, l'image du corps blanc et nu, du visage encadré de cheveux blond-roux, qui le regardait avec cette surprise si intense, juste avant de s'enflammer comme un bûcher. »

Le Maître se tut. Estelle et Edwige ne dirent rien. La femme ne poursuivit pas le récit. Elle leva simplement la main et un corbeau s'y posa. Elle dit :

– La mort guette dans le nord. En souvenir des jours anciens de notre enfance, voici mon avertissement : il ne faut pas aller dans le nord.

Et elle disparut, emportant avec elle le corbeau.

Le Maître se leva.

–Le véritable affrontement commence. C'est au nord que le mal va frapper.

Il prit les Demoiselles par la main, et, sans regarder en arrière, il les entraîna vers la rue Monge. Une heure plus tard, le Maître, encore secoué par l'émotion, se retirait pour méditer dans la bibliothèque.

Avec l'insouciance de leur jeunesse, Estelle et Edwige, disparaissant dans des tabliers trop grands pour elles, entreprenaient de confectionner une omelette, ce qui n'alla pas sans disputes, criailleries, vaisselle brisée et crises de rires.

Ne pas aller dans le nord… mais quel nord ? Et comment résister au désir fou de s'y rendre, justement, afin de heurter de front le mystère agissant. Il est à peine six heures du matin quand le Maître, déjà habillé, sort de sa chambre. Sans plus de cérémonie, il entre chez les Demoiselles. Estelle et Edwige sont profondément endormies. Le Maître les secoue :

–Debout ! Nous avons du travail !

Elles ouvrent les yeux, se traînent hors de leurs lits. Elles sont alors empoignées chacune par une main et traînées jusqu'à la bibliothèque où le Maître les balance dans le grand fauteuil.

Elles s'effondrent, les yeux papillonnants de sommeil, étouffant bâillement sur bâillement. Assis en face d'elles, le Maître explique :

–Le moment est venu… vous devez voir… la mort rôde dans le nord… regardez mes mains… regardez…

Les Demoiselles regardent les longues, belles et fines mains qui frémissent devant leurs yeux… mouvement lent et régulier, mouvement de marée montante et descendante qu'elles connaissent bien. Et cette fois le charme agit presque aussitôt, car les gentilles Demoiselles sont encore à mi-chemin entre rêve et réalité. Leurs yeux se perdent dans le vague, elles écoutent la voix lointaine du Maître :

–Dans le nord… dans le nord… dans le nord, le Mal menace une nouvelle fois… où êtes-vous ?

–Nous sommes dans le nord…

–Que voyez-vous ?

–Un mur, un mur immense, interminable, dit Estelle.

–Un mur qui tourne sans fin, haut, fermé, qui tourne tout autour d'une chose qu'il enferme, dit Edwige.

–Regardez encore, dit le Maître.

Il y a un silence. Puis d'une seule et même voix, les Demoiselles reprennent :

–Un homme soulève une lourde dalle qui l'emprisonne ! Et pourtant cet homme est immobile. Il ne bouge pas mais ses muscles sont tendus, la dalle est pesante, il la soulève pour se libérer !

–Qui est cet homme ?

–Il n'a pas de nom… Il n'a pas de vie…

–Il n'existe pas… Il n'existe plus…

–Il est figé… Il tient cette dalle levée…

Le Maître essaie de comprendre, il veut encore interroger, mais il constate avec surprise et émotion que ses Demoiselles reposent serrées l'une contre l'autre dans le vaste fauteuil. Leurs yeux sont fermés, leur visages lisses sont détendus. Leur respiration accordée est régulière : elles se sont rendormies.

Alors le Maître les prend dans ses bras, d'abord l'une, ensuite l'autre, et va les remettre chacune dans son lit. Il tire les couvertures, et, sur la pointe des pieds, sort de la chambre en fermant la porte.

Quelques heures plus tard, ne gardant aucun souvenir de leur voyance de l'aube, Estelle et Edwige, en pyjama, déjeunent gaiement.

–Où est le Maître ?

–Il est parti. Je sens quand il n'est pas là.

–Moi aussi. Son absence fait comme… un vide dans l'appartement.

–Ressers-moi un peu de café.

–C'est ta deuxième tasse…

–J'ai l'impression d'avoir mal dormi.

–Attention ! Tu mets trop de sucre ! Tu vas encore grossir !

–Viens plutôt dans la bibliothèque voir s'il n'a pas laissé un message.

Vivement elles se lèvent et sautillent jusqu'au sanctuaire du Maître : cette bibliothèque immense, « borgésienne », à perte de vue.

Rien de visible au premier abord. Mais sur le lutrin un livre est ouvert. Elles se précipitent :

–Ce livre n'était pas là hier…

–Il l'a consulté ce matin…

–C'est juste un des gros dictionnaires…

–Regarde ! L'image… cette statue… un homme qui soulève sa dalle !

–En effet… ça me rappelle vaguement quelque chose…

–Cette nuit. Ici…

–Oui, là dans le fauteuil…

–On a parlé d'un homme immobile qui soulève sa dalle…

–Nous ? Ou lui ?

–Nous ! Nous ! Je me souviens de nos voix ! C'était une voyance ! Nous avons joué les médiums cette nuit pour le Maître !

–Et… cette image… c'est la statue dont on a parlé ?

–Certainement ! Qu'est-ce que c'est ?

Estelle se penche et lit la légende : « Tombeau de Jules Verne, cimetière de La Madeleine, Amiens. »

–Comment a-t-il fait pour trouver que l'homme soulevant la dalle, c'était une statue, et cette statue précisément ?

–Il est trop fort pour nous ! Mais il ne doit y avoir qu'une seule statue représentant l'enterré qui soulève sa dalle pour sortir !

Elles se taisent un moment, rêvant sur la reproduction. Toutes deux ont la même pensée.

–On y va ?

–Bien sûr, on y va !

–C'est dans le nord…

–La mort y rôde !

–Et aussi cette femme mystérieuse qui communique avec le Maître par transmission de pensée…

–Sans qu'on puisse entendre…

–Cette femme qui est son ennemie…

–Et que pourtant il semble aimer…

–On comprendra peut-être un jour. En attendant, on part pour Amiens.

Edwige court déjà vers la porte, mais Estelle la retient.

–Ce coup-ci, on part pas comme ça, sans rien. Rappelle-toi la tour Saint-Jacques, la pluie, le froid, le vent, tout !

–Tu as raison. Armons-nous !

Et les deux Demoiselles galopent vers leur chambre pour en ressortir bientôt, vérifiant le mécanisme de deux petits pistolets automatiques ciselés que le Maître les autorise parfois à prendre. Elles ont également troqué leurs jupettes écossaises et leurs chandails bleu marine habituels contre des habits plus adaptés aux aventures dans les cimetières provinciaux : jeans délavés, en haut comme en bas.

Elles sortent, courent à nouveau, et une heure plus tard elles sont toutes deux dans le train d'Amiens qui les emporte à la découverte des énigmes du cimetière de La Madeleine.

Il était midi.

Dans un petit café-restaurant où mangeaient les marbriers, les fossoyeurs, les gardiens, les administratifs des pompes funèbres, Estelle et Edwige étaient attablées. Elles se restauraient, écoutant les conversations, guettant les entrées, dans l'espoir que le Maître se dévoilerait ; mais il restait invisible.

Que faire ? Les manifestations négatives qu'elles avaient vues sous hypnose avaient pour cadre le tombeau de Jules Verne, marbre représentant le célèbre écrivain soulevant sa propre dalle, allégorie bien dans le style de l'époque. Mais si le Maître était parti seul, sans les emmener comme il le faisait généralement, c'est qu'un danger qu'elles ignoraient pouvait les menacer. Indécises, entre l'œuf mayonnaise et le boudin-purée, elles tendaient l'oreille, mais en vain.

Tout autour d'elles, des employés de la voirie, chargés de l'entretien, parlaient haut avec deux convoyeurs vêtus de noir.

Des gardiens en casquettes immatriculées et blouses grises, au bar, commentaient les résultats des courses.

Les Demoiselles se dépêchèrent d'avaler le plum au rhum qui constituait le dessert du menu à soixante-quinze francs, se firent servir des cafés et, dans l'indifférence générale, se levèrent et gagnèrent la porte.

Juste en face, de l'autre côté de la route départementale, s'ouvrait le cimetière. Des visiteurs entraient et sortaient. Un long mur clôturait La Madeleine, qui passe pour être un des plus grands champs de repos français.

Mais au moment où Edwige posait la main sur la poignée de la porte, une autre main, inconnue celle-là, lui saisit le poignet. Elle sursauta et se dégagea tout en se retournant vers le propriétaire de la main importune.

C'était un homme d'apparence âgée, en blouse de travail maculée de terre, une casquette informe enfoncée jusqu'aux yeux. Contre le bar où il buvait un blanc sec, étaient appuyés ses outils : pelle et râteau. Un simple employé du cimetière, semblait-il, de ceux qui entretiennent les allées.

– Mesdemoiselles… s'il vous plaît… je peux vous offrir une consommation ? Un autre café, peut-être ?

Estelle tira sa compagne en arrière et apostropha vivement l'ouvrier :

– Nous sommes pressées… on nous attend !

L'inconnu sourit finement :

– Vous avez peut-être rendez-vous avec Jules Verne ?

Interdites, les jeunes filles se figèrent, fixant l'homme avec curiosité :

– Comment savez-vous cela ?

– Qui vous a dit ?

– Vous… vous connaissez… le Maître ?

Doucement il les enlaça par les épaules et les poussa au bar. Il commanda d'autorité deux cafés pour les demoiselles et une fine pour lui. Lorsqu'ils furent servis tous les trois, il prit la parole, répondant ainsi à l'interrogation muette qu'il lisait dans les yeux ronds des jeunes filles.

– C'est juste pour un conseil… je ne connais personne, je ne sais pas qui est ce Maître dont vous parlez, ni qui vous êtes vous-mêmes. Tout ce que je sais, pour l'avoir entendu quand vous étiez à table, c'est que vous projetez d'aller voir le tombeau... celui de Jules Verne... et ce que je sais également, c'est que vous avez tort. Même en plein jour, même à midi, la tombe est malfaisante. De jeunes gamines comme vous disparaissent dans les environs, depuis quelque temps.

–Vous voulez dire... on les enlève ?

–Je ne sais pas, je ne sais pas... personne ne sait... tout ce que l'on dit, la police comme l'administrateur de La Madeleine, c'est que des jeunes filles sont allées voir cette tombe et qu'on ne les a plus revues.

–Vous croyez nous faire peur, bonhomme ?

–Vous devez me croire, mes gentilles demoiselles. Si vous allez là-bas, tout au fond, vers la tombe de monsieur Jules Verne, vous risquez de ne jamais revenir ! Ne soyez pas désobéissantes !

Cette dernière phrase était dite sur un ton de commandement qui tranchait avec le discours plutôt embarrassé de l'homme. Un instant, elles furent surprises et hésitèrent. Puis leur naturel aventureux prit le dessus. Elles éclatèrent de rire, et devant la mine déconfite de l'ouvrier, se prirent par la main et sortirent.

À travers la vitre, il les suivit des yeux, qui, main dans la main, encore riant aux éclats, couraient vers la grille ouverte.

Elles entrèrent et bientôt disparurent dans une allée, les premières tombes les cachant aux regards. Alors il jeta quelques pièces sur le comptoir, prit ses outils, les cala sur son épaule, et sortit. À son tour, il se dirigea vers le cimetière.

Quand on était au cœur du cimetière de La Madeleine, on était *ailleurs*. Il s'étendait, aurait-on dit, sur plusieurs hectares. C'était comme un labyrinthe, comme une jungle touffue où se succédait une végétation luxuriante de monuments baroques ou anciens, allant de la pierre tombale moussue et cassée au tombeau imitant une cathédrale gothique, en passant par le simple tumulus surmonté d'une croix de bois. Tous les genres, tous les styles étaient représentés. Certains, émouvants dans leur impécunieuse simplicité, d'autres surchargés comme une pâtisserie viennoise. Le terrain occupé était si vaste que l'on pouvait s'y égarer le soir, et mettre un temps assez long avant de croiser une des grandes allées conduisant à la grille. Certaines parties, très anciennes, à l'abandon, montraient de vieilles croix de fer rouillées surgissant au milieu d'un enchevêtrement de lianes, de ronces, d'arbustes et de mauvaises herbes. Ailleurs, c'était le sinistre alignement au carré d'une hécatombe militaire.

Malgré les nombreux visiteurs, Estelle et Edwige ne croisaient que de rares personnes penchées sur des tombes, déposant un bouquet ou une couronne ou même de vieilles dames assises sur des pliants, monologuant à voix basse, quelque affreux chien en laisse à leurs pieds. Et plus elles avançaient vers l'endroit qu'un gardien leur avait indiqué comme étant celui de la tombe recherchée, plus les promeneurs se faisaient rares, car cette partie n'était plus en activité depuis longtemps. Le soleil s'était caché, il commençait à faire froid. Estelle murmura son hésitation :

– Peut-être qu'on a tort d'aller là-bas sans le Maître…

– Qu'est-ce que tu veux qu'il arrive ? C'est le fossoyeur du restaurant qui t'a fait peur ?

– Pas du tout, mais… enfin… Le Maître a bien dit de ne prendre aucune initiative en son absence, jamais…

– Regarde ! c'est là !

En effet, le mausolée de Jules Verne se dressait à quelques mètres, au détour de l'allée qu'elles suivaient, plongé dans l'ombre. Elles avancèrent jusqu'à l'ensemble, et se mirent à l'examiner avec intérêt. Mais au bout d'un moment, force leur fut d'échanger un regard désappointé. Il n'y avait là rien de particulier, aucune trace de l'éventuelle présence ou même du passage du Maître, non plus que des dangers sous-entendus par leur vision et soulignés par l'homme du restaurant.

– On s'en va ?

C'était la craintive Estelle qui regardait de tous côtés. Elles étaient en apparence seules dans cette partie de l'immense cimetière.

– On aurait fait tout ce voyage pour repartir si vite ? Pas question ! Le Maître est ici ou il y est venu. Tout concorde. Il est peut-être en danger.

– Comment le trouver, alors ? Où chercher ? Comment ?

Edwige regarda sa compagne avec un sourire énigmatique.

Elle avait son idée, et elle ne tarda pas à en faire part à sa complice inquiète :

– Et si on essayait de faire marcher nos dons de médiums pour retrouver le Maître ?

– Nous ? Sans lui, sans son relais mental… c'est impossible.

– Ce qui est possible, c'est de le contacter mentalement. On aurait dû le faire à Paris avant de venir, mais on avait tellement envie de partir à l'aventure… On essaye ?

– Allons-y. Mais s'il ne répond pas, d'accord, on y va de ton idée.

Elles fermèrent les yeux, firent le vide dans leurs têtes, et attendirent une manifestation du Maître.

Rien ne se produisit. Rechercher le contact avec lui, sans sa participation, était voué à un échec certain.

Edwige reprit, enfonçant le clou :

– On essaye mon truc ?

– Comment tu veux faire ? Qui va nous hypnotiser ?

–Moi. Regarde mes yeux ! Regarde ! Et fais le vide en toi !

Docile, Estelle fixa les yeux d'Edwige. Celle-ci attacha son regard à celui de son amie et, comme elle avait vu si souvent le Maître pratiquer, elle fit les gracieuses et géométriques passes manuelles. Estelle était sans réaction, l'esprit vide. Les mains fines passaient et repassaient, comme un film au ralenti, devant ses yeux.

Soudain une voix se fit entendre dans leurs têtes à l'une comme à l'autre, une voix de femme qui suppliait : « Au secours… au secours, je vous en supplie, venez me délivrer… Je suis tout près de vous… Là… à droite du tombeau… sous le saule… je vous en prie… vite… Vite… Le Maître est en danger… »

Stupéfaites, les Demoiselles cessèrent instantanément leur tentative et se tournèrent dans la direction indiquée par la voix intérieure qu'elles écoutaient.

Et en effet, sur la droite du tombeau de Jules Verne, à quelques dizaines de mètres, entouré de buissons épais, se trouvait un saule pleureur. Ce qu'il pouvait éventuellement y avoir sous les branches largement étendues de ce saule était totalement dans l'ombre.

Edwige voulut s'y précipiter mais Estelle la retint par le bras :

–Attends. Si c'était un piège ?

–C'est notre seule piste ! La voix parle du Maître ! Il ne nous contacte pas, il est en danger, viens !

Et Edwige entraîna Estelle. Sans prendre davantage de précautions, elles coururent et entrèrent dans l'ombre sous les branches du saule.

Elles disparurent, comme si l'arbre les avait soudain avalés.

C'était un monde obscur, comme un morceau de nuit posé là en plein jour par un Magritte surnaturel.

Lentement, les yeux des Demoiselles s'habituaient à la pénombre, et elles ne tardèrent pas à pouvoir examiner la forme étrange, à côté du tronc : perdu dans les herbes hautes se tenait un petit mausolée, au toit en pointe comme celui d'une église, étroit, avec une ouverture grillagée. À l'intérieur, carré de trois mètres de côté, un amas de vieilles couronnes, de feuilles mortes, de branchages et de ronces. Sur le sol un anneau commandait une dalle qui devait, une fois soulevée, révéler des marches conduisant au caveau de famille. La paroi du fond était invisible tant l'ombre y était épaisse. C'est de cette paroi que vint la voix, présente et réelle, cette fois.

–Ouvrez la grille… venez jusqu'à moi… Je suis tout au fond… prisonnière, incapable de sortir…

–Qui êtes-vous ?

–Je suis celle qui peut sauver le Maître… Je suis son rêve d'enfance, je suis sa plus belle aventure, je suis l'amour caché dans un recoin de sa tête, je suis celle qui l'a mis en garde le soir, dans les arènes de Lutèce…

–La femme mystérieuse ! hurla Estelle.

–La rousse de la tour Saint-Jacques, gémit Edwige.

–La libératrice du démon Andras, crièrent-elles à l'unisson.

Pendant un instant, on n'entendit plus que les trois respirations haletantes. Celles des Demoiselles, terrifiées par le retour de la femme mystérieuse, et celle, angoissée, de leur interlocutrice. Enfin cette dernière reprit la parole :

–Je vous en prie, il faut me croire… le Maître est prisonnier… la tombe de Jules Verne est creuse, en dessous, dans le caveau même, le Maître est enchaîné ! Je connais le moyen de faire pivoter la dalle… nous pouvons le libérer… Mais il faut faire vite ! L'air va lui manquer ! Déjà il étouffe ! Avancez vers moi…

Les Demoiselles échangèrent un regard rapide et horrifié. Le Maître pouvait-il être prisonnier, vaincu ? Il les avait délivrées, pour elles il était magique, toujours le plus fort. Mais s'il escomptait leur aide ?

Elles firent un pas en avant, comme la femme mystérieuse sortait de l'ombre. À travers les branches du saule, les derniers rayons du soleil enflammaient sa chevelure. Sur le côté, luisait un petit vitrail montrant Satan, avec sa fourche et ses cornes.

Estelle et Edwige empoignèrent la grille, l'arrachèrent presque de ses gonds, tant elles avaient hâte de délivrer le Maître.

Mais à peine la grille fut-elle ouverte qu'une nouvelle crainte les retint : la splendide femme aux cheveux rouges était elle-même retenue à la paroi du fond par une chaîne dont une extrémité se fermait sur sa cheville tandis que l'autre paraissait scellée dans la paroi. Elle supplia, tellement belle, tellement pâle, tellement rousse, les yeux emplis de larmes, qu'il était presque impossible de douter de ses paroles :

–Il étouffe ! Vite ! Je l'entends suffoquer…

Estelle et Edwige entrèrent dans le mausolée. Sentant la victoire proche, la femme parla plus vite :

–Là, sous la couronne fanée… vite vite !

Les Demoiselles repoussèrent la couronne de fleurs artificielles que la rouille faisait paraître fanées, et ramassèrent une clé. Elles ouvrirent la chaîne, et aussitôt profitant de ce qu'elles étaient baissées, la femme les empoigna par les cheveux, comme elle l'avait déjà fait dans le métro. Elle les arracha littéralement du sol, et quitta le mausolée, tenant à bout de bras, avec une force incroyable, les gigotantes jeunes filles, les jambes dans le vide, criant de rage et de déconvenue.

La femme, maintenant ses deux proies affolées, sortit de l'ombre du saule, s'arrêta, légèrement titubante sous l'effet de la lumière du jour. Estelle et Edwige essayèrent de s'agripper à la robe très simple et très blanche qu'elle portait mais, avec une force inouïe, la créature de l'ombre les suspendit à bras tendus.

Tout autour, les allées étaient désertes. Le soleil était caché.

Alors la femme banda ses biceps, et se prépara à fracasser l'une contre l'autre les têtes des malheureuses.

Juste au moment où elle amorçait l'atroce mouvement, une voix impérieuse tonna :

– Arrête ou tu es morte !

Tournant la tête, elle vit, à deux mètres d'elle à peine surgissant derrière la tombe de Jules Verne, un homme qui brandissait une pioche, prêt à en enfoncer le bout pointu entre ses deux épaules. Cet homme, c'était le terrassier du restaurant, celui qui avait tenté de dissuader les Demoiselles de se rendre dans cette partie isolée du cimetière. Avec un cri de rage, la femme lâcha Estelle et Edwige, qui tombèrent l'une sur l'autre. Elle posa son pied sur elles, les maintenant au sol.

– Vous… c'est vous…

L'homme sourit :

– C'est moi, en effet.

Et il arracha sa perruque, se redressa, enleva ses faux sourcils et sa fausse moustache : c'était le Maître. Au sol, les Demoiselles hurlèrent de joie.

Continuant à tutoyer cette femme en laquelle il ne pouvait s'empêcher de voir la petite fille de son enfance, le Maître ordonna :

– Libère-les.

Subjuguée, elle obéit, retira son pied. Les Demoiselles se relevèrent et coururent vers le Maître, qui ne quittait pas des yeux son ennemie. Alors, s'approchant, en apparence vaincue, elle dit :

– Vous êtes intervenu à temps… je vous sentais dans les environs depuis cette nuit… que savez-vous exactement de ce qui se prépare ?

– Je sais que tu es à l'origine du réveil des entités démoniaques. C'est toi qui a sorti Andras de son sommeil en haut de la tour. Je sais également que ses incantations dans les souterrains du métro ont dû commencer leur œuvre et j'ai compris que tu essayais d'en profiter.

– Maître, est-ce que Andras va revenir ? demanda d'une petite voix Estelle.

– Non, répondit le Maître sans quitter des yeux la femme. Pas Andras. Il a promis et il tiendra parole. Mais un autre est sans doute sur le point de reprendre forme…

La femme eut un sourire ambigu.

–Vous ne pourrez pas l'empêcher. C'est vous, n'est-ce pas, qui êtes venu dans le mausolée sous le saule pleureur, hier, pendant que je tentais d'entrer en contact mental avec l'être qui revient… C'est vous qui, pendant que j'étais absorbée par la tentative spirituelle, avez fermé cette chaîne sur ma cheville…

–C'est moi. Malheureusement les petites sont intervenues pour te libérer.

Estelle et Edwige, à ses paroles, baissèrent la tête, honteuses de leur méprise.

–Vous cherchiez en vain! Celui qui doit revenir n'est pas ici.

–Mais tu sais où il se terre… tu voulais aller le rejoindre pour l'aider.

–Il reviendra! Avec moi! Pour ma gloire et ma puissance!

En criant ces mots, la femme bondit, saisit Edwige stupéfaite, la serra contre elle en la maintenant avec son bras passé autour de son cou et, dans le même temps, son autre main sortit un poignard qu'elle pointa sur le cœur de la malheureuse.

Le Maître et Estelle poussèrent un cri, lui voulut bondir mais il était trop tard, un rire triomphant le cloua sur place.

Tenant sa prisonnière devant elle, la femme recula dans l'allée:

–Je peux la tuer sans hésitation… vous resterez ici une heure entière. Après je serai trop loin pour que vous espériez me rejoindre.

Elle poursuivit, s'adressant au Maître:

–Mon esprit surveillera le vôtre à distance. Vous savez que je peux vous surveiller mentalement. Si vous cherchez à me retrouver de cette manière, je le saurai aussitôt et votre Demoiselle mourra.

Elle recula encore, puis, tenant fermement la pauvre Edwige, elle s'enfuit vers la sortie du cimetière.

Le Maître et Estelle restèrent sans bouger. Impassible, le visage du Maître semblait vide de tout sentiment.

–Mon erreur a été de croire que la créature qu'elle cherche à ranimer était ici, dans ce cimetière… J'aurais dû comprendre que ce n'était que sa cachette à elle, provisoire… Maintenant elle est en route pour l'antre du démon. Elle surveille mon mental, je ne peux pas la suivre.

–Maître, qu'allons-nous faire pour libérer Edwige? Et empêcher cette femme de réveiller un autre démon?

Le Maître répondit ce qu'il n'avait jamais répondu auparavant, et le cœur d'Estelle se serra d'angoisse:

–Je ne sais pas.

C'était le plus vieux des maîtres. Le Vénérable. On disait qu'il avait fêté ses cent ans de vie consciente, plusieurs années auparavant. Il s'exprimait par monosyllabes, d'une voix hachée, râpeuse. Deux moines portaient la chaise sur laquelle il se tenait bien droit jusqu'à la grande salle de méditation où tous étaient assis en cercle. On posa la chaise au centre du cercle. Et, dans la tranquille pénombre, ils fermèrent les yeux.

Ce fut le vieux maître qui le premier entra en état de méditation. Il se sentit libéré de toute attache, de tout poids, de toute pensée : simplement, son esprit était. Il ne se rendit même pas compte qu'il se trouvait à cinq ou six mètres du sol, tant cette lévitation semblait pour lui naturelle.

Comme tous le lui avaient demandé, il chercha l'esprit du Maître, là-bas, à l'autre bout du monde, afin de savoir pourquoi il était silencieux. Et pour lui ce n'était pas l'autre bout du monde, car il n'y avait pas de monde du tout. Seulement une sorte de vide dans lequel il se transportait. Instantanément, il fut dans l'esprit du Maître, il fut le Maître lui-même, et il comprit. Il devina la surveillance dont il était l'objet et qui l'empêchait de communiquer. Le Vénérable intervint, comme en jouant à un jeu facile : il vit la voiture avec Edwige qui conduisait et cette femme qui avait un poignard et la guidait. Au passage, il nota que la couleur des cheveux jurait avec le rouge de la voiture.

Puis il situa la route et l'indiqua au Maître. Il les sentit, lui et Estelle, se mettre à la poursuite de la voiture rouge. Ce jeu l'amusa, et il continua à décrire les chemins et les routes qu'elle empruntait. Et…

Et dans le monastère tous soutenaient le vieux maître, qui se sentait comme sur un coussin et souriait d'aise.

La voiture de la femme mystérieuse avait quitté Amiens par la nationale 16. De toute évidence, elle désirait éviter Paris. Après Beauvais, elle avait pris la direction de Pontoise. Elle arrivait à Amblainville comme la voiture du Maître sortait d'Auteuil, à peine vingt kilomètres derrière elle.

L'une suivant l'autre, les deux voitures gagnèrent les Yvelines comme le soir venait. Dans la voiture de tête, la femme mystérieuse qui, pendant tout l'après-midi, était restée mal à l'aise, gênée par le jour, n'ouvrant la bouche que pour indiquer à Edwige la route à suivre, reprenait maintenant une vigueur qui soulignait son appartenance aux espèces nocturnes. Elle serrait plus fortement dans sa main le poignard dont la pointe n'avait pas un instant cessé de piquer le flanc de la Demoiselle conductrice. Elle se redressait sur la banquette et, déjà, échafaudait une suite d'opérations qui devaient ramener à la pleine conscience le démon assoupi vers lequel elle se faisait conduire. Peu après Dampierre, la voiture rouge avait bifurqué entre Bourgneuf et Rochefort-en-Yvelines.

C'est au petit village de Bullion que le Maître cessa brutalement de se sentir guidé. Tout disparut et sa tête fut vide. On ne saura jamais si l'orage chargé d'électricité qui, venant des montagnes, obscurcissait le ciel au-dessus du monastère du Ladàkh avait été provoqué par les forces négatives, ou s'il était d'origine naturelle. Mais toujours est-il que sa présence fut comme une barrière électrifiée, un champ de forces infranchissables entre la grande salle des méditations et le Maître. La force du vieux maître lui-même ne pouvait traverser ces nuages noirs et grondants. La piste s'arrêtait là.

Alors les moines sortirent de la salle et, dans la grande cour pavée du monastère, ils s'assirent, prirent leurs instruments, et commencèrent à jouer. Quand la musique sacrée fut à son rythme, ils chantèrent en chœur.

Pour soutenir le Maître perdu dans les Yvelines, chantèrent les moines, jouèrent les moines, de leurs instruments ancestraux : les conques, ces trompes en os, courtes, sensibles au souffle de l'intérieur, et celles en métal, longues, reposant sur le sol. Et aussi les hautbois et les cymbales. Pour marteler le rythme de l'ensemble, les timbales sourdes. Et toujours leurs voix montaient, et elles montèrent tant qu'elle atteignirent les nuages noirs et électriques. Alors l'orage éclata, et tous les moines assis dans la cour, jouant et chantant, furent copieusement douchés de pluie chaude et poisseuse.

Cependant, le Maître et Estelle, rendus à leur commune perplexité, hésitaient entre la direction de Rochefort et celle de Bourgneuf. Estelle se rongeait les ongles d'angoisse, en pensant à Edwige. Le Maître tourna la tête vers elle. Sa voix était dure, changée par l'inhabituelle inquiétude :

– Elle ne te surveille peut-être pas… Essaie de situer Edwige… Ferme les yeux… concentre-toi sur elle… fais le vide dans ta tête tout autour de son image…

– Maître… sans votre relais mental… je n'ai aucun pouvoir…

– Tu as le pouvoir du lien qui t'attache à ta compagne… Essaie !

Estelle ferma les yeux, et tenta de faire le vide dans sa tête. Mais devant elle dansaient les images terrifiantes d'Andras, du bouffon, du loup gris et de la femme mystérieuse enchaînée au fond du mausolée sous le saule pleureur.

Elle parvint à écarter ces visions intérieures et à imposer le visage aimé d'Edwige. Elle se concentra sur lui. Le loup gris disparut en premier, puis le bouffon, et enfin Andras lui-même s'en alla. Il ne restait plus que la femme, dans son attitude suppliante, les chaînes aux pieds. Alors, dans un dernier effort, elle transforma cette femme et cette chaîne en vide, en néant, ne gardant plus devant ses yeux clos que le visage d'Edwige. Et, pendant une fraction de seconde, les lèvres d'Edwige bougèrent. Estelle ne parvint pas à entendre, mais elle lut sur ses lèvres les trois syllabes inaudibles.

Elle rouvrit les yeux, et, simplement, épuisée, dit au Maître:

-Rochefort.

La voiture prit à droite.

Quelques instants plus tard, elle roulait à petite vitesse dans la rue principale de Rochefort, sans y rien remarquer d'insolite. Mais au moment où la voiture allait sortit du village, une pancarte sur la droite attira le regard du Maître.

Sur cette pancarte était écrit « Club de golf », et un chemin carrossable grimpait vers un bouquet d'arbres touffus qui masquait le reste du paysage. Le Maître, sans un mot, un peu crispé, engagea la voiture sur ce chemin. Estelle jetait autour d'eux des yeux inquiets.

Il régnait un silence surnaturel. Malgré la présence des arbres, aucun oiseau. Il faisait même un froid insolite, rappelant celui que provoquait Andras en se déplaçant.

Une haute grille, comme celles que l'on trouve à l'entrée d'un parc entourant un château, était ouverte à deux battants, comme une invite. Derrière, le chemin montait toujours. Ils passèrent la grille, et le Maître accéléra car le soleil était déjà bas, longue traînée rouge, et il ne désirait pas affronter de nuit la femme-démon. Enfin, le château parut.

Il dominait, mais les arbres faisaient qu'on ne pouvait le voir de la route. Non plus que le club de golf qui s'étendait sur sa droite, avec, tout au fond, des installations modernes.

Le château était à l'abandon, désolé, presque délabré. C'était une architecture insensée, on aurait dit la version 1920 d'une des constructions de Louis II de Bavière.

Partout des colonnes, des arcades, des avancées comme des ponts, des terrasses et des chemins de ronde encerclant de grosses tours mafflues percées de niches dans lesquelles on devinait des statues d'angelots baroques. Les abords étaient envahis par une jaunâtre végétation de hautes herbes folles, poussant dru, au milieu des cailloux et d'une terre comme gelée, dure, craquante sous les pieds. L'ensemble respirait la mort par asphyxie, par abandon.

Le Maître et Estelle entreprirent de rejoindre l'entrée de ce château de folie dont ils étaient maintenant séparés par un vaste terrain d'herbes hautes grimpant jusqu'aux genoux. Ce terrain conduisait, sans la moindre allée, sans chemin, sans passage, à travers la végétation, aux quelques marches permettant d'accéder à la porte qui pendait sur ses gonds et semblait s'ouvrir sur l'intérieur sombre, comme une bouche noire s'ouvre sur le vide.

Sur les côtés, des colonnes supportaient une sorte de pont promenade s'encastrant à angle droit aux deux extrémités de la façade elle-même.

Haut de plus de cinq mètres, il n'était accessible que par le balcon du premier étage sur lequel s'ouvraient des portes-fenêtres. Pour le soutenir, il ne fallait pas moins de deux rangées de colonnes, séparées par la largeur de ce pont, c'est-à-dire trois ou quatre mètres. La pièce de terrain en friche qui conduisait à la porte d'entrée, encadrée par les deux ponts promenade juchés sur leurs rangées de colonnes, faisait comme un piège, comme une boîte ouverte pour laisser entrer le visiteur, et se refermer derrière lui. Les ponts surtout faisaient comme des bras, terminés non par des poings fermés, mais par deux sphinx allongés sur des socles, de taille humaine, qui dévisageaient de leurs yeux de pierre celui qui entrait dans la boîte en tremblant d'appréhension.

Estelle saisit la main du Maître, et s'y cramponna.

Lui, les yeux fixés sur la porte dégondée, au bout du terrain en friche, à cinquante mètres peut-être, cherchait à deviner ce qui pouvait guetter dans l'ombre du hall. Il se taisait, prêt à la moindre manifestation mentale d'Edwige prisonnière.

Ils arrivèrent au milieu du jardin enfermé. Et soudain le Maître disparut ! Ce fut comme si le sol s'était brusquement ouvert sous ses pieds, comme une trappe de théâtre, et l'avait avalé, se refermant après son passage. Estelle cria de frayeur, mais il n'y eut aucun écho à son appel : juste ce silence bizarre et ce froid qui se faufilait sous ses vêtements, sous sa peau, froid que la Demoiselle connaissait bien.

Estelle était seule, dans ce décor disproportionné, muet, et qui pourtant n'était qu'un assemblage de pièges, puisque devaient s'y trouver la femme mystérieuse, Edwige et une ou plusieurs entités monstrueuses que la rousse nocturne était venue ramener à la conscience. Mais ce ne pouvait être le démon chat-huant, il n'aurait pas quitté sa cachette dans la tour après son pacte avec le Maître.

Elle était seule au monde, comme dans ces films situés après un holocauste nucléaire, et dans lequel l'unique survivant erre, désespéré, dans des villes vides, des immeubles déserts, guettant le moindre signe de survie animale ou humaine...

Elle fit quelques pas hésitants vers la façade... sans cesse elle se retournait dans l'espoir que le Maître reparaîtrait... Elle avait frappé à l'endroit où il s'était tenu, mais n'avait trouvé aucun mécanisme à actionner, aucune ouverture à forcer. Rien que les hautes herbes jaunes et la terre noire et grasse, froide et caillouteuse.

Elle s'arrêta de nouveau. Maintenant le soleil frisait l'horizon, derrière elle. La façade paraissait flamber, la végétation était de feu. Baissant la tête, elle vit les herbes bouger, ondoyer. Elle s'accroupit afin de voir quel petit animal se frayait un chemin vers elle.

C'était un serpent. Long, moucheté, il sinuait, son regard froid fixé sur elle. Terrifiée, une sueur moite coulant sur son corps, Estelle se redressa. De tous côtés les herbes étaient agitées.

Elle devina que des dizaines, ou peut-être des centaines d'ophidiens rampaient vers elle. Trop affolée pour hurler sa peur, elle s'enfuit dans la direction qui lui paraissait la plus sûre, c'est-à-dire sur sa droite. En quelques enjambées elle fut près des colonnes qui soutenaient le pont de pierre. Entre elles, se trouvait un passage surélevé d'une trentaine de centimètres par rapport au jardin, et qui conduisait à la porte d'entrée. Mais entre Estelle et ce chemin il y avait maintenant trois serpents qui sifflaient et se ramassaient sur eux-mêmes.

Le sifflement d'un reptile, pour faible qu'il soit, est un son d'épouvante. Rassemblant ses dernières forces, Estelle, sans ralentir sa course, sauta aussi haut et aussi loin qu'elle le put, fermant les yeux. Et elle se retrouva sur le chemin en dur. Sans s'arrêter, elle poursuivit sa course, à grandes enjambées, tandis que derrière elle, les serpents suivaient en sifflant. Atteignant la porte, elle se retourna une dernière fois, dans l'espoir insensé du retour du Maître. Mais elle ne vit que le terrain herbu grouillant de centaines, de milliers de reptiles, qui faisaient comme un tapis vivant.

Respirant un grand coup, Estelle détourna les yeux de cet enfer, et entra dans le château.

Le Maître se releva.

Il n'était tombé que de deux ou trois mètres. Au-dessus de sa tête, la trappe-piège se refermait.

Il tâta les parois du mince boyau dans lequel il avait chu, sans rien trouver. Le sol était de terre battue, comme les parois. Il était dans une sorte de souterrain mal étayé, sans doute aussi vieux que le château lui-même. Il avança. Aucun contact mental n'était possible sous terre. Il était donc séparé d'Estelle comme il l'était d'Edwige.

Il espérait que la Demoiselle encore en liberté entrerait dans le château, car il était persuadé que le souterrain dont le sol commençait déjà à remonter le conduirait dans une des caves et, de là, à l'intérieur. Il pressa le pas, puis se mit à courir.

Au même moment, le soleil rouge, juste avant de disparaître à l'horizon, illumina la façade du château. La pierre devint couleur sang, les reptiles devinrent eux aussi pourpres, et un rayon entra comme une flamme par la porte dégondée, éclairant Estelle. La jeune fille suivit des yeux ce rayon qui traversa le hall, comme une flèche vivante, et s'en vint désigner un escalier qui se perdait en tournant vers les hauteurs, ainsi qu'un sombre et interminable couloir juste à la gauche de cet escalier.

Le rayon n'éclairait que les premiers mètres de ce couloir, mais cétait suffisant pour dévoiler une surprenante silhouette qui avançait en sautillant vers le hall.

Estelle regardait cette silhouette sans y croire tant elle était surprise. Maintenant elle était dans le faisceau lumineux de ce dernier rayon rouge, et on pouvait la détailler.

Il s'agissait de la plus jolie petite fille que l'on puisse imaginer. De longues anglaises blondes tombaient sur ses épaules. Elle portait une robe à volants, avec de multiples fanfreluches, de petits souliers vernis, des gants blancs. Elle était d'un autre âge, d'une autre époque, d'un autre temps.

Elle sautait à la corde. Ses immenses yeux bleus, candides, fixaient Estelle, et sa bouche rouge comme une cerise s'ouvrait en un sourire bienveillant.

Cette apparition, au cœur de ce château ouvert aux quatre vents, vide, habité très certainement par de monstrueuses créatures, laissa Estelle désemparée. La jeune Demoiselle était d'une nature confiante et innocente.

Souriant elle aussi, Estelle s'avança à la rencontre de la petite fille du temps passé qui sautait à la corde sur place, faisant résonner le hall.

Et une chose terrible se produisit. Le soleil disparut à l'horizon, son dernier rayon pourpre s'éteignit, et, avec la venue du soir, une transformation s'opéra. La petite fille sembla se figer. Elle lâcha sa corde à sauter, ses belles boucles disparurent, de même que sa robe, ses volants, ses yeux bleus et ses gants blancs. Même ses souliers vernis éclatèrent.

Alors, devant Estelle épouvantée, il n'y eut plus qu'une sorte de gnome de cauchemar, qui rappelait vaguement, mais en plus difforme, le bouffon d'Andras. Une langue bifide sortait de sa bouche, ses longs doigts osseux étaient terminés par des griffes. Griffues également les pattes sur lesquelles il se dandinait. Ses yeux globuleux, injectés de sang, étaient fixés sur la jeune fille qui se mit à fuir aussi vite qu'elle le pouvait, gagnant l'escalier, escaladant les marches deux par deux en direction d'une petite porte en bois battante, qu'elle vit tout en haut dès qu'elle eut passé le premier coude. Elle fuyait sans se retourner, sans cela elle aurait pu voir, dans le hall, la créature disparaître en fumée. Le gnome comme la jolie petite fille et sa corde à sauter étaient tous deux issus de l'inconscient de la Demoiselle, visions libérées par la présence dans le château de la femme mystérieuse et de celui qu'elle voulait réveiller. Elle atteignit la battante porte de bois, et, sans plus réfléchir, l'ouvrit et passa de l'autre côté.

Dans le souterrain, le Maître poursuivait sa marche, de plus en plus inquiet pour ses Demoiselles. Il pressa le pas, tant sa hâte d'affronter de face ses mystérieux ennemis le tenait. Sous ses pieds le sol devint spongieux, puis recouvert d'un centimètre d'eau. Et, au-dessus, il entendait le mugissement d'une eau tourbillonnante et déchaînée.

Il appela Estelle, puis Edwige. Mais sa voix, était couverte par le grondement sourd. Il courut encore, plus vite, le souffle court et, enfin, le sol devenant pente, monta, monta, grimpa vers la surface, et des marches parurent taillées dans la terre glaise, soutenues par des plaques de bois mal étayées, mais il les gravit en quelques bonds et enfin se trouva à l'air libre, respirant à pleins poumons, essayant de situer le lieu le plus vite possible.

Le souterrain avait traversé le château de part en part, et le Maître venait de ressortir du côté opposé. Il avait devant lui l'autre façade, plus démente encore. L'équivalent du jardin intérieur se retrouvait ici, mais en gradins taillés à la française. Ces gradins de verdure montaient jusqu'à la façade, au centre de laquelle sortait, comme une excroissance, une énorme tour surmontée d'un dôme autour duquel tournait une sorte de chemin de ronde protégé par une balustrade en pierre. Cette tour était garnie de colonnes, des niches s'y trouvaient avec des statues d'angelots en marbre blanc. Là où commençaient les terrasses de verdure, des vasques d'eau descendaient jusqu'en bas, partageant en deux les gradins. À chaque gradin correspondait une vasque. Et, d'en haut, de la tour devant laquelle elle jaillissait, l'eau descendait en cascade harmonieuse. C'était cette eau précipitée de vasque en vasque que le Maître avait entendue, et qui probablement s'infiltrait dans le souterrain lui-même.

Le Maître était en contrebas de ces vasques, le château, lui, paraissait à plus de cent cinquante mètres. Et aucun chemin ne semblait y mener. Escalader les gradins jusqu'à la tour où devait être l'entrée aurait pris des heures.

Sur un piédestal en marbre, encadré par deux sphinx de pierre, un télescope ancien, bagué de cuivre, était braqué sur le sommet de la tour. Le Maître comprit qu'il lui était destiné et y plaça son œil droit.

Il fit le point. L'appareil était dirigé vers le chemin de ronde qui faisait cercle autour du dôme. Il était vide, mais le Maître y remarqua une petite porte en bois qui battait et qui, au même instant, fut repoussée. Estelle parut.

De là-haut, elle ne pouvait bien entendu pas voir le Maître, et encore moins l'entendre. Pourquoi avoir arrangé cette situation ? Le Maître devina qu'on les avait menés là à dessein, lui, Estelle, et probablement Edwige. Mais dans quel but ?

Alors, brusquement, la nuit vint. Une nuit bleue, dont les prémices avaient éclairé l'entrebâillement de la porte de bois derrière laquelle s'était trouvée Estelle.

Le Maître comprit pour quel étrange ballet il avait été assigné à cette place, afin que ses Demoiselles lui soient inaccessibles, et qu'il puisse en voir la mort, consommant sa défaite.

Un lent battement d'ailes se fit entendre au-dessus de sa tête. Il regarda et vit comme un grand oiseau noir, venant du parc, qui se dirigeait vers les vasques, emportant sa proie inconsciente.

C'était une des plus belles et des plus tragiques fantasmagories qui se puisse imaginer. La bête, de taille humaine, volait au moyen de deux grandes ailes noires angéliques, aussi grandes que son corps. Mais ces ailes déployées étaient les seuls points communs entre cette créature et un oiseau : le reste était une femme, dont la longue chevelure blond-roux se déployait derrière elle. Une femme toute de mystère, qui tenait dans le creux de ses bras le corps évanoui d'Edwige.

La femme-oiseau montait, montait lentement, à quelques mètres seulement du sol, parvenant aux gradins et, atteignant l'alignement des vasques d'eau, la cascade éclaboussa son corps nu. Elle se dirigeait vers la tour centrale, vers le chemin de ronde au-dessus du vide. Estelle penchait la tête, hésitant à reconnaître sa compagne en travers des bras de la belle et monstrueuse femme ailée.

La vision toute d'étranges couleurs, de blanche nudité, chevelure pourpre et ailes noires, avait cette beauté fatale qui engendre la folie. Reconnaissant enfin Edwige, Estelle tendit ses bras vers l'ange noir qui montait vers elle.

Et elle reconnut la femme mystérieuse, comprenant du même coup le piège qui lui était tendu. Comme la créature arrivait à hauteur du balcon, où elle posait le corps alangui d'Edwige, Estelle prit dans sa poche le petit pistolet dont elle s'était munie en prévision des dangers qui entouraient la tombe de Jules Verne. D'une main elle agrippa Edwige, de l'autre elle fit feu.

Une étoile de sang éclata sur le corps de la femme volante. Le flanc percé, elle tomba en arrière, dressant les bras, cherchant vainement un appui où accrocher ses doigts.

D'en bas, le Maître la vit tournoyer sur elle-même. Puis elle parvint à faire battre ses ailes, freina ainsi sa chute, mais tomba sur la première vasque. Elle se releva, titubante, l'eau dégoulinant sur elle, et de nouveau tomba en arrière. Elle dégringola ainsi de vasque en vasque, se blessant, se redressant, sans parvenir à garder un équilibre qui lui aurait permis de prendre son vol et de se poser dans un endroit moins précaire.

Enfin, elle s'écroula au pieds du Maître.

Il se pencha, mit un genou en terre et soutint la tête de cette étrange femme en laquelle il ne pouvait s'empêcher de voir la petite fille de jadis, la petite fille en chemise blanche qui sortait de sa tombe bouleversée, un corbeau posé sur sa main.

Elle le regarda, sourit difficilement. Un peu de sang coulait au coin de ses lèvres.

–J'ai encore perdu... Mais votre victoire est amère, n'est-ce pas ?

–Pourquoi attirer dans des pièges celui qui pourrait t'aimer, petite fille magique ?

–C'est comme ça, dit-elle tristement.

Ils se regardèrent encore sans rien dire, et le Maître crut lire dans les yeux qui maintenant se voilaient, comme un attendrissement soudain, comme une émotion. Elle murmura :

–Vous... tu... tu n'as rien à craindre. Le démon devait s'éveiller cette nuit et pour cela il me fallait un sacrifice... J'avais choisi le sang de tes Demoiselles... elles m'échappent... le démon qui dort sous ce château abandonné ne sortira pas... Écoute... juste... pour la fin... immerge-moi dans la plus grande des vasques d'eau, la dernière, tout en bas... juste devant toi...

–Dans cette vasque ?

–Oui. Uniquement... uniquement pour... la... beauté... de l'image.

Elle exhala un dernier soupir.

Le Maître lui ferma les yeux, puis il souleva le corps, les grandes ailes noires traînant par terre. Il avança jusqu'à la vasque, s'appuya tout contre la bordure de pierre.

Là-bas, descendant les espaliers herbus, roulant, boulant, riant et se poursuivant, les deux Demoiselles de l'Étrange approchaient.

Le Maître déposa le corps de la femme mystérieuse à la surface de l'eau, et le regarda s'enfoncer lentement. Et il vit *la beauté de l'image* dont elle avait parlé : le corps blanc avec de chaque côté les ailes noires, les cheveux qui flottaient et s'étalaient autour du visage. Et, en même temps, l'eau se teintait de sang, le pourpre de ce sang se mêlant au pourpre de la chevelure. Estelle et Edwige arrivaient, le Maître les entendait rire avec insouciance. Mais il ne tourna pas la tête : il fixait la vasque d'eau.

On ne voyait plus trace de la femme-oiseau. Seulement, l'eau du bassin était rouge, de ce rouge indéfinissable qu'avait eu tout à l'heure le soleil avant de disparaître.

Devant lui, essoufflées, les Demoiselles ouvraient déjà la bouche pour interroger le Maître. Mais celui-ci posa doucement un doigt sur ses lèvres, et elles se turent, comprenant que l'heure était au silence. Les prenant chacune par une main, il les emmena vers la sortie du parc où sa voiture attendait.

Au loin, le clocher de Rochefort-en-Yvelines sonna neuf heures.

INTERMÈDE

Le soir tombait sur Paris. Il faisait froid, les rares passants se hâtaient, sans regarder autour d'eux. S'ils avaient prêté attention, ils auraient pu remarquer un mouvement insolite non loin de la rue Olivier-de-Serres.

En effet, en contrebas de cette rue, se trouvent les voies abandonnées de l'ancien chemin de fer de ceinture. Triste décor désert, végétation lamentable, hautes herbes poussant au hasard entre les rails qui achèvent de rouiller.

Ce soir-là, un chien bâtard et solitaire errait tristement le long de cette voie de nulle part, à la recherche d'un mulot ou même d'un chat efflanqué pour distraire sa faim. C'était un chien jaune, de ces bêtes sans race, sans attrait, qui cachent pourtant des trésors d'affection, mais que la solitude restitue inexorablement à la sauvagerie.

Le chien vagabond s'arrêta soudain, étonné. Entre les rails, bousculant les pierres et les cailloux, la terre remuait. En haut, dans la rue Olivier-de-Serres, les humains pressaient le pas, car en même temps que la nuit, venait une petite pluie fine et désagréable.

Inquiet, le chien jaunâtre se hérissa et se mit à grogner sourdement.

La terre maintenant se soulevait comme une bosse. Il était évident, même pour un pauvre chien inconscient, que quelque chose, en dessous, poussait pour sortir.

Une main, une main d'homme, jaillit alors, cherchant un point d'appui en remuant ses cinq doigts.

Le chien hurla à la mort, et s'enfuit.

Alors la terre éclata.

Un jeune homme sortit tout entier, sauf sa main gauche qui restait agrippée à un objet qu'il maintenait fermement et qui était encore dissimulé. Il regarda autour de lui. Il était sympathique, la trentaine, et son sourire éclairait une bouche pleine de dents. En riant, il soliloqua à mi-voix :

– Ah ça mais… où suis-je ? Entre des rails… c'est la nuit… il pleut… Eh bien comme ça, personne ne m'empêchera de ramener ma découverte…

Il agrandit le trou avec sa main droite, arrachant la terre, et dégagea sa main gauche et ce qu'elle tenait : une solide corde, qu'il se mit alors à tirer à deux mains, afin de ramener l'objet qu'elle liait.

Bientôt apparut une sorte de boîte oblongue, à forme vaguement humaine, enfermée dans une gangue de terre meuble qui tombait par petites plaques et révélait des sculptures sur le couvercle, comme on en voit sur les sarcophages.

Ce couvercle comportait d'ailleurs un haut-relief représentant une forme féminine. Il pouvait donc bien s'agir d'un sarcophage, que le jeune homme sortit complètement de la terre, et posa en travers des rails, afin de reprendre son souffle.

Il dit, toujours souriant, époussetant ses habits couverts de terre :

– Il faudrait un taxi... ma vieille Buick est sûrement en fourrière... ça va faire trois jours que je fouille ces anciennes galeries souterraines...

À ce moment, sortant de l'ombre, derrière les arbustes et les broussailles des bords de la voie ferrée, plusieurs silhouettes se montrèrent, faisant cercle autour du jeune homme.

Tous avaient le visage recouvert de simples masques blancs. Mais ces masques étaient opaques : aucune ouverture n'avait été pratiquée pour les yeux. Ceux qui portaient ces masques étaient aveugles.

Alors ils s'écartèrent pour laisser passer une femme.

Vêtue de noir, elle était en deuil. Elle portait un large chapeau, et ses traits étaient dissimulés par une épaisse voilette.

Elle regarda le jeune homme stupéfait, et lui dit :

– Votre découverte n'ira pas au musée de l'Homme, professeur Ferne. Voici trois jours que je vous observe. Il était temps d'intervenir : vous alliez ouvrir ce sarcophage. Et vous seriez mort instantanément.

Elle fit un signe. Les aveugles masqués se jetèrent alors sur le jeune professeur Charles Ferne.

LE REGARD DE LA FOLIE

Dans la pénombre de la chambre, on entendait gémir les Demoiselles endormies. Même, par instant, l'une ou l'autre poussait un cri étouffé. Toutes deux s'agitaient dans leur sommeil, la sueur faisait luire leurs fronts, leurs corps se cabraient et se tordaient. C'était un de ces cauchemars de l'aube qui précèdent le réveil. Il pouvait être cinq heures du matin.

Soudain, un mouvement brusque arracha Estelle à ses draps. Elle bascula du lit supérieur qu'elle occupait, et tomba sur le tapis, s'éveillant du même coup. Le bruit qu'elle fit réveilla aussitôt Edwige qui se dressa dans son lit. Suivant leur habitude, elles se regardèrent aussitôt. Cette manie d'échanger un regard de complicité ou de connivence au moindre prétexte leur venait de l'époque presque oubliée où, l'esprit enseveli elles allaient se tenant par la main, errant dans la campagne, pauvres idiotes du village.

–Qu'est-ce que c'était? demande Edwige encore ensommeillée.

–Une menace, comme une ombre qui obscurcissait tout.

–Et... des yeux, tu sais, des yeux qui...

–Oui, il y avait deux yeux... mais... comme le néant autour, pas de bouche, même pas de visage...

–Et... ces yeux... qu'est-ce qu'ils faisaient, déjà?

–J'ai oublié. Tout le rêve est en train de disparaître...

–Ça y est, moi aussi, tout s'en va... Attends, il y a une gare.

–Toi aussi tu vois une gare?

–C'est une gare parisienne. Précise, nette.

–Tout a disparu, sauf elle. On parlait de... des yeux, non?

–Des yeux? Non, il me semble que c'était... Ah, je ne sais plus, des yeux ou autre chose... mais la gare, oui.

–Dis donc...

–Quoi?

–On a fait le même rêve, toutes les deux, au même moment.

Elles se turent, afin d'étudier cette coïncidence: faire le même rêve mystérieux.

Puis Edwige dit, sérieuse et excitée:

–Il faudrait aller dans cette gare pour voir ce qui s'y passe.

–Tu crois?

–C'est un signe, tu sais. La seule partie du rêve dont nous nous souvenons, c'est cette gare. On doit pouvoir la reconnaître. Tu la vois bien?

–Parfaitement.

–Alors fermons les yeux et concentrons-nous.

Ce qu'elles firent.

Estelle la première rouvrit les yeux et dit, gaie et sûre d'elle:

–C'est la gare du Nord.

Edwige examina cette proposition, et confirma:

–C'est bien la gare du Nord.

–Viens, on va en parler au Maître. Il va certainement se passer un truc pas banal aujourd'hui gare du Nord…

–Dommage qu'on ne se souvienne pas du rêve entier…

–Tu disais… des yeux, c'est ça?

–Non… je ne me rappelle plus…

Tout en bavardant, elles étaient sorties de leur chambre, et, pieds nus, en silence, elles remontaient l'interminable couloir sombre qui coupait comme une frontière leurs quartiers de ceux du Maître.

La porte de sa chambre était ouverte, celle de la bibliothèque fermée. C'était là deux signes convenus: le Maître était en méditation ou en communion mentale avec le monastère et il n'était pas question de le déranger. Autrement, c'eût été le contraire: bibliothèque ouverte, chambre close.

Dociles, les Demoiselles s'en retournèrent, en chemises de nuit, jusqu'à la salle de bains qui jouxtait leur chambre. Elles commencèrent à se laver et à se préparer. Sans s'être consultées, elles savaient que la curiosité serait trop forte. Le Maître pouvait être isolé des heures, son esprit fermé à toute sollicitation. La seule manière d'éclairer leur rêve commun était de fureter gare du Nord. Même s'il n'était que cinq heures du matin.

Que peuvent faire deux pimpantes jeunes filles, vêtues de robes claires, un peu avant six heures, sur les quais de la gare du Nord? On aurait dit deux petits lutins bavards, riants et sautillants, qui, chercheurs de mystères, détectives de l'impossible, furetaient dans les coins et recoins, en quête d'une destination insolite, d'un convoi pour ailleurs… Mais les trains qui partent vers le nord sont tous pareils, et à cette heure ils sont habités de tristes voyageurs qui étouffent des bâillements ou mordent à même de copieux casse-croûte.

Pourtant, là-bas, tout au bout… mais oui, c'est une voie avec un train qui ne comporte que deux wagons de voyageurs et un wagon de marchandises en queue. C'est un bien petit train, avec ses trois wagons.

Et personne sur le quai, pas de mouchoirs qui s'agitent, pas d'au revoir, pas de famille. Pourtant les lumières brillent dans les couloirs. Le train n'est mentionné ni sur le grand panneau central, ni à l'entrée du quai numéro cinq, ni sur les wagons. Quel est ce train ? Où va-t-il ? Qui emporte-t-il ? Déjà, les Demoiselles de l'Étrange, sautillantes, se tenant par la main, s'engagent sur le quai.

Un employé vient à leur rencontre, vivement, leur fait signe de s'arrêter :

–Mesdemoiselles, on ne passe pas…

–Y part quand ?

–Y va où ?

L'employé de la SNCF sourit aux gamines rieuses :

–On sait pas… C'est un train réservé… comme privé, quoi. Il va s'en aller. S'il vous plaît, circulez…

Elles font mine de partir, mais dès que l'employé s'éloigne de quelques pas, elles se faufilent et grimpent dans le premier wagon, se dissimulent dans les toilettes, riant sous cape… Sans un signal, sans un coup de sifflet, le train pour nulle part s'ébranle et, lentement d'abord, longe le quai, quitte la gare. Le voilà qui file maintenant, à toute vitesse, vers le nord !

À Paris, le Maître sort de la bibliothèque et se dirige vers les appartements des Demoiselles afin de voir si elles sont éveillées, car le silence est inhabituel. Avec cette acuité des sens qu'il possède, le Maître ressent comme une impression d'absence, de manque. Et en effet il constate bientôt que l'appartement n'abrite plus les deux jolies petites fugueuses, parties sans laisser d'adresse et pour un motif inconnu.

Le train énigmatique qui les emporte roule dans la campagne. Il est sept heures du matin. Il est temps de sortir des toilettes et de se hasarder dans les couloirs. C'est un vrai train, de ceux qui possèdent des compartiments où on peut sortir pour fumer une cigarette. Estelle risque un œil : le couloir est vide, mais les compartiments sont occupés, cela se sent, cela se devine… Elle fait signe à Edwige, et, l'une derrière l'autre, mine de rien, sur la pointe des pieds, trotte-menu, elles se risquent. À droite, la campagne défile derrière les vitres. À gauche, c'est le premier compartiment et, en passant, comme si de rien n'était, elles regardent avec un petit air dégagé.

À l'intérieur se trouvent sept ou huit personnes qui tournent ensemble leurs têtes vers Estelle et Edwige, en les entendant, malgré toute les précautions qu'elles ont prises pour ne pas faire de bruit.

Tout d'abord, les Demoiselles pensent que ce train spécial est celui d'un voyage organisé pour quelque carnaval, car tous les occupants sont habillés du traditionnel costume du Pierrot lunaire de la comédie italienne: veste blanche à gros pompons, calotte noire sur la tête dissimulant les cheveux, léger pantalon flottant, visage… oui, sur le visage de n'est pas du maquillage blanc, c'est un masque, un simple masque en carton inexpressif, et ces masques sont opaques, aucun trou pour les yeux, rien qui puisse laisser passer le regard.

Les étranges voyageurs sont aveugles, tout au moins quand les masques sont posés sur leurs figures.

Affolées par cette découverte, les deux Demoiselles, regrettant déjà leur escapade dans ce train fantôme, l'une bousculant l'autre, remontent le couloir et passent devant le deuxième compartiment sans s'arrêter. Mais elles remarquent les mêmes inquiétants pierrots aveugles qui, entendant du bruit dans le couloir, se lèvent et avancent, de cette démarche hésitante de ceux qui ne voient pas, vers la portière coulissante qu'ils se préparent à écarter. Ceux du premier compartiment ont fait de même, et déjà trois d'entre eux paraissent dans le couloir, les mains tendues en avant, progressant à petits pas.

Bientôt ce sont quinze, vingt aveugles tâtonnants qui obligent les Demoiselles terrifiées à reculer vers le dernier compartiment, à le dépasser comme d'autres pierrots en sortent. Tous ces travestis, mains en avant, silencieux, suivent les intruses au bruit, menaçants.

Soixante, cent mains se tendent maintenant vers les gamines épouvantées qui se heurtent à la porte-soufflet séparant les wagons. Fébrilement, se gênant, se griffant, elles écartent les portes coulissantes et franchissent le *no man's land* entre les voitures, faisant résonner de leurs quatre pieds les plaques de fer. Enfin les voici, dans le second wagon de voyageurs, séparées de leurs poursuivants par ces obstacles qu'aveugles ils mettront plus longtemps qu'elles à forcer.

Elles courent vers la queue du train, vers le wagon de marchandises qui peut-être abrite un employé, un homme à casquette SNCF rassurant, un postier, un contrôleur, n'importe qui… Elles passent le premier compartiment, vide, le second, vide lui aussi, et s'arrêtent soudain devant la porte du dernier, car là quelqu'un est assis, tout au fond, côté fenêtre, regardant défiler le paysage.

Là-bas au bout, les pierrots masqués sont venus à bout des soufflets, et ils entrent dans le wagon. Quelque chose a changé dans leur allure: ils ne tendent plus les mains en avant, les premiers tiennent un poignard, et la lame est pointée devant eux, en direction du ventre barbouillé d'angoisse des deux Demoiselles. Celles-ci frappent à la vitre du compartiment, tirent, poussent, ouvrent, interpellent:

–Madame! Mademoiselle! Je… nous…

La passagère se retourne. Elle est en grand deuil, toute vêtue de noir, longue robe, corsage, veste, gants ajourés, bottines à l'ancienne, tout est noir comme le corbeau qu'elle tient sur une de ses mains, dans un geste empreint d'élégance, qui rappelle celui du fauconnier. Une épaisse voilette couvre ses traits.

Interdites par ce spectacle qui tranche par sa couleur sur celui des pierrots qui approchent, Estelle et Edwige se taisent. La femme porte alors sa main libre vers son visage, et soulève lentement la voilette qui la masque.

Un double cri de terreur sort de la bouche des Demoiselles, car elles reconnaissent leur ennemie, la femme mystérieuse pourtant ensevelie par le Maître lui-même dans la grande vasque du château de Rochefort !

La femme se lève, avec le sourire du chat qui a du mal à croire que la souris vient de tomber entre ses pattes. Hurlantes, les Demoiselles, qui sentent déjà la pointe du plus proche poignard griffer la laine de leurs chandails, franchissent d'un bond les portes et le soufflet qui mènent au troisième et dernier wagon, celui de marchandises.

C'est une longue boîte de bois vide, et tout au bout, par la vitre d'une petite porte, on voit défiler les rails, vision exaltante et terrible, car cette porte donne sur le vide, sur le rien, sur le néant de ces deux parallèles infinies qui suit le train spécial.

À la faible lumière d'une petite ampoule plafonnière, Estelle et Edwige, un instant en paix car elles se barricadent en poussant le verrou qui ferme la porte de séparation, examinent les lieux.

Dans un coin, il y a deux paquets. L'un recouvert d'une bâche a la forme et la taille d'un cercueil. L'autre est un jeune homme bâillonné, pieds et poings liés.

Ensemble, les jeunes Demoiselles se précipitent, sans avoir besoin de se concerter : l'une arrache la bâche, l'autre le bâillon. Ainsi se montrent le sarcophage et son haut-relief sculpté, ainsi recouvre la parole le jeune homme fureteur des sous-sols parisiens, le professeur Ferne. Aussitôt il s'exclame :

– Vite détachez-moi, et surtout n'ouvrez pas le sarcophage !

Malgré la situation, une certaine espièglerie habite toujours les Demoiselles de l'Étrange.

Estelle repousse en riant le couvercle de la boîte sculptée :

– Et si j'ouvre, qu'est-ce qui se passe ?

Edwige se penche pour voir par la légère ouverture faite par le couvercle :

– Et si je regarde, qu'est-ce qui arrive ?

– Arrêtez ! hurle le jeune professeur. Vous ne pouvez pas savoir ! Ce qu'il y a là-dedans est mortel !

Estelle et Edwige s'immobilisèrent, les mains encore posées sur le couvercle.

Par l'ouverture mince, étroite, on ne voyait rien. Juste la profondeur noire de la boîte oblongue.

Elles échangèrent un regard, et, d'un commun accord, sans rien dire, elles ramenèrent le couvercle qui à nouveau s'emboîta, avec un claquement sec.

Puis elles allèrent libérer le professeur. Souriant, il se releva, frottant ses poignets meurtris, et, inclinant la tête, se présenta :

–Charles Ferne. Professeur d'archéologie au Collège…

Il ne peut en dire plus : des coups sourds résonnaient contre la porte du wagon. Un bélier improvisé faisait craquer le bois.

D'un côté, la triste campagne du Nord défilait à toute vitesse. De l'autre, la femme mystérieuse et ses pierrots aveugles aux armes blanches…

À même les lattes de bois du plancher, les Demoiselles s'assirent en tailleur. Se tenant la main pour se lier l'une à l'autre, elles fermèrent les yeux, se coupant du monde, faisant le vide dans leur esprit. Et Charles Ferne les regarda, bouche bée, sans comprendre.

À travers l'espace, l'esprit du Maître entra dans leurs têtes brunes et s'y installa pour leur parler :

–Ce train se dirige vers la frontière belge… je le suis depuis une heure, je me guide à vos émotions… je suis derrière vous !

–Maître, Maître, pardon d'avoir encore désobéi !

–Obtenez de Ferne qu'il vous révèle le contenu du sarcophage. C'est lui que la femme et ses aides aveugles convoient vers les Flandres ! C'est lui le secret, c'est lui que nous devons connaître !

La communication mentale fut interrompue. Sans doute le train s'éloignait-il trop de l'autoroute sur laquelle roulait la voiture du Maître.

Les jeunes filles se relevèrent, rassurées, de nouveau inconscientes et ludiques. Elles coururent au sarcophage et sans plus de manières s'assirent dessus en riant. Elles ne prêtaient même plus garde aux coups furieux qui ébranlaient la porte du wagon.

–Alors, professeur Ferne, y a quoi ou qui dans la boîte ?

Charles Ferne les regarda, indécis, ne sachant pas qui elles étaient et s'il pouvait parler. Mais les coups de boutoir contre la porte se faisaient de plus en plus violents, le bois craquait, d'un moment à l'autre les poursuivants entreraient. Il dit :

–Personne ne l'a encore ouvert… à en croire mes assaillants, qui ont volé ce sarcophage que j'ai découvert cette nuit, une malédiction mortelle est à l'intérieur. C'est tout ce que je sais.

–Où l'avez-vous trouvé ? demande Edwige.

–Dans les sous-sols de la capitale. Près du lit d'une ancienne rivière souterraine. Un passage sous les catacombes y conduisait. Il m'a fallu trois jours pour le trouver, le dégager, remonter à la surface en creusant avec mes mains là où le boyau était éboulé. Ils m'attendaient à la sortie, cette femme et ses aveugles masqués.

La porte est sur le point de s'abattre. Les Demoiselles ne veulent pas tomber entre les mains de la femme mystérieuse sans connaître le contenu du sarcophage, leur curiosité est plus forte que tout. Elles échangent le traditionnel regard, qui permet de vérifier qu'elles pensent bien la même chose, et, d'un bond, se précipitent sur le sarcophage. D'un même geste, elles en arrachent le couvercle, et les quatre yeux plongent aussitôt à l'intérieur, tandis que là-bas la porte s'effondre et que les hommes masqués de blanc envahissent le wagon.

Par la vitre de la petite porte arrière, les rails défilent de plus en plus vite, dans le paysage du nord, désert. Au loin se profilent les anciens crassiers. Un panneau sur la route qui longe la voie ferrée indique la proximité de la frontière belge.

Sur cette petite route, la voiture du Maître, au maximum de sa puissance, tente de se maintenir à hauteur du train.

Le peu de lumière qui éclairait le wagon permit tout de même aux curieuses Demoiselles et à Charles, qui les avait aussitôt rejointes, de regarder le contenu du sarcophage.

Ils virent une forme féminine. Une robe blanche légère la voilait, seuls ses pieds nus dépassaient. Quant au visage, il était, comme celui des voyageurs du train, recouvert d'un masque blanc opaque, sans trou pour les yeux. Mais ce masque n'était pas un masque de carnaval en carton. Il devait être en albâtre, ou même fait dans une pierre précieuse comme l'onyx ou l'écume de mer, la plus belle, celle des carrières de Turquie.

Les trois aventuriers regardaient avec une stupeur mêlée d'épouvante la poitrine de la créature : elle se soulevait à un rythme régulier.

La femme dans le sarcophage découvert sous les fondations de Paris par le professeur Ferne respirait !

À ce moment les tâtonnants aides de la femme mystérieuse se jetèrent sur les Demoiselles et leur compagnon, qui en un instant furent garrottés et réduits au silence.

Dans le même temps, le sarcophage incroyable était refermé et recouvert de sa bâche grise.

La femme mystérieuse, toujours en grand deuil, toujours voilée, contemplait sa victoire, caressant du bout de son doigt ganté la tête de son corbeau familier, lequel était cette fois perché sur son épaule.

Le train, sans avoir été arrêté, entrait en Belgique.

Cependant le Maître était bloqué à la douane.

Exceptionnellement, sa voiture fut examinée, ainsi que ses papiers. Quand il put enfin repartir, le train était loin et bien entendu aucun des employés qu'il interrogea ne fut capable de lui indiquer la destination exacte de ce convoi privé.

Il arriva à Bruxelles peu avant midi.

Le Maître connaissait bien la capitale belge, pour y être souvent allé dans sa jeunesse. Mais où chercher ? Gare du Midi, on se souvenait effectivement du passage d'un groupe de pierrots accompagnant une femme costumée en veuve... tous devaient se rendre à un bal masqué... On lui parla également d'une camionnette qui avait chargé une caisse, ainsi qu'un jeune homme et deux demoiselles, qui semblaient endormis...

Mais personne ne fut capable de donner une adresse précise ou même une simple direction.

Le Maître était seul dans Bruxelles, coupé de ses aides. Il tenta une jonction mentale, sans résultat. Elles devaient être endormies, en effet. Il roulait au hasard. Il était entré en relation télépathique avec le monastère, en vain. Même le très vieux maître qui l'avait déjà guidé avait été incapable de localiser les Demoiselles en détresse.

Vers quinze heures, comme il se désespérait, il sentit un très faible signal dans sa tête. Un appel, une toute minuscule voix intérieure qui criait, à peine audible : « Maître ! Maître ! Nous sommes là ! »

Aussitôt, il arrêta la voiture, ferma les yeux, fit le vide, reçut plus clairement le message des Demoiselles : éveillées depuis peu, reprenant conscience après avoir été endormies artificiellement, elles étaient attachées sur des chaises, dans le noir, elles ne savaient pas où...

Le Maître ouvrit davantage son esprit, se concentra sur l'image de ses Demoiselles, et le contact devint plus clair, plus précis, presque palpable. Il reconnut la voix d'Edwige :

– Maître, on retire les bandeaux qui cachaient nos yeux... nous sommes... il fait sombre... mais... oui, on dirait...

La voix d'Estelle couvrit celle d'Edwige :

– Un théâtre ou un cinéma... un théâtre. Oui, c'est un petit théâtre. Il est vide, sombre...

Le Maître les interrompit :

– Continuez à décrire ce que vous voyez, ce qui se passe. Je vais vous chercher. N'arrêtez pas de me parler : suivant la proximité ou l'éloignement de vos présences mentales, je vous localiserai. Courage ! Nous y arriverons ! Je démarre !

–Maître, reprit la voix d'Edwige, Maître, c'est un très vieux théâtre, abandonné depuis des années. Tout est plein de poussière, triste, cassé… Il y a quelques rangées de vieux fauteuils usés, salis… nous sommes assises dans ces fauteuils, attachées. Et les pierrots sont éparpillés dans la salle, eux aussi ils attendent… Il y a une scène étroite devant nous. Le rideau est tiré. Un vieux rideau rouge troué, mité… derrière, on devine comme une sorte d'agitation… on prépare un spectacle!

Estelle prit la suite, guidant ainsi le Maître à travers Bruxelles:

–Je vois des ombres qui passent et repassent derrière le rideau rouge… un bruit comme un raclement. On apporte un objet lourd… on le traîne, plutôt. Mais qui? Pourquoi?

Edwige encore, la voix tendue par l'inquiétude:

–La femme mystérieuse n'est pas dans la salle… seuls, une trentaine de pierrots spectateurs silencieux… Ils ne portent pas leurs masques blancs, j'ai pu tourner la tête, il y en a un juste derrière nous: les masques sont sur leurs genoux. Ils ne sont pas aveugles.

La voiture du Maître accomplissait un étrange ballet, allant, freinant, tournant, virant, s'arrêtant, repartant, suivant que la voix de l'une ou l'autre des Demoiselles était plus proche ou s'éloignait. Ces appels du mental des jeunes filles n'étaient perceptibles que pour le Maître. Pourtant, lors de l'aventure d'Andras, la femme mystérieuse avait elle aussi usé de pouvoirs médiumniques. Elle était entrée dans l'esprit du Maître, elle savait quand Edwige ou Estelle lui parlait. Il fallait espérer que pour l'instant son activité derrière le rideau rouge l'accaparait suffisamment pour que le dialogue lui échappe.

La voiture roulait maintenant dans la commune d'Ixelles et la présence mentale augmentait, preuve que le théâtre désaffecté n'était pas loin.

Edwige et Estelle reprirent la parole, l'une succédant à l'autre, à tour de rôle:

–C'est fini… ils ne bougent plus… on dirait que le moment est arrivé… Les trois coups! Quelqu'un frappe les trois coups avec un brigadier… Oh, le rideau s'ouvre… Quelle poussière! On ne voit rien… Ah, ça y est… mais… c'est quoi? La scène est vide, sauf… comme… oui, c'est le sarcophage, debout, fermé… là-bas, tout au fond, attaché contre un pilier, je devine le professeur Ferne… Charles… le jeune homme du train… lui aussi regarde le sarcophage fermé… on vient! Oui, c'est la femme mystérieuse, c'est elle, en veuve noire, avec son corbeau sur la main… Deux pierrots la suivent, eux sont masqués, aveugles… ils tiennent une jeune fille par les bras, elle se débat, on l'entend crier « Lâchez-moi! Mais lâchez-moi donc! Je veux partir! » Mais ils l'entraînent devant le sarcophage. La femme mystérieuse baisse sa voilette… on bande les yeux de Charles Ferne… dans la salle tous se préparent à mettre leurs masques… un des pierrots ouvre le sarcophage ! Il recule, on dirait qu'il a peur ! La fille ne se débat plus, elle regarde l'intérieur du sarcophage… nous on voit rien, il est de profil, mais… oui… quelque chose avance, sort du sarcophage… c'est elle, c'est la femme en robe blanche que nous avons vue ! Elle marche ! Elle respire ! Elle vit ! Elle porte ses mains à son masque d'albâtre, elle va le retirer ! On va voir son visage !

À ce moment le Maître, frénétiquement cramponné au volant, suivant à la fois le récit angoissant et la route intervint d'une voix dure et cassante, rendue coupante par le danger imminent :

– Fermez les yeux ! Ne regardez pas ! Fermez les yeux ! Tout de suite !

Le message mental reprit presque aussitôt :

– On a fermé les yeux juste au moment où la femme en robe blanche retirait son masque… c'était étrange… la fille les yeux agrandis, haletante, et ces deux femmes mystérieuses, l'une tout de blanc, l'autre tout de noir vêtue avec le corbeau… quelqu'un hurle ! Ah, quel cri terrible ! On dirait que c'est la fille qui hurle… c'est fini. J'entends les pierrots murmurer, ils retirent leurs masques… Tant pis, j'ouvre les yeux ! Je veux voir !

– Mon Dieu, c'est horrible, reprit la voix. On referme le couvercle du sarcophage dans lequel la femme en blanc est rentrée… on le cadenasse… on l'emporte ! Mais la pauvre fille qu'ils ont traînée sur scène… Oh quelle épouvante… elle est immobile, statufiée, on la dirait de pierre, de marbre… blanche elle aussi, mais des pieds à la tête. C'est une statue de pierre ! Elle est devenue une statue de pierre ! Au secours Maître, on nous arrache de nos sièges, on nous emporte, on nous…

Le contact fut coupé.

Horrifié, le Maître roulait dans une petite rue dont il avait déchiffré le nom : « Rue de l'Arbre-Béni ». Et là, sur sa droite, il vit une haute construction sombre à deux étages, dont l'architecture rappelait effectivement celle d'un vieux cinéma ou d'un ancien théâtre du début du siècle.

Il se gara, sauta de voiture et se rua vers l'entrée. Elle était bien entendu fermée, mais le Maître exaspéré défonça la porte vermoulue au premier coup d'épaule. En un instant, il traversait le hall, d'un coup de pied il ouvrait une porte battante, et il débouchait dans la salle.

Elle était vide.

De la poussière s'accumulait sur les siège défoncés, à l'exception de ceux sur lesquels s'étaient assis les spectateurs de la bizarre cérémonie décrite par les Demoiselles.

Le Maître traversa la salle en courant et d'un bond prodigieux il sauta sur la scène, saisit à deux mains les bords du rideau rouge rapiécé, l'ouvrit d'un geste large, l'arrachant presque.

La scène était vide, à part une statue de pierre blanche, de taille humaine, et qui représentait une jeune femme la bouche ouverte en un muet et désespéré cri d'horreur.

Le Maître resta un moment bouche bée devant ce spectacle auquel il n'avait pas vraiment cru. Il avança une main, toucha la statue, qui avait la consistance du marbre. Elle devait être en équilibre précaire, car elle bascula et chut de toute la hauteur de la scène, au beau milieu de l'allée centrale. Avec terreur, le Maître la vit se briser en mille morceaux qui s'éparpillèrent dans toute la salle, roulant entre les travées, s'écrasant contre les fauteuils, faisant comme mille petits cailloux blancs. Titubant, le Maître descendit les quelques marches qui menaient dans la salle. Il s'approcha du point d'impact.

Là où la statue s'était brisée, au milieu de dix mille petits morceaux, un seul bloc était resté. C'était le bas du visage de pierre. C'était le menton et la bouche.

La bouche à jamais ouverte dans son incompréhensible cri d'horreur.

Quand elles reprirent conscience, Estelle et Edwige étaient seules.

Libres, sans lien ou entrave d'aucune sorte.

Libres...

L'air frais de la nuit les aida à recouvrer immédiatement leurs esprits.

Souvent, au moment de l'éveil, les deux jeunes filles se trouvaient plongées pendant quelques instants dans un état d'hébétude et d'*apensée* qui avait été le leur avant... Avant que le Maître fasse vivre leurs cerveaux, les aide à entrer dans le monde de la conscience. Puis tout se remettait en place et, avec la vivacité propre à leur âge, les Demoiselles s'arrachaient à leur ancienne condition pour devenir une fois encore les Demoiselles de l'Étrange.

Pourtant, elles gardaient dans un coin de leurs têtes, tapie comme un animal sournois, la terrifiante image des deux petites ensevelies à l'esprit fermé, dont le charme avait su émouvoir le Maître quand, main dans la main, leur errance les avait fait passer devant l'ancien cimetière où, assis sur une pierre tombale, enveloppé dans son linceul, il attendait.

Ce retour, bien que fugitif, à peine esquissé, à un état de vie primitif, leur rappelait que sans l'esprit du Maître sans cesse à leur côté, glissé dans leurs têtes, elles seraient encore à part, hors du monde, isolées, vulnérables.

Toujours est-il que, cette fois, elles ne traversèrent pas d'état intermédiaire entre l'inconscience et l'éveil. Elles se trouvèrent instantanément dans la réalité, comme chaque fois qu'un danger menaçait.

Loin, très très loin, une cloche sonna les douze coups de minuit…

Que s'était-il donc passé depuis que le contact avec le Maître avait été coupé dans le théâtre de la rue de l'Arbre-Béni à Bruxelles ? Comment se trouvaient-elles dehors, à minuit, libres de leurs mouvements ? Elles se levèrent afin de s'orienter.

Timidement, à voix basse, juste pour entendre le son de sa propre voix, Edwige dit, regardant autour d'elle avec des yeux craintifs :

–Non seulement il est minuit, mais en plus c'est la pleine lune…

Sur le même ton, Estelle, aux aguets, répondit :

–Ne sois pas superstitieuse…

Mais toutes deux savaient que la conjonction de l'heure et de la lune était propice à tous les sortilèges. Déjà, devant leurs yeux, passait l'image d'Andras et de son loup, du sinistre Triboulet, de la femme mystérieuse du cimetière de La Madeleine, des serviteurs aux masques d'aveugles, et enfin… enfin… l'image de la créature au regard pétrifiant.

Edwige, après un silence, reprit, exprimant à haute voix leur commune inquiétude au sujet de leur jeune et sympathique allié :

–Qu'est-il advenu du professeur Ferne ?

–Qu'ont-ils fait de lui ?

La pleine lune éclairait d'une lueur bleutée l'incroyable décor se dressant tout autour d'elles.

Aussi loin que le regard pouvait porter, s'étendaient les ruines d'un ensemble architectural tourmenté. Les restes de plusieurs bâtiments, pans de murs couverts de lierre et de végétation grimpante… colonnes brisées, squelette d'église à ciel ouvert, voûtes donnant sur d'anciens promenoirs monastiques, aux dalles bouleversées ou fendues. Une végétation verdâtre ou d'un jaune de soleil calciné. Là devait être le réfectoire des moines… là-bas la nef écroulée de l'église abbatiale. Plus loin, une gigantesque cheminée entourée des ruines d'une pièce carrée, aux dimensions colossales, dans le style roman du XIIIe siècle. Ce sont là les ruines d'une ancienne abbaye cistercienne.

Un cloître ogival encore debout et couvert accueille les deux Demoiselles qui espèrent ainsi échapper aux regards. Mais leur espoir est vain, car de hautes fenêtres jumelées ouvertes à tous les vents interdisent la dissimulation… En face, les murs latéraux de ce qui reste de la grande nef semblent tracer un chemin vers l'obscur, vers le chœur, les transepts et le sanctuaire, obscurs parce que encore surmontés d'une voûte de pierre. Le chemin ainsi tracé compte plus de cent mètres, chemin herbeux qu'il faut remonter entre les murs dressés sur deux rangées de colonnes cylindriques et garnies de chapiteaux.

C'est de cette ombre mystérieuse qu'émane comme un appel qui tout à coup fascine les jeunes Demoiselles.

Quelque chose est là, qui attend, qui guette, qui crie.

Estelle et Edwige quittent le cloître et se dirigent vers la grande nef que bientôt elles remontent, à pas lents, main dans la main, sans même échanger leur habituel coup d'œil pour se rassurer et s'encourager l'une l'autre, dans une complicité délicieuse.

On dirait qu'une main invisible a percé leurs poitrines, et, agrippée à leurs cœurs, les traîne vers le piège dissimulé dans les ténèbres…

Vainement, leurs esprits tournent à toute vitesse dans leurs têtes, à la recherche d'une issue, elles ne peuvent contrôler leurs pensées folles qui tournoient : elles ne sont plus maîtresses d'elles-mêmes, et leur mental désordonné heurte les parois de leur crâne, brouille les cartes : elles ne savent plus qui elles sont, dans quelle aventure elles se débattent. Enfin les voici à quelque vingt mètres du trou d'ombre. L'étreinte se resserre.

Immobiles, elles scrutent le noir, devant elles, les yeux agrandis par la peur incontrôlable.

Voici que la chose sort de l'obscur pour entrer peu à peu dans la pâle clarté de la lune ronde et pleine…

Et c'est une forme humaine, et c'est une forme blanche, et c'est une vision d'épouvante qui se dirige vers Estelle et Edwige… La créature masquée dont les pieds nus foulent les herbes ! La pétrifiante déesse arrachée aux sous-sols parisiens par le professeur Ferne, l'habitante du sarcophage aux hauts-reliefs creusés.

Comme la veille sur la scène du théâtre devant l'assemblée de ses gardiens, devant la femme mystérieuse, elle porte lentement ses deux mains à ses tempes, et commence à retirer le masque d'albâtre pour dévoiler son visage inconnu… Mais, juste au moment où ses traits vont enfin paraître, l'étreinte de sa volonté sur les Demoiselles se desserre, se relâche une fraction de seconde trop tôt. Libérées, leurs mains toujours enlacées, Estelle et Edwige tournent les talons et s'enfuient à toutes jambes, sans regarder derrière elles, la bouche ouverte en un muet hurlement de terreur. En un instant elles descendent toute la longueur de la grande nef, et disparaissent dans l'enchevêtrement des ruines cisterciennes.

Son masque pendant au bout des doigts, la créature dévoilée erre dans les ruines, sur les traces des fuyardes qui s'essoufflent pour lui échapper, courant au hasard, perdues dans le labyrinthe des pans de murs, des éboulis, des colonnes et des portes ogivales ouvrant sur le vide de la nuit… Trois silhouettes se dressent sur leur chemin…

Les Demoiselles s'arrêtent brusquement dans leur course, saisies d'effroi à la vue de ces trois formes, blanches comme des fantômes, roides, fixes, les bras tendus vers elles... et ces mains aux doigts écartés comme pour prendre ont quelque chose de trop rigide... Estelle pose un doigt tremblant sur une de ces mains qui la désigne, et elle sent le froid de la pierre... Ce sont trois statues bras tendus, à jamais pétrifiées dans leur dernier geste, qui fut sans nul doute celui de toucher enfin la face nue, démasquée, de la créature qui, à cet instant précis, paraît au coin d'une trouée, et avance dans le dos des Demoiselles de l'Étrange trop stupéfaites pour entendre le froissement des pieds nus sur l'herbe humide de rosée...

Dans le visage blême des trois hommes de marbre, Estelle et Edwige croient reconnaître les traits de leurs plus proches voisins, quand elles étaient dans la salle du théâtre de Bruxelles.

Et soudain, elles sentent derrière elles, juste derrière elles, la présence malfaisante. Elles se retournent vivement, et voient la créature en robe blanche dont le masque lâché gît dans l'herbe haute. Elles voient les traits du visage. Elles veulent détourner leur regard, mais sont comme attirées... Sur la tête de la créature les cheveux ondoient, agités : des serpents minuscules, à peine plus gros qu'une mèche, se faufilent, leur langue bifide dardée... cette créature dont la vue transforme en statue de pierre, dont la chevelure grouille de serpents, c'est la Gorgone antique, c'est Méduse qui fixe de son regard mortel les yeux épouvantés des Demoiselles !

Dans le silence du théâtre abandonné, le Maître était en contact avec le monastère du Ladàkh. Cette fois encore, pour retrouver la trace des Demoiselles disparues, on avait fait venir le vieux maître dans la salle de méditation.

Épuisé par cent un ans de vie monastique, il était physiquement végétatif. Mais sa tête était pleine de visions, de sonorités, de mots et de phrases qu'il transmettait dans l'esprit de ceux qui l'entouraient.

On dut le secouer quelque peu pour lui faire reprendre conscience et appréhender le réel qui était celui du Maître, en Belgique. Le vieil homme rechigna, mais finit par se soumettre au désir de la communauté. D'autant plus qu'il chérissait tendrement Estelle et Edwige qu'il connaissait grâce aux récits que le Maître envoyait mentalement jusqu'au Ladàkh, quand son existence aventureuse lui en laissait le loisir.

Un des membres avait déniché une carte de l'Europe, et le vieux maître promenait ses mains ridées sur le plastique usé. Il *sentait* à travers la représentation graphique qu'il ne pouvait voir la réalité de la Belgique.

La carte n'est pas le territoire, et s'il avait somme toute une vision intérieure assez exacte du pays, il n'était pas encore parvenu à situer les compagnes du Maître.

Enfin, ses doigts ressentirent cette bizarre chaleur, cet étrange fourmillement qu'il connaissait bien.

Il avait trouvé et il en fit silencieusement part aux moines assemblés qui répercutèrent l'heureuse nouvelle au Maître.

Dans le Brabant wallon, peu après Genappe, se trouvent Villers-la-Ville et les ruines d'une imposante abbaye cistercienne vieille de plus de sept siècles.

C'est là que les Demoiselles sont prisonnières, c'est là que le Maître se dirige à bord de son automobile.

Et c'est en pleine nuit qu'il abandonne son véhicule, escalade le mur d'enceinte et se retrouve dans le périmètre de l'ancienne abbaye, comme sonnent les douze coups.

Un haut et long mur de pierre était tout ce qui restait du réfectoire. Et ce mur, à mi-hauteur, était percé d'une ouverture ogivale, reste d'une des fenêtres par où le jour avait dû éclairer les longues tables de bois autour desquelles les moines déjeunaient.

Cette ouverture était à quelques mètres du sol. Un être humain debout pouvait s'y tenir, comme une statue dans sa niche. La femme mystérieuse, organisatrice des chasses de Méduse, vêtue de sa robe noire de veuve, sa voilette relevée, assistait, silencieuse et haut perchée, à la rencontre des Demoiselles et de la pétrifiante.

Incapables de détourner les yeux, Estelle et Edwige ouvraient déjà la bouche pour crier leur désespoir, elles allaient croiser le regard de Méduse, quand un nuage épais passa devant la lune, plongeant les ruines dans la nuit la plus noire.

L'obscurité fut si soudaine que le Maître s'immobilisa dans la crainte de heurter un pan de mur ou le reste de la colonne. Que la femme mystérieuse agrippa ses mains gantées aux pierres, de peur de tomber. Que Méduse elle-même se crut magiquement recouverte par son masque. Seules, les Demoiselles gardèrent leur sang-froid et, étouffant dans leurs gorges le hurlement qui montait, elles disparurent en un clin d'œil derrière un éboulis.

Le piège se rompait, se désagrégeait. Les Demoiselles couraient droit devant elles, en direction du mur qui clôturait l'abbaye et ses dépendances. Aidée par ses serviteurs masqués, la femme mystérieuse descendait de sa fenêtre. Deux autres serviteurs saisissaient Méduse et de force la masquaient afin de neutraliser son pouvoir pétrifiant.

Quand le nuage découvrit la Lune et que la lumière bleutée baigna à nouveau les ruines et ceux qui s'y trouvaient, les Demoiselles étaient loin. Consciente de l'échec de son plan, qui était de se débarrasser d'un seul coup des aides du Maître, et donner en même temps à Méduse l'occasion de décharger une nouvelle fois son énergie oculaire, la femme mystérieuse organisait la retraite.

Car elle ne doutait pas que, libres, les deux gamines n'avertissent le Maître des événements de Villers-la-Ville.

Ce qu'elle ignorait, c'est qu'au même instant Estelle et Edwige se heurtaient au Maître lui-même, dans le voisinage du mur circulaire clôturant les ruines. En quelques phrases haletantes, elles lui narraient les péripéties survenues depuis que le lien mental s'était cassé, à Bruxelles.

Alors tous trois ourdirent un plan pour s'emparer de Méduse…

Les serviteurs aveugles peinaient sous le poids du lourd sarcophage sculpté. À l'intérieur, Méduse endormie reposait.

En tête du cortège des masques blancs marchait la veuve noire, voilette baissée. Elle se dirigeait vers une partie éboulée du mur, qui donnait dans la campagne et permettait d'entrer et de sortir du périmètre des ruines sans être vu des gardiens belges.

Elle avait espéré vivre là, inconnue, invisible, avec Méduse ressuscitée pour la servir et l'aider dans sa conquête. Méduse que même le Maître ne pouvait combattre. Du moins elle l'espérait : que se passerait-il réellement si le regard du Maître croisait celui de Méduse ? Qui l'emporterait, de la créature mythique incarnée ou du Maître venu du bout du monde avec ses pouvoirs mentaux exceptionnels ?

La femme mystérieuse préférait une prudente retraite à un affrontement qu'elle n'avait pas organisé et truqué.

Le groupe arriva bientôt devant un pan de mur écroulé. Les serviteurs aveugles passèrent avec le sarcophage. De l'autre côté courait une petite route de campagne. Une camionnette qui avait servi à apporter le sarcophage était garée, à quelques mètres du trou dans le mur. Les serviteurs se dirigèrent vers le véhicule. Cette fois, la femme mystérieuse les suivait au lieu de les précéder.

Soudain quelqu'un jaillit comme un diable de derrière la camionnette où il était caché. Il tenait un pistolet-mitrailleur. Sans plus attendre, il se mit à tirer. Les serviteurs tombèrent comme des quilles.

Stupéfaite, la femme mystérieuse, indifférente au sifflement des balles tout autour d'elle, releva sa voilette afin de voir l'ennemi qui venait de se débusquer et abattait sans pitié ses aides. Elle le reconnut immédiatement. C'était le jeune professeur Charles Ferne.

À l'intérieur du parc, rasant le même mur circulaire, le Maître et les deux Demoiselles entendirent les salves du pistolet-mitrailleur. On livrait combat non loin de là...

Ils se mirent à courir, et arrivèrent au trou qu'il franchirent.

Le spectacle sur la petite route de campagne était épouvantable : hors de lui, les yeux fous, Charles Ferne achevait de vider son chargeur sur les hommes masqués. Des six qui portaient péniblement le sarcophage, quatre étaient déjà au sol, morts ou agonisants. Les deux survivants s'enfuyaient, ce qui ne les empêcha pas d'être fauchés en pleine course par les dernières balles du jeune homme.

Restait la femme mystérieuse.

D'un coup d'œil, elle vit la situation dans son ensemble : devant elle, Charles déchaîné. Derrière, le Maître et les Demoiselles. Sans plus attendre, se tordant les pieds dans ses bottines noires à talons, soulevant à pleines mains sa trop longue robe de deuil, quittant la route, elle prit sa course à travers champs.

Au-dessus d'elle volait son corbeau familier.

Loin devant, à l'horizon, le soleil se levait. On croyait voir deux points noirs, l'un courant, l'autre volant, qui se déplaçaient dans l'immense champ labouré en direction du jour.

Saisi par ce spectacle, Charles et les Demoiselles se taisaient, les yeux sur ces deux points qui s'éloignaient, diminuaient, rapetissaient, et enfin disparaissaient.

Le Maître ouvrait la camionnette et bientôt appelait ses trois compagnons afin qu'ils l'aident à charger le sarcophage.

En apparence, le sort de la femme et du corbeau l'indifférait. À moins que leur fuite ne l'ait secrètement soulagé...

Quelques instants plus tard, la camionnette, abandonnant les six cadavres sur la route, prenait la direction de Bruxelles.

Le moment de s'expliquer était venu. Le Maître prit la parole, interrogeant le jeune professeur :

–Comment avez-vous pu intervenir à temps pour arrêter leur fuite et nous permettre de récupérer votre Méduse ? Car bien entendu vous avez compris que le secret du sarcophage découvert dans les sous-sols de la rue Olivier-de-Serres était la présence de Méduse en catalepsie mais bien vivante ?

–J'ai mis un certain temps à le deviner. C'est en entendant parler cette femme, tandis que nous étions emmenés vers Bruxelles bâillonnés et dissimulés sous une bâche dans cette même camionnette, que la vérité m'est apparue. Il était question d'un piège, d'un sacrifice...

–C'est nous qui devions être sacrifiées à Méduse, cria Estelle.

–Afin d'attirer le Maître, ajouta Edwige.

–C'est cela même, poursuivit Charles. En ce qui me concerne, je n'étais qu'une entité négligeable. On m'avait abandonné. Après plusieurs heures d'efforts, je suis parvenu à me libérer. J'ai découvert le pistolet-mitrailleur que les bandits gardaient au cas où les douaniers auraient voulu ouvrir le sarcophage. La camionnette aurait alors forcé les barrières. Mais cette femme mystérieuse possède des alliés puissants. Nous sommes arrivés à Villers sans avoir été inquiétés.

–Vous avez tué six personnes, gronda le Maître.

–Que pouvais-je faire ? Ils n'auraient pas hésité. Heureusement, leurs masques d'aveugles les gênaient grandement. Et j'étais fou d'inquiétude pour ces deux charmantes Demoiselles. La colère m'a pris. J'ai tiré.

–Que voulez-vous faire du sarcophage et surtout de son contenu ? demanda le Maître. On ne peut pas le déclarer en douane, il serait ouvert. Vous imaginez tout un poste douanier transformé en statues de pierre...

–Il faut pourtant le ramener à Paris. Chez moi, j'ai ce qu'il faut pour étudier et peut-être neutraliser Méduse.

–Alors il nous faut réfléchir, acheva le Maître. Nous approchons de Bruxelles, nous y serons avec le jour.

Tous se turent, inquiets de la suite des événements.

Ils ne virent pas au-dessus d'eux un corbeau qui suivait leur trajet depuis qu'ils avaient quitté les ruines de l'abbaye...

Le marché aux puces de Bruxelles est ouvert le dimanche matin.

Le dimanche qui suivit, on pouvait voir, déambulant sur la place où se trouve le cœur du marché, un jeune homme sympathique, qui semblait chercher un objet précis.

Il errait de boutique en étalage, sans répondre aux questions des exposants qui désiraient s'enquérir de ce qu'il voulait acheter.

Il faisait gris, la pluie menaçait, et le jeune homme avait bien peu de concurrence.

Enfin, dans le fond d'une sorte de boutique de bric-à-brac, il découvrit un meuble en apparence banal, mais qui sembla le fasciner à tel point qu'il resta de longues minutes à le contempler.

C'était une grande horloge, du genre appelé normand, haute de presque deux mètres. Arrêtée depuis longtemps sans doute, car les deux aiguilles du cadran étaient bloquées sur le chiffre douze. Si bien que cette horloge marquait indéfiniment midi ou minuit. Le jeune homme l'acquit pour un prix raisonnable.

Alors une camionnette conduite par deux ravissantes jeunes filles se fraya un chemin dans l'encombrement de la rue.

L'horloge fut chargée, et le véhicule dans lequel était également monté le mystérieux jeune homme disparut au premier tournant.

Ce même dimanche, dans l'après-midi, la grande horloge correctement ficelée prenait l'avion régulier pour Paris. En fin de journée, elle était rangée dans un des entrepôts des douanes, jusqu'au lundi matin. Les papiers établis par le transitaire comportaient cette simple mention: « Monsieur Pierre Dupont, aérogare Charles-de-Gaulle, France ».

Dans la nuit une voiture de location se rangeait devant un des immenses entrepôts de Garonor près de Roissy. Quatre personnes en descendaient et se glissaient en silence jusqu'à la porte enchaînée de l'entrepôt. Là, deux d'entre elles munies de grosses pinces coupantes fracturaient les verrous, et se faufilaient à l'intérieur. Les deux autres, sans doute féminines, cela se voyait à leur allure mince et gracieuse, surveillaient. Bientôt les deux premières reparaissaient, portant à grand-peine l'horloge-paquet, qui était hissée sur le toit de la voiture muni d'une galerie.

Avant que la nuit passe du dimanche au lundi, l'horloge se trouvait debout dans un confortable salon parisien. Devant elle, dans de profonds fauteuils, quatre personnes étaient réunies.

Le jeune professeur Charles Ferne, le Maître et les Demoiselles de l'Étrange se taisaient, les yeux rivés sur l'objet normand acheté et transporté de Bruxelles à Paris, d'une manière presque clandestine.

Le Maître, de sa belle voix de basse, commenta la situation:

–Nous avons les cartes maîtresses: Méduse endormie et masquée, et un certain temps devant nous. En effet, à l'heure qu'il est – justement minuit sonnait à la pendulette posée sur le bureau – le sarcophage vide voyage tout à fait officiellement vers Hong Kong. Si nos ennemis nous ont suivis, ils doivent être en route pour l'Extrême-Orient.

Ferne prit à son tour la parole:

–Cela nous laisse deux ou trois jours pour découvrir le secret de Méduse. Ce qui lui redonne conscience et lui fait retirer son masque. Quand cette énigme aura été résolue, nous saurons comment la neutraliser.

De nouveau le silence s'installa, chacun étant plongé dans ses pensées.Un discret bâillement d'Edwige rappela au Maître qu'il était tard, et que l'enchaînement des aventures et coups de théâtre, depuis qu'un rêve commun et prémonitoire avait poussé les Demoiselles vers la gare du Nord, avait été tellement brutal que les malheureuses devaient tomber de sommeil.

–Professeur Ferne, dit-il avec cette politesse un peu distante bien qu'affectueuse qui était la sienne, pouvez-vous donner une chambre à ces jeunes Demoiselles?

–Certainement. J'ai deux chambres d'amis, car souvent nous nous réunissons entre chercheurs, et certains collègues passent la nuit ici, venant de province. Vous-même aurez la vôtre. Si vous voulez bien me suivre…

–Mais, et Méduse ? demandèrent d'une seule et même voix inquiète Estelle et Edwige.

Le Maître sourit :

–Nous ne savons pas comment lui faire reprendre conscience, mais l'expérience nous montre que, sans le mécanisme qui l'éveille, et que seule connaît notre ennemie, Méduse reste endormie. Elle l'était depuis les temps anciens quand le professeur Ferne a découvert le sarcophage.

Tous sortirent à la suite de Charles, éteignant la lumière. Le salon se trouva plongé dans l'ombre. La faible clarté de la nuit, qui n'est jamais sombre à Paris, baigna la pièce d'une lueur bizarre.

Alors, sur le balcon, vint se percher un corbeau…

Côte à côte dans le lit étroit, serrées l'une contre l'autre, Estelle et Edwige, dans un demi-sommeil agité, entendaient d'étranges cris. Était-ce un rêve, ou bien l'appel d'un oiseau nocturne venu des jardins du Trocadéro proches de l'appartement de Charles ?

Toujours est-il qu'il leur semblait ouïr les croassements d'un corbeau, chose hautement improbable dans la capitale.

Vaguement, elles pensèrent à quelque bête fabuleuse venue de la tour Saint-Jacques, là où se tenait Andras… Puis elles sombrèrent dans une torpeur lourde et moite, qui n'était ni le sommeil, ni l'état conscient.

Dans leurs chambres respectives, situées tout au fond de l'appartement, Charles et le Maître dormaient. Les cris du corbeau n'arrivaient pas jusqu'à eux… seules les Demoiselles pouvaient les percevoir.

Les croassements devinrent plus aigus, plus impérieux. Et ils s'enfoncèrent comme une vrille dans les oreilles des Demoiselles, qui cette fois se dressèrent sur leur séant. Elles échangèrent, comme d'habitude, un coup d'œil avant de se lever doucement afin de gagner la porte de leur chambre, marchant sur la pointe de leurs chaussettes blanches, serrant contre elles leurs chemises de nuit, car la fenêtre du salon, justement, était restée ouverte et un courant d'air frais se faisait sentir. Elles entrabâillèrent la porte et se glissèrent dans le couloir obscur. Les appels du corbeau cessèrent.

Nouvel échange de regard entre les Demoiselles. Fallait-il retourner se coucher, aller voir au salon ce qui se passait, ou réveiller le Maître ?

Elles optèrent pour la solution intermédiaire et, toujours sur la pointe de leurs chaussettes blanches, avancèrent furtivement vers le salon d'où provenait maintenant un sinistre grincement, comme celui que l'on entend dans les anciens films d'épouvante, quand s'ouvre la porte du château ou, pire, quand se soulève le couvercle du cercueil.

Ce grincement venait de l'horloge, qui lentement s'ouvrait, révélant son contenu. Dans cette étroite cache de bois, où balancier et mécanisme avaient disparu, se trouvait Méduse.

Les croassements du corbeau perché sur la balustrade du balcon l'avaient réveillée. C'était la clé que seule connaissait la femme mystérieuse: la sonorité qui redonnait vie à la pétrifiante et que le corbeau pouvait sortir de son gosier aussi facilement qu'un mainate reproduit la parole.

Déjà Méduse, d'un pas médiumnique, sortait de l'horloge et se dirigeait vers la fenêtre où l'attendait l'oiseau noir.

Au moment même où Estelle et Edwige entraient dans le salon, la créature à la chevelure serpentine escaladait le balcon à la suite du corbeau, et se laissait tomber dans la rue, quelques mètres plus bas.

Aveugle, son masque sur le visage, mais guidée par le volatile maintenant perché sur son épaule, Méduse remontait la rue.

Un passant attardé à cette heure de la nuit, gagnant l'immeuble voisin, vit en levant les yeux deux petites têtes brunes penchées au balcon du premier étage, les cheveux sagement nattés. C'était les Demoiselles de l'Étrange qui scrutaient la nuit afin de voir la direction prise par Méduse et son corbeau. Il n'était que temps, car la créature et l'animal tournaient au coin et disparaissaient. Estelle et Edwige, se précipitant vers la porte d'entrée, lancèrent un appel mental en direction du Maître endormi, le tirant de son sommeil.

Puis elles dévalèrent l'escalier jusqu'au rez-de-chaussée et jaillirent dans la rue qu'elles remontèrent en courant à la suite de Méduse.

Leur commune pensée s'insinua dans l'esprit du Maître qui ouvrit les yeux. En un instant il fut debout et habillé. Un autre instant lui fut nécessaire pour frapper à la porte de Charles et convaincre le jeune chercheur de le rejoindre. Tous deux furent bientôt dans la rue, sur les traces des jeunes filles.

Un étrange cortège se dirigeait maintenant vers les quais de la Seine. Tout d'abord, la blanche Méduse qui descendait lentement les escaliers aboutissant à la petite rue de la Manutention.

Dans ce coin totalement désert à cette heure, la femme masquée d'albâtre, la chevelure frissonnante de serpents sifflants, au milieu de la haute volée de marches, était un spectacle hallucinant. Derrière Méduse, paraissaient les deux Demoiselles, tremblantes de froid et de peur dans leurs longues chemises de nuit au travers desquelles se dessinaient leurs silhouettes juvéniles. Serrées l'une contre l'autre, elles s'engageaient prudemment sur la première marche, puis sur la seconde, prenant garde de ne pas éveiller l'attention de la pétrifiante qui descendait encore, toujours plus lente, toujours plus majestueuse, et se préparait à prendre pied dans l'étroite rue de la Manutention. Cependant, sa route était brusquement coupée par Charles et le Maître qui, débouchant de l'avenue de New-York, lui barraient le passage.

Alors Méduse, consciente de son horrible force, retira son masque.

Aussitôt, Charles et le Maître se voilèrent les yeux de l'avant-bras, et reculèrent, n'osant affronter la créature à visage découvert.

Le corbeau qui était resté perché sur l'épaule de Méduse pivota, sentant la présence des Demoiselles en haut des marches. Croassant une fois encore, il avertit la femme aux serpents qui, à son tour, avec sa lenteur habituelle et inexorable, se retourna.

Estelle et Edwige découvrirent que le masque pendait dans sa main, et comprenant qu'elles allaient devoir, pour la seconde fois, faire face à Méduse, hurlèrent leur terreur, se prirent les pieds dans leurs chaussettes blanches et le bas des chemises de nuit, butèrent sur les marches, perdirent l'équilibre, et dégringolèrent en avant, toujours serrées l'une contre l'autre, emmêlées inextricablement.

Cette chute fut, en un sens, salvatrice, car elle détourna leurs visages du regard de Méduse. Mais elles roulèrent de marche en marche, sautant, rebondissant, cassant leurs corps aux angles de la pierre, risquant à chaque boulée de briser bras et jambes, de fendre crâne, d'éclater os, de tordre doigts de pieds ou de mains. Et, couvertes de bleus, le souffle coupé, souffrant de mille chocs, elles s'immobilisèrent enfin sur le trottoir, incapables de retenir leurs larmes de douleur et de honte d'être maintenant à la merci de Méduse, écroulées juste entre les jambes de la créature mythique.

Énervé, le corbeau exaspéra ses cris.

Méduse se pencha, saisit les Demoiselles par les courtes nattes qu'un simple élastique maintenait. Elle redressa ainsi les deux visages en larmes, dont les yeux fermés se crispaient, et les fixa. L'appel de son regard était sur le point de forcer les yeux des pauvres Demoiselles à s'ouvrir, quand le Maître, du bout de la rue, leur lança un appel mental.

– Ne bougez plus… faites les mortes… restez molles et détendez vos muscles… surtout ne dites rien… aucune résistance… dans un instant elle va être distraite, je le sais…

Estelle et Edwige pendirent telles deux bêtes mortes au bout des mains de Méduse, malgré la douleur, soulevées par les cheveux comme elles l'étaient. Et, en effet, l'attention de Méduse fut détournée comme le Maître l'avait prévu.

De là où il était avec Charles, à l'angle de la rue de la Manutention et de l'avenue de New-York, il pouvait voir dans leur entier les escaliers qui montaient jusqu'à l'avenue du Président-Wilson.

Tout en haut, sur la dernière marche, se découpant, noire sur le ciel livide, une silhouette venait de paraître. Cette forme contrastait violemment avec la blancheur de l'escalier, la blancheur de la robe de Méduse, la blancheur du masque d'albâtre, la blancheur des tenues de nuit des Demoiselles, la blancheur de leurs petites chaussettes et la pâleur de leurs visages exsangues.

Dans le silence qui s'était instauré, chacun étant comme figé par cette apparition, un bruit d'ailes se fit entendre. C'était le corbeau quittant l'épaule de Méduse, et volant à tire-d'aile vers cette forme noire. Et tous la reconnurent: c'était la femme mystérieuse avec sa robe de deuil, son chapeau et sa voilette funèbre, un pied gracieusement moulé par une bottine à l'ancienne, délicatement posé sur la première marche.

L'affrontement était inévitable.

Méduse pouvait pétrifier n'importe lequel des personnages, son alliée la femme mystérieuse comme les autres.

Le Maître était curieux de voir comment elle allait réagir, si une sorte de réflexion l'habitait, réflexion qui lui permettait de choisir entre amis et ennemis.

Que se passa-t-il dans la pensée de Méduse? On ne devait jamais le savoir clairement. Toujours est-il que soudain, brisant l'immobilité de tous, elle lâcha ses prisonnières et s'enfuit, courant sur ses pieds nus en direction des quais. Bousculant Charles et le Maître, elle disparut dans l'avenue de New-York.

Là-haut, la femme en noir et son corbeau reculèrent, et disparurent dans l'avenue du Président-Wilson.

Charles et le Maître relevèrent en hâte Estelle et Edwige.

Peut-être la proche venue du jour était-elle pour quelque chose dans la fuite des deux femmes…

Mais déjà le Maître, assuré du soutien de Charles et des Demoiselles, reprenait l'offensive:

–La direction de leur fuite indique les jardins du Trocadéro… Il faut les neutraliser avant qu'elles ne se rejoignent!

–Comment comptez-vous réduire Méduse?

–Je l'affronterai seul. Face à face…

–Vous êtes fou!

–Je peux la vaincre. Peut-être… en tout cas, je suis le seul dont la puissance mentale puisse être opposée à la force de son regard.

–J'espère que vous avez raison! Imaginez la panique si une femme qui transforme ceux qui la regardent en statue de pierre erre dans les jardins du Trocadéro !

–Il nous reste peu de temps avant l'aube. Regardez ! Il y a déjà des passants. Estelle, Edwige ! Partez chacune d'un côté. Nous resterons en liaison mentale. Quant à vous, Charles, avec moi ! Suivant les messages que je recevrai des Demoiselles, je vous enverrai d'un côté ou de l'autre.

Cette organisation ne plaisait qu'au Maître. Edwige et Estelle étaient soudain malheureuses d'être séparées. Quant à Charles, quitter des yeux les deux charmantes le désolait. Le jeune chercheur sentait une incontournable tendresse l'envahir chaque fois qu'il les entendait parler ou que ses yeux se posaient sur l'une, l'autre, ou les deux ensemble. Pourtant tous suivirent les ordres du Maître. Estelle remonta vers l'esplanade tandis qu'Edwige longeait le quai, passant devant les statues qui la firent frissonner. Le Maître et Charles se dirigèrent vers les jets d'eau éteints. Tous se fondirent dans l'obscurité et se perdirent de vue les uns des autres.

Dans sa tête, le Maître sentait passer les émotions et les craintes informulées d'Estelle et d'Edwige, sans pour l'instant recevoir de message en clair. On aurait pu croire que la Méduse, la veuve noire et le corbeau s'étaient évanouis. Mais la peur stagnait tout autour de lui.

Comme au moment des grands cataclysmes, la nature tout entière semblait vivre cette peur : les arbres, branches, feuilles, troncs, les pierres, les cailloux des allées, exprimaient dans la tête du Maître une crainte identique : la malédiction masquée errait dans les jardins…

Estelle était donc remontée vers l'esplanade.

Elle arriva à hauteur des jets d'eau. Une vague luminescence annonçait l'aube, et l'on voyait nettement les canons à eau pointés vers le ciel, au-delà des vasques. Estelle regardait dans cette direction, cherchant à remarquer la tache blanche de la robe de Méduse. Et soudain elle vit comme une silhouette immobile entre les canons à eau. Petite, mince, misérable, attendrissante, une silhouette d'enfant perdu. Estelle s'avança vers cette forme humaine qui tremblait de froid dans la nuit, et, en s'approchant, elle la reconnut.

Dans le grand hall du château de Rochefort, Estelle s'était trouvée en face d'une étonnante petite fille aux longues anglaises blondes, vêtue d'une robe ancienne, et qui sautait à la corde.

Cette apparition cachait une des entités monstrueuses du château. Issue de l'inconscient même d'Estelle, la petite fille romantique aux yeux candides et à la bouche rouge n'appartenait pas au monde réel et s'était vite transformée en gnome repoussant.

Mais cette fois encore, Estelle ne pouvait détacher son regard des yeux emplis de larmes de la fantasmagorie. Elle s'approchait, les mains tendues, tandis que la vision sautait à la corde, sur place, entre les canons éteints, environnée d'eau tranquille, découpée par l'aube sur un fond de statues.

Estelle passa devant la gigantesque tête de taureau en bronze et, suivant le chemin qui se faufilait entre les vasques et les plans d'eau, arriva juste devant la petite fille. Celle-ci sautait à la corde comme au ralenti. Elle semblait si légère qu'Estelle craignait que le vent qui s'était levé la précipite en bas, qu'elle s'écrase sur les bords du bassin.

Le Maître ne pouvait voir par les yeux d'Estelle, mais il était dans son esprit et comprenait tout ce qui se passait en elle. Il vit le danger, et tenta d'en avertir sa Demoiselle.

« C'est une image trompeuse ! » cria-t-il dans sa tête. « Ferme les yeux ! Ferme ton mental ! Arrête ta pensée ! »

Mais il était trop tard. Estelle, fascinée, tendait les bras vers la petite fille, vers ce visage implorant sur lequel coulaient deux grosses larmes… et soudain, comme elle allait l'étreindre, la serrer contre elle, tout au fond des yeux embués, une lueur diabolique se fit jour. En même temps la vision se transformait en ce qu'elle n'avait jamais cessé d'être, c'est-à-dire Méduse elle-même, démasquée, belle et hideuse à la fois, le regard planté droit dans les yeux d'Estelle. Et la dernière chose que vit la Demoiselle de l'Étrange, ce fut le visage de Méduse, les yeux de Méduse, la chevelure-serpents de Méduse. Elle poussa un grand cri, et…

Le Maître hurla soudain. Sans sa tête, tout contact avec l'esprit d'Estelle venait de cesser.

Comme si la jeune fille avait tout à coup disparu, son existence interrompue. Mais déjà l'esprit d'Edwige, non loin de là, s'imposait seul au Maître. Empoignant Charles par le bras, il l'entraîna :

– Vite ! Estelle a été surprise… Maintenant la bête se dirige vers Edwige ! Il faut l'arrêter avant qu'il soit trop tard !

Edwige était restée proche des quais. Dans les jardins silencieux, elle vit sur sa droite une construction à laquelle menait une volée de marches qu'il fallait descendre.

Cette construction souterraine était l'aquarium. Edwige remarqua que la grille était entrebâillée et qu'une lumière brûlait à l'entrée. La présence d'ustensiles de nettoyage lui fit comprendre qu'il devait s'agir de l'entretien, mais le silence fit qu'elle décida de descendre et d'aller voir.

Elle entra dans l'aquarium souterrain, interrompant du même coup le lien médiumnique avec le Maître.

L'aquarium est un petit labyrinthe obscur. Dans des niches de béton imitant la roche se trouvent les bassins avec les poissons. Dans ce petit monde tout est silence.

Edwige avançait lentement, ne pouvant s'empêcher de regarder les bêtes nageantes. Elle s'immobilisa au détour d'un couloir, car devant elle se tenait un homme en casquette et salopette, un balai dans les mains. Mais cet homme était immobile, et il avait la blancheur du marbre. C'était l'employé municipal transformé en statue.

Edwige comprit que Méduse était là. Et à peine fit-elle cette constatation qu'une forme en robe blanche, des serpents mêlés à ses cheveux, se débusqua d'un angle du mur et lui fit face.

Comme Estelle avait hurlé, Edwige hurla.

Comme Estelle s'était décomposée dans l'esprit du Maître, Edwige se désagrégea et ne fut plus.

Et, cette fois encore, le Maître qui approchait avec Charles cria sa douleur de sentir sa seconde Demoiselle s'évaporer.

Perdant toute hésitation et toute prudence, les deux hommes dévalèrent les marches et s'engouffrèrent dans l'aquarium.

Ils ne tardèrent pas à croiser la statue du balayeur. Tous deux, avec des yeux égarés, regardaient le pétrifié avec son balai et sa casquette. Enfin ils s'arrachèrent à cette sinistre contemplation pour suivre le couloir et ses bassins. Ils tournèrent et ce fut, à l'angle, le « couloir des carpes ».

Le Maître ne devait plus jamais oublier ce « couloir des carpes ». Creusées dans la fausse roche, les cavités montraient les gros animaux nageant çà et là, dans une eau verdâtre. On aurait dit que leurs yeux inexpressifs ne voyaient pas la monstruosité qui se tenait debout juste devant la plus grande des niches.

Cette monstruosité était Edwige.

Mais Edwige à jamais pétrifiée, blanche comme la mort, blanche comme la neige, blanche comme le marbre, les mains levées dans un geste de supplication, les yeux agrandis par l'effroi, le sein soulevé par l'émotion.

Edwige à jamais de pierre, debout devant la niche aux carpes, les lents poissons passant et repassant derrière elle, indifférents, mornes, béats, bêtes et stupidement vivants alors qu'Edwige était morte.

Incapable de prononcer ne serait-ce qu'un son, le Maître sentit ses jambes se dérober sous lui et il tomba à genoux sur le rude sol de l'aquarium, fixant toujours sa jeune Demoiselle pétrifiée.

Ses yeux allèrent des pieds adorablement chaussés de petites socquettes blanches, dont l'une avait glissé, découvrant le cou-de-pied, aux deux courtes nattes de pierre, en passant par la longue chemise de nuit grand-mère qui paraissait flotter tout autour du corps.

Il cacha son visage dans ses mains et pleura.

Cherchant en vain dans sa tête le signe de l'improbable existence tapie dans un recoin d'un reste de conscience, d'une minuscule présence qui indiquerait la vie, même atténuée, même atrophiée, même larvaire, des Demoiselles de l'Étrange.

Mais rien ne bougeait. Rien ne respirait plus, il n'y avait que l'esprit du Maître lui-même qui errait lamentablement dans cette tête souffrante et meurtrie.

Pendant que la douleur étreignait le Maître, la rage décuplait les forces de Charles Ferne. Le jeune chercheur ne pensait plus qu'à la destruction de Méduse, la maléfique créature qu'il avait remontée à la surface, permettant au corbeau de la femme mystérieuse de lui faire entendre les puissances d'éveil de son chant.

Où était la femme à la chevelure vivante de serpents sifflants ?

Charles se rua hors de l'aquarium tragique.

Abandonnant le Maître prostré devant la Demoiselle-statue, d'autant plus effondré qu'il savait maintenant qu'Estelle devait être également statufiée du côté des canons à eau.

Charles se retrouva dans les jardins. Et il vit, là-bas, la forme en robe blanche qui montait vers l'esplanade. Et il entendit. Une voix d'une incroyable pureté, montant comme une haute-contre, plusieurs octaves au-dessus de n'importe quelle voix humaine. C'était Méduse qui chantait pour saluer le lever du jour.

Charles se précipita derrière elle. Gravissant les escaliers, il arriva sur l'esplanade déserte comme Méduse tournait en direction de Chaillot.

Les lourdes portes étaient entrouvertes, et déjà des femmes de ménage s'affairaient. Courbées au sol avec seaux et serpillières, elles ne virent pas Méduse entrer, comme elles ne virent pas Charles se faufiler derrière elles dans le musée désert.

Seuls les pas de Charles résonnaient dans le bâtiment. Les pieds nus de Méduse glissaient sans bruit. Où allait-elle ? Était-elle consciente d'exister, de tuer ? Nul ne l'aurait pu dire…

Semblant avancer au hasard, son chant ayant cessé, elle passa sous une voûte et entra dans l'immense musée des Monuments français, gigantesque suite de salles, où elle se confondait avec moulures et statues, tant sa démarche était insensible, tant son allure la faisait de loin ressembler à ces statues-colonnes du portail royal de la cathédrale de Chartres, justement moulées dans cette salle.

Charles, à son tour, entra dans le musée, regardant Méduse qui s'éloignait, majestueuse, entre les rois et les reines gisants, les chapiteaux et les colonnades dressées.

Charles la suivait, se dissimulant autant qu'il le pouvait pour le cas où Méduse se retournerait, tantôt derrière un socle, tantôt dans l'ombre d'un porche d'église moulé. Pour l'instant, il était caché par l'énorme pilier central du portail de Vézelay tandis que Méduse passait entre les arches soutenant la façade de Moissac… lorsqu'un bruit étrange se fit entendre.

C'était comme un froissement à peine audible, comme une soierie que l'on chiffonne. Charles leva les yeux et vit une forme noire, de la taille d'un petit chat, qui fendait l'air en direction de Méduse. C'était le corbeau ! Charles le reconnut immédiatement. La veuve mystérieuse, leur pire ennemie, était de retour…

Le corbeau, émettant un bruit de bec désagréable, se posa sur l'épaule de Méduse, qui poursuivit sa marche indifférente. Une fois encore, Charles se demanda ce qui pouvait bien mouvoir Méduse réveillée. Conscience ou mécanisme ?

Elle n'était peut-être qu'un fantasme matérialisé par la femme mystérieuse. Charles se souvenait d'avoir lu dans son enfance semblable aventure dans Mandrake le magicien. Il revoyait avec précision les étranges dessins de Phil Davis. Une image, surtout : les pieds nus de la Méduse, avec le bas de sa robe blanche… et Lothar, et Narda, statufiés… quelles angoisses, chaque semaine, quel trouble merveilleux quand il achetait le journal, sachant que *la suite* était à l'intérieur !

Mais il avait beau repasser l'histoire devant ses yeux, à toute vitesse, nulle part il ne trouvait de moyen efficace pour vaincre la créature qui errait dans le musée.

Un bruit se répercuta dans la salle comme un coup. C'était le masque de Méduse qu'elle venait de lâcher…

Maintenant, elle poursuivait sa marche silencieuse à visage découvert. Charles ramassa le masque.

Au passage, il ne put s'empêcher d'admirer la moulure de la statue de l'église d'Écouis qui représente sainte Marie l'Égyptienne, nue, voilée de ses seuls cheveux qui l'enveloppent, descendant jusqu'à terre. Fugitivement, il compara la sainte prostituée à la chaste lady Godiva, également vêtue de sa chevelure, mais équestre. Puis le jeune savant chercha Méduse des yeux et la vit qui atteignait le fond de la salle, où un portail ogival permettrait de passer dans la salle voisine.

Le musée des Monuments français, lorsqu'il est désert, ce qui est presque toujours le cas, est un lieu magique et insolite, qui dégage un pouvoir d'éveil rare à Paris. Seul pouvait lui être comparé l'intérieur grandiose du Gaumont Palace, place Clichy, entre chien et loup, au moment de la séance de dix-huit heures, peu fréquentée, lorsqu'il fallait s'aventurer seul sur le grand escalier et rejoindre la salle vide, le regard fixé sur la fosse d'où pouvait jaillir le grand orgue.

La longue suite de salles, dont certaines hautes fenêtres encadrent très précisément la tour Eiffel, où gisent dans un apparent désordre les moulures claires des tombeaux, des portails d'églises ou de cathédrales, des statues et même des maquettes de châteaux, des reconstitutions de cryptes souterraines ou de chapelles inouïes, représente pour celui qui s'y aventure, une expérience étonnante. On se trouve plongé dans un monde baroque où tout est *faux*, reconstitué, moulé, plâtré, agrippé par l'angle du bizarre.

Traverser seul le dédale des pièces tout en longueur, découvrir au fond l'escalier lui aussi paré de moulures, atteindre le premier étage où se trouve juste un balcon permettant une vue plongeante sur les salles du bas, rejoindre enfin le second étage où se poursuit l'étendue des merveilles en faux marbre, en fausse pierre, en faux bronze…

Se trouver là, enfin, justement le jour où dans le musée se promènent la Méduse, le corbeau maléfique et peut-être la veuve noire, la femme mystérieuse, l'énigmatique amour d'enfance du Maître…

Être soi-même, Charles Ferne, jeune chercheur, découvreur de sarcophages enterrés, éperdument épris dans son inconscient voilé des deux Demoiselles de l'Étrange, marcher sur les talons de la Gorgone en tenant son masque à la main…

Passé sainte Marie l'Égyptienne, sur la gauche, se trouve une curieuse petite statue, dont le noir, semblable justement aux plumes du corbeau maudit, tranche sur la blancheur rosée des moulures…

La statue, d'à peine un mètre, debout sur un socle, montre un personnage aux fines ailes noires dorsales, merveille de ciselure. Il pointe devant lui l'index de sa main droite, montrant celui qui passe. Il semblait désigner Méduse, qui s'arrêta soudain, le visage tourné vers l'ange noir. La discrète inscription dit seulement : « Ange girouette, château de Lude, 1475 ».

Pourquoi Méduse fixe-t-elle l'ange girouette avec terreur ?

Est-ce que dans sa tête une pensée lentement se fait jour, la pensée du châtiment ? Car les dernières victimes de son regard, les ravissantes Demoiselles, sont assurément pures de toute méchanceté, et il faut être bien sacripant pour les métamorphoser en statues de pierre.

Toujours est-il que Méduse, reculant, se voila la face en portant à son visage un pan de sa robe blanche. Quelques serpents se dressèrent sur son crâne. Un sinistre souvenir, sans aucun doute... une coupable résurgence qui troublait Méduse... mais reculant, elle devina une présence juste derrière elle, du côté de sainte Marie l'Égyptienne. Se retournant, elle découvrit Charles, surpris par ce mouvement brusque.

D'un même geste, comme arrangé par un chorégraphe, Méduse baissa son bras, dévoilant ses yeux, tandis que Charles levait le sien, cachant son visage avec le masque de Méduse qu'il avait ramassé.

Méduse se trouva face à son propre visage reproduit par l'albâtre.

Visage sans cavités oculaires.

Visage blanc. Visage aveugle. Visage de mort figé.

Méduse ouvrit la bouche, un long hurlement à la sonorité incongrue en sortit. Alors elle tourna les talons et s'enfuit vers l'escalier du fond qui menait aux étages.

Charles resta immobile, terrifié rétrospectivement par le danger qu'il avait encouru : à une fraction de seconde près, les yeux tueurs trouvaient son regard et il rejoignait les Demoiselles, le balayeur de l'aquarium et bien d'autres dans la mort pétrifiée.

Cependant Méduse était au premier étage et paraissait au balcon...

Elle voyait Charles immobile, en bas, environné de moulages muets et figés. Elle gravit la suite des marches et prit pied au second étage. De nouveau, elle glissait sur ses pieds nus, silencieuse, énigmatique. Mais dans l'ombre, elle comprit que quelqu'un guettait...

Sur sa droite se trouvait le moulage du monumental tombeau de Maurice de Saxe, dont l'original est dans l'église Saint-Thomas de Strasbourg. Le maréchal est représenté en uniforme, debout. Sur sa gauche, drapeaux en faisceaux, pleureuses... sur sa droite, ce qui semble être un oiseau de mer à la renverse, ailes déployées, et deux lions terrassés.

Le danger paraissait sourdre d'en bas... En effet, cette allégorie domine le tombeau lui-même. La sculpture montre le cercueil dont le couvercle se soulève, laissant dépasser un peu du linceul de celui qui y est allongé. Ce cercueil ouvert, qui n'est pas sans rappeler le tombeau de Jules Verne, est flanqué d'un penseur nu et barbu et d'une mort ricanante, tenant dans sa main de squelette un sablier, sa tête de mort regardant vers la statue du maréchal. Le tout repose sur un socle portant le blason de la maison de Saxe.

Ce macabre monument qui atteint le plafond de la salle est, en quelque sorte, tourné en dérision par une statue toute de simplicité et de perfection des formes, de couleur pourtant noire imitation bronze, mais d'une beauté païenne dont l'éclatante nudité est une provocation au militaire et à ses drapeaux : c'est la Diane de Houdon, qui tourne l'arrondi de ses magnifiques fesses vers le maréchal.

À quelques pas, l'écorché du même Houdon semble saluer Diane.

Méduse sentait le danger qui émanait du tombeau du maréchal de Saxe sans pouvoir le définir. Elle pressa le pas.

Comme elle reprenait sa marche, le corbeau s'envola et disparut à tire-d'aile vers le rez-de-chaussée, où il traversa une partie des salles comme une flèche pour enfin se percher sur la maquette du Crack des chevaliers. Alors il fixa ses yeux sur Charles qui lentement reprenait ses esprits, la figure toujours cachée par le masque d'albâtre.

Tout au bout de l'enfilade du second et dernier étage, il faut prendre sur la droite et s'en retourner vers les escaliers en traversant quelques salles encore vides car une dernière reconstitution clôt cette partie du musée. Il s'agit de la crypte de la cathédrale Saint-Étienne à Auxerre. Quelques marches de bois permettent d'y entrer, et l'illusion est parfaite. Si on lève les yeux, on peut admirer les peintures du plafond voûté.

Mais ce que l'on remarque particulièrement c'est tout au fond, le vitrail lumineux et coloré.

Devant ce vitrail se trouvait agenouillé un pénitent en robe noire et capuchon qui semblait méditer. Il était représenté de dos.

Méduse était devant cette crypte, au pied des six ou sept marches de bois, et regardait ce pleureur.

Mais que se passe-t-il ? On dirait qu'au fond de la crypte le pénitent à bougé ! On dirait qu'un frémissement agite les plis de sa robe, que le capuchon remue…

Le pénitent est un être réel, jusque-là dissimulé en un simulacre de moulage confondant… il se lève… le capuchon cache ses yeux, les soustrayant à ceux de Méduse. Penché, il avance, tout en tirant de sa poche une écharpe noire qu'il noue sur les yeux de la créature démasquée, la rendant à sa nuit d'aveugle… Méduse ne réagit pas, les bras ballants, comme si tout à coup son éveil s'éteignait, comme si elle redescendait vers l'inconscience d'où elle a été tirée. C'est que, d'en bas, des croassements se font entendre. C'est le corbeau qui, à la suite d'on ne sait quel signal, donne de la voix et rendort Méduse, toujours perché qu'il est sur le Crack des chevaliers.

Mais les cris de l'oiseau provoquent le retour de Charles. Les forces lui reviennent, et avec elles le désir de vengeance. S'arrachant de sa somnolence, il court et gravit l'escalier, débouchant à son tour au second étage, dont toute la longueur le sépare de Méduse et de l'étrange pénitent.

Celui-ci, ne craignant plus rien des yeux pétrifiants maintenant cachés par l'écharpe, rejette en arrière son capuchon. C'est la femme mystérieuse !

Prenant Méduse docile par le bras, elle l'entraîne à ses côtés, remontant la galerie de salle en salle jusqu'à la première, celle dans laquelle donne l'escalier et où les attend Charles.

La femme mystérieuse et le savant se dévisagent avec haine.

Méduse reste indifférente dans sa léthargie.

La rencontre a lieu, comme par hasard, devant la statue de Diane derrière laquelle se dresse le tombeau du maréchal de Saxe, d'où émanait tout à l'heure comme une atmosphère de danger.

La femme mystérieuse a un sourire carnassier.

– Les Demoiselles ne sont plus que des statues friables… le Maître les pleure quelque part dans les jardins du Trocadéro… Quant à vous, professeur Ferne, vous allez les rejoindre, car je vais démasquer Méduse.

Entendant ces paroles menaçantes, Charles porte aussitôt vers son visage le masque d'albâtre qui lui a déjà permis de se soustraire à la pétrification. Mais c'est ce qu'attendait la diabolique femme pénitente.

Comme Charles lève sa main qui tenait le masque derrière son dos, la femme mystérieuse arrache de sa taille la corde monastique maintenant sa robe noire. Elle est terminée par une boule de métal. Maniant la corde comme un lasso, avec une vivacité inouïe, elle balance la boule de métal sur le masque que tient Charles, et celui-ci éclate en mille morceaux ! Charles n'a plus aucune protection. Son visage est découvert, et il ne pourra résister, avec ses pauvres paupières fermées, à la puissance du regard fascinant de la terrible Méduse vivante.

Déjà, la femme mystérieuse porte les mains au nœud qui ferme l'écharpe, afin de dévoiler la tueuse antique.

Mais un léger bruit, comme un grattement, comme un râle, lui fait tourner la tête en direction du tombeau du maréchal de Saxe. Ses yeux surpris tombent sur le cercueil entrouvert d'où s'échappe le linceul de plâtre.

Le cercueil paraît tout à coup lourd, plein, véritable… Dedans, quelque chose bouge, remue, respire, et, horreur, une main, une main vivante, une main humaine, une main d'homme en sort, rampante, cherchant un appui sur le rebord. Ce qui se cache dans le cercueil va sortir !

Un cri d'épouvante s'étrangle dans la gorge de la femme. Une sueur froide coule le long de la colonne vertébrale de Charles, aussi terrifié que son ennemie…

Alors tout se passe très vite.

Du cercueil de plâtre jaillit le Maître. Il crie :

– Fuyez, Charles !

Et il saute lestement de l'intérieur du moulage géant dans la salle. Charles obéissant dévale l'escalier. Mais dans le même temps la femme mystérieuse reprend ses esprits. D'un geste brusque elle arrache le bandeau de Méduse, qu'elle fait pivoter, la plaçant juste en face du Maître. Les yeux de Méduse et ceux du Maître se rencontrent.

Sans attendre le résultat, la femme mystérieuse s'enfuit dans l'escalier à la suite de Charles. Traversant les salles du rez-de-chaussée, et au passage le corbeau quitte la maquette du Crack des chevaliers pour venir se percher sur son épaule, elle sort du palais de Chaillot, et court en direction du petit cimetière de Passy, qui vient tout juste d'ouvrir comme chaque matin à sept heures trente, et dans lequel elle espère disparaître au cas où le Maître sortirait vainqueur de son duel avec Méduse.

Que va-t-il se passer au second étage du musée des Monuments français?

Comme le regard du Maître rencontrait celui de Méduse, instantanément, il entra dans la tête de la créature, fouillant son esprit, s'emparant de sa vue pétrifiante, faisant passer sa propre vision dans celle de son ennemie, tandis qu'il lançait un appel à travers l'espace destiné à l'assemblée réunie dans la vaste salle de méditation du monastère du Ladàkh.

Une insoutenable décharge d'énergie jaillit comme un torrent des cavités oculaires de la Méduse. Cette décharge avait la force du mental des cent moines assemblés, parmi lesquels se trouvait le très vieux maître sourd aveugle et muet, dont la puissance intérieure était décuplée.

La volonté de Méduse était écrasée, brisée, éparpillée à l'infini. Son pouvoir pétrifiant n'agissait plus. Mais une réaction surgissait, provenant du choc qu'elle subissait pour la première fois.

Ses yeux devinrent phosphorescents. Une lueur rouge, brillante, comme électrique, venant de l'intérieur, éclaira tout son visage d'une teinte d'orage sanglant... Puis deux faisceaux d'une même couleur pourpre sortirent de ses pupilles comme deux lasers.

Un moulage qui se trouvait devant leur trajectoire explosa littéralement. Enfin la lumière disparut, les yeux vidés, embués de larmes couleur de sang et la Méduse s'effondra sur le dallage.

Le Maître avait gagné.

De justesse, car au moment où ses yeux avaient vu ceux de la créature, il avait senti son corps se durcir, ses muscles se nouer, sa gorge s'assécher, sa chair se tendre: c'était le début de la pétrification!

Une infinie tristesse l'étreignait, car il pensait à ce que les Demoiselles avaient senti en semblable situation.

Il se pencha, souleva Méduse évanouie, et gagna l'escalier qu'il descendit, très droit, le regard au loin, comme tous les héros, indifférent au monde alentour, perdu dans ses pensées.

En bas des marche Charles l'attendait.

Sans échanger une parole, car tous deux avaient dans la tête l'image de deux Demoiselles assassinées, ils sortirent du musée et se retrouvèrent sur la place du Trocadéro.

Il pouvait être huit heures.

Le jour se levait.

D'une voix lasse, triste, résignée, Charles dit, car il fallait en finir, conclure, rendre Méduse à la paix du temps :

– Ce petit cimetière, là-bas, nous pourrions la déposer dans une vieille tombe abandonnée.

Le Maître se tourna dans la direction du cimetière de Passy et fit un mouvement comme pour s'y diriger. Puis il s'arrêta.

Son esprit avait *senti* que cet endroit ne convenait pas. Quelque chose ou quelqu'un était là, embusqué, malfaisant.

Au-dessus du cimetière de Passy voletait, un corbeau.

– Venez, Charles, regagnons votre appartement. Méduse n'est plus dangereuse pour l'instant. Je sais où la cacher pour toujours. Mais avant, il va nous falloir ramener la statue Estelle, qui attend dans l'aquarium et la statue Edwige, entre les canons à eau. Vite, avant qu'on ne les trouve.

Charles et le Maître s'en allèrent, portant Méduse qu'ils abandonnèrent chez le jeune professeur le temps d'aller chercher tout ce qui restait des deux Demoiselles, c'est-à-dire deux jolies statues blanches, représentant de ravissantes jeunes filles aux cheveux nattés, en longues chemises de nuit à l'ancienne.

Le Maître mit les statues chez lui, dans la bibliothèque, là où tant de fois il avait fait appel au relais médiumnique du mental d'Estelle et d'Edwige. Elles se dressent maintenant de part et d'autre du fauteuil où il a coutume de méditer.

Méduse fut enfermée dans la grande horloge qui avait servi à la transporter de Bruxelles à Paris. L'horloge fut chargée dans un break, et Charles prit le volant.

Le Maître le guidait, car il fallait quitter Paris pour gagner l'endroit choisi et y déposer Méduse, endormie à jamais dans un sommeil cataleptique.

Sur la route, le Maître sentait les esprits attristés de plus de cent moines du Ladàkh qui l'accompagnaient.

Avec émotion, le Maître revit le petit cimetière abandonné dans la campagne où il était enterré.

Rien n'avait changé. Peut-être la végétation était-elle un peu plus haute, les vieilles croix en fer un peu plus rouillées, les pierres tombales plus moussues... Son tombeau s'ouvrait en soulevant, au moyen d'un anneau, une dalle découvrant un escalier au bas duquel se trouvait la crypte. C'est là qu'ils conduisirent l'horloge contenant le corps de Méduse.

Avant de ressortir, Charles s'enquit tout de même de la réalité de cette créature qu'il avait découverte :

– Est-elle vivante ? Consciente ?

– Elle erre dans un état intermédiaire entre l'existence et le fantasme, dit le Maître qui avait fait une incursion dans le cerveau de la Gorgone. Elle n'a pas vraiment conscience, juste une sorte de sensation d'être, qu'elle peut assumer dans un sommeil cataleptique comme maintenant, ou un éveil comme hier, qui l'oblige à décharger une énergie trop forte au moyen de son regard. Sa nature est d'être endormie. Cette femme, grâce aux sonorités émises par le corbeau, pouvait se réveiller.

– Alors Méduse est heureuse dans son horloge ?

– Oui. Pas « heureuse », car ce mot n'a pas de sens pour elle. Elle est juste immergée dans cet état étranger qui est le sien.

Les deux hommes fermèrent l'horloge.

– Venez. Plus personne n'entendra parler de la Méduse.

Ils sortirent, replacèrent la dalle.

Méduse était enfermée dans le propre tombeau du Maître, au fond du petit cimetière abandonné, que nul ne visitait.

En s'en retournant vers la grille, le Maître ne put s'empêcher de regarder le gros arbre au pied duquel Estelle et Edwige s'asseyaient, il y a longtemps, l'esprit enseveli, se tenant par la main, les yeux dans le vague... Il aurait tant voulu qu'elles fussent encore là, même ensevelies, même « absentes », plutôt que statues de pierre immobiles et glacées...

Le Maître et Charles s'en retournèrent à Paris.

Quelquefois, les matins de printemps, il y a comme une voix très faible et très lointaine qui semble venir du vieux cimetière abandonné. Mais personne ne passe pour l'entendre.

Personne ne sait que la voix haute et inhumaine de Méduse chante en l'honneur du jour qui vient.

Charles est retourné à ses recherches.

Le Maître médite souvent, en compagnie mentale des monastiques du Ladàkh. Et il a, à côté de son fauteuil, dans la bibliothèque, ses deux Demoiselles-statues qui semblent veiller sur lui.

Pourtant, un soir, il décida de provoquer une rencontre insolite et dangereuse en se rendant, comme tombait la nuit, aux arènes de Lutèce, rue Monge, là où la forme astrale de la femme mystérieuse avait une fois déjà conversé avec lui.

Peut-être ce lieu était-il propice à semblable rendez-vous…

Il s'assit, vide de toute pensée.

Il avait demandé aux fidèles du monastère de Ladàkh de ne pas l'accompagner ce soir-là, de le laisser libre de rencontrer son ennemie. Il savait qu'en agissant ainsi, il se plaçait en position d'infériorité.

Peut-être même serait-il amené à trahir sa mission.

Mais le Maître était ainsi fait qu'il plaçait son amour pour les Demoiselles au-dessus de tout, que leur vie importait plus pour lui que sa mission même, et que pour elles il aurait trahi mille et mille fois. Elles faisaient partie de lui, une sorte de symbiose mentale les attachait tous trois, et il ne pouvait plus supporter le spectacle navrant des deux mignonnes empierrées quand il entrait dans sa bibliothèque.

La femme mystérieuse avait éveillé la Méduse. Elle pouvait peut-être défaire le charme, mais elle ne le ferait pas pour rien et le Maître s'attendait au pire.

Rien ne semblait devoir se passer, et pourtant le Maître était certain que la femme mystérieuse avait entendu l'appel…

Déjà les gradins étaient dans l'ombre.

Il remarqua soudain qu'une forme enveloppée dans un long manteau était assise, immobile et silencieuse sur sa gauche.

Et il entendit un bref croassement.

Il resta lui aussi immobile et silencieux, mais la conversation intérieure commença.

–Pourquoi sommes-nous ennemis ? pensa le Maître. Pourquoi provoquer la résurrection d'Andras d'abord, avec son cortège de démons, puis de Méduse ? Qui êtes-vous ? Je voudrais ne me souvenir que de la fascinante petite fille qui sortait de cette tombe bouleversée, un corbeau sur la main. Je voudrais la rejoindre dans l'ombre du petit bois au milieu des champs labourés que le soleil écrase… Pourquoi nous combattre ?

Là-bas la forme enveloppée ne bougea pas. Mais de sa tête vint la réponse, qui se *glissa* dans la pensée du Maître :

–Parce que je suis l'ennemie, je suis la bête, je suis l'annonciatrice de la fin des temps, je suis celle que tu dois combattre. Et notre lutte ne se terminera que par l'extinction de l'un de nous.

–Qui nous oblige à cet affrontement ?

–Rien d'autre que nous-mêmes…

Au loin, on entendait la clameur sourde de la ville qui les entourait.

–Tu ne peux donc pas me rejoindre ?

Il y eut un long silence, comme si la femme laissait la dernière phrase du Maître la pénétrer pleinement. Enfin elle reprit :

–Pour la première et dernière fois, en souvenir peut-être de ce jour où la petite fille maudite a quitté sa tombe massacrée, son corbeau à la main, pour se promener quelques instants dans l'ombre du bois avec le petit garçon venu de la lumière du dehors. En souvenir de ce jour d'il y a longtemps, je vais, un instant, un tout petit instant, te rejoindre. Écoute, mon ennemi, je vais te dire comment tu peux défaire ce qui a été fait. Je vais glisser dans ta tête le nom de celui qui peut briser l'œuvre de Méduse aussi facilement que mon corbeau a pu la faire naître. Mais je ne peux pas dire quel sera le résultat, cela m'est interdit. Tu peux encore, si tu veux, laisser les choses en l'état et garder les statues. Leur retour à la forme humaine peut être pire…

–Dis-moi. Ouvre ton esprit.

Elle ne répondit pas, mais le Maître soudain fut capable de lire en elle et comprit ce qu'il devait faire s'il voulait que puissent revivre les Demoiselles de l'Étrange. Il leva les yeux vers elle avec reconnaissance. Mais il était seul, comme la nuit tombait, assis au milieu des arènes.

Derrière les voies de la gare de Lyon se trouvait un quartier promis aux démolisseurs. Il n'avait pas de nom, la plupart des petites rues en étaient barrées, les portes et les fenêtres des maisons murées. Déjà, une végétation triste poussait entre les vieux pavés. Ce quartier, presque un îlot, ne comportait que quelques pâtés de maisons et une dizaine de petites rues enchevêtrées. Plus personne n'y habitait, à part trois ou quatre clochards. Il était enfermé entre de simples palissades. Un silence d'abandon y régnait. Les gens du voisinage appelaient ce quartier « l'Impasse », parce que toutes les rues qui le formaient étaient sans issue.

Ce soir-là, deux hommes se dirigeaient, en de dandinant, vers « l'Impasse ». Ces deux hommes dégingandés étaient des Africains, et visiblement l'un était un personnage important, car l'autre lui parlait avec déférence. Celui qui était important n'était vêtu que d'un vieux gilet chamarré ouvert sur son torse nu et d'un pantalon des années soixante, de ceux que l'on appelait « pattes d'éléphant ». Il était pieds nus. L'autre, plus jeune, était aussi plus banal. Costume en jean usé, troué aux coudes et aux genoux, mais chemise blanche étincelante. Il avait sur la tête un vieux canotier, alors que son compagnon, à cause sans doute de son importance, avait un haut-de-forme cassé.

Ils arrivèrent devant une des palissades qui interdisait l'entrée de « l'Impasse », repoussèrent deux planches volontairement disjointes, et disparurent de l'autre côté.

Peu après, ils remontèrent une étroite rue pavée, entre deux files de maisons lépreuses à deux ou trois étages, dont portes et fenêtres étaient murées. Ils s'arrêtèrent devant la dernière maison à gauche. Un trou avait été percé dans la maçonnerie qui condamnait la porte. Tous deux se faufilèrent dans cette étroite bouche, et la rue pavée redevint déserte et silencieuse.

Les deux Africains étaient maintenant derrière la maison qu'ils avaient traversée de part en part. Une sorte d'arrière-cour-jardin se trouvait là, entourée par le dos de plusieurs maisons, à l'abri des regards extérieurs.

Une vingtaine d'Africains étaient assis à même la terre herbue. Sans doute, il y a bien longtemps, avait-on cultivé ici de maigres légumes, de pauvres salades. L'homme au canotier alla s'asseoir avec les autres. Le personnage important assura sur sa tête son haut-de-forme, tenta vainement de fermer son gilet, et resta debout, tourné vers une sorte de petite voie en impasse d'une vingtaine de mètres terminée par une palissade.

Il frappa dans ses mains. Tous se turent, et on entendit une porte qui s'ouvrait quelque part. Alors, sans que l'on ait pu voir d'où elle venait, une créature incroyable se montra au fond de l'impasse, progressant d'un pas dansé en direction du groupe et du jardin.

C'était une femme, assez jeune, probablement de race peule. Elle devait faire près de deux mètres, et ses longs cheveux noirs remontés au-dessus de sa tête comme une pâtisserie rendaient sa taille encore plus démesurée.

Elle était très mince, flexible, mais ses seins haut placés, pointus, et ses fesses pleines empêchaient qu'on la crût maigre. Ses jambes semblaient immenses, d'une finesse animale.

Elle avançait sur la pointe des pieds, remuant son bassin langoureusement, ondulante comme un serpent, les bras levés au-dessus de sa tête.

Son visage était marqué de peintures tribales.

Elle ne portait aucun vêtement, juste une véritable collection d'amulettes sous forme de bracelets de cuivre ou même de métal lourd, des colliers de style marocain, ciselés, colorés.

Toute cette décoration s'entrechoquait au rythme de sa progression, produisant un bruit inquiétant, comme celui du serpent à sonnette.

Ses yeux étaient légèrement bridés, elle ne devait pas être de race absolument pure. Le regard était dirigé vers l'homme au haut-de-forme, qui l'attendait, impassible.

Venant d'invisibles joueurs disséminés dans les maisons tout autour, le bruit sourd de plusieurs tam-tams salua l'arrivée de la danseuse dans la cour-jardin. Et elle commença à tourner tout autour de l'homme important, balançant son long corps en tout sens, au rythme de plus en plus rapide des tambours.

Quelle était cette cérémonie inconnue, dont la prêtresse était exposée pratiquement sans voile, parée de ses seuls bijoux, devant plus de vingt hommes ? Quel culte secret était célébré dans ce décor d'abandon sinistre et hors du monde ?

Tout ce que l'on sait concerne cette danseuse peule et l'homme important. Lui, on le nomme le grand féticheur de la terre-de-feu. Il est toujours accompagné de son officiante, sorte de sorcière dont les pouvoirs complètent les siens... Réuni, le couple est en même temps désenvoûteur et jeteur de sorts. Le grand féticheur de la terre-de-feu frappe dans ses mains, et un étrange spectacle commence : quatre hommes entrent en scène, venant de l'impasse d'où tout à l'heure est déjà sortie la danseuse peule. Ils portent deux caisses qu'ils déposent devant le féticheur. La danseuse poursuit ses mouvements ondulés non plus autour du féticheur, mais autour de ces caisses qui ont la taille d'un être humain.

Enfin un homme sort de l'impasse, c'est le dernier participant à la cérémonie, c'est un Blanc, c'est le Maître !

Le rythme des tambours se ralentit jusqu'à ce que chaque coup frappé soit séparé de celui qui le précède, comme de celui qui le suit, par trois ou quatre secondes de silence. On arrache les planches des caisses, dévoilant leur secret : ce sont les Demoiselles-statues.

Pendant ce temps on a apporté une immense cuve en verre très épais, haute de plus de deux mètres et pleine d'un liquide rouge. Également une espèce de treuil que l'on a fixé en terre et qui va permettre de hisser les lourdes statues de pierre afin de les plonger dans la cuve qui n'a pas de couvercle.

On arrime celles-ci au moyen de cordes, on les soulève à bras d'hommes. Les tam-tams sont toujours lents, espacés, comme pour souligner l'effort fourni par les quatre hommes qui tirent sur les cordes, faisant grincer la poulie. Enfin les deux statues sont au-dessus de la cuve.

Il y a un moment d'arrêt dans l'exécution du rituel.

Les muscles des hommes sont tendus à se rompre, mais ils maintiennent les deux Demoiselles au-dessus de la cuve rouge.

Le grand féticheur jette un regard interrogatif au Maître. À lui de confirmer sa décision. Pâle, le Maître acquiesce. Alors le grands féticheur frappe encore dans ses mains, les tam-tams cette fois deviennent de plus en plus rapides, frénétiques, et la descente commence.

La danseuse n'a pas cessé de tourner autour de la cuve. Son corps est luisant de sueur, comme s'il avait été enduit d'une huile brillante.

Tous sont suspendus au mouvement de la poulie grinçante, et enfin les statues touchent le liquide rouge. Ce sont d'abord les pieds vêtus de petites chaussettes blanches, les mollets, puis tous le corps recouvert de la longue chemise de nuit grand-mère, enfin les deux visages encadrés de quatre petites nattes de marbre blanc.

Ça y est, les deux statues reposent au fond de la cuve, on les devine, plongées dans l'épaisse mixture rouge.

La danseuse s'immobilise, bras et jambes écartés, bouche ouverte.

Les tambours africains se taisent.

Un silence terrible s'installe.

Le Maître suspend sa respiration : le moment décisif est venu.

Seul le grand féticheur bouge. Il danse sur place, frappant durement la terre de ses pieds nus. Il tient à la main des fétiches en bois, qu'il a sortis on ne sait d'où, il les agite en direction de la cuve. De l'un des fétiches s'échappent des graines qui tombent dans la cuve.

Enfin, il s'arrête, fixant ce que l'on peut voir – deviner plutôt – des Demoiselles immergées. Le silence, cette fois encore, est terrible, total, épais. Plusieurs minutes s'écoulent.

Un dernier claquement de mains donne aux hommes le signal pour remonter le contenu de la cuve. Ils commencent à tirer sur la corde. Ils arrachent du fond les statues, les extirpent. Elles sortent lentement, dégoulinantes de liquide rouge, on dirait qu'elles saignent. Le cœur du Maître saigne lui aussi. Également les cœurs des fidèles assemblés dans le monastère du Ladàkh, qui suivent le déroulement de la cérémonie.

Les deux statues sont posées sur l'herbe triste de la cour. Le grand féticheur tend les bras vers elles. La danseuse peule également.

Ça ne peut pas marcher. Et pourtant, ce qui a été fait par magie sera défait par magie : on dirait qu'un frémissement agite le bas de la chemise de nuit d'Estelle… on dirait que la natte gauche d'Edwige est remuée par le vent… il semble que le marbre se teinte de rose… que la pierre devient chair… que les yeux voient… Le Maître voudrait se précipiter, mais on le retient. Il faut donner à la sorcellerie le temps de s'accomplir.

Sous ses yeux bouleversés, il voit la vie entrer dans la pierre. De nouveau, les chemises de nuit flottent puis se plaquent contre les corps retrouvant leur épaisseur, leur chaleur. De nouveau les lèvres bougent, les doigts se crispent, les muscles se détendent.

Le regard est lointain, mais Estelle et Edwige sont là, revenues, vivantes, tremblantes dans le vent et le froid, elles serrent contre elles, effarées de se découvrir dans ce lieu inconnu, leurs légères chemises.

Elles regardent les trois magiciens qui, devant elles, leur sourient. Ce sont le Maître, le grand féticheur et sa danseuse.

Mais une ombre passe sur le visage du Maître, qui se retient de serrer contre lui ses Demoiselles revenues : on dirait qu'elles ne le reconnaissent pas. Leur regard est comme vide, lointain, perdu.

Le Maître s'approche, pose ses mains sur les cheveux sombres, sur la tête des jeunes filles, et les attire contre lui. Elles se laissent faire, indifférentes. Lui, il a des larmes dans les yeux.

Il a compris.

Comme comprennent à leur tour le grand féticheur de la terre-de-feu, la danseuse et tous les Africains alentour, devenus muets.

Pendant que le Maître caresse les deux têtes brunes, le féticheur s'approche et lui murmure :

– J'ai fait ce que je pouvais...

– C'est bien. Elles sont là. Elles vivent.

– Je n'ai ramené que les corps.

– Peut-être pas. Leurs esprits vivent, eux aussi, quelque part. Il me suffit de trouver où.

– Comment ferez-vous ? Moi je ne sais pas. Aucun féticheur ne sait cela.

– Je me glisserai dans leurs esprits. Doucement, tout doucement, comme la première fois, je tâcherai d'éveiller la flamme endormie qui couve... j'écarterai les cendres pour raviver les braises.

– Et... si vous ne trouvez que du vide ?

– Alors j'irai ailleurs, je ne sais où, mais leurs rires, leurs voix, leur gaieté, leur enthousiasme, leur impertinence, tout cela est caché. Je trouverai, je délivrerai. Les Demoiselles de l'Étrange reviendront.

Estelle et Edwige, indifférentes, donnent la main au Maître qui les guide. On dirait des enfants dociles, qui participent sans comprendre à un jeu qu'elles ne connaissent pas.

Le féticheur pense que les Demoiselles de l'Étrange sont parties pour toujours.

Le Maître s'éloigne, franchit la palissade, disparaît dans les rues. Sa silhouette est un peu voûtée, comme vieillie. Les deux mortes qui marchent à ses côtés posent sur lui leurs yeux vides.

Il commence à pleuvoir.

Ce texte a été écrit quand il était encore possible de visiter deux des lieux les plus insolites de Paris : l'aquarium du Trocadéro, dont les bassins furent brisés, tuant tous les poissons, par des criminels de passage; et le musée des Monuments français, dont tous les éléments sont aujourd'hui abandonnés dans des caisses. L'incurie scandaleuse des pouvoirs publics porte la lourde responsabilité de ces deux disparitions. Il risque d'en être de même du musée du Cinéma réuni avec amour par le grand Henri Langlois, et l'on parle de déplacer le musée de la Marine, autre lieu étrange et fascinant du Trocadéro.

INTERMÈDE

Par la gare Montparnasse arrive à Paris une curieuse personne.

C'est une femme d'une soixantaine d'années ou plus, sèche, ridée comme une vieille pomme, enveloppée dans un châle brodé, la tête surmontée d'une coiffe gigantesque en dentelle blanche.

C'est une bigouden.

Indifférente aux regards étonnés des passants, elle contemple, la tête levée, la tour qu'elle découvre pour la première fois.

Elle ne sait rien du métro, mais un taxi retient son attention.

Elle y embarque et montre au chauffeur le petit bout de papier sur lequel est inscrit au crayon une adresse, précédée d'un nom. Le taxi démarre et peu après dépose la bigouden devant le domicile du Maître.

Elle est reçue par le Maître lui-même, qui accepte de l'écouter, mais lui précise immédiatement qu'il s'est retiré :

– Il y a quelques semaines un événement imprévu m'a obligé à consacrer tout mon temps à certaines recherches mentales qui m'interdisent de me concentrer sur des problèmes extérieurs. Cependant, puisque vous avez entendu parler de moi et avez fait un voyage pour vous inhabituel jusqu'ici, dites-moi, peut-être pourrai-je vous conseiller ? Mais ne comptez pas sur une action de ma part.

Sans hésiter, la bigouden tire de sa poche un objet enveloppé dans un simple papier journal, d'une trentaine de centimètres. Elle défait le papier journal, et exhibe une statuette en bronze.

– Connaissez-vous ceci ?

Le Maître prend la statuette que lui tend la bigouden, et l'examine. On dirait un de ces objets modern style dont certains étaient posés sur des meubles bas comme décoration, d'autres, aujourd'hui très recherchés, servant de supports à des lampes de chevet baroques.

Le bronze représente une jeune femme nue jusqu'à la taille. Le bas de son corps est vêtu d'une longue robe tombant jusqu'à terre comme une draperie, maintenue par une large ceinture. Le buste est cambré, les bras levés et écartés, les biceps ceints de bracelets. Elle porte un collier, un large bandeau enserre son front. Ses cheveux, sombres, encadrent son visage ovale jusqu'aux épaules. Dans le dos deux immenses ailes de chauve-souris, membraneuses, griffues, à demi déployées.

La première membrane, partant des omoplates, se dresse loin au-dessus de la tête. La seconde, partagée par trois ou quatre subdivisions chacune terminée par une griffe, descend presque à terre. L'articulation entre les deux membranes de chaque aile se fait au moyen d'une ossature ronde rappelant le genou humain. Une griffe en jaillit également, comme prise dans l'os lui-même. La partie dénudée du corps est sensuelle, voluptueuse, un rien charnue.

Le Maître tourne et retourne le petit bronze entre ses mains, puis le rend à la visiteuse venue de Bretagne.

–Non. Je ne connais pas cet objet.

–Je suis une vieille femme, plus âgée qu'il n'y paraît, et je sais les légendes anciennes, celles qu'il faut croire et celles qui ne sont que superstitions et racontars. Cette statuette de bronze dégage une odeur de soufre. Elle était dans la main de mon fils agonisant... et sans cesse il répétait : « Il faut la remettre en place... Il faut la reposer... » Mais il n'a pas pu me dire où doit aller cet objet. Et depuis qu'il n'est plus à sa place, les menaces reprennent vie... la mort et la peur rôdent... la malédiction s'est abattue sur le village... la malédiction de la pleine lune !

Le Maître l'interrompt d'un geste de la main :

–Tout cela est vague, ma brave femme, et je ne peux rien pour vous. Je ne connais pas cette statuette ni son emplacement. Je dois me consacrer à mes deux pensionnaires.

–Puis-je les voir ? S'il vous plaît...

Le Maître consent à montrer les Demoiselles à la vieille bigouden. Il la précède dans la bibliothèque.

Estelle et Edwige sont assises sagement sur le canapé de la salle de méditation-bibliothèque, main dans la main, regard perdu.

Tristement, le Maître laisse entrer la vieille femme. Il espère éveiller ainsi un semblant de réaction chez les deux ensevelies.

Mais rien. La vieille s'approche, passe une main devant les yeux des filles. Elles la regardent un bref instant, puis, indifférentes, replongent dans leur rêverie. La vieille interroge le Maître. Elle apprend qu'Estelle et Edwige n'ont pas toujours été ainsi. Que l'esprit du Maître était parvenu à les éveiller, à les faire vivre dans le monde du conscient. Mais depuis leur nouvel ensevelissement, il n'a plus trouvé dans leurs têtes qu'un vide effrayant.

Malgré une petite, toute petite lueur, bien loin enfouie, et qui n'est sans doute que la lueur de la vie, de leur vie à elles, fermée, incompréhensible.

Alors la vieille fixe le Maître droit dans les yeux, et dit une phrase merveilleuse, répétant sans le savoir les propres paroles du Maître au grand féticheur de la terre-de-feu :

– Quelque part, leurs esprits vivent. Attendent.

– Je l'ai cru…

– Je le sais.

Instantanément, le Maître, désorienté, entre en contact avec le monastère du Ladàkh, par la pensée. Là-bas, on suit la conversation, on ressent la présence de la visiteuse, et c'est une présence positive. La vieille regarde à nouveau le Maître bien en face :

– Si je ramène vos Demoiselles, vous m'aiderez à remettre cette statuette à sa place, quelle qu'elle puisse être et n'importe où elle puisse se trouver ?

– Je le ferai.

– Nous allons tenter une première expérience. Je sais que vous utilisez ces Demoiselles comme relais mental. Si leurs esprits ne sont pas morts, mais seulement endormis, elles sont toujours médiums. Nous allons les tester. Avec la statuette.

Le Maître a compris. Il baisse fortement la lumière dans la pièce, qui se trouve plongée dans la pénombre. Il pousse une petite table ronde devant les jeunes filles, s'assied face à elles, pose sur la table le bronze énigmatique. Debout dans l'ombre, la vieille assiste sans rien dire. Le Maître tourne les deux visages vers lui, capte le regard vide, pose la main droite d'Edwige et la main gauche d'Estelle sur la statuette. Le contact est établi, mais aucune réaction ne semble se manifester.

Et soudain, il y a comme une vague, très vague et très lointaine lueur dans le regard mort des jeunes filles.

À voix presque basse, Estelle dit :

– C'est une pièce de l'échiquier…

Et Edwige, à peine audible, murmure :

– La reine noire de l'échiquier ardent…

Alors, elles glissent en arrière, et s'évanouissent sur le canapé.

L'ÉCHIQUIER ARDENT

Le Maître avait perdu toute discipline monastique, et une grande fébrilité l'habitait. En compagnie de la vieille bigouden et des deux Demoiselles plus indifférentes que jamais, il avait gagné en voiture l'extrême pointe de la Bretagne, c'est-à-dire la pointe du Raz, face au phare de l'île de Sein, contre la baie des Trépassés.

C'est là que les forces conjuguées de la marée et des vents du large, qui venaient éclater contre les roches, devaient permettre le réveil de l'esprit des Demoiselles. Mais à cela s'ajoutait l'essentiel, une chose qui se trouvait là et que la vieille n'avait pas encore voulu dévoiler.

Si les Demoiselles revenaient de leur voyage inconnu, il faudrait ensuite traverser tout le Finistère par la côte, gagner le Morbihan jusqu'au petit village de la bigouden, entre Vannes et la mer. Pour lors, il fallait descendre par un minuscule chemin rocailleux, se frayer un passage presque à flanc de rocher, avec, devant, la mer déchaînée, au-dessus les mouettes qui tournaient en criant, dans les oreilles le vent qui soufflait en rafales, le mugissement des vagues.

L'endroit qu'espérait la bigouden était au niveau de la mer, parmi les rochers aux formes délirantes, invisible si l'on ne s'y trouvait pas.

C'était quelques mètres de galets entre les éperons des pics et des éboulis. À l'extrême pointe de la pointe, au bout du monde, entre mer et abrupt. Le chemin sinueux se terminait bien avant.

Il fallait descendre, agrippés, guider le pied des Demoiselles inconscientes et indifférentes. Et le Maître admirait la sûreté de la vieille Bretonne qui les précédait.

Enfin tous quatre furent sur cet espace désolé. Battu des vents et des eaux. Au centre de ces quelques mètres carrés, se trouvait un rocher poli, haut de plusieurs mètres, duquel se dégageait une impression étrange. On aurait dit qu'il était différent des autres, mais de l'intérieur.

Confondu avec les roches, ce n'était pas un rocher. C'était lui que la vieille connaissait. C'était un menhir.

Incroyable mégalithe, dressé là on ne savait par qui, on ne savait quand. Depuis des temps et des temps, frappé par les vagues, giflé par le vent, souillé par les mouettes, il n'avait pas bougé, ne s'était pas effrité. Il y a très longtemps, quand elle était gamine, expliqua la vieille, les femmes stériles venaient s'y frotter, et on disait qu'elles étaient rapidement enceintes. On racontait également que les forces telluriques attirées par les pierres dressées fertilisaient les champs alentour. Celui-là était le plus puissant. Face à la mer, les plus fortes lames se brisaient sur lui, et on avait dit encore, à cette époque lointaine, qu'il soutenait une partie de la pointe du Raz elle-même qui, sans lui, se serait effondrée depuis longtemps, rongée par les tempêtes.

Peu à peu, on l'avait oublié. Seuls les anciens connaissaient encore son existence, savaient qu'il était là bien avant les druides, les Gaulois, bien avant l'Histoire.

C'était marée montante. La nuit venait, et à intervalles réguliers, la lumière du phare de l'île de Sein éclairait ce menhir insolite.

La mer se rapprochait, engloutissant un à un les rochers qui avaient l'air de vouloir protéger la côte. La vieille bigouden dit :

– Il faut qu'elles soient contre le menhir. Peau contre pierre. Qu'elles s'y plaquent, s'y incrustent, afin que les forces telluriques les pénètrent. Et en même temps le vent, la mer qui va les atteindre et dont les ondes vont les féconder... Alors, peut-être la puissance des éléments agira-t-elle sur leurs esprits ensevelis.

Le vent augmentait, et la bigouden devait tenir sa coiffe à deux mains.

– Faites vite ! Je dois remonter. Je suis trop vieille pour affronter la mer et le vent et la nuit et le cri des mouettes. Souvenez-vous ! Elles doivent écraser leurs corps contre le menhir ! Peau contre pierre ! Et laisser la mer monter sur elles !

Déjà elle escaladait les rochers afin de rejoindre le petit chemin caillouteux qui menait en haut, à la terre.

– Comment saurai-je ? cria le Maître, gonflant sa voix pour couvrir les mugissements du vent et des vagues qui déferlaient, le trempant des pieds à la tête.

– Regardez leurs yeux ! cria la vieille avant de disparaître.

Le Maître se trouva seul avec les deux innocentes. Une dernière fois, il consulta mentalement le monastère. On le poussa à agir. Alors il se tourna vers Estelle et Edwige qui, serrées frileusement l'une contre l'autre, étaient debout devant le menhir, indifférentes aux éléments déchaînés. Il fallait faire vite, car la marée montait maintenant. Le Maître empoigna les Demoiselles et arracha leurs vêtements sans qu'elles réagissent. « Peau contre pierre », avait dit la vieille. Il les plaqua, nues, tremblantes, contre le menhir, les appuya, collant le dos, les fesses, les cuisses au rocher rugueux.

Bras écartés, elles regardaient droit devant elles, sans voir, sans comprendre, mais elles gardaient la position qu'il leur avait donnée, appuyant de toutes leurs forces leurs corps contre cette pierre dressée. Et elles recevaient de face les paquets d'eau projetés par les vagues qui éclataient sur l'un ou l'autre rocher. Le vent massait leurs corps, coupait leur souffle. Mais rien, aucune lueur n'éclairait leur regard morne.

L'eau monta. Elle se précipitait contre le menhir, on aurait dit avec une sorte de rage furieuse, atteignant les genoux, les cuisses des Demoiselles. Et toujours elles regardaient vers le large, pourtant dissimulé par la nuit presque totale. Le vent plaquait leurs cheveux trempés par les éclaboussures, cinglait leur peau nue.

Le Maître, agrippé à une roche un peu plus haut, regardait les deux ensevelies indifférentes à tout ce qui heurtait leur corps.

Leur regard était dedans, et dedans il n'y avait rien.

La mer monta encore, le vent souffla plus fort, les mouettes crièrent et s'en furent avec le reste du jour.

Et pleura le Maître.

Car rien n'advenait, les Demoiselles ne bougeaient plus, ruisselantes, dégoulinantes et transies, le regard désespérément vide.

Elles offraient une image hallucinante : la nuit était coupée par le faisceau du phare de l'île de Sein, qui faisait surgir pendant quelques secondes le menhir et ses deux coquillages nus et blancs, accrochés à lui… et le noir revenait pour être à nouveau tranché par la lueur du large.

En haut, loin au-dessus, la vieille bigouden tendait ses bras vers le lointain, invoquant les éléments, les puissances de la terre et de la mer, de l'air et du vent. Horrifié, le Maître vit ses Demoiselles englouties jusqu'à la taille… puis leur buste fut avalé. Seules restaient hors de l'eau agitées les épaules et la tête… Il hurla, criant leurs noms. En vain.

Chaque fois que le phare éclairait, il scrutait les jeunes visages et ne voyait que le vide dans leur regard. Elles périssaient, indifférentes, inconscientes, perdues dans un autre monde inaccessible.

Une lueur pâle vint remplacer la lumière furtive du phare. C'était celle de la Lune qui venait de se lever.

Les Demoiselles en furent baignées, seuls leurs visages calmes émergeaient encore.

Une vague passa par-dessus leurs têtes, se retira.

Maintenant elles pouvaient être noyées d'un moment à l'autre.

Le Maître se prépara à plonger.

À ce moment, il les regarda une dernière fois avant d'intervenir. Et, soudain, il lui sembla voir luire une toute petite lumière dans leurs yeux… Il attendit. Et tout à coup, les visages bougèrent, les yeux regardèrent en tous sens, effarés, éberlués, comme quelqu'un qui s'éveille et ne sait plus où il est. Leurs regards vivaient, leurs esprits vivaient, leurs corps vivaient : elles échangèrent un coup d'œil, comme elles l'avaient fait tant de fois auparavant, puis tombèrent dans les bras l'une de l'autre, s'étreignant avec angoisse, terrifiées de se trouver en pleine nuit presque immergées en ce lieu inconnu. Estelle cria :

– Maître ! Au secours, Maître !

Edwige clama :

– Ici ! Par ici ! On se noie !

Et l'esprit du Maître fondit de tendresse, tandis qu'à l'autre bout du monde les esprits de plus de cent fidèles du monastère pleuraient d'émotion avec lui. Sans plus attendre, le Maître plongea. En quelques brasses il fut au menhir, saisit les Demoiselles chacune par une main, les tira, les poussa, et leurs membres se délièrent, elles nagèrent avec lui jusqu'à ce que tous trois prennent pied sur un escarpement. Alors ils grimpèrent, trouvèrent le chemin et rejoignirent la terre, là-haut, où la vieille bigouden les attendait en souriant.

Ce fut comme si rien ne s'était passé. Estelle et Edwige se retrouvèrent à l'instant où leurs yeux avaient rencontré le regard de Méduse, tout le reste était disparu, oublié.

Leur nature enjouée et impertinente reprit le dessus, teintée d'une légère crainte, car leur dernier souvenir était Méduse.

Mais la présence rassurante du Maître les poussa à se gaver de leur parole revenue, comme on étanche une soif, comme on manie un jouet perdu, soudain redécouvert au fond d'une armoire et dont les mains retrouvent les formes :

– Maître, où sommes-nous ?

– Qui est cette dame avec son chapeau pain de sucre ?

– Où est Méduse ?

– Pourquoi on est toutes nues ?

– Cette grande pierre… qu'est-ce qu'on faisait contre elle ?

– On dirait l'aiguille creuse…

– En plus petit…

– Et Charles, enfin le professeur Ferne, il est où ?

– Pourquoi il est pas là ? On était avec lui dans la camionnette…

– Y aurait pas un chandail, ou un truc ? Y fait froid et nuit…

– Maître, on est toujours en Belgique ?

– Ou alors vous avez vaincu Méduse ?

Le Maître souriait sous le flot des questions qui se bousculaient, se chevauchaient, se croisaient. La bigouden, qui découvrait pour la première fois les Demoiselles vivantes, souriait également.

On aurait dit que la parole leur avait tellement manqué qu'Estelle et Edwige libéraient d'un seul coup tout le langage articulé dont elles avaient été frustrées.

Le Maître leur résuma la situation en quelques mots, et l'esprit vif des gamines fit le reste :

–Méduse est neutralisée, l'aventure est finie. Vous étiez de pierre. Grâce à cette dame, la puissance des éléments vous a ramenées. Nous commençons un nouveau jeu.

Volontairement, il avait omis de mentionner le retour des Demoiselles à leur état premier d'ensevelies mentales. Il savait qu'à chaque réveil, il fallait qu'elles s'arrachent à cet état de prostration qui revenait, quelques brèves secondes, comme une menace.

–C'est quoi l'énigme ?

–Qu'est-ce qu'il faut trouver ?

Ils retournaient vers la voiture que le Maître avait laissée pleins phares dirigés vers la mer, comme un signal.

Le Maître entra dans le faisceau, et tira de sa poche la statuette en bronze de la femme chauve-souris qu'il avait prise sur lui pendant le voyage afin de s'en imprégner.

Sous la lumière jaune, l'objet prenait une allure inquiétante. Les jeunes filles se penchèrent pour regarder.

–Une femme-oiseau, dit Estelle.

–Un vampire féminin, ajouta Edwige.

–Nous partons, dit le Maître.

Et tous quatre prirent la route de la côte en direction de Vannes.

Après une journée de repos, ils arrivèrent au crépuscule.

C'était un tout petit village perdu dans la campagne. Quelques pâtés de maisons groupés autour d'une rue principale, laquelle ensuite se perdait dans une espèce de lande broussailleuse. Le village était proche de la côte, et l'on pouvait entendre le bruit de la mer. Parfois, une vieille disait : « Écoute-la… elle monte… », comme si la mer était vivante.

Il y avait une petite place. Avec un calvaire au centre, en belles pierres moussues. Quelques marches, un socle rond, un mât de pierre dressé et en haut, tout en haut, de petits personnages bretons agenouillés autour de la croix. En regardant bien, on pouvait voir parmi ces personnages une sorte de monstre, rappelant vaguement certaines gargouilles médiévales.

C'était sans doute le *mal*, car il était debout et semblait menacer les Bretons. Ce calvaire rappela au Maître celui qui, justement, est exposé, du moins son moulage, au musée des Monuments français. Les ombres s'allongeaient.

La vieille bigouden vivait seule dans une maison à un étage. Elle remit au lendemain les explications sur le mystère de la statuette de femme chauve-souris, et déposa Estelle et Edwige dans un grand lit campagnard au premier. En bas, il y avait deux petites chambres. Celle de la vieille et une autre, dans laquelle le Maître s'installa. Et, dans le désert du village, la nuit vint…

Silence de la campagne, troublé par quelques bruits familiers comme l'aboiement lointain d'un chien, le moteur là-bas sur la route d'une rare automobile, le grondement sourd de la mer.

Estelle et Edwige ne dormaient pas. Serrées l'une contre l'autre, enveloppées dans les draps rêches et blancs, elles écoutaient et chuchotaient entre elles.

– La mer descend… Le menhir doit être dégagé…

– Oui… et le phare l'éclaire par moments…

Il leur semblait ressentir, malgré la distance, la protection de la pierre dressée, du grand mégalithe déguisé en rocher.

Tout à coup, un bruit de pas résonna sur la place.

Les Demoiselles dressèrent l'oreille.

Les pas s'arrêtèrent juste sous leur fenêtre. Dans la pénombre de la chambre, elles échangèrent un regard.

Dehors, on entendait comme une respiration haletante, rauque, animale…

– Il y a quelqu'un en bas, chuchota Estelle.

– Tu crois ? trembla Edwige…

– Écoute, reprit Estelle.

À ce moment il se passa une chose terrifiante. Un long cri, comme l'appel sinistre d'une bête sauvage, retentit sous la fenêtre. Cela rappelait, en pire, un chien qui hurle à la mort. Une modulation inhumaine qui pourtant provenait de l'être dont elles avaient entendu les pas, des pas normaux, rassurants, traverser la place jusque devant la maison. Ce cri glaçant, elles le reconnurent sans pourtant l'avoir entendu auparavant. C'était l'appel du loup ! Le loup des steppes hurlant à la lune !

Tremblantes d'épouvante, les Demoiselles se serrèrent plus étroitement l'une contre l'autre sous les couvertures…

– Qu'est-ce qu'on fait ? chuchota Edwige, frissonnante.

– On attend que le Maître nous appelle, murmura Estelle tout aussi terrifiée.

Elles se turent, essayant de penser à autre chose. Mais la bête gémit de nouveau. C'était comme une supplication lamentable et douloureuse. Aucun signe de vie ne venait des chambres d'en bas… À l'abri des draps remontés par-dessus leurs têtes, elles se regardèrent, indécises.

– Maître ! cria Estelle.

– Vous êtes réveillé ? lança Edwige.

Seul un grognement de la créature répondit.

Aussitôt une pensée leur vint : « Et si le Maître était blessé ? Incapable de parler ? Ou pire encore ? »

Instantanément, elles cessèrent d'être deux gamines apeurées pour redevenir les Demoiselles de l'Étrange. Échangeant un dernier coup d'œil, d'un même mouvement, rejetant draps et couvertures, elles bondirent du lit.

L'instant d'après, elles étaient à la fenêtre…

La Lune éclairait suffisamment pour qu'une ombre improbable, celle du grand calvaire, traverse la place.

Sous la fenêtre se trouvait une forme humaine, la tête dressée vers les Demoiselles. Ce n'était qu'une silhouette, mais elle était ramassée sur elle-même, comme une bête prête à bondir, les jambes pliées. Bien que dans l'ombre, sa tête se devinait hirsute, son visage velu. L'être incroyable cria une fois encore en direction de la fenêtre, comme s'il s'adressait directement aux jeunes filles.

Puis il parla, d'une voix rauque, à peine celle d'un homme, une sorte de grognement articulé. Il hurla vers Estelle et Edwige ces mots étranges :

– Les tours ! les tours d'Elven ! Attention aux tours d'Elven !

Puis il se détourna, s'enfuit d'une démarche cahotante, par bonds, et enfin disparut dans une petite rue.

Les Demoiselles se regardèrent, toutes blanches d'émotion, et Edwige murmura, d'une voix incrédule :

– Le loup-garou…

La stupeur les laissa longtemps immobiles et silencieuses derrière la vitre, les yeux fixés là où s'était tenu le lycanthrope…

D'un même mouvement, elles s'arrachèrent à leur contemplation.

Elles s'habillèrent en hâte et descendirent au rez-de-chaussée afin de voir si le Maître était sur le point d'intervenir.

Le silence régnait. Mais la porte de la chambre de la vieille bigouden était ouverte, celle du Maître également. Estelle et Edwige hésitèrent… il fallait faire vite.

D'un coup d'œil, elles se partagèrent le travail. Estelle se précipita vers la chambre du Maître, tandis qu'Edwige courait à celle de la vieille bigouden. Edwige poussa un cri d'horreur : la bigouden gisait sur son lit, la gorge hideusement ouverte comme par un fauve, dans une mare de sang.

Au pied du lit se trouvait sa belle coiffe de dentelle blanche, sur laquelle des gouttes de sang tombaient régulièrement avec un petit bruit écœurant.

Edwige jaillit hors de la pièce funèbre et rejoignit en hâte Estelle dans celle du Maître.

Estelle fixait la chambre. Elle était vide. Le lit n'avait pas été défait. Sur la table de chevet, elles virent la statuette de bronze.

Elles fouillèrent la maison de la cave au grenier, et durent se rendre à l'évidence. Les abandonnant avec le cadavre de la bigouden égorgée et le voisinage du loup-garou, en pleine nuit, dans ce village presque désert, le Maître avait disparu.

Pendant ce temps, à plusieurs centaines de kilomètres de là, en plein Paris, le jeune chercheur Charles Ferne dormait dans son appartement proche des quais de la Seine.

Il s'éveilla soudain, d'un seul coup conscient, sans passer par cette pénible transition entre l'état de sommeil et la clarté d'esprit.

Il se sentait comme appelé…

Charles se leva, passa rapidement une robe de chambre et, guidé par une étrange sensation, traversa l'appartement sans allumer la moindre lumière. Il entra enfin dans le salon, obscur et silencieux.

Le mur du fond était nu. Depuis des années, Charles songeait à acheter un tableau, ou un miroir, enfin quelque objet. Mais il oubliait toujours, et le mur restait nu. Heureusement, car cette nui-là, il allait être le lieu privilégié par l'insolite.

Charles regarda le mur, et aussitôt une ombre s'y inscrivit. Une ombre venue d'ailleurs, une ombre qui n'était le reflet d'aucun des éléments du salon, une ombre dont le propriétaire était absent, une ombre qui voyageait à travers l'espace, car son possesseur était matériellement dans un petit village breton.

Cette ombre était celle du Maître.

Le mur était légèrement éclairé, brillait comme un écran de cinéma, ce qui permettait à cette forme d'exister au fond du salon plongé dans le noir. Et un étrange dialogue s'engagea entre Charles Ferne et l'ombre du Maître. Dialogue intérieur, Charles *entendait* les paroles du Maître, mais du dedans.

–Charles, Charles Ferne, nous avons besoin de vous, disait le message mental.

– Les Demoiselles et moi-même sommes en danger. Des forces obscures et encore inconnues nous attaquent. Venez au village de Plouvinel, sur la côte, près de Vannes… trouvez-nous, intervenez ! Mais attention… la nuit rôde l'homme-loup… je suis à la recherche d'un échiquier afin d'y replacer une pièce en bronze… je ne sais ni où il est, ni ce qu'il représente… vite, Charles, c'est une nuit de meurtres, et j'espère que vous nous trouverez tous en vie…

L'ombre sur le mur s'évanouit. La parole intérieure du Maître cessa. La communication s'arrêtait.

En hâte, Charles Ferne s'habilla. Il prit avec lui un pistolet automatique, enfourna quelques affaires dans un sac. Moins d'une heure plus tard, le jeune savant était sur la route, fonçant à toute vitesse vers la Bretagne mystérieuse.

Les Demoiselles de l'Étrange étaient seules et désemparées dans la maison de la bigouden assassinée. Elles ne pouvaient y rester. Il fallait de l'aide. Il fallait retrouver le Maître. Découvrir qui était l'homme-loup. Connaître la signification de la statuette de bronze. Comprendre le sens des paroles du loup-garou : « Attention aux tours d'Elven ». Il fallait… Cela faisait beaucoup pour les frêles Demoiselles.

Courageusement, elles sortirent dans la nuit du village, traversèrent la place et s'assirent sur les marches du calvaire, afin de réfléchir et surtout d'être bien visibles au cas où le Maître reviendrait.

Mais rien ne bougea ni ne se montra.

Alors, se tenant par la main, Estelle et Edwige s'en furent, dans la direction prise par l'homme-loup. Et bientôt, elles sortirent du village, curieuses silhouettes dans la lande éclairée par la lune, avec pour seul compagnon le bruit sourd de la mer.

On était début septembre, l'air était bon et tiède. Elles avançaient en échangeant de temps à autre un regard, lorsque soudain un étrange spectacle s'offrit à leurs yeux… Deux pierres levées, une troisième en travers : c'était un dolmen.

Et, sur ce dolmen, était assise en tailleur une petite fille dont le visage était dissimulé par le livre ouvert qu'elle lisait. Les Demoiselles avancèrent jusqu'au pied du dolmen, et ensemble levèrent la tête pour regarder la petite fille.

À côté d'elle était posé un cartable d'écolière. Le livre était un livre de classe. Une géographie de la Bretagne certainement, car la couverture représentait une carte en couleurs de la côte.

Devinant la présence des Demoiselles, la gamine, qui pouvait avoir une dizaine d'années, douze tout au plus, baissa son livre, montrant un visage intrigué. Estelle et Edwige poussèrent un cri.

Estelle, parce qu'elle avait cru voir, l'espace d'un instant, la petite fille aux longues anglaises, la petite fille d'un autre siècle, qui déjà par deux fois était sortie de son inconscient manipulé par le monstre du château de Rochefort et plus tard par Méduse elle-même. Instinctivement, Estelle ferma les yeux, pour les rouvrir aussitôt et ne plus contempler que la petite Bretonne, dont l'aspect réel avait également fait crier Edwige.

Si Estelle avait été assaillie par son obsession intérieure, Edwige avait de son côté poussé un cri en reconnaissant l'agressive couleur qui lui rappelait la femme mystérieuse, leur ennemie. En effet, les cheveux de la petite écolière juchée sur son dolmen étaient roux, d'un rouge carotte, et le visage lui-même était constellé de taches de rousseur.

Imperturbable, la gamine regardait les Demoiselles troublées. Elle ne pouvait pas imaginer ce qu'évoquait sa présence insolite, elle ne pouvait pas savoir quels fantasmes surgissaient tout à coup devant les yeux des Demoiselles… pourtant, elle sourit aux jeunes filles et leur fit signe de venir la rejoindre sur son perchoir.

C'était une manifestation humaine sympathique, et désorientées comme elles l'étaient, Estelle et Edwige ne pouvaient qu'obéir.

Estelle réunit ses mains, fit la courte échelle, et Edwige se hissa. Puis Edwige tendit les mains, saisit les poignets d'Estelle, et la tracta à son tour jusqu'au sommet. Elles ne pensèrent pas à s'interroger sur la manière dont la gamine rousse était, seule, parvenue sur la pierre plate.

La première, Estelle, qui gardait en mémoire la petite fille de son rêve, malgré le gnome du château, malgré Méduse, dit en souriant :

– Comment tu t'appelles ?

– Tùatha. Cela veut dire « enfant », tout simplement, en vieil irlandais.

– Et qu'est-ce que tu fais sur cette pierre, en pleine nuit ?

Cette fois, c'était Edwige qui avait parlé, dominant l'inquiétude qu'elle ressentait à cause de la ressemblance de Tùatha avec la rouge femme fatale, à la fois ennemie et amante du Maître.

– Je guette le loup !

Estelle et Edwige se levèrent d'un bond :

– Tu as vu le loup ? L'homme-loup, peut-être bien ? Parce qu'il est passé ici, justement…

– C'est bien possible… Il était debout… il courait…

– Il est parti par où ?

– Je ne sais pas… par là…

D'un geste vague, elle désignait la lande.

– Vous voulez bien me faire réciter mes leçons ?

Tout en disant cela, elle fouillait dans son cartable qui paraissait aussi grand qu'elle, et de cette caverne d'Ali Baba en carton bouilli, elle extirpait livres et cahiers, qu'elle étalait au fur et à mesure autour d'elle à même la pierre.

Toujours debout, les Demoiselles regardaient Tùatha avec amusement. Et quand elle tira de la poche de sa chemise une paire d'énormes lunettes rondes qui lui mangeaient toute la figure, et qu'elle leva son visage ovale ainsi paré vers Estelle et Edwige, elles ne purent s'empêcher d'éclater d'un rire frais et joyeux. Malgré la situation dans laquelle elles s'empêtraient dramatiquement…

Reprenant son sérieux, Estelle dit:

–On n'a pas le temps de travailler avec toi, on cherche le loup-garou.

Edwige renchérit:

–Il a tué la vieille bigouden chez qui on était.

–Et… il sait peut-être où est notre compagnon qui a disparu.

Il y eut un silence, durant lequel les trois filles se regardèrent gravement. Alors Tùatha dit:

–Comment vous allez faire? Le loup-garou ne sort que la nuit, et voici déjà le jour qui vient…

À ce moment Edwige se tourna vers son amie, une idée venant de la traverser:

–Montre la statuette!

Aussitôt Estelle sortit de sa poche la pièce de bronze représentant l'espèce de femme chauve-souris:

–Tu connais?

Tùatha se leva à son tour et examina l'objet avec attention.

–Vous ne devriez pas avoir ça… c'est défendu… Il faut aller le remettre en place, le plus vite possible!

–Mais où?

–Descendons! Je vous montrerai…

Et Tùatha, avec une agilité stupéfiante, sauta à pieds joints du haut du dolmen jusqu'au sol. Souriante, elle rangea ses lunettes dans sa poche poitrine, tandis qu'Estelle et Edwige s'aidaient l'une l'autre pour descendre de la pierre plate, un peu humiliées.

Elles se tinrent bientôt devant Tùatha qui, en riant, se mit à les pousser tout doucement. Les Demoiselles se laissaient faire, acceptant le jeu, dans l'attente que Tùatha résolve pour elles l'énigme de la petite sculpture. Sans y prendre garde, reculant, reculant, elles se trouvèrent bientôt exactement sous la pierre horizontale du dolmen, entre les pierres levées.

Alors Tùatha les regarda tout à tour, rit plus fort et claqua dans ses mains. Comme si le bruit avait été une sorte de signal, le sol se déroba soudain sous les pieds des Demoiselles. La terre devint sable mouvant, et elles s'enfoncèrent d'un seul coup jusqu'à la taille.

Elles crièrent de peur, battant l'air de leurs bras à la recherche d'une aide, mais la gamine aux cheveux rouges riait de plus belle:

–Aux tours d'Elven! Vous devez aller aux tours d'Elven! C'est là que se trouve l'échiquier incomplet!

Les Demoiselles s'apprêtaient à répondre pour dire sévèrement à Tùatha que la plaisanterie avait assez duré et qu'il fallait les sortir de terre, quand elles se sentirent happées une seconde fois, et la terre les aspira un peu plus. Elles étaient maintenant incapables de se sauver elles-mêmes. Seules leurs têtes et leurs épaules dépassaient du piège. Terrifiées, elles grattaient la terre tout autour de leurs ongles, enfonçaient leurs doigts, et, les yeux fous, imploraient du regard Tùatha dont le rire enfantin emplissait leurs oreilles. Mentalement, elles appelèrent le Maître à leur aide.

Mais elles ne reçurent aucune réponse : ou bien le Maître était assassiné comme la bigouden, ou il se trouvait dans l'impossibilité de parler. Elles se sentirent pour la première fois totalement abandonnées. Jamais, même aux plus terribles instants de leur lutte contre les forces obscures, même quand leurs yeux avaient croisé le regard de Méduse, elles n'avaient éprouvé une telle sensation de solitude désespérante.

Tùatha, riant, tourna sur elle-même, talons joints, faisant voler sa jupe et montrant sa culotte blanche, petite tache claire dans la nuit lunaire.

Au loin, on entendit, incongru, stupide, le premier chant du coq. Tùatha se détourna, comme si les Demoiselles n'existaient plus et, en dansant, elle s'enfuit sur la lande par là où le loup s'était lui-même sauvé, c'est-à-dire vers nulle part, c'est-à-dire vers l'obscurité, en chantant : « Qui a peur du grand méchant loup… méchant loup… méchant loup… »

Atterrées, Estelle et Edwige, agrippées à la terre meuble entendirent le chant décroître. Les derniers mots qu'elles ouïrent furent :

« *Who's afraid of the big bad wolf… big bad wolf… big bad wolf…* »

Puis la terre s'ouvrit et les avala.

Le jour vint sur le dolmen et sur la lande déserte.

Entre les pierres levées, il n'y avait aucune trace… En revanche, sur la pierre plate, se trouvaient un cartable ouvert, et un grand livre de classe dont le vent du matin tournait et retournait les pages multicolores et géographiques.

Un soleil pâle se leva sur les terres de Bretagne en même temps que la voiture de Charles Ferne y entrait.

Le jeune savant roulait depuis trois bonnes heures. Il se sentait comme guidé, et il était certain que l'esprit du Maître l'attirait dans la bonne direction. Mais quelle direction, dans quel but ? Sans doute arracher les gentilles Demoiselles à quelque danger contre lequel le Maître était impuissant. Cela donnait au jeune homme une satisfaction personnelle :

là où le Maître ne pouvait intervenir, lui allait sauver la situation.

Il arriva dans le Morbihan.

Alors un cri déchirant retentit dans ses oreilles… Un cri qu'il entendait dans sa tête. C'était la voix des Demoiselles ! Quelques secondes plus tard, un second cri d'angoisse et de terreur le glaça. C'était une fois encore Estelle et Edwige. Et quand vint le troisième et dernier appel effrayant, il comprit que c'était fini, car les voix avaient été coupées comme par la brusque fermeture d'une porte !

Ce que Charles Ferne avait, sans doute grâce au Maître, entendu, c'était les trois appels successifs des Demoiselles.

Maintenant, la voiture empruntait les petites routes le long de la côte. Ce qui guidait Charles Ferne, ce n'était plus la présence mentale du Maître. C'était comme l'écho des cris désespérés des deux Demoiselles… et cet écho était cher au cœur du jeune savant, sans qu'il se l'avoue vraiment. Car il n'était pas épris d'Estelle ou d'Edwige, mais vibrant d'émotion à la seule pensée non pas de l'une ou de l'autre, mais des deux Demoiselles de l'Étrange, comme si elles ne faisaient qu'un tout, qu'une seule entité émouvante. Il ne pouvait y songer sans être aussitôt saisi d'un ravissement intérieur qui le plongeait dans un état de grâce indéfinissable. Aussi roulait-il à tombeau ouvert, tant le danger qui rôdait autour des Demoiselles était une agression insupportable qui couvrait son corps de sueur.

Cependant Estelle et Edwige se relevaient pleines de bleus, après une chute de cinq ou six mètres directement sur un sol de terre battue. Elles étaient dans une situation identique à celle du Maître quand il avait été précipité dans le souterrain sous le château de Rochefort.

Sans reprendre haleine, elles échangèrent un regard rapide, se saisirent par la main, et commencèrent à courir droit devant elles.

Là-bas, tout au bout, il y avait une vague lumière. Dansante, rougeoyante, montante, descendante, comme une flamme agitée par le vent. Elles coururent, et en effet c'était une flamme qui brûlait maintenant devant leurs yeux, témoignage d'une existence humaine parmi les prodiges qui les entouraient.

Une torchère plantée dans la paroi de terre durcie… Le feu recevait directement un cercle de lumière du jour, venant d'en haut, avec l'air qui permettait à cette flamme d'exister et aux Demoiselles de respirer. Elles levèrent la tête ensemble, afin de voir d'où venaient cette lumière du jour et cet air frais… Et cette fois encore elles poussèrent un cri de terreur et d'épouvante !

C'était comme un long boyau, rond, lisse, moussu, suintant d'on ne sait quelle eau croupie… un ancien puits, probablement. Tout en haut, tellement loin, on voyait le ciel et une sordide végétation qui pendait. Mais ce qui avait fait hurler les innocentes Demoiselles de l'Étrange, c'était une vision d'horreur qui souillait les parois du puits…

Car ce n'était pas un lieu où venir puiser une eau fraîche, mais au contraire un piège, une trappe mortelle, un entonnoir sanglant, comme un cul-de-basse-fosse abandonné. Des crocs recourbés et pointus, comme des crocs de boucher, avaient été scellés un peu partout, dans un désordre apparent, de haut en bas du goulet… et ceux que l'on avait précipités dans ce puits sans eau s'étaient empalés sur l'un ou l'autre de ces crochets où ils étaient encore, squelettes grimaçants, auxquels adhéraient des restes de vêtements. Une lumière étrange et blafarde éclairait ces pauvres restes : celle du jour mêlée à celle de la torchère, créant des ombres sinistres sur les ossements et les oripeaux. Le silence qui entourait cette vision achevait de répandre une aura de peur et de menace latente.

Bouches ouvertes, Estelle et Edwige ne pouvaient détacher leurs yeux du puits de la mort. Il y avait bien cinquante mètres de hauteur, ou même plus. Le cercle de ciel semblait si loin…

Sans y prendre garde, Estelle compta… Plus de vingt crochets garnis de squelettes aux postures d'agonisants : bras dressés, implorants, loques pourrissantes. Rien ne permettait de situer l'époque de cette hécatombe, ce qui restait des costumes était trop dépecé par l'âge. La main droite d'Estelle serra la main gauche d'Edwige. Elles se rapprochèrent l'une de l'autre, le visage toujours levé vers les restes horribles. Elles se serrèrent afin de pouvoir sentir leur chaleur de vivantes. Et elles pressèrent leurs visages, joue contre joue.

À ce moment une ombre se découpa dans le cercle du ciel tout en haut. Quelqu'un penchait la tête et les regardait ! Une ombre en contre-jour, indistincte, impossible à identifier.

Le souffle court, n'osant appeler, les Demoiselles regardaient cette silhouette lointaine, qui les voyait elle aussi. Elle se pencha encore, et passa un bras muni d'une torche qu'elle brandit, éclairant son visage. Un cri de stupeur échappa aux Demoiselles :

–Tùatha !

C'était en effet la petite rouquine du dolmen qui se penchait au-dessus du trou, et sa voix descendit le long du boyau, heurta les parois, rebondit de cadavre en squelette, frôlant les crocs couverts de sang séché, pour enfin parvenir aux oreilles ravies d'Estelle et d'Edwige :

–Courez… Suivez les torchères ! Je vous attends… là-bas… vite ! Courez.

Et la tête de la petite fille se retira de l'ouverture.

Le silence revint. Mais les Demoiselles suivirent la voix de la lointaine descendante des Celtes d'Irlande : elles se mirent à courir le long du souterrain de terre battue, suivant les méandres éclairés chaque fois par une torchère aérée par un puits. Mais elles évitèrent de regarder ces puits, craignant une nouvelle abomination. Elles coururent ainsi pendant plus d'une heure, parcourant une distance impossible à évaluer, pour enfin trouver un escalier de pierre qui remontait vers la surface. Et elles sortirent du souterrain comme Charles Ferne, de son côté, arrivait là où l'écho des voix affolées des Demoiselles l'avait conduit.

C'était un château féodal presque en ruine, effondré, craquelé, bombardé, sillonné par les vents, mais dont la partie entourant le donjon était encore debout, résistant aux bourrasques, aux orages, aux invasions, depuis les temps aventureux.

Une végétation luxuriante avait poussé tout autour, le rendant impraticable si l'on excepte un chemin conduisant à la cour d'honneur, aujourd'hui encombrée de pierres et d'éboulis. L'ancienne forteresse était oubliée des guides touristiques.

On avait bien tenté de restaurer le donjon et les quelques pièces que protégeait encore la muraille attenante, mais on avait renoncé.

Le propriétaire de ces lieux, car il y en avait un, se montrait rarement. Vivant seul, il laissait la forteresse à l'abandon, s'étant retiré dans le donjon et les parties habitables, derrière la muraille encore debout. Ainsi mourait doucement le château-forteresse de Ker-Goâl.

Charles Ferne rangea sa voiture, et vint se planter devant le chemin qui menait à la grande porte. Il espérait rencontrer le Maître, ou même les Demoiselles, ou l'ennemi inconnu qu'il devait affronter. Mais rien ne se manifestait.

C'était le milieu de la journée, et le soleil pâle éclairait le donjon et la muraille.

À cet instant même, Estelle et Edwige se retrouvaient en haut de l'escalier de pierre qui terminait le souterrain, dans ce qui avait dû être la salle des gardes. Remarquable agencement qui devait permettre la fuite en cas de siège désastreux, ou bien faciliter une contre-attaque venant du dolmen.

Timidement, sur la pointe des pieds, les Demoiselles de l'Étrange traversèrent la salle, cherchant du regard la rouge Tùatha.

Un grincement leur fit tourner la tête. Elles virent alors une porte basse, qui s'ouvrait toute seule. Elles s'y précipitèrent, soupçonnant la présence de la gamine.

Dès qu'elles se furent glissées par cette porte basse, celle-ci se referma derrière elles en claquant, les enfermant de l'autre côté.

Cependant Charles Ferne s'était lassé d'attendre.

Résolument, il se mit en marche, suivant le petit chemin qui conduisait au château.

Une fois dans la cour d'honneur, il chercha à s'orienter et ne tarda pas à remarquer le donjon et la muraille.

Une petite porte en bois vermoulu, sertie de ferrures anciennes, devait permettre d'accéder à l'escalier tournant du donjon, mais bien entendu cette porte était fermée. Alors Charles longea l'épaisse muraille, dans l'espoir d'y découvrir un passage.

Son attention fut alors éveillée par une curieuse sculpture qui reposait dans une niche pratiquée à même la pièce. La niche pouvait avoir une trentaine de centimètres de haut, et autant en profondeur, pour une largeur de la moitié. Le petit objet qui y était posé représentait une simple tour crénelée, ressemblant au donjon.

Ce ne pouvait être une coïncidence. Ce petit donjon devait être un signe et Charles l'entoura de sa main afin de l'examiner de plus près... Mais la pierre sculptée n'était pas posée comme il l'avait cru tout d'abord, elle faisait partie intégrante de la niche et de la muraille. En réalité, il s'agissait d'un levier, car dès que Charles referma les doigts, la tour s'abaissa et la muraille s'ouvrit en tournant, laissant voir une noire et sombre ouverture, dans laquelle Charles s'engouffra sans plus réfléchir.

Alors, la muraille se referma sur lui, comme la petite porte s'était refermée sur Estelle et Edwige dans la salle des gardes. La forteresse de Ker-Goâl redevint silencieuse.

On entendit un pivert, dans le bois voisin. Puis un envol de corneilles.

Le Maître avait disparu. Les Demoiselles de l'Étrange également. Et de même Charles Ferne.

La nuit qui s'annonçait serait nuit de pleine lune, nuit de sortilèges. Une fois encore, le loup-garou traverserait la lande, et ferait frémir les villageois terrifiés par son cri lugubre.

Quelque part, les tours d'Elven gardent leur secret.

Entendant claquer la petite porte basse, les Demoiselles de l'Étrange se retournèrent d'un seul et même bond.

Elles ne virent plus la porte !

Elles étaient au centre d'une pièce pratiquement ronde, comme un puits, ce qui les fit trembler en leur rappelant les crocs aux squelettes. Ici comme là-bas, l'éclairage venait de la flamme, non plus de torches, mais de nombreuses bougies plantées dans une sorte de couronne de fer suspendue à une chaîne rouillée. Un lustre médiéval, en quelque sorte. Et des ombres étranges bougeaient sur les murs faits de blocs de pierre humides et noirs. On se serait presque cru dans un cachot.

Aucun meuble, aucune décoration. Pourtant, une surface claire, tout au bout. C'était une ouverture de la taille d'un miroir vertical, un mètre cinquante environ. Estelle et Edwige voulurent passer, mais cette ouverture était en réalité une paroi de verre très épais. De l'autre côté, on voyait distinctement une chambre meublée. Au fond, assis la tête dans les mains, se tenait un homme. Ainsi prostré, il était impossible de l'identifier. Immobile, il semblait dormir ou méditer.

Estelle frappa sur la paroi de verre afin d'éveiller son attention, mais en vain. Il était évident que l'épaisseur du verre empêchait le son de parvenir dans la chambre.

Les Demoiselles tâtèrent les murs, pour retrouver la porte dissimulée sans doute par les pierres. En vain. Alors elles échangèrent un coup d'œil et, leur tempérament espiègle prenant une fois de plus le dessus, elles éclatèrent de rire. Edwige parla la première :

–On peut plus rien faire... à eux de jouer !

–Qui, « eux » ?

–Sais pas. Le loup-garou, ou le monsieur dans le fauteuil là-bas, ou Tùatha...

–Elle nous a bien laissées tomber, celle-là !

–Elle va peut-être venir nous sortir d'ici...

–Compte là-dessus !

–Alors on fait quoi ?

–Ben... On attend.

–Le déluge ?

–Non, le Maître.

À l'évocation du Maître, elles se turent, l'angoisse les reprenant. Son absence inexpliquée les fragilisait.

De nouveau, elles sondèrent les murs de pierre, leurs doigts glissant sur le liquide saumâtre qui suintait.

–On dirait vraiment un cachot, dit Estelle d'une voix tremblante.

–Ces pierres sont méchantes, renchérit Edwige, il en coule du pus... elles sont agressives.

–Le puits, c'était pire !

–Ah oui, avec les crocs, les squelettes...

–Il ne manquait plus que les tigres !

–Les tigres ? Quels tigres ?

–Je ne sais pas... des tigres, qui seraient venus derrière nous par le souterrain... on aurait été prises entre les fauves et les squelettes empalés.

–Où tu vas chercher ça ?

Estelle ne savait pas d'où cette image lui venait. Peut-être une illustration du *Journal des voyages*, aperçue dans son enfance et oubliée depuis, que son esprit faisait resurgir.

Comme Charles Ferne s'était soudain rappelé, au moment de combattre Méduse, un épisode de Mandrake le magicien. Mais Edwige, qui n'avait pas regardé les mêmes images qu'Estelle, poursuivait :

– On doit nous surveiller... c'est comme une suite d'épreuves.

– Qui ? Qui peut bien nous observer ?

– Tùatha...

– Et si c'était personne ?

– Dis pas de bêtises. Quelqu'un a bien allumé les torchères dans le souterrain. Et les bougies au plafond...

– L'homme dans la chambre ?

Elles y retournèrent, se collèrent contre le verre et frappèrent de leurs quatre petits poings, sans provoquer le moindre bruit.

Dans son fauteuil, l'homme, la tête toujours penchée, ne remuait pas.

– C'est peut-être le châtelain, dit Estelle.

– C'est même probable, enchaîna Edwige. Sa chambre est celle d'un châtelain.

– Alors il va nous délivrer tout de suite après sa méditation.

– Il n'y a qu'à attendre.

Elles retournèrent au centre de la pièce, s'assirent en tailleur face à face et se préparèrent à une longue attente.

À ce moment une marguerite tomba juste entre elles.

Elles fixèrent un instant la grosse fleur banale et sa longue tige urticante avec stupeur. Puis elles se regardèrent.

– Qu'est-ce que c'est que ça ?

– C'est une fleur. Une marguerite. On en trouve à la campagne. C'est sauvage.

Elles se turent, car le souvenir des marguerites offertes par le Maître, quand elles n'étaient encore que deux ensevelies, pensée close, esprit endormi, venait, fugitivement, de les émouvoir.

Et puis Estelle pointa un doigt par-dessus l'épaule d'Edwige, et cria :

– Regarde ! Derrière toi !

Edwige se tourna et vit sur le sol une dizaine de marguerites coupées, qui venaient de choir en silence.

Elles levèrent la tête avec ensemble. D'autres marguerites descendaient lentement du plafond, tournoyant sur elles-mêmes, venant sans doute d'une trappe que le lustre masquait. Maintenant le sol était couvert de ces fleurs.

Edwige en porta une à ses narines, et respira l'odeur fade, un peu âcre, qui en émanait.

–On dirait une fleur empoisonnée…

Comprenant soudain que la pièce-piège allait les tuer, les asphyxier, elles repoussèrent du pied les vénéneuses fleurs et coururent, affolées, frapper contre les murs, donner des coups de talon sur la paroi de verre, crier, appelant Tùatha, le Maître, le châtelain toujours dans son fauteuil.

Les fleurs tombaient de plus en plus nombreuses.

L'odeur fade et mortelle se répandait comme un nuage toxique et invisible.

En larmes, haletantes, hagardes, Estelle et Edwige se heurtaient aux murs de pierre comme des abeilles cherchant une issue.

Soudain Edwige tomba à genoux en hurlant. Estelle se précipita pour porter secours à sa compagne et voir ce qui la faisait crier.

En face d'elles, à hauteur d'homme, il y avait un interstice plus large que les autres entre deux pierres du mur. Et, par cet interstice, un œil humain regardait les Demoiselles de l'Étrange !

Charles Ferne avançait dans une sorte de boyau qui allait en se rétrécissant. Lorsqu'il avait franchi la partie pivotante de la muraille, il s'était trouvé dans un conduit obscur. Maintenant, les parois se rapprochaient et Charles avait peine à avancer.

Il marcha ainsi vingt bonnes minutes, avant que des rais de lumière ne coupent horizontalement l'étroit couloir. Ces lumières provenaient de sa gauche. Il se tourna et colla son visage contre le mur de pierre, à l'endroit d'un de ces rayons, afin de voir d'où il provenait. Et il vit un spectacle ahurissant.

Dans une petite salle, au sol jonché de marguerites coupées, les Demoiselles de l'Étrange, Estelle et Edwige, en proie à une terreur panique, couraient en tous sens, poussant des cris, des appels. Charles ouvrait la bouche pour signaler sa présence de l'autre côté du mur, quand Edwige se trouva en face de son œil agrandi par la surprise, et tomba à genoux en hurlant.

Charles se hâta de retirer son œil et, se mettant sur la pointe des pieds, il plaça sa bouche dans l'interstice. Il cria :

–Je suis Charles Ferne ! Estelle ! Edwige ! C'est moi ! Approchez-vous ! Je suis venu vous sauver !

Reconnaissant la voix du jeune savant, les Demoiselles se calmèrent immédiatement et s'approchèrent de l'interstice.

–Charles ! Comment êtes-vous ici ?

–Où êtes-vous ?

–Je suis dans un passage secret à l'intérieur de la muraille, dit Charles qui venait de comprendre. Je ne sais pas comment vous rejoindre. C'est le Maître qui m'a fait venir en Bretagne et guidé jusqu'au château de Ker-Goâl où nous sommes en ce moment.

D'une seule et même voix, les Demoiselles s'exclamèrent :

– Le Maître ! Vous avez vu le Maître !

– Hélas non, reprit Charles, il m'a guidé par impulsions mentales...

– Il est donc vivant...

Il se produisit alors un événement inattendu.

Dans la chambre de l'autre côté de la paroi de verre, le châtelain de Ker-Goâl sortait de sa léthargie, et se redressait, les yeux fixés sur la pièce où se trouvaient Estelle et Edwige.

Les marguerites nauséabondes tombaient toujours.

Les malheureuses jeunes filles commençaient à étouffer, et suppliaient Charles de les délivrer au plus vite.

Alors le châtelain se leva de son fauteuil, s'arrachant peut-être au remords qui le hantait, et s'approcha du verre, afin de mieux voir. Les Demoiselles à l'agonie le remarquèrent et se précipitèrent contre la paroi, lui criant de les sauver. Mais le châtelain, qui voyait les jeunes filles sans les entendre, souriait avec méchanceté. Elles comprirent alors que cet homme perverti avait lui-même arrangé cette pièce-piège, comme il avait sans doute utilisé le puits aux crocs. Elles se virent perdues.

De son côté, Charles, qui ne voyait pas de là où il était la paroi de verre derrière laquelle le châtelain se repaissait de l'agonie des Demoiselles, devina le danger. Les effluves mortels des marguerites passaient à travers les interstices et frappaient ses narines.

Dans l'espoir de trouver une sortie au passage creusé dans la muraille, il se mit à courir aussi vite que le lui permettait l'étroitesse du couloir. Dans la pièce-piège, les marguerites puantes recouvraient tout le sol, et s'entassaient les unes sur les autres, venant d'un invisible réservoir... l'odeur méphitique des fleurs tueuses allait avoir raison de la jeunesse des Demoiselles. Les mains agrippées à la paroi de verre, elles glissaient, glissaient vers le sol où bientôt elles seraient étendues sans défense. Et le châtelain les regardait dépérir avec une excitation malsaine.

Estelle et Edwige comprirent qu'elles allaient mourir. Rassemblant leurs dernières forces, à genoux parmi les fleurs, elles se traînèrent l'une vers l'autre et s'étreignirent. Leurs bouches se joignirent et elles s'abandonnèrent, quand...

Dans un dernier regard vers la chambre du châtelain, elles virent la porte derrière le sinistre personnage s'ouvrir à la volée.

Quelqu'un entra.

C'était une petite fille d'à peine douze ans, aux cheveux rouge sang, et elle tenait dans ses mains une faux à la lame inversée, telle une chouanne vengeresse. Elle n'était vêtue que d'un voile blanc, qui montrait par transparence la ligne mince de son corps juvénile dont la nudité se parait de multiples taches de rousseur. Ses yeux étincelaient de rage et de colère.

C'était Tùatha, et les Demoiselles agonisantes la reconnurent comme dans un rêve. Le châtelain également. On voyait à sa bouche grande ouverte qu'il poussait un cri, mais le verre épais comme une muraille étouffait ses clameurs.

Effarées, frottant leurs yeux pour en chasser le brouillard qui les voilait, Estelle et Edwige crièrent encore une fois pour attirer l'attention de la furieuse petite fille rousse, oubliant qu'elle ne pouvait les entendre. Le châtelain assassin se traînait maintenant tout autour de sa chambre, à genoux, les mains jointes, implorant la fillette qui le suivait, provocante sous son voile, menaçante avec sa lame, terrifiante avec sa chevelure pourpre. Enfin, le maître de Ker-Goâl se dressa à demi, poussa un cri, un râle plutôt, porta une main à sa gorge et tomba en arrière, les yeux exorbités. Il était mort. De frayeur.

À cet instant seulement, Tùatha vit de l'autre côté le cachot aux fleurs vénéneuses et les Demoiselles mourantes. Riant de plaisir comme si son apparition nue et armée n'avait été qu'une farce, elle se colla contre la vitre épaisse, et la couvrit de baisers enfantins, les yeux braqués sur les jeunes filles.

Celles-ci reprirent à cette vue quelques forces et tentèrent d'interroger Tùatha : comment sortir ? Elles faisaient des gestes pour s'expliquer. Alors Tùatha répondit, et Estelle et Edwige tentèrent de comprendre aux mouvements de ses lèvres. En vain.

Tùatha riait, de temps à autre elle regardait le cadavre du châtelain et riait de plus belle.

Tout à coup elle sembla pressée. Il lui fallait partir pour une mystérieuse et urgente mission. Alors, avec force mimiques clownesques, elle tira de sa poche une craie, une simple craie d'écolière, de celles qui servent à écrire sur le tableau noir. Cette craie était rouge. Elle traça en hâte quelques mots sur la paroi de verre, envoya de la main un dernier baiser aux Demoiselles, ramassa la faux et s'enfuit de la chambre funèbre en courant.

Les Demoiselles fixaient avec épouvante le message qui devait indiquer le moyen d'ouvrir la porte de la cellule aux marguerites… Juste deux mots pour résoudre l'énigme, qui devait être simple. Deux mots ! Le premier de six lettres, le second de cinq.

Les Demoiselles échangent un regard navré, désespéré : elles sont incapables de déchiffrer ces deux mots. Estelle et Edwige sont illettrées, analphabètes, elles ne savent ni lire ni écrire. Le Maître, avec qui elles communiquent si facilement par la pensée, n'a jamais eu l'idée de le leur apprendre. Peut-être même n'a-t-il pas vraiment réalisé qu'en se glissant dans leurs têtes d'idiotes du village, en les éveillant, en leur apprenant la vie, il ne les a pas formées à la civilisation et les a laissées désarmées en son absence.

Des larmes coulent sur les joues des Demoiselles. Tùatha n'a pas non plus imaginé que ses amies ne pourraient pas lire son message.

Deux mots ! Elles vont mourir, car la suffocation les reprend, l'odeur affreuse de poison les enveloppe, les marguerites mortelles grimpent jusqu'à leurs chevilles, dans quelques instants elles sombreront dans l'inconscience, alors que leur survie est inscrite sur le verre devant elles, à la craie rouge !

Estelle succomba la première. Elle se laissa lentement glisser, comme on coule, sur l'épais lit de fleurs empoisonnées, les yeux clos. Edwige la regardait, incapable de lui porter aide, en larmes. Tùatha était partie, le châtelain, organisateur de ces horreurs, était mort. Quant à Charles Ferne...

Il sembla à Edwige qu'elle entendait dans ses oreilles bourdonnantes, la voix du savant ; levant la tête, elle vit, tout en haut, au-dessus du lustre aux bougies, le visage de Charles penché par une ouverture. Une sorte de trappe par laquelle les marguerites s'étaient déversées.

D'une voix éteinte, faible, faible, qui paraissait venir de très loin, de très profond, Edwige raconta la situation sans issue :

– Charles... vous ne pouvez pas voir... il y a une paroi en verre... deux mots sont tracés, ils disent comment sortir...

– Qu'est-ce que vous attendez alors !

– On... on ne sait pas lire, avoua Edwige désespérée.

Charles garda le silence un instant, trop stupéfait pour parler. Dans sa tête, il cherchait à toute vitesse une idée. Les Demoiselles de l'Étrange ne savaient pas lire ! Soudain il reprit :

– Tu vas essayer de me décrire les lettres... à nous deux on va y arriver. Vite ! Vite !

Edwige se tourna et regarda les lettres. Onze, qui se répartissaient en deux mots simples mais incompréhensibles pour elle.

– Une barre, verticale... avec un... demi-cercle... en haut, à droite, et qui couvre environ un tiers de la barre...

Charles hésita, cherchant à se représenter la lettre.

– Un P. Ce doit être un P ; ensuite ?

– Une barre verticale encore, mais avec juste un petit rond au-dessus. I ! c'est un I !

–Comme un peigne debout auquel il manquerait des dents. Il est tourné vers la droite. Il reste trois dents : une en haut, une en bas, une au milieu.

Charles hésita à peine :

–E, c'est un e majuscule. Les lettres sont en majuscules. Ça fait déjà PIE ; vite ! vite ! Estelle se meurt et toi, tu titubes !

–C'est plus compliqué maintenant. Toujours la barre verticale, le demi-cercle comme pour le P, mais au point où le bas de ce demi-cercle touche la barre verticale, il y a comme une jambe roide jetée en avant. Comme la jambe tendue d'un soldat, en Angleterre, tu sais, devant le Palais royal… j'ai vu une photo, un jour.

Charles ne trouvait pas :

–Comme une jambe, tu dis ? Par où ?

–Devant… vers la droite…

Charles hésita :

–Un R… C'est peut-être un R… après ?

–Encore une fois la même lettre, puis encore le peigne levé avec trois dents.

–Ça marche ! deux R et un E, ça fait PIERRE ! C'est une pierre dont elle parle, une pierre sur laquelle il faut appuyer pour déclencher le mécanisme d'ouverture de la porte ! Mais quelle pierre ? Vite, le second mot !

Épuisée, Edwige était tombée à genoux à côté d'Estelle. L'odeur fétide du poison montait jusqu'à la trappe, embrumant l'esprit de Charles.

–C'est plus facile, hoqueta Edwige. Le soldat anglais.

–R.

–Un rond…

–O.

–Un… un arceau de croquet levé…

–U.

–Aïe… un demi-cercle, une petite barre verticale, une petite barre allongée.

Cette fois Charles ne trouva pas. Il s'énervait.

–La dernière, vite, c'est quoi ?

–Le peigne à trois dents.

–E. Cela fait ROU, une lettre, et E. Un G, c'est un G ! Ça fait ROUGE. Pierre rouge ! Elle parle d'une pierre rouge ! Vite ! Cherche, trouve ! Appuie !

La malheureuse Edwige se traîna au milieu des marguerites puantes, jusqu'au mur le plus proche. Sa vue se brouillait. Elle frotta ses yeux avec le dos de sa main, et examina les pierres qui composaient les murs…

Elle tâtait, elle cherchait, de plus en plus faible. Charles lui criait courage.

Comme elle allait se laisser tomber à son tour, elle vit à hauteur de main une pierre teintée de rouge sombre, comme du sang séché. Dans un dernier effort, elle appuya ses doigts crispés. Il y eut un déclic et la petite porte basse s'ouvrit, faisant pivoter une partie des pierres. Une bouffée d'air frais entra.

Utilisant ses dernières forces, Edwige rejoignit Estelle, l'empoigna et la tira vers la porte. Toutes deux sortirent de la pièce-piège dont la porte claqua derrière elles.

Edwige secoua Estelle, lui fit du bouche-à-bouche, la ramena. Et les deux jeunes Demoiselles bien vivantes regardèrent tout autour d'elles, en se tenant par la main : elles étaient à nouveau dans l'ancienne salle des gardes. Se soutenant mutuellement, elles appelèrent de leurs faibles voix :

– Charles ! Charles où êtes-vous ?

La voix lointaine du jeune savant répondit :

– Là-haut dans les combles… je vais sortir par la façade nord, il y a une sorte de chemin de ronde. Retrouvons-nous dehors, ma voiture est garée dans le chemin qui mène à la grille d'entrée.

Estelle et Edwige sortirent et traversèrent la cour d'honneur jusqu'au chemin étroit. Elles se mirent alors à chercher la voiture de Charles.

C'était la fin de l'après-midi et les ombres s'allongeaient. Estelle et Edwige ne trouvaient pas la voiture. Charles n'arrivait pas. Et, tout proche, un cri lugubre, une sorte de hululement, les glaça… L'appel du loup ! Le cri du lycanthrope ! La bête, avec la nuit, rôdait…

Les Demoiselles n'en pouvaient plus. Leurs aventures s'étaient succédé avec une telle rapidité, elles avaient frôlé tant de fois la mort, que leurs esprits ne pouvaient envisager rien d'autre que la fuite.

Elles échangèrent un regard, et tentèrent, avec leurs pauvres voix enrouées par les cris, une dernière tentative :

– Charles ! cria Estelle.

– Tùatha ! lança Edwige.

Personne ne répondit. Alors, se prenant une fois de plus par la main, les Demoiselles de l'Étrange s'enfuirent droit devant elles.

Et la nuit les recouvrit.

Quand Charles sortit enfin de Ker-Goâl, il avait perdu un temps précieux. Égaré dans les couloirs obstrués par les éboulis, il avait dû escalader, contourner, déblayer. Enfin il reconnut l'allée et se mit à courir vers l'endroit où il avait abandonné sa voiture et où il pensait bien retrouver Edwige et Estelle.

Les jeunes filles n'étaient pas là, pas plus que la voiture. Désorienté, Charles resta un moment la tête vide et les bras ballants. D'autant plus que la nuit tombait vite. Alors il vit, plus loin, dans la lande, deux phares qui venaient de s'allumer.

Il se précipita. Et il découvrit bientôt sa voiture au milieu de la lande déserte, pleins phares.

Entrant dans la lumière, il avança. Quelqu'un était debout et se découpait, ombre étrange prolongée par un objet brandi à bout de bras, sur le ciel que le soleil couchant peignait encore.

Charles fit un pas de côté, quittant les phares qui l'éblouissaient, et parvint à distinguer l'ombre menaçante. C'était une fillette rousse d'une douzaine d'années, vêtue d'un voile blanc translucide au travers duquel on voyait son corps enfantin couvert de taches de rousseur. Ses cheveux carotte volaient au vent tout autour de son visage, et elle tenait levée une faux plus grande qu'elle.

Charles Ferne resta stupide à cette vue.

La gamine, qui n'était autre que Tùatha, la curieuse écolière, apostropha le savant :

– J'ai conduit votre voiture ici pour ne pas que les Demoiselles la trouvent. Et pour que vous perdiez du temps. Maintenant elles sont loin, elles courent là où je veux qu'elles aillent. Vous pouvez reprendre votre bien, il ne me sert plus. Quant à Estelle et Edwige, vous pourrez peut-être, si vous êtes sage, les rejoindre demain, aux tours d'Elven. Si elles survivent à cette nuit… Adieu, et estimez-vous heureux de m'avoir rencontrée et d'être encore vivant.

À ces mots, elle sauta du capot et s'enfuit dans l'obscurité, emportant son immense faux. Charles l'entendit qui chantonnait : « Qui craint le grand méchant loup… méchant loup… méchant loup… »

Il grimpa dans sa voiture, mit le contact, la fit pivoter dans la direction prise par la faucheuse, braqua les phares. Mais la fillette en voile était invisible, disparue sur la lande… Le vent qui soufflait lui apporta les restes d'une chanson lointaine : « Méchant loup… méchant loup… », puis plus rien. Il coupa le contact, et le silence revint.

Plus loin, beaucoup plus loin, les deux Demoiselles couraient, essayant de gagner sur la nuit qui descendait, essayant d'arriver quelque part avant d'être avalées par le noir.

Enfin elles s'arrêtèrent. La fatigue tombait sur leurs épaules comme une chape pesante. Leurs yeux se fermaient. Depuis combien de temps n'avaient-elles pas dormi ? Serrées l'une contre l'autre, apeurées, elles songèrent à s'étendre à même la terre, certaines que le sommeil viendrait. Un bruit se fit alors entendre, venant de loin mais se rapprochant.

Une sorte de grincement sinistre, et des pas étouffés. Elles écoutèrent cette nouvelle menace, renonçant à toute tentative de fuite, résignées d'avance au pire.

Sortant de la nuit, un étrange équipage se montra enfin. C'était une vieille charrette bringuebalante, avec de hautes roues cerclées de fer, une charpente en bois qui menaçait de s'effondrer au moindre cahot. C'était elle qui grinçait, et les pas étaient ceux du pauvre cheval qui la tirait.

Sur le siège se tenait un conducteur indistinct, enveloppé d'une sorte de houppelande sombre, un capuchon rabattu sur son visage.

Il tira sur les rênes et la charrette s'arrêta juste devant les Demoiselles. Alors un rire léger sortit de sous le capuchon, puis une voix enfantine fredonna aux jeunes filles tremblantes de peur : « Qui craint le grand méchant loup… méchant loup… méchant loup… »

Elles se précipitèrent, criant d'une seule voix :

– Tùatha !

C'était bien la gamine qui, riant, repoussa son capuchon, montrant son visage plein de taches de son, ses cheveux rouges et ses énormes lunettes rondes :

– Venez dans ma charrette, il faut dormir.

– Qu'est-ce que tu fais là ? On comprend plus rien.

– Ne cherchez pas à comprendre. Quand vous serez aux tours d'Elven, tout deviendra clair. En attendant il vous faut reprendre des forces. Vous allez dormir jusqu'à l'aube.

– Avec toi ?

– J'ai du travail cette nuit encore. Venez, montez !

Estelle et Edwige grimpèrent dans la charrette. Quelques couvertures étaient pliées dans un coin.

– Glissez-vous sous ces couvertures, fermez les yeux. N'ayez pas peur, je reste avec vous.

Sans un mot, les Demoiselles s'allongèrent sur le bois dur. Tùatha les recouvrit. Elle les regarda un instant avec une sorte de tendresse un peu triste, puis posa la paume de sa main droite sur les yeux fermés d'Edwige, la paume de sa main gauche sur les paupières closes d'Estelle, et les jeunes filles s'endormirent instantanément.

Alors, Tùatha abaissa son capuchon, se rassit sur le siège, saisit les guides et la charrette grinçante reprit sa route sur la lande. Rien ne semblait pouvoir troubler le sommeil surnaturel d'Estelle et d'Edwige. Pas même le macabre travail auquel Tùatha se livra toute la nuit, ni le raclement de la faux qui allait et venait sur le plancher de la charrette…

Vers cinq heures du matin, la charrette s'arrêta le long d'un petit chemin à quelques pas d'une grille en fer forgé. C'était l'entrée d'un petit cimetière de campagne.

Le vent, qui n'avait pas cessé, faisait battre cette grille de fer avec un bruit rouillé. Tùatha se retourna sur son siège, et contempla longuement les Demoiselles endormies. Elle avait sur le nez ses grosses lunettes rondes. Puis elle se faufila à côté d'elles, retira ses lunettes pour les essuyer. Ses yeux rieurs étaient cette fois pleins de larmes. Réunissant toutes ses forces de petite fille rousse, elle traîna les corps jusque sur le chemin, les faisant, l'une après l'autre, glisser sur le sol, puis, les soutenant sous les bras, les tira jusqu'au petit mur qui faisait le tour du cimetière, et les y adossa. Estelle et Edwige ne réagirent pas, ne s'éveillèrent pas, ne gémirent même pas. Enfin, après une heure d'efforts, Tùatha avait libéré la charrette des jeunes dormeuses. Alors elle s'en vint à la grille de fer et vit, sans en être étonnée, une silhouette qui s'approchait, venant de l'intérieur, glissant silencieusement entre les tombes.

C'était un homme. Tùatha tira vers elle la grille de fer et l'homme sortit. La petite le conduisit, toujours en silence, jusqu'à la charrette. Elle lui montra la faux, sur le plancher, derrière. Puis elle retira sa houppelande et la tendit à l'homme qui s'en couvrit.

Il grimpa sur le siège, prit les guides, et le cheval se mit en marche. La charrette avec son nouveau conducteur ne tarda pas à se fondre dans la nuit, la petite fille la regardant s'éloigner.

Tùatha portait son voile blanc transparent, et la présence du cimetière faisait comprendre qu'il s'agissait d'un linceul. Tùatha se pencha sur les Demoiselles endormies, et murmura :

– Adieu gentilles Demoiselles de l'Étrange... Tùatha s'en va. Cette nuit était ma dernière nuit. Pendant une année, j'étais l'Ankou, j'allais chercher ceux qui doivent mourir... j'ai eu le droit de hanter mon assassin, le châtelain de Ker-Goâl, qui en est mort... et surtout, j'ai vécu quelques instants en votre compagnie... vous trouverez les tours de'Elven... mais n'oubliez jamais Tùatha qui vous a aimées.

Elle se releva. Estelle et Edwige dormaient toujours. Tùatha entra dans le cimetière, tira la grille de fer pour la refermer derrière elle, et, petite tache blanche et rousse, s'éloigna vers les tombes, à pas lents. L'ombre de la nuit, cette fois encore, l'effaça.

Un léger souffle de vent venu du nord porta dans l'air frais, d'arbre en arbre, de tombe en tombe, les derniers échos d'une chansonnette fredonnée par la voix un peu triste d'une enfant : « Qui craint le grand méchant loup... méchant loup... méchant loup... méchant loup... loup... loup... ou... ou... »

Et le silence revint.

Aux lointaines premières lueurs de l'aube, les Demoiselles de l'Étrange ouvrirent les yeux, tout étonnées d'être contre un muret de pierre, à côté de la grille d'un cimetière campagnard.

Elles étirèrent leurs membres engourdis, sautèrent sur leurs pieds, et allèrent jusqu'à la grille à travers laquelle elles jetèrent un regard de curiosité.

Alors elles entendirent la sonorité lointaine d'un piano. Les notes venaient, à l'évidence, du cimetière. Estelle et Edwige échangèrent un coup d'œil et se prirent instinctivement par la main. Comme à chacun de leurs réveils, elles étaient encore vides de toute pensée, de toute réflexion, de toute mémoire. Elles ne vivaient que l'instant présent, c'est-à-dire : un piano qui joue dans un cimetière. Le reste reviendrait dans quelques instants : leur aventure, les tours d'Elven qu'il fallait trouver, le Maître disparu.

Elles poussèrent la grille et entrèrent, guidées par le piano là-bas, encore invisible… mais déjà les souvenirs affluaient. À l'exception des dernières heures : elles ne se souvenaient pas des circonstances de leur arrivée à cet étrange cimetière musical. Aucune d'elles ne mentionna Tùatha et les épisodes se rapportant à la petite rousse : le dolmen, le puits aux squelettes, la mort tragique du châtelain de Ker-Goâl. C'était comme si elle était absente, gommée, recouverte. Estelle et Edwige, par exemple, revoyaient bien la chambre avec la paroi de verre, le message écrit à la craie rouge, mais aucunement celle qui l'avait tracé. Il en était de même pour l'épisode du dolmen : elles se souvenaient parfaitement de la terre qui s'était ouverte sous leurs pas et de leur chute dans le souterrain, mais pas du tout d'une petite écolière rousse assise sur ce dolmen.

Au centre du cimetière, un homme grand, voûté, d'une cinquantaine d'années, avec de grosses moustaches et une casquette de paysan était assis au plus grand, au plus gigantesque piano à queue que les Demoiselles aient jamais vu. Et il jouait. Pour être plus précis, il jouait un morceau assez insolite, surtout dans un cimetière à cinq heures du matin.

C'était la première *Gnossienne* d'Erik Satie. Pas très bien jouée. Mais cela augmentait la mélancolie et la poésie qui rendent si troublantes les trois *Gnossiennes*, et en particulier la première. Estelle et Edwige s'étaient approchées et écoutaient. L'homme, les voyant, s'arrêta et les regarda avec surprise.

Nullement intimidées bien que la situation soit déconcertante, elles engagèrent la conversation :

–Qu'est-ce que vous jouez, Monsieur ?

–Je ne sais pas comment ça s'appelle. C'était le morceau que jouait ma fille, qui est morte il y a un an. Je l'ai retenu on pourrait dire par cœur.

–Vous savez jouer, alors ?

–Non. Pas vraiment. Je ne connais que cet air-là, qui était son préféré.

–Mais… vous n'habitez pas ici ? Dans ce cimetière ?

–Bien sûr que si. La petite maison derrière. Je suis le fossoyeur. Et en même temps le gardien. Mais on n'enterre plus beaucoup ici.

–Et ce piano à queue, il est là exprès ?

–C'était le piano de ma fille. Je l'ai traîné jusque-là, devant sa tombe. Il m'en a fallu, du temps… C'est lourd, vous ne pouvez pas savoir.

Estelle et Edwige se penchèrent sur la tombe que désignait le fossoyeur. Il y avait une inscription qu'elles ne purent déchiffrer. Elles n'osèrent pas avouer au pianiste qu'elles ne savaient pas lire, aussi se contentèrent-elles de regarder la photo de la fille du fossoyeur, encastrée, protégée par un verre. Elle représentait une fillette d'une douzaine d'années, aux cheveux rouge carotte, avec sur le nez d'énormes lunettes rondes. Ni Estelle ni Edwige ne se souvinrent d'avoir déjà vu ce visage.

–Elle à l'air toute jeune…

–Comment elle est morte ?

–C'est le châtelain de Ker-Goâl qui l'a tuée. C'était un homme pervers. C'est lui qui avait offert ce piano à ma fille… pour qu'elle apprenne à en jouer. Tùatha a fait très vite des progrès, c'était un ravissement.

–Tùatha ?

À l'énoncé de ce nom, un vague frisson avait parcouru les Demoiselles.

–C'est comme cela qu'elle s'appelait. Mais un jour le châtelain l'a fait venir à Ker-Goâl. On ne sait pas bien ce qui s'est passé, mais j'ai retrouvé le corps de Tùatha en bas des murailles. On a dit que c'était un accident ; mais moi je sais. Il l'a tuée.

–Ce châtelain, il n'a pas été puni ?

–Toutes les nuits on l'entend supplier. Elle revient ! Elle le hante ! Elle lui apparaît, quand il est dans sa chambre, la tête dans les mains, harcelé par le remords. Un jour il mourra de saisissement. Et ce jour-là, l'Ankou viendra le chercher avec sa charrette et sa faux !

Estelle et Edwige regardaient la photo de la fille du fossoyeur, troublées.

À ce moment quelque chose bougea sur une tombe voisine, faisant comme un bruit de froissement désagréable. Les Demoiselles tournèrent la tête et étouffèrent un cri en reconnaissant un énorme vautour qui levait vers elles un long cou décharné.

Le charognard s'était dressé sur cette pierre tombale où il devait dormir, et ouvrant tout à coup ses ailes il s'éleva et vint se poser sur le piano à queue. Les jeunes filles en restèrent bouche bée, mais le fossoyeur sourit à l'animal qui lui était familier.

–C'est mon vautour… il ne faut pas en avoir peur, mais je comprends que sa présence puisse vous gêner. Accompagnez-moi, nous boirons un peu de cidre dans ma maison.

Il se leva, et les Demoiselles l'accompagnèrent. En partant, elles regardèrent une dernière fois la tombe de la petite fille rousse, avec comme une étrange impression de déjà vu. Puis elles s'éloignèrent, quittant le piano et son vautour.

La maison du fossoyeur était à peine plus qu'une cabane. Une pièce qui faisait office de séjour, et une petite chambre. C'était tout. Sur la porte, les Demoiselles virent une étrange image collée, dont les couleurs vives – principalement un rouge violent – attirèrent leur regard.

Il s'agissait de la couverture d'un vieux feuilleton, représentant un diable traditionnel: long manteau rouge sang, moustaches dressées, barbiche et cornes sur le front. Ses bras levés au-dessus de sa tête et sa bouche ouverte lui donnaient un air menaçant.

Un peu gêné par cette gravure naïve sur sa porte, le fossoyeur, ouvrant aux Demoiselles et s'effaçant pour les laisser entrer, justifia le collage d'une phrase:

–C'est pour faire peur aux intrus. Par ici, les anciennes superstitions courent encore…

Une grosse table en bois occupait le centre de la pièce, avec des tabourets tout autour. Estelle et Edwige s'assirent, examinant le mur en face d'elles, pendant que le fossoyeur allait chercher bols et bouteille dans une armoire. Ce mur était entièrement recouvert par un agrandissement photographique en couleurs, comme une affiche.

Les Demoiselles étaient fascinées par la peinture ainsi reproduite et agrandie. Il y avait un chevalier avec une cape qui volait derrière lui, et son armure était d'or étincelant. Ce chevalier équestre, cheval ailé, pointait sa lance qu'il tenait à deux mains, dans la gueule d'un monstre marin qui émergeait d'une eau tumultueuse. Cette lance traversait le tableau. Mais le plus saisissant était la captive qu'il délivrait. Enchaînée à une haute roche, elle était nue, sa chair rose et blanche comme offerte, la tête levée, ses longs cheveux blonds pendant jusqu'à ses cuisses, dans une attitude d'abandon qui n'était pas sans rappeler l'allure soumise de certaines femmes de harem comme on peut en voir dans les peintures du XIXe siècle.

La reproduction photographique était certainement faite d'après une page de livre, car on voyait en bas une légende : « J.A.D. Ingres, *Roger délivrant Angélique* (l'Arioste, *Orlando furioso*, chant X), musée du Louvre. » Mais cela, bien entendu, les Demoiselles ne pouvaient pas le déchiffrer.

Cependant le fossoyeur versait le cidre frais dans les bols.

– Vous regardez ce tableau… C'est ma fille qui l'a fait faire. Ah, je ne me consolerai jamais de sa disparition. Mais vous, comment…

– Nous cherchons les tours d'Elven.

– Elles figurent sur toutes les cartes, vous savez.

– C'est que…

– De toute manière c'est près d'ici. Je vais vous montrer le chemin, si vous voulez. Vous y serez dans la matinée. Mais qu'est-ce que vous voulez faire aux tours ?

Sans répondre, Edwige tira de sa poche la statuette en bronze de la femme chauve-souris et la posa sur la table.

Le fossoyeur poussa un cri terrible, se leva d'un bon, renversant le tabouret et, reculant, se heurta au mur contre lequel il s'appuya comme s'il voulait y entrer pour s'y cacher.

– Comment avez-vous cet objet ? râla-t-il d'une voix mourante.

– On veut l'emmener aux tours d'Elven, dit Edwige.

– On croit que c'est de là qu'il vient, dit Estelle.

– On le remettra à sa place, dirent Edwige et Estelle.

L'homme sembla se détendre, se rassurer.

– C'est bon… partez… remettez-le… Il traîne avec lui toutes les anciennes malédictions.

– Celle du loup, par exemple ?

Estelle avait dit cela un peu au hasard, mais l'homme devint blanc comme un linge et tomba à genoux, les mains jointes, tremblant de tous ses membres :

– Comment… comment savez-vous cela ?

– Vous feriez mieux de tout nous dire.

Le pauvre fossoyeur frappa son front contre le plancher, des sanglots le secouèrent, et enfin il parla :

– Depuis quelques jours… depuis que cette pièce de bronze a disparu de l'échiquier ardent, la malédiction du loup est venue sur moi pour me punir… la nuit… quand la lune est pleine comme ces derniers jours, je me transforme et j'erre sur la lande, pour tuer ! Le vautour m'accompagne pour goûter à mes victimes. Pour mettre fin au carnage, il faudrait que la pièce reprenne sa place sur l'échiquier.

– Alors c'est vous le loup-garou, dirent les Demoiselles d'une seule et même voix étranglée.

– Oui. C'est ma punition.

–Qu'est-ce que vous avez fait de si mal ?

–Ma fille, ma jolie Tùatha qui descendait de nos ancêtres irlandais... c'est moi qui l'ai envoyée au trépas en acceptant de la confier au châtelain de Ker-Goâl ! Il m'avait tellement payé... j'ai cru qu'il se contenterait de la regarder, elle était si jolie avec ses cheveux rouges... mais il s'est précipité sur elle et elle est tombée du haut du donjon. Mon Dieu j'ai honte, j'ai tellement honte... alors maintenant je suis le loup, vous comprenez, c'est la bête qu'on a choisie pour me punir, parce qu'elle chantait tout le temps : « Qui craint le grand méchant loup, méchant loup, méchant loup... »

Et le malheureux s'effondra sur le plancher en pleurant bruyamment. Les Demoiselles interdites par cette confession inattendue échangèrent un regard. N'ayant aucun souvenir de Tùatha, elles ne pouvaient comprendre toute l'histoire.

On frappa quelques coups secs à la porte.

–N'ouvrez pas ! Non ! N'ouvrez pas ! hurla le fossoyeur.

Mais les Demoiselles étaient trop espiègles et dévorées de curiosité pour ne pas voir qui était derrière la porte, aussi ouvrirent-elles aussitôt.

Le vautour, qui avait frappé avec son bec, entra solennellement et bondit sur la table. Il se mit alors à boire le contenu du bol de cidre d'Edwige. Il prenait le liquide dans le creux de son bec, puis levait la tête pour faire couler le cidre dans sa gorge. On voyait le breuvage descendre dans son cou maigre.

–Pouah ! dit Estelle. Partons d'ici.

–Allons aux tours, dit Edwige.

–À droite en sortant du cimetière, dit le fossoyeur, et tout droit. Partez sans crainte, le « loup » vous reconnaîtra si vous le croisez la nuit prochaine, et il vous épargnera... car vous allez le sauver !

Les Demoiselles haussèrent les épaules et s'en furent. Le fossoyeur se roulait sur le sol de sa maison, et dans sa tête dansait, moqueuse, la chanson du grand méchant loup, avec en arrière-plan sonore la première *Gnossienne* d'Erik Satie. C'était une cacophonie insupportable.

Qu'était devenu Charles Ferne ?

On se souvient que Tùatha-l'Ankou l'avait empêché de faire sa jonction avec les Demoiselles devant le château de Ker-Goâl, en cachant sa voiture un peu plus loin sur la lande. Puis elle s'en était allée.

Charles, qui savait lire, écrire et déchiffrer une carte, avait repéré les tours d'Elven et roulait dans leur direction, après avoir pris quelques heures de repos sur le siège arrière.

Dans la matinée, il arrivait à Largoët. Là encore, il abandonna sa voiture pour s'enfoncer dans les taillis, écartant la végétation, contournant les plans d'eau.

Un silence inquiétant l'entourait. Mais, persuadé de rejoindre ainsi Edwige et Estelle, il forçait la marche, indifférent à l'atmosphère lugubre et même menaçante. Alors, il vit les tours. Elles étaient proches l'une de l'autre, avec un étang entre elles et les taillis où Charles se trouvait.

Il se précipita… et ses pieds s'enlisèrent. Dans un marécage verdâtre, recouvert d'une végétation aquatique, glauque, malfaisante, agressive. Le jeune homme chercha un point d'appui, et tout ce qu'il trouva fut une vieille souche. Déjà, avalé par le marais, sucé par la vase mouvante, il était enfoui jusqu'aux genoux. Il s'appuya sur la souche, et parvint à ralentir l'aspiration. Ralentir seulement… lentement mais inexorablement, il s'enfonçait. Et la souche elle-même menaçait de s'effriter.

Il se mit à pleuvoir. Une pluie fine, désagréable. Et Charles, pour la première fois, vit la mort qui rampait vers lui, dans cette atmosphère de tristesse, de solitude et de silence.

Un vent bas ridait la surface du marais, couchait les herbes, rabattait la pluie sur son visage. Il ne reverrait plus les Demoiselles, ni le Maître qui avait cessé de le guider… il ne connaîtrait pas le mystère des tours d'Elven, il ne saurait rien de l'échiquier ardent.

Bandant ses muscles, Charles tenta une fois de plus de s'arracher au marécage. Mais en vain. L'effort fit craquer la souche à laquelle il se maintenait.

Là-bas, le haut des tours qu'il voyait à travers les arbres semblait le narguer. Il se demanda si les Demoiselles étaient parvenues jusque-là, si elles l'attendaient dans les ruines de Largoët.

Il appela, dans l'espoir que, peut-être, elles l'entendraient. Mais comme si la nature se liguait contre lui, un concert de coassements couvrit sa voix. Grenouilles, crapauds, oiseaux des marais mêlaient leurs cris afin d'empêcher que les appels humains se propagent. Il renonça et, cramponné à sa souche, attendit la fin.

Les Demoiselles, se tenant par la main, étaient devant les tours… À droite, la plus basse, surmontée d'une sorte de clocher pointu. À gauche, un donjon massif, percé de meurtrières.

Elles échangèrent un coup d'œil : chacune pouvait explorer une tour. Mais elles pouvaient aussi entrer toutes deux, se protégeant mutuellement, dans celle de leur choix. Elles décidèrent de ne pas se quitter, et se dirigèrent vers la construction de gauche.

Comme elles faisaient un pas en avant, un concert de coassements et de cris d'oiseaux divers se fit entendre du côté d'un des marais qui cernaient les restes de Largoët. Estelle et Edwige s'arrêtèrent.

-On aurait dit...

-Un appel. Une voix humaine.

-Juste au moment où...

-Oui, comme si les crapauds et les bêtes voulaient couvrir cette voix...

-C'est impossible.

-Écoutons encore.

Plus rien. Le silence était revenu, excepté le souffle à peine audible du vent qui courbait la végétation. Alors les Demoiselles échangèrent un dernier coup d'œil pour se donner du courage, et sans plus se préoccuper de ce qui se passait du côté de l'étang derrière elles, entrèrent dans la tour de gauche.

Elles ne virent pas en haut de la tour de droite, sur le petit chemin de ronde crénelé, une longue silhouette mince paraître et les regarder.

Dès qu'elles furent entrées dans la tour les fantasmes vinrent à leur rencontre.

Si, aujourd'hui, un visiteur se promène dans l'une ou l'autre des ruines d'Elven, il n'y verra qu'abandon... le vide, le rien, l'absence. Et pourtant, elles recèlent le plus insensé des mystères. Elles sont magiques, mais le charme n'opère que certains jours, suivant certaines conditions, sur certaines personnes. Et s'il vous repousse, vous risquez de vous enliser dans les marais, comme Charles Ferne qui résiste désespérément alors que les pimpantes Demoiselles de l'Étrange connaissent au même instant les tentations les plus exaltantes.

Tour des mirages, tour des envoûtements, tour des illusions, mais aussi tour de Nesle, tour barbare, tour de flammes et de feu, avec quelle facilité, avec quel plaisir sensuel vous entraînez Estelle et Edwige, vous vous emparez de leurs esprits ouverts, tellement ouverts et innocents, et neufs, et vierges, que vous y glissez les images les plus troublantes, les plus folles qui dormaient dans vos pierres moussues.

C'est facile, elles ne résistent pas, les deux petites simplettes du village, que seul l'amour du Maître a pu sortir de leur muet rêve intérieur.

Tour enjôleuse et perverse, quelle image-piège vas-tu placer devant les deux gamines qui cherchent l'échiquier ardent ? C'est une pièce carrée, en haut des marches, et un insolite objet de bois se trouve en son centre. Couvert d'algues séchées, de coquillages incrustés, c'est un ancien gouvernail en forme de roue, celui du bateau fantôme certainement. Les imprudentes Demoiselles, toujours curieuses, car leurs esprits viennent de se réveiller, et la joie de la découverte les habite, s'approchent et posent leurs quatre mains sur les poignées. Face à face, la roue de bois entre elles, souriantes, les yeux dans les yeux, elles découvrent le jeu primitif: la roue de bois qui tourne sur son axe... et à ce moment précis, la trompeuse tour d'Elven les précipite dans l'abîme.

Elles empoignèrent la roue du gouvernail. Et leur monde bascula.

Là-haut, tout en haut de la tour de droite, sur le chemin de ronde crénelé, la créature qui avait observé les Demoiselles sourit, les yeux fermés. Car dans sa tête, elle voit Estelle et Edwige prisonnières des fantasmagories et des hallucinations qui s'échappent du gouvernail de bois.

Les murs se mettent à tourner... les contours s'effacent... la roue de marin elle-même disparaît pour revenir dans un autre environnement... Estelle et Edwige ne sont plus au cœur d'une des tours d'Elven, mais à bord d'un vaisseau en perdition... le vent siffle dans la mâture... les voiles sont arrachées avec un craquement de séisme... sous leurs pieds, le pont bascule, tangue... elles s'agrippent toutes deux au gouvernail tandis que des paquets de mer les trempent jusqu'aux os... Les restes de leurs robes en lambeaux collent à leurs corps transis. Le ciel est opaque, quelques éclairs précédant des coups de tonnerre fracassants permettent de voir les damnés qui montent à l'abordage. Ce sont des gueules d'enfer qui dégringolent sur le pont ruisselant. Ce sont tous les noyés de la baie des Trépassés qui reviennent à la vie, cohorte de morts vivants décharnés aux yeux vides et aux bouches édentées, pour ramper, se traîner vers les Demoiselles seules et abandonnées. Alors une lame plus puissante que les autres les arrache au gouvernail et les précipite par-dessus bord directement dans l'océan où elles s'abîment, disparaissent pour se retrouver l'instant d'après dans un aéroplane fou, lancé à pleine vitesse, un de ces avions à double rangée d'ailes comme on en voyait pendant la Première Guerre mondiale. On le dirait volant, moteurs toussant et éructant, dans ce ciel noir sillonné d'éclairs qui, tout à l'heure, écrasait le bateau comme une main.

Que font-elles dans cet avion en robes roses longues, rubans dans les cheveux ? Dans quelle aventure surgissent-elles ? L'histoire n'a pas de début, le film est déjà commencé, et le dernier éclair illumine la montagne trop haute vers laquelle l'aéroplane se précipite. Il va s'y écraser. Déjà les Demoiselles sont debout sur le fuselage, leurs longues robes roses claquant au vent, bras tendus vers... vers le néant qui les avale, quand elles se jettent de l'appareil en perdition pour tomber, tomber sans fin dans ce ciel noir, dans les bras l'une de l'autre. Le vent les pousse vers quel rivage interdit, vers quelles aventures inédites et délicieuses... peut-être la pagode aux mille tours ? Ou la jungle noire ? Ou le désert aux mirages ? Héroïnes de tous les lieux communs, de toutes les imageries de nos enfances bariolées, les Demoiselles de l'Étrange crèvent le nuage noir, et tombent au milieu d'une autre histoire, dans un autre épisode vécu, car tout cela est vrai, savez-vous, absolument véridique, et gare à celui qui mettrait en doute les palpitantes aventures d'Estelle et d'Edwige.

C'est maintenant l'océan calme qui s'étend à perte de vue.

Déjà le moteur de l'avion s'éloigne. Il ne s'est donc pas écrasé ? L'illusion est instantanément oubliée, car sous elles la mer s'ouvre, comme repoussée. Le pont d'acier d'un submersible est là pour les recevoir et un homme, pistolet au poing, se tient en embuscade près de la tourelle, pour guetter l'ennemi qui va venir les saisir. C'est Charles Ferne, en uniforme d'officier.

Estelle et Edwige se hissent sur le pont du sous-marin, et se précipitent vers le jeune savant qui leur ouvre les bras. Mais qu'arrive-t-il ? Tout est plein de fumée, l'acier se dérobe sous elles, le sous-marin plonge, Charles disparaît, et c'est le noir.

L'âcre fumée les étouffe... dans le fond de leurs têtes il y a une petite musique... un piano lointain qui joue la première *Gnossienne* d'Erik Satie, tandis qu'un vautour familier danse sur une tombe en agitant en cadence son cou décharné. Cette image s'en va à son tour, et c'est une petite fille en robe ancienne avec de longues anglaises qui tend les bras à Estelle... et c'est une petite fille aux cheveux carotte avec d'énormes lunettes rondes qui sourit à Edwige, debout sur un dolmen... et c'est Méduse qui retire son masque... et c'est le grand féticheur de la terre-de-feu qui secoue ses amulettes et ses gris-gris...

Cherchant leur respiration, les Demoiselles reprennent un instant conscience sur le sol de la tour de gauche, en pays d'Elven. Le gouvernail est là, le tourbillon des fantasmes va reprendre... comment s'accrocher au réel, comment s'arracher aux illusions, aux imageries, aux chromos aventureux ? Elles vont repartir. Déjà la pièce commence à tourner et de nouvelles images étranges, hallucinantes, baroques, surgissent. On dirait le méchant châtelain de Ker-Goâl, assis dans sa chambre, et ce n'est plus la pièce au gouvernail qui tourne, mais un globe terrestre que le monstre frappe de son poignard dans un déchaînement de haine malfaisante, malsaine.

Les Demoiselles crispent leurs mains au sol. Elles ne veulent plus partir, elles se cramponnent au réel, car une pensée les frappe : le Maître n'est pas loin, il faut le délivrer, il faut se battre contre les rêves tentateurs, rester dans le présent !

Leurs ongles grattent la terre, leurs corps se tordent et soudain elles se mettent à hurler, afin que le son de leurs voix les force à rester. Comme un épuisé qui reprend souffle, elles regagnent le terrain perdu, elles se dressent, elles se lèvent, elles s'étreignent, leurs bouches se joignent et leurs yeux s'ouvrent.

Elles sont dans la tour. Devant elles, le gouvernail dérisoire, en bois abîmé, incrusté de coquillages morts, arraché à quelque naufrage… La chambre aux illusions est devenue une simple salle vide dans les ruines de l'ancien château de Largoët, isolé dans les marais.

Haletantes, mais heureuses, se tenant par la main et échangeant à chaque instant un coup d'œil, les Demoiselles sortent de la tour de gauche et se dirigent vers celle de droite.

La silhouette qui tout à l'heure les observait du haut du chemin de ronde a disparu. Peut-être descend-elle l'escalier tournant pour venir à leur rencontre ? Et, en effet, la voici qui sort de la tour juste au moment où les Demoiselles s'en approchent.

Estelle et Edwige regardent avec stupeur la créature qui se tient devant elles : c'est, vivante, de taille humaine, la réplique de la statuette qu'Estelle a dans sa poche, c'est la femme chauve-souris.

Elle est grande, un bandeau enserre ses cheveux, elle est torse nu. À la taille, une ceinture retient une sorte de robe qui tombe au sol et la drape. Dans son dos, deux longues ailes membraneuses partent de ses épaules jusqu'à terre, couvertes de plumes noires, des griffes acérées aux articulations.

Des bracelets et un collier, de style arabe, la parent. Elle tend les bras vers les Demoiselles qui sont sous le charme de l'être inouï, comme tout à l'heure elles succombaient aux rêves irréels de la tour de gauche, la tour au gouvernail.

La femme-oiseau, la femme-vampire, la femme-séductrice avance vers les Demoiselles, et ses mains tendues vont se poser sur les deux visages extasiés.

Mais une voix faible se glisse dans leurs têtes, et dépose comme une caresse des mots qui les réveillent. C'est la voix du Maître soudain retrouvée ! Et il les met en garde :

– Attention ! Il ne faut pas qu'elle vous touche, sinon vous êtes perdues à jamais ! Vite ! Faites un pas en arrière !

Les Demoiselles reculent. Et le Maître les guide à nouveau :

– Estelle ! La pièce du jeu d'échecs ! La statuette !

Estelle tire de sa poche l'objet et le brandit face à la femme-oiseau qui ouvrait ses ailes largement comme pour envelopper les Demoiselles. La créature pousse un cri d'épouvante et se voile les yeux de son bras, mais il est trop tard, elle s'est trouvée face à elle-même !

Il se passe alors une sorte de prodige : la femme chauve-souris devient transparente, translucide, elle s'efface, disparaît ! Et à l'instant où son image n'est plus, on dirait que la statuette palpite, comme animée d'une vie propre, dans la main d'Estelle… puis elle redevient un morceau de plomb inerte, tandis que la voix du Maître se fait pressante :

– Vite… Je suis prisonnier en haut de la tour. Vite ! Venez ! Avec la statuette surtout ! Ne la lâchez sous aucun prétexte !

Estelle et Edwige se bousculent, entrent, gravissent les marches de l'escalier de pierre et montent ainsi vers le chemin de ronde encerclant la pièce qui doit se trouver juste sous le toit pointu… C'est là que le Maître est retenu prisonnier.

Une ouverture basse et étroite, une simple porte en bois vermoulu. Elle n'est même pas fermée, juste maintenue par une vieille ficelle nouée à un clou. Comment le Maître peut-il être là depuis si longtemps ? Edwige arrache clou et ficelle, la porte s'ouvre en grinçant.

À l'intérieur, tout semble noir. La silhouette sombre du Maître s'encadre dans l'ouverture. Les Demoiselles veulent se précipiter, mais d'un geste, il les immobilise. Il tend la main :

– Donnez-moi la statuette.

Estelle la lui donne. D'une voix fatiguée, lasse, le Maître dit :

– Redescendez. Dans le marais derrière les tours, Charles Ferne est en difficulté. Aidez-le. Attendez-moi tous les trois devant l'entrée de cette tour. Vite. Ne posez pas de questions.

Un peu dépitées, les Demoiselles tournent les talons et redescendent l'escalier tournant. Qu'y a-t-il dans la pièce sombre sous le toit ? Qui est avec le Maître ? Pourquoi est-il là, sans pouvoir sortir, depuis sa disparition de chez la bigouden ? Autant d'énigmes qu'elles ne peuvent résoudre.

Charles est sur le point de couler. Sa tête et ses épaules seules dépassent encore du marais… ses doigts sont enfoncés dans ce qui reste de la souche… Il va disparaître.

Mais juste à ce moment, il voit les deux visages aimés d'Estelle et d'Edwige. On lui tend une branche solide… Il s'en saisit et les deux jeunes filles l'arrachent à la gangue qui l'avalait… il est sauvé… il glisse sur les herbes, il est sur la rive. Elles se jettent sur lui en riant, il les étreint, les couvre de baisers… puis, tous trois, se soutenant les uns les autres car ils sont aux limites de l'épuisement, sortent des marais et du petit bois, gagnent l'entrée de la tour de droite, et attendent.

Des pas descendent lentement l'escalier tournant. Est-ce le Maître enfin libre ou quelque entité monstrueuse et tentatrice comme la créature ailée, la femme chauve-souris ? Estelle et Edwige se souviennent en frissonnant de la chambre au gouvernail, la pièce aux fantasmes... Tous trois se taisent, les yeux braqués sur l'entrée de la tour, guettant ce qui va en sortir.

Dans la pièce au centre du chemin de ronde crénelé, le Maître dont les yeux s'étaient accommodés à la pénombre, regardait l'échiquier ardent. Il rougeoyait légèrement, comme incandescent, comme dévoré d'un invisible feu interne. Il était posé sur une simple table au centre de la pièce. Tout autour de l'échiquier, le bois de la table était noirci, comme brûlé. Face à face, les deux joueurs n'étaient que des silhouettes indistinctes, recouvertes de robes noires de pénitents, le capuchon rabattu sur la tête. Penchés au-dessus du jeu comme ils l'étaient, leurs visages étaient cachés. Le Maître parcourait les pièces du regard. Comme celle représentant la femme chauve-souris, elles reproduisaient de fantastiques personnages. Certains semblaient familiers au Maître. Il y avait le fossoyeur sous sa forme d'homme-loup, Tùatha avec sa faux, enveloppée dans son noir manteau d'Ankou, il lui sembla même reconnaître Andras avec son épée et ses ailes repliées.

Une partie était en cours. Un des joueurs avait un bras levé au-dessus de l'échiquier comme pour prendre une des pièces. On ne pouvait voir sa main, car la manche de sa robe de drap noir la dissimulait.

La seule lumière, si l'on excepte le rayonnement de feu de l'échiquier lui-même, venait de la porte restée ouverte sur le dehors. Par cette ouverture s'engouffra une rafale de vent qui retroussa la manche du joueur, découvrant la main suspendue en l'air ainsi que l'avant-bras. Le Maître tressaillit.

Cette main et cet avant-bras étaient d'os. Sous la robe de pénitent, c'était un squelette depuis longtemps décharné qui était assis à la table. Il en était de même pour son vis-à-vis, que le Maître examina en se penchant pour regarder sous le capuchon. Ce qu'il vit était un crâne, les cavités des yeux étaient vides. Il se redressa promptement car, ainsi penché, il avait senti sur sa joue la chaleur de feu qui montait de l'échiquier ardent.

Le Maître ouvrit sa main gauche, dévoilant la pièce manquante, la pièce dérobée : la femme chauve-souris. Était-ce cette pièce que le joueur au bras levé s'apprêtait à saisir, et sa disparition avait-elle pétrifié les deux adversaires ?

Comme il exposait l'objet sculpté, la pièce entière sembla tout à coup sortir de sa léthargie. La table craqua, un peu de cendres venant du bois brûlé par l'échiquier s'envola. Les deux squelettes eux-mêmes parurent se tasser et le bras au-dessus du jeu s'abaissa, avant de s'immobiliser à nouveau, touchant presque les pièces. Au même instant, une ombre se dessina sur le sol, une ombre d'apparence humaine : quelqu'un se tenait dehors sur le chemin de ronde. Le Maître crut entendre un très léger soupir. Il se retourna.

Le regardant, son ombre immense projetée sur toute la longueur du sol, se tenait la femme chauve-souris, éblouissante, enveloppée dans ses longues ailes fragiles, vivante, de taille humaine, ses yeux implorant la pitié du Maître.

À cet instant, tous deux savaient que la présence irréelle disparaîtrait dès que la pièce manquante serait reposée sur le jeu.

Le Maître fit quelques pas, et parut sur le chemin de ronde, en pleine lumière. La créature ailée s'appuyait aux créneaux, un peu titubante, un peu hagarde, un peu folle, comme doit l'être l'incarnation d'un rêve, d'une pièce de jeu d'échecs à la merci d'un joueur.

Elle avait une voix rauque, une voix d'orage et d'éclairs, une voix de ciel noir et plombé. Mais son corps qui se balançait légèrement, comme celui d'un oiseau véritable, d'un échassier, était émouvant. Elle dit :

– Vous pouvez jeter cette image de métal là-bas, dans les marais... elle s'y enfoncera et personne jamais ne pourra la ramener.

Le Maître se pencha. Il vit le marais, et Estelle et Edwige qui extirpaient Charles, en le tirant chacune par un bras, de la fange dans laquelle il s'enlisait. Il pourrait, en effet, lancer la pièce jusque-là.

Il fit à nouveau face à l'implorante femme-oiseau. Et il ferma les doigts, emprisonnant une nouvelle fois la pièce dans sa main. Il hésita.

Là où se tenait la fragile apparition ailée, il vit la femme mystérieuse... il vit la petite fille qui sortait de sa tombe bouleversée, un corbeau sur l'épaule... Même, il entendit, au loin, le bruit régulier du tracteur dans les champs... puis ce furent les gradins des arènes de Lutèce, la voix qui lui soufflait comment sauver les Demoiselles de l'Étrange condamnées. Tout disparut et il se retrouva en face de la chauve-souris humanoïde... contre elle. Et il la prit dans ses bras, entourant ses épaules, ployant sa taille. Se pourrait-il que le Maître puisse aimer à travers cet être magique la femme mystérieuse qui le hante à jamais ?

Celle qu'il tient serrée contre lui, qui ne résiste pas, est-ce la même qui s'élevait vers le plus haut balcon du château de Rochefort-en-Yvelines, tenant dans ses bras le corps inconscient d'Edwige ?

Son visage touchait presque celui de l'oiseau, et il ne voyait plus que ce visage humain, ces yeux éperdus... Il allait poser sa bouche sur ces lèvres si rouges que la peau en paraissait de craie blanche, quand… Quand il vit une lueur danser dans les pupilles qui le fixaient. C'était une lueur de folie. C'était un regard de démence et d'enfer qui espérait son baiser.

Si la partie d'échecs était peut-être l'éternel affrontement entre le bien et le mal, alors cette apparition qu'il étreignait avait en elle l'incohérence du mal. Il la sentait palpiter contre lui, il sentait la chaleur du corps vivant, mais il ne pouvait plus détacher son regard de ces prunelles dans lesquelles dansaient les flammes de l'enfer.

Il la lâcha et fit un pas en arrière. Elle comprit qu'elle venait de perdre sa dernière chance d'entrer dans le monde des vivants. Elle baissa la tête, et couvrit son visage de ses mains, les épaules secouées de silencieux sanglots.

Ainsi ployée, elle était très belle.

Le Maître pourtant se détourna et avança vers la pièce sombre. Comme il était dans l'encadrement de la porte de bois, comme il allait entrer, elle dit, d'une voix basse, presque inaudible :

–Juste un instant encore…

Il s'arrêta, mais sans se retourner vers la voix.

–Juste… une dernière fois…

Elle s'était redressée, avait baissé ses mains, dévoilant son visage luisant de larmes, pathétique, si pathétique… Le Maître aurait voulu la toucher, la caresser, sentir sur la paume de sa main la fraîcheur des pleurs, baiser sa bouche comme il avait failli le faire…

Il fit un pas en avant et entra dans la pièce. Derrière lui, il y eut comme un soupir.

La femme-oiseau tituba, porta une main tremblante à son front : elle commençait à se dissoudre dans la lumière du soir. Elle devenait transparente. Le Maître regarda l'échiquier. Une voix murmura derrière lui, loin, si loin :

–Adieu…

Cette fois encore, il ne se retourna pas. Il posa la pièce sur l'échiquier, la pièce qui représentait une si belle femme chauve-souris, avec ses grandes ailes membraneuses, son bandeau au front, ses bijoux berbères sur les bras nus, et dit d'une voix ferme :

–Échec et mat.

Il n'y avait plus aucun être vivant sur le chemin de ronde derrière lui. Juste l'écho d'un léger bruissement d'ailes persista un instant. Sur le jeu, la pièce reposée devenait incandescente. Le bras levé du squelette tomba brusquement, brisant le silence. Les os se réduisirent en poussière, salissant l'échiquier. Chauffées au rouge, les pièces luisaient.

Le Maître quitta la pièce, referma la porte derrière lui.

C'était le soir et un soleil pourpre illuminait la tour.

Tous s'éloignaient de leurs fantasmes enfermés dans les tours d'Elven. Estelle demanda :

– Maître, qu'y avait-il là-bas ?

– Rien d'autre que ce que nous y avons apporté.

– Vous étiez vraiment prisonnier ? demanda à son tour Edwige.

– J'étais en quelque sorte otage, jusqu'au retour de la statuette.

Charles Ferne intervint lui aussi :

– Qui l'avait volée ?

– Peut-être la vieille bigouden qui en est morte… peut-être la femme chauve-souris s'est-elle enfuie toute seule… à moins que ce ne soit le loup le coupable. Maintenant, les vampires, les Ankou, les garous de toute sorte, les créatures de nos rêves, sont enfermées dans l'échiquier ardent.

– Pour toujours, dirent ensemble les Demoiselles de l'Étrange.

– Toujours et jamais sont des mots qui n'existent pas. D'autres peuvent s'échapper. Vous vous rappelez de notre premier voyage en carriole, quand nous quittions l'orphelinat en direction de la gare ?

Les Demoiselles ne répondirent pas. Le Maître poursuivit :

– Je parlais d'un jeu. Un jeu pour nous. Eh bien, nous venons justement d'y jouer.

– Qui a gagné ? Nous ?

– Cette fois, oui. Mais, comme tous les jeux, le nôtre est éternel et, quand une partie se termine, une autre commence aussitôt.

– Pour vous, ce jeu, c'était quoi ?

Le Maître sourit. Il regardait le chemin qui serpentait dans la campagne. Les ombres s'allongeaient. Il ne répondit pas.

Les tours étaient loin maintenant. La nuit venait, mais un village était proche. Avec une auberge où les quatre compagnons pourraient se restaurer, dormir.

L'air bruissait pourtant de résonances très légères… Comme un bruit d'ailes… Comme les notes lointaines de la première *Gnossienne*…

Et comme une voix enfantine qui chantait une ritournelle moqueuse, là-bas, très loin, très très loin, à peine perceptible : « Qui craint le grand méchant loup… méchant loup… méchant loup… »

INTERMÈDE

Les pas du Maître et des Demoiselles résonnaient sur les dalles de la partie habitable du sinistre château de Ker-Goâl. Charles Ferne était déjà en route pour Paris, où un travail urgent exigeait sa présence.

Le Maître et les Demoiselles étaient restés en Bretagne afin de terminer leur mission. Depuis le matin, ils désamorçaient les pièges accumulés par le châtelain. Le corps avait été enterré dans la crypte familiale qui se trouvait sous le donjon. Le Maître s'en était chargé pour épargner aux Demoiselles une besogne trop macabre. De même, il avait bouché le puits aux crochets dont nul ne pouvait plus soupçonner l'existence.

Il se faisait tard, et les Demoiselles avaient arrangé deux chambres, dont l'une, la plus belle et surtout la plus calme, dans la tour. Le Maître avait hâte de s'y retirer, pour reprendre contact avec le monastère de Ladàkh. Aussi s'éloigna-t-il aussitôt après le frugal repas préparé par Estelle et Edwige. Les Demoiselles étaient seules dans cette aile du château. Leur chambre commune donnait dans l'immense salle à manger. Les torchères, trois seulement, laissaient dans l'ombre la plus grande partie de la salle. Seule la grande table, que les Demoiselles desservaient, était illuminée par les flammes dansantes.

Avant de se retirer, les jeunes filles éteignirent les torches. Le château ne fut plus qu'obscurité et silence.

Intimidées, elles se prirent par la main et traversèrent le petit couloir conduisant à la chambre qu'elles avaient installée.

C'était une petite pièce, mais le lit était vaste. Pas de literie, d'épaisses peaux de bêtes et même quelques fourrures découvertes dans la propre chambre du châtelain.

Une vague clarté lunaire venait de la petite fenêtre, étroite comme une meurtrière, sans rideau, sans vitre, béant directement sur le dehors, laissant entrer l'air froid de la nuit.

Au loin, sur la lande, un chien hurla longuement. Du petit bois devant le château, un hibou ulula. D'un étang voisin, un coassement étouffé monta.

Les Demoiselles échangèrent un coup d'œil. Sans dire un mot, craintivement comme si la peur rôdait alentour, elles retirèrent leurs vêtements et, sur la pointe des pieds, se dirigèrent vers le lit.

Déjà Edwige se glissait sous les peaux et les fourrures, frissonnant à cause du courant d'air glacé venant de l'ouverture. Estelle se coucha à son tour, et les Demoiselles se serrèrent l'une contre l'autre, se réchauffant mutuellement.

Le hibou cria encore. Et un autre rapace nocturne lui répondit. Mais l'appel venait de l'intérieur du château. De l'autre côté de la porte, probablement de la salle à manger elle-même.

–On ne pourra pas dormir, dit Edwige.

–Il va crier toute la nuit.

–Celui qui est dehors l'appelle.

–Et celui qui est ici est enfermé.

–Il faudrait ouvrir une fenêtre pour qu'il puisse sortir.

–Oui. Il faudrait le libérer.

Elles firent silence, mais le cri recommença.

–Ce n'est qu'un pauvre hibou, dit Estelle, je vais y aller.

Avec courage, elle quitta la chaleur du lit. Edwige la regarda, silhouette claire dans la chambre obscure. Le concert de ululements reprit : un appel venant du dehors, un autre de derrière la porte.

–Tu vas prendre froid.

Estelle arracha du lit une des peaux, s'en enveloppa, et, pieds nus, tenant la peau serrée contre elle, gagna la porte, l'ouvrit. De l'autre côté, c'était le noir.

–Prends une torche, souffla Edwige.

Estelle alla prendre une torche, chercha des allumettes, l'enflamma, et enfin quitta la pièce, tenant devant elle la flamme vacillante. Edwige murmura :

–Reviens vite.

Et la lueur dansante s'éloigna, puis disparut en même temps que la mince Estelle. Edwige resta seule, tremblante sous les fourrures remontées jusqu'à son menton et guettant le retour de sa compagne, cherchant la lueur de la torche. Mais au-delà de la porte ouverte, c'était le noir, c'était la nuit, c'était le silence et l'absence. Estelle ne reparaissait pas.

Et soudain, le cri du hibou cessa. Aussi bien celui du dehors que celui du dedans.

Un silence de tombe s'installa…

D'une petite voix terrifiée, Edwige appela :

–Estelle…

Silence.

–Estelle, tu es là ?

Silence. Pas de réponse.

Cependant, Estelle avait traversé la salle à manger, écoutant de toutes ses oreilles afin de repérer d'où venait le cri. Et, guidée par l'étrange sonorité, elle s'était aventurée dans un large corridor qui devait déboucher dans l'ancienne salle des gardes.

En effet, un écho renvoyait le cri du rapace, mais l'origine en était une niche pratiquée dans l'épaisse muraille, juste à côté d'une armure médiévale. Estelle regarda l'oiseau qui se tenait dans cette niche.

C'était une dame blanche, et ses énormes yeux clignaient, éblouis par la torche. Fascinée, Estelle contemplait l'animal, lorsque la flamme se mit à danser frénétiquement et qu'un courant d'air frappa la jeune fille. Presque aussitôt, la flamme, soufflée, s'éteignit, la dame blanche s'envola et le pan de muraille contenant la niche et l'armure tourna sur lui-même, révélant un passage secret. Deux silhouettes humaines se tenaient là, les yeux fixés sur la malheureuse Demoiselle.

Estelle étouffa un cri de terreur, lâcha ce qu'elle tenait pour lever les bras et se protéger, ce qui fit tomber la torchère et la peau de bête qui la vêtait, la livrant nue à ses ennemis.

Un homme et une femme. Un masque noir dissimulait leurs traits. L'homme était tout de blanc, avec un large chapeau qui achevait de cacher son visage. La femme au contraire était de pourpre, longue robe rouge jusqu'à terre, châle de même couleur sur la tête et les épaules.

Les deux personnages masqués avancèrent et saisirent Estelle par les bras, pour l'entraîner à leur suite dans le passage secret.

Estelle ouvrit la bouche pour appeler, mais la femme lui fit un bâillon de sa main, et l'attira complètement dans le passage. Aussitôt l'homme actionna un levier et le pan de mur se referma avec un claquement sec, que l'écho répercuta dans toute la salle des gardes, puis le long du corridor jusqu'à la salle à manger, et enfin aux oreilles d'Edwige qui se dressa dans le lit, certaine maintenant qu'il venait d'arriver quelque chose.

L'instant d'après elle quittait la chambre sans prendre la peine d'enfiler le moindre vêtement et, nue, affolée, tremblante, elle se précipita à la suite de sa compagne.

Edwige erra plusieurs dizaines de minutes à la recherche d'une trace, appelant Estelle à voix haute. Si bien que sa voix parvint au Maître dans le donjon. Debout et inquiet, il se mit à la recherche des Demoiselles.

Il découvrit Edwige, à genoux sur les dalles de la salle des gardes, devant une niche vide et une armure ancienne, fixant de ses yeux fous les seules traces laissées par Estelle: une torche éteinte et la peau de bête qui avait enveloppé son corps.

Toute la nuit, ils cherchèrent. En vain.

La Demoiselle avait mystérieusement disparu.

LA NUIT DES ÉCLAIRS

Estelle était vaguement consciente d'être emportée. Elle entendait le bruit léger des pas de ses ravisseurs. Surtout le claquement des bottines de la femme en rouge.

Celle-ci tenait Estelle par les jambes. Elle avait enroulé le corps dévêtu de la mince jeune fille dans son châle pourpre, tandis que son blanc compagnon lui faisait respirer un mouchoir préalablement trempé d'un narcotique.

C'est donc incapable de réagir, sans volonté, que la Demoiselle avait été soulevée. L'homme au grand chapeau la tenait sous les bras. C'est la femme écarlate qui marchait devant.

Le groupe suivait un souterrain étroit, nauséabond, qui s'enfonçait dans les profondeurs du château et passait probablement sous les marais, car des infiltrations d'eau formaient de petites flaques stagnantes : Estelle entendait le bruit que faisaient les hauts talons de la femme en éclaboussant alentour.

De la manière dont elle était tenue, elle ne pouvait voir que la voûte de pierres noires qui défilait. De temps à autre, une simple lampe pendant au bout d'un fil permettait de se guider. Et montrait ainsi que le rapt avait été prémédité, préparé, organisé.

Elle aurait voulu bouger, se débattre, leur échapper, mais son corps tout entier était comme engourdi. La pénombre du souterrain, trouée de loin en loin par la lueur blême d'une ampoule de faible puissance, achevait de lui rendre irréelle son aventure. Elle se sentait sombrer dans une inconscience lourde, sans rêve, une sorte de néant.

Elle ferma les yeux... elle ne ressentait plus que le balancement régulier de son corps, au rythme de la marche... la chaleur des mains de l'homme en blanc contre ses aisselles... la fermeté des doigts serrés de la femme écarlate contre ses cuisses... l'odeur de renfermé, le claquement régulier des gouttes d'eau s'écrasant sur la pierre, quelque part, loin, très loin, là-bas... Elle s'enfonça encore, et il n'y eut plus rien dans sa tête.

Un étrange équipage, salué par les cris des gamins, montré du doigt par les passants, traversait la ville de Rennes.

Il devait avoir les autorisations nécessaires, car, arrêté par un agent, il reprenait bientôt son chemin le long de l'avenue Janvier. Celui qui conduisait, un homme vêtu de noir, une casquette sur la tête, avait montré divers papiers. Ce véhicule était un corbillard, mais comme on n'en voit plus depuis longtemps, si ce n'est dans quelque villages éloignés. C'était un corbillard traîné par deux chevaux caparaçonnés de noir, avec des plumets noirs eux aussi. Cet équipage, car c'en était un, rappelait certains cortèges funèbres que l'on peut voir en Italie.

Sous le dais se trouvait le cercueil recouvert d'un drap noir. Et ce corbillard faisait, en avançant au pas tranquille des chevaux, un bruit de carriole à cause de ses quatre hautes roues cerclées de fer.

Les passants étaient partagés entre la branche hilarité et le respect dû au mort que certainement contenait le cercueil.

Bientôt les deux conducteurs, l'homme noir en casquette et son voisin, une sorte de capucin vêtu d'une robe de drap noir, un grand capuchon relevé voilant ses traits, les mains dissimulées dans ses manches, guidèrent les chevaux hors de la ville, en direction de la côte. Mais ils évitèrent la nationale qui mène directement à Saint-Malo, pour lui préférer la petite route qui conduit à Combourg par Montreuil et Guipel.

De départementales en petites routes, puis en chemins, le triste convoi arriva, comme la nuit tombait, en vue de la pointe du Grouin.

Devant, ce n'était plus l'Atlantique mais la Manche. Ce n'était plus l'océan, mais c'était toujours la mer. Ce point de la côte était désert, mais, si d'aventure un promeneur s'y était trouvé, il aurait pu voir un spectacle étonnant.

Sans prononcer une parole, le conducteur et le capucin étaient descendus de leur siège, s'étaient approchés du cercueil qu'ils avaient découvert en arrachant d'un geste large le drap noir. Puis, comme si la bière n'avait pas été vissée, le capucin en avait soulevé le couvercle, dévoilant le contenu. Le conducteur avait retiré sa casquette, non par respect pour le mort, mais pour passer d'un geste machinal sa main dans ses cheveux. Son compagnon avait ôté son capuchon afin de mieux respirer.

Le promeneur aurait constaté que le conducteur ressemblait beaucoup à l'homme en blanc. Quant au capucin, il s'agissait bien entendu de la femme en rouge. L'équipage du corbillard était en réalité les kidnappeurs d'Estelle.

Dans le cercueil se trouvait allongé un corps. Un corps humain jeune, beau, dont la blanche et pâle nudité se voilait d'un châle de laine à travers les grosses mailles duquel respirait la poitrine juvénile d'Estelle, bien vivante mais artificiellement endormie.

Les ravisseurs se penchèrent sur la ravissante.

Ses yeux étaient fermés, un peu de rouge colorait ses joues, ses jolies lèvres bien dessinées bougeaient tout doucement, comme si elle parlait en rêvant.

La femme écarlate se pencha, se pencha encore, collant son oreille contre la bouche de la rêveuse. Et elle entendit ce que la Demoiselle murmurait :

–Edwige...

Dans son rêve, elle appelait au secours l'autre Demoiselle. La voleuse sourit, se redressa, et regarda vers le large. Un petit chalutier venait vers eux, en provenance de Granville.

La femme jeta un dernier regard sur la Demoiselle endormie. D'un geste amical elle recouvrit avec le châle un sein piqué de chair de poule. Les mains d'Estelle étaient jointes comme celles d'une vraie morte, et en place de chapelet on avait planté entre ses doigts un bouquet de fleurs rouges. Des roses toutes jeunes, qui s'ouvraient... un pétale grenat s'était détaché et reposait, agité par la brise légère, sur le ventre de la jeune fille. Sur la blancheur de la peau, il faisait comme une tache de sang. La femme ferma le couvercle, et l'homme recouvrit le cercueil avec le drap mortuaire.

Le chalutier approchait. Debout à l'avant, se tenait un homme de haute taille, mince, vêtu d'un long manteau qui tombait jusqu'à terre. Son visage était dans l'ombre, mais on devinait comme un bec qui trouait sa face... Comme le bec crochu d'un rapace !

Edwige pleurait, la tête dans les mains.

Le Maître avait eu beau l'endormir, fouiller son esprit, l'utiliser comme relais, rien ne s'était montré, aucune piste, aucune voyance pouvant indiquer la route prise par Estelle et ses ravisseurs.

Pourtant la symbiose mentale avait tout d'abord fonctionné. En se servant d'Edwige en catalepsie, le Maître avait découvert le passage dans le mur, puis le souterrain qu'ils avaient suivi jusqu'à l'issue, en rase campagne, au milieu d'une lande déserte.

Depuis, la Demoiselle-relais ne servait plus à rien, même descendue au plus profond de l'hypnose. Il aurait fallu les deux réunies, Estelle et Edwige. Le Maître entra en contact avec le monastère du bout du monde. Et les fidèles lui vinrent en aide. Son esprit, guidé par le leur, s'en fut dans toutes les directions, dans tous les sens. Et il ne vit rien. Il fallait Estelle. Il fallait équilibrer le relais. En un mot, le Maître avait besoin de ses deux Demoiselles de l'Étrange. Comment remplacer l'absente ?

D'une toute petite voix timide, car elle sentait le Maître perplexe et inquiet, Edwige suggéra :

– On peut pas remplacer Estelle par le menhir ? Celui qui nous a ramenées ? Il est tellement fort...

Le Maître la regarda en souriant :

– Tu as raison. Les forces telluriques, plus les forces de la marée, peuvent sans doute nous aider. Mais ce menhir est loin... à la pointe du Raz... Il faudrait en trouver un autre. Enfoncé dans la terre et en même temps en contact avec la puissance des marées...

Le Maître ferma les yeux. Il se concentrait sur le monastère, sur ses amis, sur tous ces esprits qui se joignaient au sien, l'aimaient, le soutenaient. Il sentit une main prendre la sienne, puis la serrer. Très fort. Il ouvrit les yeux, et regarda sa main pressée par celle, nerveuse, tremblante, d'Edwige. La jeune fille fermait les yeux, comme le Maître avait clos les siens l'instant d'avant. D'une voix lointaine, elle dit, son esprit tourné vers l'intérieur de sa tête, vers le dedans :

– Il y en a un, je le vois... il dépasse... il sort de l'eau... il est très grand... immense...

De nouveau, le Maître ferma les yeux. Il voyait à travers les yeux clos d'Edwige, il voyait dans sa tête à elle danser le menhir géant, et l'eau, tout autour... et là-bas au Ladàkh, tous voyaient avec lui.

Il datait du néolithique. Personne n'aurait pu dire ce qu'il faisait là, pourquoi il y était, à quoi il servait.

Dans l'estuaire de la rivière de Pont-l'Abbé, près de Loctudy, le menhir de Penloïc sort de l'eau, dressé à plus de quatre mètres.

La rivière est proche de l'océan et les courants se mêlent. En face, au large, ce sont les Glénans.

Le Maître et sa Demoiselle, main dans la main, étaient là. Alors Edwige retira ses vêtements et entra dans l'eau. Tout d'abord elle frissonna en sentant le froid de la rivière lui saisir les chevilles. Puis elle avança. Elle gagna la pierre dressée et se colla contre elle, comme auparavant avec Estelle, guidées qu'elles étaient par la vieille bigouden. Elle fit corps avec la pierre, ferma les yeux, vida son esprit.

Le Maître se concentra. Les fidèles assemblés dans le monastère le soutenaient, de même Edwige et le menhir dont les forces coulaient en elle.

Alors le Maître vit Estelle... Il parlait pour lui-même, à mi-voix, décrivant ce que lui envoyaient les forces du menhir transmises par Edwige et relayées par les fidèles. Ces forces venaient des profondeurs de la terre, de la puissance des courants marins, elles déposaient les images dans sa tête.

– C'est un bateau... un chalutier, vieux, rouillé, qui peine. Parti de la pointe du Roc, il est venu en droite ligne à la pointe du Grouin. Estelle prisonnière est montée à bord. Deux personnes l'accompagnent : un homme et une femme. Maintenant le chalutier prend le large. Entre le golfe de Saint-Malo et la baie du Mont-Saint-Michel, il va vers les îles Chausey. C'est là, quelque part, que l'on attend Estelle. Le soleil crée sur le pont une ombre improbable : une longue silhouette enveloppée dans un manteau qui descend jusqu'à terre... L'ombre de cette silhouette est particulière : là où devrait se trouver le visage, je ne vois que la découpe d'un bec crochu comme celui d'un rapace. C'est tout, la vision est terminée.

Le Maître rouvrit les yeux. Déjà, Edwige s'arrachait à la pierre levée et revenait, fendant l'eau calme de son corps en sueur. Sans un mot, elle se rhabilla et leva les yeux vers le Maître.

–À Quimper, un petit avion d'une ligne privée nous emmènera jusqu'à Saint-Brieuc ou peut-être même à Saint-Malo. Là, nous trouverons nous aussi un chalutier. En route ! Nous la sauverons ! Mais vite. Nous devons couper en traversant le Finistère et les côtes d'Armor.

–Maître, vous l'avez vue ? Vous avez vu Estelle ?

–Non. Mais elle était là. Enfermée sans doute. Vivante. Viens, partons, nous coucherons ce soir près de Cancale...

Estelle ouvrit les yeux, les referma aussitôt, puis les rouvrit calmement : le décor était toujours là. Elle se trouvait allongée sur une sorte de couche faite de peaux et de fourrures entassées les unes sur les autres. Tout autour, des murs de pierre. Une trouée sans vitre laissait entrer un air vif. Sur le mur qui lui faisait face, des tapisseries primitives faites de fils entremêlés, laines de couleurs et tissages grossiers. On entendait le bruit sourd et continu de la mer, quelques appels d'oiseaux, des cris de mouettes.

Estelle se redressa. Elle n'était plus enveloppée dans le châle de grosse laine rouge. Elle portait une petite robe bleu clair, taillée comme une robe d'enfant. C'était son seul vêtement.

Elle regarda par l'ouverture. Celle-ci, pratiquée à même les pierres, en montrait l'incroyable épaisseur. Il y avait au moins trente centimètres entre l'intérieur et l'extérieur, si bien que lorsque la jeune fille passa son bras tout entier, seuls sa main et son poignet émergèrent. Elle pensa :

–Ces murs sont faits de blocs massifs comme ceux du château de Ker-Goâl. Mais ici, la mer est juste sous ma fenêtre.

Ce n'était pas un château, c'était un fort. Tout autour, s'étendait une terre déserte, rocheuse, livide. On ne voyait aucun être humain. Ce fort, massif, enfoncé dans la terre, carré, dont les fenêtres semblaient des meurtrières, faisait face au large.

On accédait à la terrasse au moyen, de quelques marches, elles aussi taillées dans la pierre. La Demoiselle y était allée presque directement après avoir suivi un petit couloir, si bien qu'elle n'avait qu'une très vague idée de l'intérieur du fort. Un instrument bizarre, incongru, attira immédiatement le regard d'Estelle qui venait de prendre pied. C'était une lorgnette.

Après son voyage sous l'effet du narcotique, elle avait hâte de s'offrir au vent, à l'air marin, au jour, de respirer autre chose que les miasmes du souterrain ou l'air confiné du cercueil.

Collant son œil à la lorgnette, elle regarda en la faisant pivoter, effectuant un cercle complet. Elle ne vit rien d'autre que la terre, et les roches encerclées par la mer. Peut-être, là-bas, dans un creux, y avait-il une sorte de village, car de la fumée montait, et sur la mer une douzaine de points pouvaient être des bateaux de pêche…

Non loin du fort, à la pointe de l'île, de hauts rochers dissimulaient une descente en pente douce. Il devait y avoir là comme une anse, comme un passage. Elle devina qu'à cet endroit se cachait quelque chose d'étrange qu'il lui faudrait découvrir.

Alors elle redescendit afin de reconnaître l'intérieur de sa prison inexplicable. Et, peut-être, en découvrir le geôlier. Elle se souvenait vaguement de la femme en rouge et de l'homme en blanc, avec son grand chapeau.

Marchant le long des couloirs sombres, Estelle découvrit bientôt une sorte de cloître carré, d'une dizaine de mètres de côté. Une porte basse y donnait accès. Il ne semblait pas y avoir d'autre issue. Des dalles faisaient comme un promenoir et, au centre, à ciel ouvert, un espace entretenu couvert de gazon vert tendre. Entre les herbes, on voyait les taches blanches des pâquerettes sauvages.

Comme elle n'avait pas remarqué ce jardin quand elle était sur le toit-terrasse, Estelle devina que l'architecte avait ménagé cet espace comme une surface rapportée, en surplomb, en avancée probablement au-dessus de la mer, en dehors du toit-terrasse lui-même, et invisible de celui-ci à moins de se pencher vers le vide.

En effet on entendait le bruit sourd des vagues, comme si le cloître était posé directement sur la mer. Une silhouette arpentait lentement les dalles qui faisaient le tour du jardin, à grands pas comptés, tête basse, les mains, de longues mains osseuses, croisées derrière le dos. Un grand manteau la vêtait, tombant jusqu'aux chevilles. Au très léger bruit que fit la porte ouverte par Estelle, le personnage, qui s'éloignait, s'arrêta et tourna la tête, afin de voir qui ou quoi troublait sa promenade méditative. Car, à n'en pas douter, c'était là son lieu de prédilection.

Estelle poussa un cri d'horreur et d'épouvante: la tête qui se devinait était celle, de taille humaine cependant, d'un de ces rapaces au bec crochu et au regard incisif nommé faucon. La créature resta immobile, mais Estelle tourna les talons et s'enfuit, claquant derrière elle la petite porte basse qu'elle avait franchie pour entrer dans le cloître. L'homme-faucon ne bougea pas. Et quand la porte se referma avec un bruit sourd, il détourna la tête et reprit sa marche silencieuse, les mains derrière le dos, penché en avant, voûté comme quelqu'un que la situation accable.

Estelle courait droit devant elle, faisant voler sa robe bleu ciel, ses ballerines blanches claquant sur les dalles des couloirs. Elle cherchait une sortie, et elle passa devant la chambre dans laquelle elle s'était éveillée sans ralentir sa fuite...

Et soudain le piège se referma sur elle. Il y avait, au bout du couloir, une ouverture de la taille d'une porte, et qui donnait, semblait-il, en plein ciel. Persuadée qu'en dessous devaient se trouver la côte, la plage, la route, n'importe quoi permettant de quitter le fort, Estelle franchit cette ouverture, car un chemin de pierres commençait de l'autre côté. Elle s'arrêta. Le chemin de pierres finissait tout à coup comme coupé, à quelques mètres. Ensuite, c'était le vide.

En se penchant, Estelle vit avec stupeur qu'elle se trouvait, sur cette étroite avancée, effectivement comme en plein ciel. En dessous, c'était un abîme de plusieurs mètres.

Les hauts rochers aperçus de la terrasse étaient là, comme des pointes menaçantes, sous elle. Plus loin, derrière ces rochers, protégé par eux, il y avait un cimetière de bateaux, à demi immergé dans la mer. À marée basse, les carcasses mortes devaient être complètement échouées. Quand la mer était haute, comme c'était le cas, une partie se trouvait sous l'eau, ce qui expliquait les algues recouvrant les charpentes trouées ou éclatées.

Estelle se retourna pour repasser dans le fort et trouver une autre issue. Mais à ce moment, une paroi de pierre tomba comme un couperet, fermant l'ouverture, interdisant toute retraite.

La Demoiselle de l'Étrange était isolée sur ces quelques mètres de dalles. Devant, c'était le vide, une plongée de plus de dix mètres sur les pointes des hauts rochers. Derrière, c'était le mur aveugle de la forteresse. Estelle frappa de ses deux mains réunies contre la muraille. En vain. Le pan de pierre qui obstruait l'ouverture ne remonta pas. Un bruit inquiétant commença du côté du cimetière de bateaux tout en bas...

Prise de vertige, toute seule en plein ciel, les mouettes criant tout autour d'elle, la Demoiselle s'allongea à plat ventre sur le court chemin de pierres, et rampa jusqu'à l'extrémité. Penchant la tête, elle risqua un regard apeuré vers les carcasses. Elle vit la haute silhouette de l'homme à tête de faucon, courbé comme un échassier, se diriger vers les restes d'un grand chalutier qui dressait au-dessus des eaux ses ferrailles tordues, son pont rongé et effrité. Par un trou béant dans la coque, deux créatures sortirent et s'en vinrent à sa rencontre. L'une avait la tête cornue d'un bélier, l'autre le museau et les longues oreilles dressées du chacal… Tout le reste était humain.

Si le Maître avait été là, il aurait aussitôt reconnu la personnification vivante d'Horus, dieu du soleil, marchant vers Khnoum et Anubis !

Mais le Maître, en ce moment même, arrivait à Cancale et se mettait en quête d'une auberge. Et que pouvait connaître Estelle aux dieux de l'ancienne Égypte ?

Dans la plus pauvre taverne de Cancale, véritable coupe-gorge à la sortie de la ville, dans le plus bas quartier du port, là où les chambres ne sont que des tanières d'une nuit, le Maître et Edwige enquêtent.

C'est une salle enfumée. Tout au fond, une femme chante à tue-tête une vieille chanson dans laquelle il est question de naufrageurs, de rochers couverts de sang, de lanternes sourdes et de malédictions.

Le Maître a devant lui une pinte de mauvaise bière à laquelle il ne touchera pas. Quant à Edwige, elle ne trempera pas ses lèvres dans le verre douteux plein d'un vin violacé à la senteur aigre. Pour se donner une contenance, elle a posé une main sur le pichet en grès que la servante débraillée vient de servir. Elle écoute la chanteuse. Elle se tait.

Un vieux marin qui n'a sans doute pas navigué depuis des lustres vient traîner près d'eux, indistinct dans la fumée épaisse et stagnante. Il se penche vers le Maître, et risque une question :

–Ces Messieurs-dames cherchent quelque chose ?

–Il se pourrait, répond le Maître sans lever la tête.

–Une aventure louche, une liaison un peu canaille ?

–Assieds-toi, l'ami. Tu connais la région ?

Le vieil homme s'assied, souriant, satisfait. Il lève le bras et fait signe à la serveuse qui, sans attendre la commande, vient déposer devant l'ancien marin un verre de genièvre.

–Je suis né ici. Et je mourrai ici. Je sais tout, je connais tout de Cancale à Saint-Malo, et même jusqu'à Granville, en passant par le Mont Saint-Michel.

–Alors… dis-nous le secret des îles. Parle-moi d'un chalutier qui transporte à son bord un cercueil, guidé par un homme recouvert d'un manteau qui tombe jusqu'à ses pieds, dont la face est trouée d'un bec de rapace…

L'homme se signe deux fois de suite et interrompt le Maître :
– Assez ! Taisez-vous, malheureux !
– Vous l'avez vu la nuit dernière ?
– Non, non ! Pas moi ! Mais... attendez...
Le Maître a compris. Sous sa main posée sur la table, paraît comme par magie le bout d'un billet de cinq cents francs. Le marin a vu. Il hésite. Il regarde autour de lui. Personne ne semble faire attention à eux. Là-bas, la femme ne chante plus, elle fait une réussite ou se tire les cartes, seule à sa table crasseuse : ses voisins s'en sont allés. Alors l'homme tourne à nouveau son visage ridé vers le Maître :
– Elle... au fond dans le coin... avec les cartes... elle sait ! Elle a vu !
Le Maître retire sa main. L'homme saisit le billet, se lève précipitamment, avale son genièvre, s'étrangle, tousse et, plié en deux, disparaît dans la fumée des pipes et des cigarettes.
Le Maître et Edwige regardent vers le fond, vers la femme qui manie les cartes. Pour l'instant, elle passe une main baguée, à chaque doigt de gros cabochons rouges et verts, dans son épaisse chevelure teinte au henné. Elle est de ces beautés impérieuses et chasseresses que les aventuriers ou les truands considèrent comme leurs égales.
Le Maître se lève, et traverse la salle en direction de la chanteuse-joueuse de cartes, et aussitôt Edwige lui emboîte le pas.
La femme, seule présence féminine dans le bouge à part la serveuse, lève la tête et dévisage froidement le Maître. Soudain son regard paraît s'allumer, comme si elle le reconnaissait. Elle lui fait signe de s'asseoir, négligeant Edwige qui prend place à côté du Maître. La Demoiselle constate que les deux protagonistes de la joute verbale qui va suivre ne se quittent pas des yeux, tendus, surtout la chanteuse. Elle pose un doigt sur le paquet de cartes.
– Alors ?
Le Maître entre dans le jeu :
– Valet de trèfle.
La femme retourne la carte et sans la regarder, sans quitter les yeux du Maître, elle laisse tomber :
– Exact.
Edwige se demande comment cette ribaude a bien pu faire pour reconnaître le valet de trèfle sans regarder la carte. Mais la femme poursuit le jeu. Elle écarte le valet de trèfle, et de nouveau pose son doigt sur le petit tas dont l'envers ne montre qu'une inscription publicitaire pour une marque d'apéritif à l'anis :
– Et celle-ci ?
– C'est moi.

La femme la retourne, et, toujours sans regarder:

–C'est vrai cette fois encore.

La carte est le roi de cœur.

Le Maître tire celle qui se trouve sous le paquet, et, sans la retourner, demande:

–Et celle-ci?

Sans hésiter la femme répond:

–Dix de carreau.

Le Maître sourit et acquiesce. Maintenant tous deux se détendent, ils se sont compris. Personne ne fait attention à Edwige qui tout doucement retourne un bout de la carte et constate qu'il s'agit bien du dix de carreau.

La femme sourit enfin, et, d'une voix assurée, un peu trop timbrée, un peu trop forte, elle demande:

–Qui tu es, toi?

Le Maître ne répond pas. Il sourit toujours. Une minute passe, qui semble très longue à Edwige... Et puis doucement, gaiement, la joueuse de cartes et le Maître se mettent à rire, sans se quitter des yeux. La femme poursuit, d'une voix empreinte d'une certaine déférence:

–Vous cherchez quoi?

–Je cherche l'homme à visage de faucon.

Il avait dit cela un peu au hasard, sans être vraiment certain que la silhouette était celle d'un homme, et le bec celui d'un faucon. Mais, quelque part l'image d'Horus, dieu du soleil, devait danser dans sa tête...

Les yeux de la femme étincelèrent et elle se pencha en avant, parlant bas, comme si elle craignait que quelqu'un puisse l'entendre. Et Edwige dut tendre l'oreille pour saisir les étranges paroles qui maintenant disaient:

–Il existe une île. Au large. Perdue au milieu d'autres îles... tout à côté de celle où habitait l'écrivain... Tu sais, Victor Hugo.

Edwige sursauta: elle n'avait encore jamais entendu quelqu'un tutoyer le Maître, et cela lui faisait tout drôle. Mais la femme poursuivait:

–D'étranges rumeurs circulent. Quand le soleil se couche sur la mer, on aurait vu la haute stature d'un homme dissimulé par un long manteau, levant vers l'horizon un visage de bête... de rapace. Des marins ont aperçu une sorte de chacal humain se faufiler entre les épaves abandonnées du vieux cimetière de bateaux, à la pointe de l'île... on parle aussi d'un bélier avec des jambes d'homme, des bras d'homme... personne n'ose aborder. D'ailleurs qu'y a-t-il sur cet îlot désert? À part des carcasses? Des hommes-bêtes, qui peut-être hantent le vieux fort de Vauban juste au-dessus du cimetière de bateaux…

–Un fort ? interrompt le Maître.

–Oui. Abandonné comme le reste.

–Que savez-vous d'autre ?

–Des cris, des appels angoissés. On les entend sur la mer par temps calme, quand les voix portent loin… ces cris déments viennent de l'île… de l'intérieur du fort.

Il y a un silence, parce que chacun voit devant ses yeux les images troublantes évoquées par la femme aux cartes : vieux fort en ruine… bateaux échoués dans le cimetière de la pointe nord… silhouettes de faucon, de chacal, de bélier. Cette île est-elle recouverte par l'ombre maléfique du docteur Moreau, ou des créatures d'un autre monde dansent-elles le sabbat pour effrayer les bateaux de pêche ? Et les cris sortant du fort certaines nuits, qui les pousse, quels agonisants lancent des clameurs de désespoir ?

Le Maître est en ce moment relié au monastère du Ladàkh. Eux aussi imaginent, tremblent pour le sort de la jeune Estelle. Un conseil muet arrive dans l'esprit du Maître : il faut aller promptement sur cette île. Déjouer les plans des dieux-bêtes, détruire ce repaire monstrueux, et sauver la Demoiselle disparue.

–Une femme en rouge, un homme en blanc avec un grand chapeau… tous deux masqués… ils étaient sur le chalutier… n'est-ce pas ?

–En effet, répond la tireuse de cartes. Ce sont les pourvoyeurs. Je les vois également… les pourvoyeurs d'Horus… et aussi de Khnoum et d'Anubis. Ce sont les ravisseurs. Ils enlèvent, ils kidnappent, ils font disparaître, ils dissimulent… ce sont des humains. Vous les trouverez sur l'île, mais pour cela il faut vous y rendre, et, surtout, il faut débarquer. Personne ne vous y conduira. Surtout cette nuit…

–Cette nuit ?

–C'est la nuit des éclairs ! On ne peut s'approcher de l'île maudite. C'est la nuit du sacrifice, et tous les noyés sortiront de la mer pour envahir le cimetière de bateaux… l'eau elle-même est empoisonnée !

C'était comme une étrange voyance. Les yeux de la femme se perdaient dans le lointain… Elle oubliait la taverne, la fumée des pipes et des cigarettes, elle n'entendait plus le roulement sourd des conversations. Elle voyait, comme le Maître, mieux que lui peut-être. Soudain, elle ferma les yeux et d'un geste agacé saisit le jeu de cartes et l'étala en pluie. Elle posa alors une main au hasard sur une carte dont la figure était cachée contre le bois sale de la table. Elle dit, comme en transe :

–Je vois tout ce qui s'est passé… le chalutier… l'homme et la femme… en route vers l'île… à même le pont, un cercueil… la mer est houleuse…

le couvercle n'est pas vissé, il glisse, il montre le dedans de la boîte mortuaire... une toute jeune fille est couchée, ses mains jointes tiennent un bouquet de roses rouges... un pétale est tombé. Sur son ventre blanc il fait comme une tache de sang.

Le Maître, angoissé, demanda :

–Elle vit ? Elle respire ?

–Oui. Mais les voici dans l'île... dans le fort. La jeune fille est en danger, cette nuit, la nuit des éclairs, elle sera offerte. En ce moment même, Horus marche à la rencontre de Khnoum et d'Anubis... il s'incline devant eux. Vous n'avez que peu de temps ! Mais attention, prenez garde aux noyés, ne touchez pas la mer, elle est mortelle, le poison y coule cette nuit !

Épuisée, elle retomba sur sa chaise, sans ouvrir les yeux. Le Maître jeta quelques pièces sur la table. La femme murmura, presque inaudible : « Partez vite... » puis retomba dans son mutisme.

Sa main était toujours crispée sur la carte.

Le Maître se leva, saisit fermement par le poignet Edwige que cette scène avait stupéfiée, et l'entraîna. Ils traversèrent la salle sans se retourner, et sortirent. Alors la femme, tout au fond, sans rouvrir les yeux, retourna la carte qui était sous sa main. Les yeux toujours clos, elle ne peut pas voir, mais une grosse larme quitta sa paupière droite et descendit le long de sa joue.

Cette carte était le neuf de pique.

C'était la nuit des éclairs. Une étrange nuit, en vérité. La barque de pêche qui emportait le Maître et Edwige risquait à chaque instant d'être drossée sur les écueils à fleur d'eau, éventrée par les roches pointues qui affleuraient la surface, fracassée contre les récifs annonçant les grandes îles...

L'unique voile devant laquelle se tenait le Maître, le regard au large, claquait avec un bruit d'enfer, menaçant de s'arracher à chaque bourrasque qui la gonflait outrageusement.

Mais était-ce vraiment la nuit, ou au contraire une lumière d'un autre monde, à la fois jour et nuit, à la fois ici et ailleurs, tantôt blafarde comme le visage blanc d'un fantôme, tantôt opaque et sans étoile, ciel et mer confondus, comme le drap mortuaire qui recouvrait le cercueil emportant Estelle à travers toute la Bretagne...

Personne n'avait voulu les emmener. Le Maître avait dû payer la barque, abandonner une caution énorme, et prendre la mer sans guide, sans marin, avec juste sa dernière Demoiselle comme unique équipage, cramponnée à la barre, ruisselante des paquets d'eau qu'une mer furieuse lançait contre la coque, et qui s'écrasaient en de hautes gerbes d'écume.

Ils n'avaient pas pris le temps de se changer, et une simple caisse, très vieille, fermée d'une lourde serrure, était arrimée contre le mât. C'est le Maître qui avait fait, seul, cette acquisition juste avant le départ. Et à la muette interrogation d'Edwige, il avait répondu par ces mots énigmatiques :

–Je me souviens que cette nuit, aux alentours de l'île, la mer est empoisonnée. Elle est mortelle pour qui la touche.

Ils s'étaient embarqués comme ils étaient : lui en costume de voyage, mais elle en simple petite robe qui maintenant collait à son corps, trempée à tordre, glacée contre sa peau.

La barque avait pris la mer à la tombée de la nuit, juste comme les flottilles de pêche rentraient au port. Et un vieux marin qui les regardait partir, en passant sa vieille pipe éteinte d'une dent à l'autre, avait murmuré :

–Jadis on cousait les morts dans un sac que l'on précipitait par-dessus bord... Ces deux-là, on ne saura même pas ce qu'ils seront devenus. La nuit des éclairs, les cadavres ne reparaissent pas !

Et son compagnon, aussi usé que lui, ajouta en écho :

–Certains disent avoir vu les morts danser devant le cimetière de bateaux tant que dure cette nuit-là...

Mais ni le Maître ni Edwige n'entendirent ces paroles. Déjà leur barque cinglait vers les îles, et l'étrange lumière de la nuit des éclairs commençait à poindre au large.

Tout à coup, Edwige fut arrachée de son siège, ses mains lâchèrent la barre, elle roula et boula, parcourant ainsi le pont, glissant jusqu'au Maître. Il se pencha, la saisit par les cheveux, la releva de force et la tint à l'abri dans ses bras. Adossé au mât, il comprit alors que le mystère venait à leur rencontre.

En effet, un cri indescriptible, une sorte de ululement sifflant couvrit le bruit des vagues et du vent, déchira l'air, accompagnant une créature étrange qui se posa devant eux, sur le bastingage, les fixant de ses yeux ronds. C'était une Chimère...

Elle avait la taille d'un aigle, des yeux qui luisaient de haine dans l'obscurité. Elle émettait ce sifflement aigu, de plus en plus haut, obligeant Edwige et même le Maître à boucher leurs oreilles... ses pattes étaient terminées par des serres, maintenant plantées dans le bois du bateau.

Elle devint tout à coup silencieuse. Alors le Maître leva la lampe tempête qu'il tenait en main, fit un pas en avant et éclaira l'oiseau fabuleux... Edwige et lui virent la bête qui les regardait de ses yeux méchants.

Si effectivement son allure était celle d'un rapace, son visage était hideusement humain. Harpie ou Chimère, elle se dressa sur ses pattes, déploya ses ailes comme des bras. Sa bouche-bec s'ouvrit, et, d'une voix aigrelette, haut perchée, désagréable, elle s'adressa au Maître...

Estelle était prise de vertige. En bas, loin au-dessous d'elle, les créatures bestiales s'étaient saluées en s'inclinant bien bas. La jeune fille porta une main tremblante à son front en sueur... sa tête tournait. Elle tomba sur les genoux, manquant de choir dans le vide. L'étroite bande de pierre sur laquelle elle se trouvait était maintenant comme environnée d'une brume irréelle.

Un étrange colloque eut lieu entre les trois dieux mythiques. Puis ils se tournèrent et levèrent leurs visages animaliers vers la Demoiselle prisonnière entre ciel et terre.

Ils avancèrent jusqu'à se trouver presque sous elle, et parlèrent d'une voix forte, grave, rauque, incroyablement impérieuse :

–Je suis Horus, dieu du soleil, et je t'appelle ! dit l'homme à tête de faucon...

–Je suis Khnoum, et je t'appelle ! dit l'homme-bélier.

–Je suis Anubis, et je t'appelle ! dit l'homme-chacal aux longues oreilles pointues dressées de chaque côté de sa tête.

Estelle vacille... elle va tomber. Rassemblant ses dernières forces, elle se traîne jusqu'au mur, là où tout à l'heure se trouvait comme une porte, avec derrière le refuge du château et sa chambre... elle frappe, elle supplie. Et, tout à coup, la pierre qui obstrue l'ouverture se lève et montre... non pas le salut, mais, grimaçant un sourire moqueur, la femme en robe rouge qui conduisit l'enlèvement d'Estelle au château de Ker-Goâl !

La jeune fille pousse un cri, se lève, veut fuir, se retourne... Devant elle maintenant c'est le vide dans la brume blanche qui envahit tout... on ne voit plus ni les dieux de l'ancienne Égypte, ni le cimetière de bateaux, mais simplement la brume qui comme un nuage blanc cerne la Demoiselle... et derrière elle c'est la femme en rouge qui rit, rit, rit encore plus fort... Estelle porte les mains à ses tempes, ouvre la bouche pour hurler sa peur, ferme les yeux... et bascule soudain dans le vide.

Un étrange cortège se dirige lentement vers le cimetière de bateaux. En tête vient Anubis, portant dans ses bras le corps sans vie d'Estelle. Un peu en arrière et de part et d'autre, Knoum et Horus l'accompagnent.

Anubis passe entre les première carcasses. Il dépose doucement, comme une offrande, le corps mou d'Estelle, menue et émouvante dans sa belle robe bleue, à même la terre. Puis il s'écarte, recule, s'éloigne, accompagné de ses deux partenaires. Ils se fondent dans la brume.

Alors monte comme un chœur de bouches fermées. Et paraissent entre les coques pourries ou éventrées, les habitants de ce cimetière marin. Ce sont des hommes, et quelques femmes, créatures blafardes, en loques pourrissantes qui s'approchent en rampant, en se traînant. Ce sont les noyés, ceux qui moururent en mer, les victimes des naufrages, revenus cette nuit hanter le cimetière de bateaux… les noyés de la nuit des éclairs, qui viennent chercher leur compagne, la jeune Demoiselle de l'Étrange qui vient de passer de vie à trépas, car cette île est l'île des morts !

Et la Chimère parla. De sa voix insupportable, elle dit, regardant le Maître ironiquement :

– Votre Demoiselle Estelle, Maître de rien du tout, Maître bouffon, Maître cuistre, Maître Jacques, vient de mourir à l'instant !

Le cœur du Maître sembla s'arrêter. Edwige hurla comme si la pointe d'une épée la transperçait. La Chimère ricana.

Elle reprit, sifflant les mots :

– Les dieux viennent de l'offrir aux morts qui reviennent pendant la nuit des éclairs ! Le vieux cimetière de bateaux est leur passage ! Ils sortent des profondeurs de la mer et se glissent dans l'île en se faufilant entre les carcasses pourries ! Mais il leur faut une compagne jusqu'à l'aube… Une petite amie blafarde, blanche, morte ! Que leur offrent les trois dieux Anubis, Khnoum et Horus ! Le chacal, le bélier et le faucon ! Et c'est votre mignonne petite Demoiselle qu'ils viennent d'offrir ! Oh, la jolie morte, la belle, défunte, la précieuse alanguie, la merveille pâmée… Déjà ils se penchent sur elle… et au matin, quand les noyés disparaîtront, elle commencera à se décomposer.

Horrifié, le Maître fixait la Chimère improbable, les yeux fous… Dans sa tête, il sentait la présence de tous les fidèles du monastère, eux aussi pétrifiés d'horreur. Edwige se précipita avec un cri de rage sur l'oiseau maléfique. La bête hurla de joie et fit une sorte de bond, déployant ses ailes, évitant la jeune fille.

Alors ce fut abominable. À ce moment précis, la bateau fut presque couché par une vague et, entraînée par son élan, Edwige bascula pardessus bord et s'abîma dans les flots en poussant un cri d'angoisse.

Le Maître se rua en avant et se pencha scrutant la mer. À côté de lui, la Chimère dit d'une voix moqueuse :

– La mer a elle aussi son offrande, elle va pouvoir se calmer… Elle rejettera le petit cadavre parmi ses frères et sœurs noyés, là-bas, dans l'île, dans le cimetière de bateaux ! Adieu, Maître !

Et elle s'envola dans un grand frou-frou d'ailes battantes.

Mais le Maître criait « Edwige ! Edwige... » en direction de la malheureuse dont la tête et les épaules seules trouaient la mer calmée. Elle regarda le Maître avec une intensité désespérée, tendit un bras hors de l'eau.

Déjà il arrachait manteau et veste, et entreprenait d'enjamber le bastingage, quand Edwige cria :

–Non Maître ! Non ! L'eau est empoisonnée !

Elle coula. Un instant, un bras resta tendu hors de l'eau, puis une petite main dont les doigts s'agitaient.

Puis plus rien.

Quelques remous, quelques bulles, avant que la mer ne redevienne étale... Le Maître pleurait en silence, et avec lui tous les fidèles du Ladàkh.

Sous l'eau, le petit corps pâle et sans vie d'Edwige dérivait doucement. Il était conduit par le courant empoisonné vers les rivages de l'île. Précisément, vers l'anse qui abritait le cimetière de bateaux.

La marée montait, et avec elle le corps d'Edwige. Tant et si bien qu'il se trouva déposé par les vagues juste à côté de celui d'Estelle, au centre du cimetière de bateaux.

Les noyés assemblés tout autour fixaient de leurs yeux sans regard ces deux jeunes filles aux visages décolorés, d'une pâleur de linceul, l'une dans sa robe bleue, l'autre dans sa robe jaune.

Toutes deux, dans la mort, étaient incroyablement belles. Leurs cheveux étaient épandus tout autour d'elles, leurs mains ouvertes, les paumes vers le ciel. Un silence admiratif régnait.

Alors revint, seul, Anubis.

Il se planta devant les deux corps sans défense et les regarda longuement. Comme les autres dieux, il portait un long manteau tombant jusqu'à terre. Et les noyés en guenilles l'enviaient d'être ainsi correctement vêtu devant les deux jolies Demoiselles.

Dans l'Égypte ancienne, la fonction d'Anubis était de veiller sur les tombes et les rituels funéraires. Il tendit les bras, les doigts des mains écartés, paumes vers le bas, et dans la lumière étrange de la nuit des éclairs, l'ombre de ses bras parut sur les visages d'Estelle et d'Edwige.

Quelques minutes passèrent. Tous étaient figés, regardant les jeunes filles. Et soudain leurs yeux s'ouvrirent. Elles bougèrent, elles se levèrent et regardèrent Anubis. Mais c'était un regard triste : celui des mortes qui se dressent pour rejoindre la cohorte des leurs, debout en cette sinistre nuit. Elles se prirent la main, échangèrent leur habituel coup d'œil, et se mirent en marche. Elles se fondirent bientôt dans l'assemblée qui errait parmi les carcasses du cimetière.

Impassible, Anubis contempla un moment le spectacle désolant, puis s'en fut rejoindre Khnoum et Horus, quelque part dans la forteresse-tombeau.

Cependant, la barque du Maître dérivait en direction de l'île. Le vent tomba, la voile s'affaissa. Le Maître était seul sur son embarcation immobile, à quelque encablures de la terre ferme. Au loin, il voyait la masse noire du fort, il devinait les hauts rochers et les carcasses, desquels montait le bruit sourd des noyés errants…

Alors le Maître décida de gagner cette île des morts gouvernés par les dieux antiques. Il regarda l'eau empoisonnée qui lui interdisait de nager jusqu'à la côte. Comme elle avait l'air limpide, pourtant. Rassurante, amicale, fraîche… Il détacha la caisse arrimée au mât, et l'ouvrit. Elle contenait un équipement de scaphandrier comme on en voyait dans les vieux films ou les illustrations populaires : l'énorme casque avec son hublot et le tuyau en caoutchouc que l'on reliait à la pompe, la combinaison étanche, les souliers de plomb, les gants rigides. C'est tout ce qu'il avait pu trouver dans la précipitation du départ, chez une sorte de brocanteur, ça et une bouteille d'oxygène qui pouvait se relier au tuyau et lui donner ainsi une autonomie respiratoire suffisante pour gagner l'île sans que son corps touche l'eau empoisonnée.

Il revêtit la combinaison, faisant des efforts épuisants pour visser seul les boulons qui l'enfermaient. Puis, curieuse bête, animal fabuleux, aussi étrange qu'Anubis lui-même, il se bascula par-dessus bord et coula à pic instantanément.

Quelques secondes plus tard, il progressait sur le sable, grâce à ses chaussures plombées. Le fond marin remontait en pente douce vers l'île.

Silencieux, Khnoum le bélier, créateur des dieux et des hommes, laissait son regard errer, par une fenêtre du fort, sur la plage déserte. Et il vit une étrange créature qu'il ne connaissait pas sortir de la mer et, comme une lourde statue, faire quelques pas maladroits sur le sable.

Une triste parodie de rite funèbre allait maintenant se dérouler.

Il y avait, entre les hauts rochers, non loin du cimetière de bateaux, une étendue de sable. À marée haute, cette étendue était recouverte. Elle formait comme un goulet et l'eau s'y précipitait. Il ne fallait que quelques minutes à la mer pour l'engloutir, noyer ce qui s'y trouvait.

En cette fin de nuit on entendait le tonnerre, la lumière blanche des éclairs illuminait brièvement cette bande de sable, les hauts rochers tout autour, les carcasses du cimetière, là-bas.

En lente procession, les noyés quittaient le cimetière pour aller rejoindre la bande de terre. Ils y attendraient la brève cérémonie qui devait faire des Demoiselles de l'Étrange deux des leurs. Puis la mer les recouvrirait et tout serait dit jusqu'à la prochaine nuit des éclairs.

Déjà on entendait le bruit sourd de la marée montante. Estelle et Edwige, debout sur la plus haute carcasse, main dans la main, suivaient de leurs yeux ternes et morts, la file de leurs futurs compagnons contournant les rochers pour aller se répandre sur le sable. Et, tout au bout, dans la direction du fort, les deux pourvoyeurs préparaient l'ultime spectacle : la femme en rouge et l'homme au grand chapeau, les deux kidnappeurs, halaient sur le sable mouillé, avec de grands efforts, le cercueil qui avait servi à promener le corps d'Estelle jusqu'à la côte.

Les pourvoyeurs tirent la boîte oblongue au moyen de deux cordes. C'est dur et pénible. Le sable mouillé adhère au bois comme pour le retenir… Mais le cercueil glisse avec un bruit de succion.

Enfin les deux méchants s'arrêtent au centre de la bande de sable. Déjà les noyés, de leur démarche inhumaine, titubante, inquiète, font cercle.

Sur la carcasse, les Demoiselles, indifférentes, regardent la mer qui monte. Le sable devient spongieux, des vaguelettes s'écrasent contre le bois du cercueil. Estelle et Edwige quittent le vieux bateau et, se faufilant entre les montants rouillés, disparaissant dans les cales pour reparaître par la coque éventrée, se dirigent à leur tour vers leur dernière demeure.

Elles arrivent. On s'écarte, on agrandit le cercle. Elles sont devant le cercueil, se tenant toujours par la main, mais leurs visages blancs ont l'insoutenable indifférence de la mort.

Pourtant… oui, pourtant, un reste de conscience, donc de vie, les habite peut-être encore, car juste avant d'entrer dans la boîte dont le couvercle a été retiré, elles échangent un coup d'œil, leur coup d'œil de complicité, leur regard rassurant. Puis elles grimpent dans le cercueil et s'allongent, mornes, sans plus manifester le moindre signe d'existence, tête-bêche, et les noyés applaudissent lentement, comme des morts un instant redressés peuvent le faire. Cela fait un bruit inquiétant, non pas de joie ou de plaisir, mais mécanique, et le vent emporte les claquements de mains. Déjà le sable est recouvert par une mince couche liquide. Dans quelques minutes la mer sera là, et tout ira très vite, le niveau montera, les noyés regagneront leur demeure sous-marine. Les Demoiselles de l'Étrange flotteront un moment à bord du cercueil-navire, puis les rejoindront à jamais.

Alors se montra Anubis, maître des cérémonies funéraires.

Il arrivait du fort et, de sa démarche d'échassier fragile, il s'en vint à lentes et longues enjambées jusqu'au cercueil. Il se pencha et regarda longuement les deux charmantes défuntes qui reposaient.

Allongées comme elles l'étaient, la main d'Estelle était proche de la main d'Edwige, et le bout de leurs doigts se touchait. C'était comme si elles étaient liées l'une à l'autre pour un commun voyage.

Le chacal-dieu ne se lassait pas de les regarder. Elles étaient certainement les plus ravissantes assassinées qu'il ait jamais convoyées dans la barque des morts. Mais l'eau montait, déjà le cercueil était soulevé, il tanguait et menaçait de partir au fil du courant.

Anubis toucha de ses doigts osseux, longs, les quatre yeux des jeunes filles. Les paupières s'abaissèrent. On aurait dit maintenant qu'elles étaient définitivement mortes : aucune respiration ne soulevait la robe jaune d'Edwige, non plus que la robe bleue d'Estelle. Les yeux étaient fermés.

Le dieu recula. Il ne pouvait quitter du regard le cercueil des Demoiselles. Sortant de la poche de son long manteau un bouquet de marguerites, il le lança et le bouquet, qui rappelait les fleurs vénéneuses du château de Ker-Goâl, tomba en travers des deux corps.

Anubis s'éloigna, marchant à reculons en direction du fort. Le cercueil flottait. Plusieurs noyés, de l'eau déjà jusqu'à la taille, le poussèrent vers la sortie de la passe, vers la haute mer, vers le large, à contre-courant. Maintenant, l'eau se ruait furieusement entre les hauts rochers, s'engouffrant dans la trouée sablonneuse. Le niveau montait à toute vitesse. Au bout de quelques instants, les noyés furent sous l'eau. Il n'y avait plus que leurs mains qui sortaient, agrippées aux bords du cercueil-barque, et le poussant, luttant contre la marée, vers l'entrée du goulet. Le cercueil flottant franchit la passe et se retrouva en mer. Seul : toute trace des noyés avait disparu. C'était l'aube, la fin de la nuit des éclairs. Dans quelques minutes le soleil paraîtrait et les Demoiselles seraient mortes à jamais…

Alors un étrange objet luisant sortit de l'eau, juste devant le cercueil… C'était un casque de scaphandrier. Deux mains gantées se trouvaient de part et d'autre de ce casque, derrière le hublot duquel on devinait un regard enfiévré. Les mains saisirent le cercueil et le poussèrent en direction d'une barque de pêche qui attendait un peu plus loin.

Seules ces mains gantées poussèrent le cercueil. Maintenu sous l'eau par ses semelles de plomb, le Maître, bras levés au-dessus de lui, respirait les dernières bouffées d'oxygène de sa bonbonne. Si le niveau du fond marin baissait, il perdrait le contrôle de la barque funéraire. S'il ne parvenait pas au bateau dans les instants qui venaient, l'air lui manquerait.

Il devina la masse noire faite par la coque, juste devant lui, au-dessus. Les premiers montants de l'échelle qu'il avait laissée pendre entrèrent dans son champ visuel… il fallait maintenant sortir de l'eau et hisser les Demoiselles sur le pont… le soleil n'était pas encore levé, et la mer, tout autour de l'île, devait toujours être empoisonnée.

Le Maître gravit péniblement l'échelle : il ne respirait plus, la bonbonne était vide. Arrivé sur le pont, il ouvrit le hublot et respira à pleins poumons. Il saisit sa clé anglaise et dévissa le lourd casque du scaphandre. Puis il redescendit l'échelle jusqu'à se trouver au niveau de la mer, devant le cercueil qui battait doucement contre la coque. Une à une il remonta les Demoiselles sans vie, et les adossa au mât. Il les maintint debout en les liant avec un filin.

Le bateau était face au soleil levant.

Les premiers rayons frapperaient les Demoiselles.

Elles pendaient dans leurs liens. On aurait dit qu'elles étaient vidées de leur sang. Tellement pâles, tellement blanches, comme des spectres, deux petits fantômes charmants, deux poupées innocentes et sans vie. En les regardant, le Maître pleurait, et il sentait dans sa tête pleurer tous les moines du monastère…

Un vent léger gonflait la voile, et le petit bateau de pêche faisait route vers la côte, vers Cancale ou Saint-Malo…

Il faisait jour, et un timide soleil d'automne touchait les corps ruisselants. Le Maître avait retiré leurs robes jaune et bleue afin de laisser la chaleur de l'astre de vie réchauffer directement la peau des belles endormies…

Le vent faisait danser autour des deux têtes basses leurs cheveux fins et déjà séchés… mais aucun signe de retour à la vie ne se manifestait… les corps, mous, n'étaient maintenus que par les liens enroulés autour du mât. Le Maître les prit par les cheveux, redressa les visages, afin de les montrer au soleil, comme une offrande.

Et le bateau avançait vers la côte, avec à son bord cet étrange trio immobile face au soleil : l'homme, et les deux corps qu'il soutenait, visages dressés, comme des figures de proue.

C'est une pièce carrée, comme est carrée la forteresse elle-même. Là sont réunis en silence trois dieux et deux humains. Les murs sont de pierre ; une pierre noire, épaisse, faite de blocs colossaux. Les trois dieux sont là, et les pourvoyeurs, la femme en rouge et l'homme en blanc, les servent.

Horus, Khnoum et Anubis boivent dans des coupes de cristal un breuvage couleur d'ambre. La nuit des éclairs est terminée, voici le jour. Pour eux, la longue veille commence… une attente d'une année, dans ce fort sombre et solitaire, jusqu'à ce que la date revienne, et que les pourvoyeurs ramènent d'autres victimes à offrir. Pour que pendant ces quelques heures revivent les morts. En attendant, rois d'un peuple de noyés, les anciens dieux se morfondent.

Voici que se lève Horus. Il a, lui aussi, un rite à accomplir. Il est le dieu du soleil comme Anubis est le dieu des cérémonies funéraires. À l'aube, il se doit de rendre grâce au soleil levant. Il regarde ses compagnons, et sans un mot, à pas lents et comptés, il quitte la pièce.

Traversant un couloir il arrive devant l'escalier qui conduit au toit-terrasse. En haut, il domine. Il voit sur la mer, en direction des côtes, un point. C'est le bateau de pêche du Maître. Alors, curieux, Horus fait pivoter la lunette dans cette direction et colle son œil glauque contre le verre. Il règle le point, et ce qu'il voit le rend perplexe.

Les deux jeunes filles offertes par les pourvoyeurs, et traitées suivant le rituel par Anubis, sont là, attachées contre le mât de la petite embarcation. Le vent fait joliment jouer leurs cheveux, leur peau nue est encore luisante d'écume. Arrachées aux grands fonds marins, Estelle et Edwige sont illuminées par le soleil du matin…

Prévenir Anubis ? Horus préfère se taire. Il ne peut arracher au soleil dont il est le dieu les proies soustraites aux noyés… De deux doigts distraits, Horus se gratte le bec… son bec de faucon. Que faire ? Cette situation inouïe ne lui est pas familière… rendre les Demoiselles à Anubis, au royaume des morts, en faisant naître une tempête qui arrachera les jeunes filles au bateau et les précipitera dans l'abîme ? Ne rien faire et laisser le Maître rentrer au port avec deux cadavres. Ce serait la solution la plus sage. Mais dans ce cas une sorte de défaite pour le soleil qui aura frappé en vain les corps liés au mât et exposés à ses rayons comme un cadeau…

Horus garde les yeux rivés à la longue-vue… il détaille les corps charmants… la grâce encore enfantine de leurs formes. Il faut que ces adolescentes, dont la beauté dévoilée l'émeut, consacrent la victoire du soleil. Tant pis pour Khnoum, tant pis pour Anubis. Il fera que les rayons réchauffent les petites mortes.

Sans quitter la lunette télescopique, il lève la main et fait claquer ses doigts. La Chimère annonciatrice de désastres vient se poser sur son épaule. Horus ouvre son bec de rapace. Aucune parole humaine n'est proférée, mais la bête chimérique a compris… elle s'envole à tire-d'aile vers la mer, vers le bateau du Maître, et le soleil joue sur ses plumes.

Épuisé, le Maître est à la barre. Face au soleil, ses Demoiselles sont exsangues et il perd tout espoir. Il ne sait pas s'il pourra survivre à leur mort.

Derrière lui, un point fond du ciel. Il n'entend pas venir l'affreuse Chimère, qui tout à coup enfonce ses griffes dans ses épaules et enfouit son visage humain et monstrueux dans son cou. La bête volante, comme un vampire, plante ses incisives dans la veine jugulaire du Maître, mais elle ne boit pas son sang, au contraire, elle lui inocule son venin, un puissant narcotique car le Maître lâche la barre et s'effondre inconscient sur le pont.

Livré à lui-même, le petit bateau de pêche commence à tourner en rond comme le radeau d'Aguirre. Il ne faut pas que le Maître voie...

Seul Horus a droit au spectacle du mystère qui se joue devant la lentille de sa lunette d'approche.

La Chimère s'agrippe soudain au mât, enveloppant de ses ailes le visage d'Edwige. La bête est tout contre la belle, et son visage humain, son visage asexué d'hermaphrodite s'approche... Ses lèvres effleurent la bouche scellée de la jeune fille, qui, comme si elle sentait dans un lointain conscient la caresse, s'entrouvre pour laisser passer non plus du venin, cette fois, mais un baume délicieux. La salive de la Chimère coule dans la gorge de la Demoiselle, et déjà l'oiseau est contre le visage d'Estelle qui elle aussi boit le liquide sauveur. À peine a-t-elle terminé que la Chimère prend de la hauteur, sifflant de sa voix aiguë la rage qui l'habite :

– Horus... dieu mécréant... sois satisfait : elles vivent, ces deux niaises... Anubis les voulait mortes... il avait raison... il fallait les laisser crever, pourrir comme les noyés. Vois, à cause de ta sotte pitié, leur sang caillé recoule doucement... regarde, un peu de rouge commence à teinter leurs figures... les petites gourdes reviennent... Ah, j'enrage de devoir t'obéir !

L'oiseau crache une dernière fois, et prend définitivement son vol en direction du fort. Sur la terrasse, Horus fait claquer son bec de faucon : une certaine satisfaction l'habite. Joie d'avoir humilié la Chimère, et plaisir d'avoir joué comme une farce à Anubis et Khnoum.

Il quitte son observatoire et, à pas lents, redescend vers l'intérieur du fort. Sans un mot, il regagne la pièce dans laquelle ses compagnons boivent toujours le liquide ambré que servent les pourvoyeurs. Il se rassied et, lentement, porte son verre à son bec. Il le vide d'un trait.

Personne ne vit le spectacle inouï de la résurrection des Demoiselles... Tout à coup le sang afflua à leurs visages et, en même temps qu'une couleur de vie se propageait sous leur peau, leurs têtes se redressaient. Comme à chaque éveil, elles restèrent quelques instants inconscientes. Puis le mental se remit en marche. La première chose qu'elles firent ce fut un bref échange de regards, ce coup d'œil complice et rassurant qui était leur habitude. Enfin leur corps se délia, elles sentirent les muscles jouer, la sensation d'exister revenir. Elles reprenaient possession d'elles-mêmes et leur espièglerie naturelle reparaissait :

–Maître, où êtes-vous ?

–On est là !

–Attachées au mât !

–Venez nous délivrer !

–On a faim !

–Et soif !

Le Maître fut tiré de son sommeil artificiel par les clameurs de ses Demoiselles, et ces cris étaient pour lui doux à entendre. Il se précipita, n'osant y croire.

Éblouissantes de soleil, elles étaient là, vivantes et criantes :

–Maître, coupez les cordes !

–On n'en peut plus !

Incapable de prononcer une parole, le Maître trancha les liens. Elles churent sur le pont, se relevèrent d'un bond et coururent vers un baquet d'eau qui se trouvait un peu plus loin. À genoux, elles penchèrent leurs têtes et burent à longs traits, étanchant leur soif comme si elles venaient de traverser un désert. Puis elles se relevèrent et cherchèrent des yeux quelque chose à manger…

Bientôt elles mordaient dans d'épais sandwichs que le Maître avait confectionnés pour elles. Le menton dégoulinant de mayonnaise, les joues luisantes de ketchup, la bouche pleine de salade, de rondelles de tomate et de petits morceaux de gruyère, elles regardaient le Maître et leurs yeux riaient. Alors le Maître, tout entier envahi par une hilarité incontrôlable, se mit à rire à haute voix. Et tous trois rirent tellement fort, haut et clair, que la Chimère qui volait vers l'île les entendit et grinça des dents de fureur, battant des ailes aussi vite qu'elle le pouvait pour s'éloigner et ne plus entendre ce rire insultant.

Sur le pont, dans les bras les uns des autres, le Maître et ses Demoiselles se tordaient littéralement de rire, incapables de reprendre leur sérieux, à en manquer de souffle.

Le bateau et son étrange équipage arrivèrent bientôt à la pointe du Grouin, très exactement là où les deux pourvoyeurs s'étaient embarqués avec Estelle dans son cercueil et sa robe bleue.

Et les rires redoublèrent, car il y avait là, attendant sagement, le vieux corbillard attelé à ses chevaux. Le Maître, Estelle et Edwige montraient du doigt, pliés en deux, l'attelage ahurissant. Un des chevaux piaffa de mépris.

Alors ce fut pire encore.

Il pouvait être neuf heures, et tous, malgré les sandwichs engloutis à bord, étaient avides d'un classique petit déjeuner. Une auberge voisine vit arriver un homme et deux jeunes filles en robes colorées, l'une bleue, l'autre jaune, tous trois dévorés par le fou rire, à bord d'un corbillard tiré par deux chevaux.

Les Demoiselles descendirent et revinrent bientôt, portant des croissants et du café au lait dans des gobelets. Le corbillard reprit son chemin.

Les trois conducteurs trempaient avec le plus grand sérieux leurs croissants dans les gobelets. C'était un spectacle incongru, et on les regardait passer avec gêne, car on ne savait pas s'il fallait rire ou se signer devant cette manifestation de l'au-delà.

L'improbable était de mise pendant cette journée.

En effet, en approchant de Dinan, le Maître et les Demoiselles étaient tout à leur joie.

Sinon, ils auraient pu voir une petite fille rousse, avec sur le nez d'énormes lunettes, sous le bras un cartable. Elle s'appuyait sur une sorte de bâton qui ressemblait au manche d'une faux.

Cette petite fille les regarda avec malice, riant sous cape, et s'éloigna vite en murmurant le refrain d'une chanson enfantine : « Qui craint le grand méchant loup… méchant loup… méchant loup… »

INTERMÈDE FINAL

Les aventures des Demoiselles de l'Étrange sont éternelles. Mais il faut bien conclure, même provisoirement. Où sont Estelle et Edwige aujourd'hui ? Où est le Maître ? Tous trois sont-ils toujours suivis par l'affection et la tendresse des habitants du monastère si loin, si proche pourtant, là-bas, au Ladàkh ?

Les Demoiselles sont peut-être à Istanbul, sur le pont de Galata, ou dans les ruines grandioses de la cathédrale Sainte-Sophie, glissantes silhouettes qui se faufilent entre les colonnes…

Déjà, on murmure que ce sont peut-être elles qui découvriront le secret de la base sous-marine de Bordeaux. Peut-être…

Mais ce qui est certain, c'est qu'au lendemain de leur aventure dans l'île des morts, elles se réveillèrent dans leurs lits à étage d'une humeur particulièrement enjouée. Comme d'habitude, elles mirent quelques instants à quitter leur état d'innocence et de simplicité pour reprendre leurs esprits et redevenir les Demoiselles. Et, comme toujours, la première chose qu'elles firent, ce fut d'échanger un coup d'œil…

Qui sont Estelle et Edwige ?

D'où viennent les Demoiselles, comment se sont-elles retrouvées à l'orphelinat d'où le Maître les a tirées ? Ont-elles une famille quelque part ? On ne sait rien, véritablement, de leur histoire à l'une et à l'autre.

Je crois que le Maître lui-même ne sait, et ne veut pas savoir, ce qui s'est passé « avant ».

Elles se levèrent, encore tout ébouriffées, les yeux lourds de sommeil. Pieds nus, en simples chemises de nuit blanches descendant jusqu'à terre, elles se dirigèrent main dans la main vers la cuisine.

À cette heure matinale, le Maître devait certainement méditer, ce dont elles s'assurèrent en allant coller une oreille indiscrète contre la porte de la bibliothèque.

De l'autre côté, le silence était « habité ». Estelle et Edwige sentaient la présence silencieuse du Maître. À pas de loup elles s'en retournèrent et prirent leur petit déjeuner sans faire de bruit, chuchotant entre elles. Avec gourmandise, elles tartinaient de beurre des petits pains au lait.

–Comme madame Mac'Miche dans *Un bon petit diable*, disait souvent le Maître en les voyant ainsi.

Mais les Demoiselles de l'Étrange ne répondaient rien, ne connaissant pas, et pour cause, la comtesse de Ségur et ne voulant pas avouer leur ignorance.

Après avoir avalé chacune deux petits pains au lait, les Demoiselles se regardèrent, l'air grave, peut-être même courroucé :

–Ça ne peut plus durer…

–Il faut lui dire. Ce matin.

–Tu as raison. Il comprendra…

–Comment veut-il que nous l'aidions dans l'état actuel des choses ?

–Pourtant, jusqu'à maintenant…

–C'est vrai, on s'est pas mal débrouillées, mais tout de même, on a failli disparaître je ne sais combien de fois.

–Pas seulement failli ! On est mortes toutes les deux, dans la dernière expédition. Pour un peu, on restait avec les noyés.

–Et tous ces démons monstrueux et méchants ! Avant l'île des morts, on a été tuées déjà, je crois me souvenir…

–Oui, oui, pétrifiées par Méduse ! On était statues de pierre !

–Avec ces mêmes chemises de nuit et on avait des nattes !

–On a surtout combattu des démons et des êtres bizarres, en effet…

–Andras et Triboulet… Méduse… la femme mystérieuse… le loup-garou… la femme chauve-souris… les pourvoyeurs… les dieux égyptiens…

–Heureusement il y avait des amis comme le professeur Ferne, Tùatha…

Elles se turent un instant, car dans leurs têtes il leur semblait entendre, venant de très loin, le refrain du grand méchant loup fredonné par la petite Ankou…

–Il ne peut pas nous refuser ça.

–Pour nous, ce serait un moyen de défense nouveau.

–Mais… est-ce qu'il aura le temps ?

–Tu crois que c'est long, toi ?

–Aucune idée. Oh, non, chez les enfants, ça prend deux mois, ou trois. Alors tu penses, chez nous qui sommes des grandes personnes…

Elle disait cela sans rire.

Elles rangèrent la cuisine et, sur la pointe de leurs petits pieds nus, elles traversèrent le long corridor sombre qui menait aux appartements du Maître.

Tout était silencieux. Elles écoutèrent si un son indiquant sa présence consciente les autorisait à se manifester. Mais rien.

–Peut-être qu'il s'est rendormi ?

–Pas à cette heure. Il médite. Ou il voyage.

–Il est peut-être au monastère ?

–Ça oui, c'est possible. Le voyage est facile, tôt le matin, quand les chemins mentaux ne sont pas encombrés…

Le Maître avait l'habitude de rejoindre par la pensée les fidèles du Ladàkh afin de s'entretenir avec eux, et de renouveler ses forces à leur contact. Il s'était lié d'amitié avec le très vieil homme dont seul le mental fonctionnait encore, et qui était intervenu en Belgique pour le remettre sur la piste des Demoiselles.

Estelle et Edwige attendirent. Sans doute leur présence fut-elle ressentie par le Maître, avec cette sensibilité étonnante qu'il avait, car au bout d'un moment, elles entendirent ses pas aller du fauteuil à la bibliothèque. Une minute plus tard, elles entraient sans frapper, sachant qu'il les attendait, et avec leur habituelle familiarité, elles posèrent sur la petite table près du fauteuil le plateau avec le thé.

Le Maître remarqua immédiatement qu'un vent de fronde soufflait dans la pièce. Et en effet, tout en servant le thé, elles attaquèrent :

–On a quelque chose à vous dire.

–Une chose capitale !

–Qui ne peut être remise à plus tard…

Il les regardait, amusé :

–Eh bien, je vous écoute.

Elles échangèrent un rapide coup d'œil. Maintenant leur agressivité tombait, et elles ne savaient trop comment s'y prendre.

–Alors voilà… dis-le, Edwige.

–Non, toi Estelle, tu parles mieux…

Le Maître intervint en souriant :

–Dites-le toutes les deux.

D'une seule et même voix, les Demoiselles de l'Étrange dirent, en regardant le Maître droit dans les yeux :

–On veut que vous nous appreniez à lire !

Il y eut comme un silence stupéfait. Puis elles ajoutèrent, mais cette fois timidement, comme implorantes :

–Et aussi à écrire… et compter…

Le Maître les regardait avec stupéfaction. Elles expliquèrent :

–On n'a jamais le temps, pendant les aventures, de tout raconter en détail. Quand on était dans le château de Ker-Goâl, enfermées, avec des marguerites empoisonnées qui nous tombaient sur la tête, on pouvait se sauver en lisant ce que Tùatha avait écrit sur la vitre… Et on savait pas. C'est Charles… enfin le professeur Ferne qui est intervenu. Sans ça on était perdues. Vous saviez pas, hein ?

Le Maître prit la parole :

–En effet. Les détails de vos aventures dans le château m'étaient inconnus. Ainsi vous êtes bien évidemment illettrées. C'est logique : on ne pouvait rien vous apprendre, avant. Vous étiez... enfin je veux dire votre esprit était...

Le Maître s'empêtrait, mais les deux jeunes filles avaient la lucidité qu'il fallait :

– Vous pouvez le dire, on était idiotes, hein ! Mais maintenant ?

– Maintenant vous êtes les Demoiselles de l'Étrange.

– Et des Demoiselles qui ne savent ni lire ni écrire, c'est navrant.

Le Maître parut réfléchir, puis conclut :

– Vous avez raison. Je vais donc vous enseigner la lecture et l'écriture.

Les yeux des Demoiselles brillèrent, elles sourirent de toutes leurs dents et s'assirent en tailleur devant le fauteuil dans lequel le Maître prit place.

Il les regarda. Elles étaient attentives, suspendues à ses paroles. Il pensa qu'il ne les avait jamais autant aimées qu'en cet instant.

Il commença :

– Répétez après moi. BA, BA. B E, BE. B I, BI. B O, BO. B U, BU...

LA RÉSURRECTION DES DEMOISELLES

« Mon Dieu, comment percer la nuit qui s'est faite dans cette intelligence, comment m'y prendre... ? »

Pierre Loti,
Fantôme d'Orient.

LA COUR DE RÉCRÉATION

C'est une grande cour fermée par les murs des bâtiments administratifs d'un côté, les dortoirs et le réfectoire de l'autre. Les douches au milieu. Cette cour est un long rectangle de terre battue, dure, sèche, grise.

Au centre s'élève un arbre. Un tilleul, peut-être.

Certains pensionnaires vont et viennent, d'autres parlent entre eux ou jouent à des amusements simples. Mais la plupart sont solitaires, chacun de son côté, sans contact, sans éveil.

L'une est assise contre le mur le plus éloigné de la porte par laquelle on entre dans la cour de récréation. Au-dessus d'elle, les fenêtres de la salle de réunion des éducateurs.

Elle a les jambes pliées, genoux relevés. Ses avant-bras sont posés sur ses genoux, ses mains pendent. Elle est tête basse, ses cheveux retombés en avant dissimulent totalement son visage. Elle regarde ses pieds nus dans des sandales, les plus simples, des tongs.

L'autre au contraire a le visage relevé vers le ciel. Elle est assise au pied de l'arbre, adossée au tronc. Ses jambes sont elles aussi pliées, mais ses mains tiennent les genoux, bien serrées.

L'une et l'autre sont inexpressives.

Elles ne se voient pas.

Dans la cour de récréation, une quinzaine d'adolescents errent.

Parmi eux, une seule est assise contre le mur du fond. Une seule est assise au pied de l'arbre. N'était la différence des positions de tête, on pourrait dire qu'elles se ressemblent un peu.

Elles portent la tenue commune à tous les pensionnaires de cette institution pour mineurs mentalement déficients. Une longue chemise de toile écrue ou blanche pour les filles, un survêtement bleu pour les garçons.

Celle qui est tête basse a été trouvée marchant en traînant les pieds, épuisée, sale, incohérente et muette, sur le plateau du Larzac, à des kilomètres de toute habitation. Elle avançait, indifférente, entre les explosions, en plein champ de tir militaire.

L'autre, celle qui a le visage levé vers un ciel qu'elle ne voit pas, était allongée sur une porte en bois qui flottait, dégondée, à la dérive, au milieu d'une large rivière, entraînée aux gré du courant. La passagère était sur le dos, bras ouverts, une de ses mains trempait dans l'eau.

La porte qui lui servait de radeau portait des traces d'incendie.

Les bords étaient noircis par le feu, calcinés.

Cette rivière était loin des Cévennes, elle descendait du nord, se faufilant entre les anciens villages miniers, venant de Belgique.

Rien ne semble les rattacher l'une à l'autre, mais elles se trouvent ici toutes deux, car cette institution regroupe les adolescents non identifiés, non réclamés, sans nom, sans adresse, sans famille, ceux dont on ne sait pas qui ils sont ni d'où ils viennent.

Ces deux-là ont peut-être quatorze ans, ou quinze, ou seize. Comme dans les romans pour midinettes, elles avaient chacune un petit mouchoir blanc, et c'est tout, mais sur chacun des mouchoirs était brodé un prénom. Le leur, ou celui d'une autre.

Sur le mouchoir de l'étrange promeneuse du Larzac était brodé « Estelle ». Sur celui de l'énigmatique passagère de la rivière était brodé « Edwige ».

La récréation de l'après-midi avait lieu dans cette cour quand le temps ne permettait pas de sortie organisée dans la campagne.

C'était un moment de liberté, et les inconnus pouvaient porter leurs regards où ils voulaient, sur qui ils voulaient, sans contrôle, sans surveillance…

Ce jour-là il arriva qu'Estelle releva lentement sa tête basse, et qu'au même moment, comme un fait exprès, Edwige baissa sa tête levée.

Leurs regards se croisèrent.

Leurs yeux plongèrent les uns dans les autres.

Et s'arrêtèrent : elles se regardaient. Et elles maintinrent cet échange, cette rencontre, délibérément.

Il s'agissait maintenant pour elles de se rejoindre, c'est-à-dire se lever, se mettre en marche, traverser la cour l'une vers l'autre, sans aide aucune, et surtout sans voir où elles mettaient les pieds, car il n'était pas question qu'elles se quittent des yeux. Elles avaient bien trop peur de se perdre, que l'autre s'échappe ou disparaisse.

En s'aidant de ses mains appuyées contre le tronc de l'arbre, faisant jouer les muscles de ses cuisses, Edwige se releva, meurtrissant son dos à l'écorce. De son côté, ses mains à plat contre le mur, Estelle se mettait debout.

Commença alors une lente avancée, à petits pas hésitants, comme dans la salle de gymnastique l'enfant qui pour la première fois marche sur la poutre. Les yeux dans les yeux, ne voyant que le regard de l'autre, elles traversèrent la cour et se rejoignirent. Elles restèrent là, face à face, presque l'une contre l'autre, ravies.

À ce moment sonna la cloche annonçant la fin de la récréation.

Dans le dortoir des filles, le dortoir A, Edwige a les yeux ouverts. Et dans le dortoir B, qui se trouve à l'autre bout du couloir, Estelle ne dort pas.

Un mystérieux échange de regards intérieurs les tient éveillées. Quelque chose fait qu'elles repoussent draps et couvertures, se lèvent et, sur la pointe des pieds, quittent leurs compagnes endormies.

Dans le couloir obscur, chacune voit le petit fantôme blanc qui glisse à sa rencontre, et elles se retrouvent de nouveau face à face. Ravies cette fois encore, elles s'examinent, se détaillent, s'emplissent le cœur l'une de l'autre. Estelle, la première, lève timidement la main droite et avec la paume ouverte caresse les cheveux d'Edwige. Puis, s'enhardissant, elle y plonge ses doigts écartés, joue avec leur souplesse et leur longueur.

Comme les siens, ils descendent aux épaules. Elle prend la main d'Edwige, la guide vers sa propre chevelure. On dirait qu'elles refont connaissance avec des parties d'elles-mêmes jadis familières. La sensation qui les fait tout à coup trembler d'une émotion bizarre est la même que celle qui, tout à l'heure, a uni leurs regards.

Maintenant elles savent qu'elles se connaissent, depuis longtemps, depuis toujours peut-être. Leurs esprits bloqués s'entrouvrent, comme un murmure à peine audible, le souvenir d'Estelle s'insinue dans l'esprit d'Edwige, la pensée d'Edwige se faufile dans le conscient d'Estelle.

Elles se prennent par la main et se mettent en marche, pieds nus, en chemises de nuit claires, gagnent l'escalier qui mène vers le hall et la porte d'entrée. Comme elles descendent les marches, silencieuses, elles échangent un regard afin de se rassurer mutuellement, de vérifier la constante présence de l'autre. Elles sont devant l'entrée. Toutes seules, leurs mains trouvent le moyen d'ouvrir verrous, de tourner gâche, d'entrebâiller porte, et les voici dehors, légères dans le froid de la nuit. Elles se sauvent, pointe des pieds, coup d'œil complice, main dans la main.

La brume diaphane qui annonce l'aube les enveloppe, les cache.

Comme retentit au loin le premier chant du coq, les demoiselles évadées, Estelle et Edwige, une fois encore disparaissent.

C'est vers midi qu'on les a trouvées.

Sur la route conduisant au village, et qui passe à quelques centaines de mètres de l'institution.

Elles étaient immobiles, comme des statues, main dans la main, le regard vague perdu au loin, on ne sait où. En plein milieu de la départementale. Les voitures qui passaient dans l'un ou l'autre sens devaient les contourner, actionnant avec colère leurs avertisseurs. Mais elles semblaient indifférentes aux bruits.

Des gamins leur lançaient des pierres. En riant et se moquant d'elles. Mais elles ne bougeaient même pas, comme inertes, mortes, perdues dans une sorte de contemplation intérieure.

On sépara doucement leurs mains et on les reconduisit, l'une au dortoir A, l'autre au dortoir B.

Rien ne semblait avoir changé pour ces deux absentes. Pourtant, l'après-midi, quand elles furent à nouveau dans la cour de récréation, elles s'aperçurent et aussitôt, de leur pas maladroit, se rejoignirent. En silence elles s'assirent sous l'arbre, contre le tronc, s'appuyant l'une contre l'autre. Et cette fois encore leurs regards se perdirent au loin.

Juste avant, elles parurent échanger un rapide, très rapide, à peine perceptible coup d'œil, comme pour s'assurer de leur mutuelle présence. Ce fut tout. Et on les laissa comme elles étaient.

Timidement, à voix basse, hésitante, avec une infinie délicatesse, pour ne pas heurter, blesser, une phrase entra dans la tête d'Edwige. Elle était déposée par Estelle, comme un cadeau : « Qui es-tu ? » Edwige se répéta cette phrase, ce lien, ce contact, submergée de joie. Puis à son tour elle déposa quelques mots dans l'esprit d'Estelle : « Je ne sais pas. »

Elles se turent. Déjà elles ne se souvenaient plus de ce qu'elles venaient de dire. Ni où elles étaient, encore moins qui elles étaient et ce qu'elle faisaient l'instant d'avant. Toutes deux étaient tête basse, essayant en vain d'écarter le flou de leur absence, le vide qui les entourait. Il n'y avait même plus de coup d'œil échangé, de mains qui se prennent. L'une et l'autre étaient retombées dans cet état intermédiaire qui était le leur lorsque, chacune à un bout de la cour de récréation, elles s'étaient aperçues. En quelque sorte reconnues.

Leurs pauvres facultés se remettaient en marche, s'accrochant à une espèce de désir, à l'espoir insensé qu'une autre tentative était possible.

Elles savaient qu'elles s'étaient parlé, juste trois ou quatre mots chacune, mais leur mémoire atrophiée, bloquée, figée ne gardait aucune trace de ce qu'elles s'étaient dit.

Elles relevèrent la tête. Estelle tourna son visage défait, blanchi par l'effort, en direction d'Edwige. Celle-ci devina ce mouvement et à son tour dirigea son regard vers sa compagne.

Leurs yeux vides se fixaient tandis qu'une douleur insupportable serrait leurs têtes comme un étau. Les mains aux tempes, elles se mirent à geindre...

Bientôt, un soignant vint leur donner à chacune deux cachets.

Soulagées en apparence, elles retombèrent dans leur apathie.

Quelque part leurs souvenirs étaient enregistrés. Dans quelle mémoire endormie, dans quel inconscient bousculé par le désir de s'exprimer, de sortir au grand jour ? Comme le nageur sous-marin qui tout à coup frappe de ses pieds pour remonter et, pendant la trop longue ascension vers la surface regarde désespérément le soleil dont la clarté se reflète au-dessus de lui, Estelle et Edwige gardaient le commun éblouissement de la rencontre de leurs yeux. Ce qui s'était produit faisait tout doucement ressortir un passé enfoui, toute une vie préalable à cet instant, vie dont elles ne savaient plus rien mais qui expliquait sans doute l'errance sur le plateau du Larzac, tête basse et esprit fermé, la descente de la rivière du nord, visage vers le ciel, mental clos.

Vaguement, elles sentaient qu'elles avaient existé ; que tout ne commençait pas dans cette cour de récréation, que dans un lointain informulé et vague elles se connaissaient, elles se parlaient.

Peu à peu, le vouloir de ce passé prenait forme. Le désir de le retrouver, de le regarder, de le toucher comme une chose vivante. Il ne pouvait être que merveilleux, ce temps où elles se parlaient, ou elles agissaient de concert, puisque était merveilleux le tout minuscule instant d'éveil qui les avait caressées à l'instant de leurs retrouvailles.

Ils les laissaient tranquilles.

Peut-être avaient-ils compris, qu'ensemble elles faisaient ce qu'elles pouvaient pour déchirer la brume, illuminer leur nuit noire.

À leur rythme à elles, certaines choses se mirent en place, comme des repères. D'abord elles se levèrent, et refirent toutes deux, l'une à côté de l'autre, le trajet de l'arbre au mur, s'arrêtant la face contre le béton, avec juste au-dessus les fenêtres de la salle de réunion des éducateurs.

Puis elles tournent et reviennent jusqu'à l'arbre. Elles s'asseyent. Enfin, leurs doigts se mêlent et se serrent. Pendant que dure cette déambulation d'un point à un autre, chacune reçoit fortement la présence de sa compagne, et c'est ce qui permet la coordination des deux gestes simples, indispensables : entremêler les doigts, serrer. Ne plus bouger, ne plus remuer, juste tenir.

Comme le soleil descendait, ses rayons rouges éclairèrent la cour de récréation d'une bizarre teinte pourpre et or. Dans cette réverbération brillante, quelque chose dansait devant Estelle, un peu plus loin, sur la terre battue. Quelque chose qui la regardait, tournoyant pour attirer son attention. Elle fit un effort et enfin reconnut une petite fille du temps jadis, qui sautait à la corde… « La plus jolie petite fille que l'on puisse imaginer. De longues anglaises blondes tombaient sur ses épaules. Elle portait une robe à volants, avec de multiples fanfreluches, de petits souliers vernis, des gants blancs. Ses immenses yeux bleus, candides, fixaient Estelle, et sa bouche rouge comme une cerise, s'ouvrait en un sourire bienveillant. »

Bouche bée, Estelle regardait la fantasmagorie, et dans sa tête passaient des images de château, de statues, de jets d'eau…

Était-ce son passé qui revenait ? Elle tourna la tête, instinctivement, vers Edwige, serrant un peu plus fort ses doigts entre les siens. Mais Edwige était indifférente, et quand Estelle regarda à nouveau la cour, la petite fille sautant à la corde avait disparu.

Il se passa alors ceci : comme une très ancienne histoire était reparue devant Estelle, un phénomène identique arriva à sa compagne.

Tout à coup Edwige parla. Non plus en glissant les mots silencieux dans la tête d'Estelle, mais en remuant les lèvres, en proférant des sons. À voix basse, Edwige dit : « Je suis morte. »

Elle dit cela tristement, comme une constatation, le regard flou, sans fixer rien ni personne, sans s'adresser à quelqu'un en particulier, elle-même ou Estelle. C'était une phrase qui sortait de ses lèvres, faisant suite à d'autres phrases que l'on n'avait pas entendues, qui n'avaient pas été proférées intelligiblement.

Avec une sorte d'arrachement de tout son être, Estelle parvint à franchir la brume qui l'emprisonnait, et à fixer une sorte d'attention sur Edwige.

Elle se leva toute droite, forçant l'autre à suivre son mouvement. Elles se trouvèrent ainsi debout, face à face, l'une tenant fermement les mains de l'autre. Estelle regardait Edwige de tous ses yeux grands ouverts, terrifiée par le mot « morte » dont elle ne comprenait pas le sens, mais qui la glaçait.

Edwige, tête basse, remuait les lèvres sans chercher à former le moindre mot, dans une attitude de parfaite idiote. Un peu de salive coulait du coin de sa bouche.

Estelle fit un pas en avant. Edwige laissa ses bras se plier, ne faisant aucun mouvement pour reculer.

Elles étaient l'une contre l'autre. Estelle affolée, ne pouvant plus retenir dans son esprit déréglé la suite logique des événements, inversa ses actions. Elle recula d'un pas, puis d'un autre. Les bras de l'une et l'autre se tendirent. Estelle marcha à reculons, Edwige suivit. Les deux jeunes filles, bras tendus, mains serrées, traversèrent la cour dans cette étrange attitude. Estelle reculait en guidant Edwige qui mettait un pied devant l'autre avec une allure égale, ce qui fit qu'elles ne tombèrent pas. Les autres s'écartaient sur leur passage…

La cloche mettant fin à la récréation sonna, interrompant ce lent retour à la conscience. La troupe cahotante des sans-nom fut dirigée vers le réfectoire où ils entrèrent en se dandinant.

Le hasard voulut qu'Estelle et Edwige se retrouvent chacune à une table loin l'une de l'autre.

Leur nuit, une fois encore, les recouvrit.

L'éveil était le moment le plus troublant.

Celui où l'esprit basculait, détraqué, dans le néant.

Mais pendant un bref instant, il se faisait une ouverture, une trouée dans leur nuit. Elles étaient, l'une comme l'autre, sur le point de tout retrouver, tout reconnaître, les souvenirs affluaient, la mémoire se remettait en marche, avant que disparaisse à nouveau sens et signification, que le vertige les fasse tournoyer dans un chaos qui s'éloignait, rapetissait, s'amenuisait, ne laissant qu'un vide et une absence mentale ainsi que cette douleur dans la tête.

Douleur qui finissait par les terrasser chaque fois qu'elles essayaient de ramener vers elles les images immédiates de l'éveil, disparues mais dont une trace bouleversante demeurait.

On avait fini par les classer dans la catégorie des idiotes du village, incurables, non évolutives.

Mais on n'avait pas su voir que la pensée d'Estelle se mouvait lentement, que doucement elle s'organisait, s'orientait, se reformait autour de la phrase qu'Edwige avait dite : « Je suis morte. »

Au bout de quelques jours, au milieu de la nuit, dans la torpeur du dortoir B, Estelle ouvrit les yeux. Elle avait conscience de sa propre présence. Elle avait conscience d'elle-même, de son existence matérielle. À haute voix, elle dit : « Je suis vivante. »

Elle se leva, l'image d'Edwige seule, morte, abandonnée dans le dortoir A, était devant ses yeux, même quand elle les fermait.

Sa mémoire effacée se reformait pour lui envoyer les scènes étrangères à son présent de demeurée, des scènes de vie, qu'elle savait avoir vécues.

Château, trains, bateaux, dolmens et menhirs valsaient tout autour d'elle... Une gamine conduisant une charrette, les rênes dans une main, une faux dans l'autre et des corps entassés derrière elle, passa devant son regard. Et elle sourit car cette gamine macabre était une amie.

Elle sait qu'elle existe. Et comme pour l'en persuader, un refrain enfantin lui vient aux lèvres. Elle se lève, et traverse le dortoir en fredonnant d'une voix encore mal assurée : « Qui craint le grand méchant loup, méchant loup, méchant loup... » et pour la seconde fois elle se retrouve dans le couloir sombre qui conduit au dortoir A.

Edwige est elle aussi debout. Mais au pied de son lit, elle vacille sur ses jambes frêles comme si elle n'avait pas la force de se mouvoir, elle titube, elle doit se retenir au montant du lit. Quelque chose la prévient qu'Estelle, ce mystérieux personnage qui s'attache à elle, dont elle ne se souvient pas mais qui la fascine, comme un élément d'elle-même, vient d'entrer dans son dortoir. Elle tourne la tête, la voit. Bientôt elle arrive, la prend part le bras et, la soutenant, l'emporte vers l'escalier.

Elles ne sortent pas, elles ne fuient pas, mais au contraire elles gagnent leur place habituelle, ce coin qui les sécurise car c'est là qu'elles se sont vaguement reconnues l'autre jour : l'arbre au centre de la cour de récréation. Il fait un peu froid, il y a un vent léger, et seule la lumière nocturne baigne le rectangle de terre battue. Au-dessus de l'arbre, une lune blanche et pleine, toute ronde, crée des ombres fantomatiques.

Elles sont assises sous l'arbre. Dans une posture qui n'est pas tout à fait celle d'une simple d'esprit. Jambes pliées, encerclées par les bras, le menton sur les genoux. Elles regardent droit devant elles, mais leurs esprits viennent timidement à la rencontre l'un de l'autre.

Des mots s'enchaînent qu'elles n'osent pas encore prononcer à haute voix. Des mots qui décrivent des images sans suite, sans logique, incompréhensibles si ce n'est que ces images sont vécues, ressenties dans leurs souvenirs.

C'est comme une agonie qu'elles subissent, la résurgence d'un passé dont elles ne soupçonnaient pas l'existence, un passé impossible pour les deux idiotes du village. Elles subissent ce flot de visions qui se bousculent devant leurs yeux égarés, leur bouche ouverte de stupeur : c'est l'irrésistible montée de la mémoire en désordre, des souvenirs qui se chevauchent sans logique, c'est la brume qui s'évapore, se dissipe, se fond dans une lumière insoutenable. Elles portent leurs mains à leurs tempes battantes. La douleur est dans leurs têtes, hurlante, frénétique, tournoyante.

Elles perdent connaissance, et tombent lentement sur le côté.

On a compris qu'un lien inconnu unissait Estelle et Edwige. On a décidé de les installer dans une chambre avec des lits côte à côte. Si bien que pendant la nuit, il suffit que la main de l'une pende du lit pour qu'automatiquement, sans réfléchir, l'autre la saisisse et la serre…

Leurs visions d'elles-mêmes dans le passé arrivent comme des appels d'air, l'air du large, qui les enivre. Mais les parcelles de souvenirs, la mémoire morcelée et en désordre reste incohérente. Elles comprennent qu'un jour, elles étaient dans ce château, qu'à un autre moment, elles ont vu cette gamine assise sur ce dolmen, avec son cartable et ses livres de classe, et aussi sa faux et sa charrette. Elles se souviennent que ce piano dans le cimetière, près de la tombe d'une petite fille, jouait pour elles. De cela, oui, elles se souviennent. Cette image insolite leur est familière, mais le contexte reste étranger : qui jouait, pourquoi étaient-elles là, qu'est-il arrivé ensuite ?

Leur esprit ne peut que recevoir les images de leur vie, pas les provoquer ou les ordonner. Elles subissent. Et quand les images s'en vont, elles ne peuvent les retenir et retombent dans leur léthargie. Seuls les coups d'œil qu'elles échangent parfois, très vite, furtivement, et leurs mains qui se serrent, montrent que ces deux noyées ne sont pas tout à fait ensevelies.

Elles ne parlent pas.

Entre elles, il y a cette symbiose des pensées qui fait que malgré le vide intérieur qui les accable, elles sont toujours installées dans la tête l'une de l'autre, chacune perçoit immédiatement ce que perçoit l'autre. La pression de leurs mains aux doigts entremêlés renforce cet état dont nul ne se doute, qui est leur propriété.

Elles vivent maintenant avec cette certitude, et c'est tout ce qu'elles ont lorsqu'elles se retrouvent, incapables de surmonter leur hébétude : « Nous sommes vivantes quelque part. Nous avons connu une existence, une pensée, une action. Cette existence, cette pensée, cette action, tout cela est enfoui et remonte en désordre à la surface. C'est un appel, un jour nous seront capables de saisir ces images, de retrouver le sens des choses, nous renaîtrons dans un réel qui nous permettra de tout comprendre. Notre mémoire commune s'ouvrira sur nos souvenirs. »

Elles parviennent à vivre avec ces moments d'exaltation, et ces longs passages prostrés. Mais quand les images les assaillent, leurs têtes souffront, leurs tempes battent à en éclater, et la douleur souvent leur fait perdre conscience et tomber là où elles sont, inertes.

Au réveil, après une connaissance éblouissante d'une fraction de seconde, pendant laquelle tout leur est montré, mais dont le souvenir s'efface instantanément, elles ont une longue période d'absence. Elles regardent sans paraître comprendre, d'un air morne, les allées et venues sans but des autres pensionnaires. Et c'est quand personne ne les observe qu'elles risquent entre elles un bref échange de regards.

Les autres les considèrent comme « différentes ». Sous leur aspect enfermé, on devine leur lent éveil, le retour à la vie oubliée, la résurrection des souvenirs morts.

Il y a une sorte d'attente calme, lorsqu'elles sont closes, qu'aucune pensée ne les habite, à l'instar des autres pensionnaires. Mais tout à coup, le mal de tête lancinant arrive, les arrachant à cet état de non-pensée, d'absence, pour les ouvrir au déferlement des images. Et c'est une fois encore des compositions visuelles qu'elles reconnaissent pour les avoir déjà vues, éprouvées, vécues, mais sans pouvoir véritablement identifier et ordonner. Certains rêves précédant le réveil ont cette angoisse de la reconnaissance qui pourtant reste obscure. Des personnages paraissent, que l'on sait connaître, mais dont les visages restent cachés, rendant impossible toute véritable identification. Ainsi Estelle et Edwige sourient en voyant une petite chambre de jeune fille avec des lits à étage, puis une bibliothèque immense avec des livres jusqu'au plafond, un lutrin… Mais qui habite cette chambre de demoiselle ? Qui se penche sur le volume médiéval ouvert sur le lutrin ? Cette haute silhouette qui leur tourne le dos, elles savent que c'est un compagnon aimé. Qui ? Et là, cette tour en plein Paris, la tour Saint-Jacques, elles s'en souviennent bien sûr, sans doute y sont-elles un jour allées. Mais quand ? Pourquoi ? Que fait cette tour bizarre dans ce minuscule espace de leur mémoire qui vient de s'entrouvrir ? Et ces carcasses de bateaux, ces silhouettes qui rampent, cette sourde mélopée qui vient des profondeurs… Là-bas une forme humaine au visage de rapace impassible est debout… tournée vers un cercueil posé sur le sable et que la marée montante caresse. Il y a quelqu'un dans ce cercueil… Mais juste au moment où elles vont deviner qui s'y trouve, où la vérité se précipite vers elles, où elles vont comprendre, où leur esprit va s'ouvrir en grand, au moment où elles savent connaître le contenu de ce cercueil, la douleur qui frappe contre leur front devient insoutenable, intolérable. Elles portent les mains à leurs tempes, elles gémissent et retombent dans leur néant habité d'une douleur qui tout doucement rapetisse, diminue, s'éloigne, disparaît, emportant leur lucidité.

Dans le réfectoire silencieux, le hasard a fait que cette fois elles sont assises côte à côte sur le banc de bois, tournant avec ensemble les cuillères dans les bols de café au lait.

Sans se regarder, si ce n'est un très rapide coup d'œil, les yeux sur le liquide qui tourne, mélangeant le breuvage avec le sucre en poudre, elles sont à l'écoute l'une de l'autre. Edwige dit :

–Qui est dans le cercueil ?

Estelle répond :

–Nous le saurons peut-être la prochaine fois.

C'est tout, mais il devient évident qu'elles ont vu les mêmes choses, au même moment, de la même manière. Ces images qui accompagnent la douleur de leurs têtes sont identiques pour Edwige et Estelle. Et elles ne s'en étonnent pas. Le dialogue qui s'est instauré, une phrase un jour, une autre qui répond quelquefois une semaine plus tard, est infini.

Tant que durera cette lente remontée de l'abîme durera le dialogue sans fin.

Ce qui émane de ces jeunes filles est perçu alentour.

La plupart s'écartent, mais quelques-uns s'approchent au contraire et, à quelques pas, n'osant les rejoindre, observent.

Une jeune femme d'une trentaine d'années est là, ses cheveux bruns sont dépeignés, en broussaille sur ses épaules. Elle porte une simple robe noire, et elle paraît fascinée par ce qui déchire les Demoiselles assises une fois de plus sous l'arbre au milieu de la cour de récréation.

Elle ne peut pas participer au dialogue, son esprit est mort, et lui, jamais il ne renaîtra. Mais elle est vivante, et la vie en elle est toute d'amour informulable pour les malheureuses qui souffrent un peu plus loin, s'agrippant désespérément au puzzle des souvenirs.

C'est jour de promenade. La triste cohorte des ensevelis avance à pas lents sur le chemin, dans la campagne boisée, vers la montagne qu'elle n'atteindra pas.

Le chemin grimpe, les cailloux roulent sous les pieds maladroits. Estelle et Edwige marchent les dernières, se tenant par la main, s'assurant l'une de l'autre par de fréquents coups d'œil.

Le mal cogne dans leurs têtes, régulier, épuisant, mais supportable : il ne fait pour l'instant qu'annoncer les images qui lentement vont se faire jour, et leur rappeler qu'elles possèdent quelque part des souvenirs encore intraduisibles. Une mémoire qui tourne sur elle-même et leur jette ces fugitives représentations de ce qui fut leur vie de vivantes.

Sans savoir pourquoi, elles se laissent distancer. On ne remarque pas qu'elles restent en arrière, et bientôt elles sont seules sur le chemin.

Le bruit des pas s'est estompé, il ne reste que le vent qui remue la cime des arbres, le martèlement d'un pivert dans les bois, une fuite furtive dans les fourrés, leurs propres pas sur les cailloux.

Elles se taisent, n'échangent même plus de regards, car elles ne voudraient pas manquer ce que leur douleur annonce, battant plus fort à leurs tempes : quelque chose en rapport avec leurs souvenirs enfouis est là, qui attend leur passage. Elles tremblent de ne pas reconnaître cette chose.

C'est un petit cimetière de campagne, vieux, ancien, certainement abandonné depuis des années. Une grille battante, rouillée, entrouverte, en indique l'entrée. Les quelques rangées de tombes sont simples, des croix en fer dressées sur des pierres tombales moussues. Quelques tombeaux. Tout cela n'a pas été visité depuis… Quelle mémoire le leur dira ?

De l'autre côté de la grille se trouvent quelques dizaines de ces hautes marguerites blanches dont les tiges urticantes atteignent un mètre.

Toutes deux sont pareillement émues à la vue de ces fleurs et, machinalement, elles passent les bras à travers la grille et tendent les mains vers elles… Les marguerites sont hors d'atteinte. Seulement, il est facile d'entrer, il suffit de pousser la grille et de faire deux ou trois pas en avant.

Les deux malheureuses, hagardes, cherchent dans leur esprit vide et souffrant, le moyen de coordonner les gestes nécessaires. Elles y parviennent, et entrent délibérément, allant droit sur les fleurs. Faire cet effort a augmenté la douleur qui envahit tout l'intérieur de leurs têtes. Elles ouvrent la bouche pour hurler… Les voici assises, devant les fleurs, reprenant leur respiration comme après une course. La douleur s'est atténuée, laissant le calme revenir.

Derrière elles, un bruit attire leur attention. C'est un lapin de garenne qui fuit, sautant de tombe en tombe pour disparaître dans les fourrés. Mais cette manifestation de vie déclenche en elles, par une étrange association d'idées, l'image de la mort liée à ces fleurs qu'elles contemplent avec anxiété. Elles savent confusément que jadis ces grandes marguerites blanches se trouvèrent sur leur chemin… et que chaque fois cette rencontre était liée à la mort, vaincue ou victorieuse, amie ou ennemie. Tout à coup le rideau s'ouvre, la lumière se précipite vers elles. Estelle et Edwige vont savoir, car la reconnaissance est là, elle va les toucher, déjà leur esprit s'y baigne, l'évidence les submerge, elles tournent la tête l'une vers l'autre et au moment où elles vont enfin découvrir qui elles sont, se souvenir chacune de la vérité de l'autre, la douleur éclate dans leurs têtes en même temps que retentissent les appels des éducateurs à leur recherche.

Bientôt les promeneurs du pensionnat s'en retournent, les bras chargés de jonquilles dorées. Seules parmi eux, Estelle et Edwige, tenant chacune une longue fleur blanche, semblent égarées.

Les marguerites sont fanées et traînent, oubliées, dans un coin de la cour de récréation. Assise sous l'arbre avec Edwige, Estelle les aperçoit. Elle n'y prête pas garde, elle ne sait déjà plus que la veille, ces fleurs évoquaient pour elles un peu de leur mémoire enfuie.

La jeune femme en robe noire s'approche et les regarde. Elle remarque que le visage d'Estelle bouge, que son regard se promène, tandis qu'à ses côtés Edwige reste immobile, enfermée. Cette femme tend les mains à Estelle. Elle l'aide à se relever, puis, la tenant par un bras, l'attire vers un autre coin de la cour, l'éloigne d'Edwige. Il lui semble qu'Estelle lui ressemble, que leur éveil est le même.

Elles arrivent contre le mur du fond, celui-là même qui se trouve sous les fenêtres de la salle de réunion des éducateurs, là où se tenait déjà Estelle avant de rencontrer le regard d'Edwige. Elles s'asseyent et ne bougent plus.

Sous l'arbre, Edwige donne un coup d'œil sur sa gauche. Là devrait être quelqu'un ou quelque chose. Mais il n'y a rien ni personne. Comme son regard ne lui est pas rendu, Edwige retombe dans le vide.

Chacune oublie l'existence de l'autre.

Chacune retombe dans sa solitude d'avant.

Le dialogue intérieur cesse. Toute tentative de communication, toute remontée du gouffre s'arrête. En même temps que se referme ce qui s'entrouvrait, disparaît la douleur de la tête, le martèlement des tempes. Il n'y a plus qu'un état de non-être calme et lourd.

Dans le sombre et silencieux dortoir B, Estelle s'éveille au milieu de la nuit. Pourquoi ? Pour qui ? Une faible lueur de lucidité la fait se souvenir d'une nuit semblable à celle-ci, toute proche. Elle se levait, elle sortait, et dans le couloir quelqu'un venait à sa rencontre. Une petite fille… non, une adolescente comme elle, ou une jeune femme en robe noire… ou… déjà elle ne sait plus. Il y avait quelqu'un, peut-être, qui venait, qui l'attendait. Mais qui pourrait attendre Estelle, personne ne la connaît, tous ceux qui vivent ici ne sont qu'étrangers sans nom, créatures indifférentes, éloignées, inexistantes, floues, transparentes.

Pourtant… il y a un être… une chose… une autre elle-même, qui existe, qui appelle… Comme elle s'accroche à cette sensation, la maintient, l'agrippe pour l'empêcher de fuir, revient, sournois, douloureux, le mal familier qui gratte l'intérieur du front, racle les tempes. Il n'y a plus que cette douleur, et Estelle vaincue repousse sa pauvre bribe de mémoire, son tout petit souvenir d'Edwige, pour sombrer dans un sommeil sans rêve.

À l'autre bout du couloir est le dortoir A.

Quelque chose s'est glissé dans le demi-sommeil d'Edwige. Une chose qui la cherche, qui espère son existence, qui la sollicite. Mais l'esprit d'Edwige est comme mort. Elle n'a pas la force de s'ouvrir à cette timide recherche de quelqu'un qui lui ressemble. Tout ce qu'elle peut faire, c'est rester immobile et vide, c'est laisser couler sur ses joues les larmes du désespoir et de l'abandon.

Un des médecins décide une confrontation. Il voudrait faire cette dernière tentative pour enrayer ce qu'il appelle une « phase de régression » : il voudrait que se reproduise ce qui les a rapprochées, l'autre fois, dans la cour de récréation. Il pense qu'elles ne se connaissaient pas « avant », malgré les mouchoirs aux prénoms brodés de même manière.

Estelle est assise devant son bureau. On fait entrer Edwige que l'on assied à côté, presque contre Estelle. Elles n'ont aucune réaction particulière. Et le coup d'œil qu'elles échangent est indifférent, machinal, dû uniquement au fait qu'elles se trouvent par hasard dans cette pièce, assises côte à côte.

On leur parle, on les nomme, on les désigne, on les interroge. En vain : elles ne se connaissent pas, ne se sont jamais vues, sont étrangères. Elles ne parlent pas, ne réagissent aucunement à leur prénom, écoutent sans comprendre ce qu'on leur dit avec bienveillance.

On met la main droite de l'une dans la main gauche de l'autre. Comme on les a vues déambuler dans la cour. Mais les doigts restent inertes, aucune pression ne les unit, les têtes se baissent, tombent tristement en avant. Se tenant mollement par la main, Estelle et Edwige regardent leurs pieds, absentes, sans se reconnaître.

Sur le bureau sont posés les seuls objets personnels qu'on leur connaisse, les deux mouchoirs brodés à leurs prénoms. On leur fait signe de les prendre avant de sortir. Machinalement, Estelle prend celui brodé au nom d'Edwige. Et Edwige s'empare de celui portant le nom d'Estelle.

Est-ce un hasard, ou quelque chose enfoui très profondément en chacune a-t-il ordonné cette confusion, comme une dernière attache qui, malgré tout, demeurerait indissoluble à jamais ?

Mais on les regarde s'en aller, on hoche la tête : on ne s'occupera plus d'elles. Cette rencontre provoquée était leur dernière chance. Pour tous, elles sont à jamais ensevelies.

La femme en robe noire tourne autour d'elles, tantôt s'approchant de l'une, tantôt de l'autre. Elle voudrait entrer en contact, sans doute à l'imitation de ce qu'elle a vu ; elle voudrait à son tour être admise à tenir une autre par la main, à échanger des regards rassurants. Mais elles ne sont qu'indifférence vis-à-vis de cette jeune femme. Leurs yeux glissent sur elle sans la voir. Sa présence est tolérée comme une absence. Qu'elle soit là ou non importe peu, car très loin dans la pensée morte d'Edwige quelque chose remue, tout doucement, qu'elle cherche à saisir. Une vie furtive, qui se faufile et tout à coup lui murmure qu'elle n'est peut-être pas seule dans cette cour de récréation. Une autre existence respire non loin de là, inconsciente.

Edwige, malgré le mal qui regagne sa tête et s'y installe, lancinant, battant, sait qu'il existe un souvenir auquel s'accrocher, une image qu'elle tente de faire surgir. Bientôt elle ferme les yeux et enfin voit ce qui la tourmente depuis quelques heures, ce qui n'a pas été totalement effacé : une autre Edwige à côté d'elle, qui lui ressemble sans pourtant lui être semblable, qui peut-être n'est pas une autre Edwige dédoublée, quelqu'un qui n'a pas encore de nom mais existe et devrait être là.

Instinctivement, ses mains cherchent à ses côtés. Était-elle à droite, ou à gauche ? Elle était tout près, tout contre, elle pouvait la toucher, sentir sa présence. Elle pouvait la regarder rien qu'en tournant un peu la tête, et cette mystérieuse existence était là, bien visible, qui la regardait de même, elle s'en souvient vaguement.

Elle ne peut pas la désigner par un nom, ni même définir ses traits, son visage, ses yeux, sa bouche, ses cheveux... Ses cheveux dans lesquels il lui arrivait de passer la main, d'enfouir ses doigts, elle sent encore leur caresse chaude contre sa paume... Mais qui était-ce ? Où ? Dans cette cour de récréation ? Y est-elle encore ?

Edwige vacille, titube, tant la douleur qui accompagne les bouffées de souvenirs, les bribes de mémoire, est vive. Mais ce qu'elle vient d'arracher à l'oubli ne doit plus partir.

La femme en robe noire regarde avec tristesse et désespoir Edwige qui lui échappe. Elle sent confusément que cette malheureuse l'instant d'avant assise contre le mur, sous les fenêtres de la salle des éducateurs, tête basse regardant sans voir entre ses pieds, s'évade. S'éloigne d'elle au fur et à mesure qu'une pensée cohérente lui revient.

Alors la femme s'écarte, se détourne, cherche des yeux et avise l'autre, assise également, adossée au tronc de l'arbre au centre de la cour, la tête levée vers un ciel bas, gris-blanc, dans lequel aucun oiseau ne vole. Elle s'en approche et reste bêtement devant elle. Edwige regarde la cour de récréation à la recherche de son double. Est-ce cette jeune femme en robe noire, penchée sur cette forme blanche assise là-bas sous l'arbre ? Ou bien la forme blanche elle-même ?

Edwige prend sa tête dans ses mains, serre les dents pour ne pas crier : elle sent que sa mémoire est là, qu'elle « sait », qu'il lui suffit de « reconnaître » ce qu'elle sait… Il ne faut pas céder à la douleur du front, des tempes, de derrière la tête, là où les nerfs se nouent et où une main lui tord l'esprit, voulant empêcher qu'elle voie ce qui est en elle, voulant embrumer à jamais ce qui a été.

Et la pauvre attardée trouve la force de résister aux maux qui la broient, elle submerge sa propre douleur, « passe de l'autre côté » d'un seul coup, éclate, se brise, soudain délivrée.

Elle glisse et, étendue de tout son long sous le mur, dans l'ombre, invisible, perd connaissance tandis que les premières larmes du retour à la vie coulent sur ses joues.

Edwige savait. Elle comprenait que tout était là. Elle savait. Qui était la forme blanche assise sous l'arbre. Avec délice elle plongeait en elle-même, pour tour revoir, tout embrasser, étreindre cette connaissance perdue.

La douleur est partie. Mais en même temps elle comprenait qu'à l'origine elle avait été une ensevelie, et que son éveil était fragile. Il fallait faire vite, partir, se mettre à la recherche de celui qui les avait une première fois réveillées, avant de choir à nouveau dans le gouffre.

Elle s'approcha de la silhouette blanche assise sous l'arbre. Estelle était bien là, mais sa bouche s'entrouvrait sur le néant, ses yeux ne fixaient que le vide, un peu de salive coulait de ses lèvres. Un son rauque sortait de sa gorge, caricature de rire sans joie.

Le phénomène de symbiose qui les avait liées s'inversait. Comme Edwige émergeait brusquement de la nuit, Estelle s'y enfonçait plus profondément. Edwige ramassa la main pendante d'Estelle et la tint serrée dans les siennes. Edwige savait qu'Estelle s'éveillerait un jour. En attendant, elle voulait l'emporter, la garder.

Comme elles traversaient la cour de récréation pour n'y plus jamais revenir, la jeune femme en robe noire les regardait s'éloigner. Des larmes roulaient sur ses joues. Elle restait seule, ensevelie dans son propre enfermement. Elle s'assit au pied de l'arbre, là où s'était assise Estelle. Elle remonta ses jambes, pliant les genoux, qu'elle enserra de ses bras. Et, les yeux dans le vague, elle commença son éternelle attente. Tout au bout de la cour de récréation, la porte donnant sur le hall se refermait sans bruit. La cloche du dîner allait bientôt retentir. Les pensionnaires se dirigeraient en traînant les pieds vers le réfectoire. Le soir venait.

Cette fois elles ne s'arrêtent pas au milieu de la route départementale, désemparées, sans issue, la tête vide, tournant sur elles-mêmes, déséquilibrées. Parce que Edwige sait. Elle prend la fuite, elle fait évader sa compagne, parce qu'il faut qu'elles soient ensemble pour que se reforme l'alliance mystérieuse qui les unit. D'où viennent-elles, qui étaient-elles, petites idiotes du village découvertes errantes le long d'un chemin, abandonnées, ou enfants-énigmes détentrices d'un secret dont elles ne peuvent se souvenir et qui les hante ?

Edwige emporte Estelle balbutiante. Dans sa conscience vague, elle s'agrippe au bras de sa compagne, comme si elle pouvait comprendre que celle-ci l'a reconnue, sait qui elle est. La mémoire de l'une servira de souvenir à l'autre.

Quand on découvre leurs disparition, elles sont déjà dans la montagne, sur un plateau désert, cahotantes, celle qui sait soutenant celle qui ne sait plus, celle qui est aidant celle qui fut.

De temps en temps, Estelle, courbée, ses bras enserrant la taille d'Edwige, une main crispée dans la sienne, lève les yeux pour la voir. Elle la dévisage avec cet air étonné et incrédule qui est celui des simples. De sa voix, sans timbre, Estelle demande :

– Tu me tiens bien ?

– Je ne te lâcherai pas.

Elles avancent encore un peu. Puis, comme si elle s'était trop forcée pour parler, Estelle murmure :

– J'ai mal...

Elle porte une main tremblante à son front. Cela les déséquilibre, car pour faire ce geste elle doit lâcher Edwige. Elles manquent tomber. Edwige s'adosse à un arbre, serre contre elle son amie.

– J'ai mal...

– C'est un rêve.

– Qui es-tu ?

Edwige ne répond pas et se met à trembler, car la question d'Estelle vient tout à coup de lui faire perdre pied. Elle glisse, elle coule, cherchant désespérément sa mémoire qui s'éloigne à toute vitesse. « Qui es-tu ? » l'a obligée à se souvenir trop brusquement, et la fragile construction mentale s'effondre. Elle ouvre la bouche pour hurler sa détresse et sa peur, mais elle sent contre elle la chaleur de l'autre. Elle ne répond pas, cherchant au milieu de son angoisse ce qu'elle savait il y a un instant encore.

– Qui es-tu ?

– Je ne sais pas.

– Moi je suis morte.

–Toi... toi tu es... Estelle.

Aussi vite que les souvenirs sont revenus la mémoire disparaît:

–Estelle? Qui est Estelle?

–Je ne sais plus. Qui a dit « Estelle »?

–Personne. Pas toi, pas moi...

–C'est un écho là-bas dans la montagne, qui a crié...

–Crié quoi? Crié qui?

Elles se taisent.

Déjà elles ne savent plus ni qui elles sont, ni comment s'appelle l'autre ni même ce qu'elles viennent de dire.

Machinalement, elles repartent.

–Hier... Tu étais avec moi hier?

–Qu'est-ce que c'est hier? C'est quand?

–C'est tout de suite. C'est maintenant.

Qui parle? Qui répond?

L'une est semblable à l'autre, toutes deux sont perdues dans cette montagne, sur ce chemin étroit qui n'en finit pas de monter, descendre, tourner, sans qu'elles sachent d'où il vient ni où il va, comment elles se trouvent là.

Elles ne se soutiennent plus, elles sont identiques, pareilles aux arbres contre lesquels elles doivent s'appuyer quand le vertige les prend.

–Est-ce que nous nous connaissons?

–Quelqu'un prononçait un nom...

–Quel nom et quand?

–Tout à l'heure je crois... avant.

–Peut-être mon nom, ou le tien, ou celui d'une autre...

–Viens, nous ferons connaissance en marchant.

–C'est cela, avançons encore.

Elles se remettent en marche, puis s'arrêtent un peu plus loin.

–Qui es-tu? Oh, dis-le moi s'il te plaît.

–Je suis... je suis celle qui marche.

–Et moi je suis celle qui accompagne.

Elles reprennent leur progression. Tout à coup Edwige retient Estelle par le bras. Elles se regardent. Edwige a comme un dernier, un tout dernier sursaut, car elle tente de faire comprendre à Estelle une chose très importante, indispensable à elles deux, dont elle ne saisit plus le sens et la raison mais qu'elle sait essentielle:

–Il ne faut pas se séparer. Jamais.

–Pour toujours?

–Oui, toutes les deux.

–Qui? Toi qui? Moi qui?

–Prends ma main.

–Comme ça ?

–Oui. Mets tes doigts entre les miens. Nous ne pourrons plus nous oublier, tant que nos mains seront mêlées.

Elles marchent, reliées l'une à l'autre pour que cette attache remplace leur mémoire perdue, leurs souvenirs effacés. Là-bas commence un bois. On entend l'écho d'une cognée qui frappe un arbre. Très loin, très très loin en bas, une voiture passe sur la route.

Leurs visages sont lavés de tout, elles sont retombées dans leur absence originelle. Muettes, agrippées l'une à l'autre, elles ne savent plus pourquoi elles marchent en silence.

On ne les a jamais retrouvées.

LES MORTES VIVANTES

Tùatha était assise en tailleur sur sa propre tombe. Elle n'était vêtue que d'un suaire léger, transparent, aérien, que le vent de la nuit faisait voler. Machinalement, elle serra contre elle le linceul blanc.

Elle avait conscience d'exister. Elle secoua ses longs cheveux rouges afin d'en faire tomber les gouttes d'eau : il pleuvait. Un petit crachin désagréable. La pluie ruissela sur ses épaules et elle frissonna. C'était la fin de la nuit, car au loin se profilaient les premières pâles lueurs du jour venant.

Tùatha se leva, arrachant ses fesses au raclement de la pierre tombale toute rugueuse et craquelée.

La première chose qu'elle vit fut le piano de l'ancien fossoyeur. Elle se souvint que jadis un aigle royal était perché sur ce piano. Mais aujourd'hui, sous l'averse, il avait triste allure. Rouillé, désaccordé sans doute, abîmé par les intempéries… Tùatha alla vers lui. Le couvercle était relevé et l'eau glissait sur les touches avant de rejoindre la terre du cimetière en une multitude de petits filets. Elle posa ses doigts engourdis sur les touches et joua le début de la première *Gnossienne* d'Erik Satie. Comme il y avait longtemps, le fossoyeur-gardien de cimetière avait joué pour elle tant et tant de fois.

Alors Tùatha se souvint qu'elle était morte.

Assassinée par le châtelain de Ker-Goâl, dont elle s'était vengée une nuit durant laquelle elle incarnait l'Ankou, le convoyeur des morts.

Mais aujourd'hui ? Pourquoi reprenait-elle vie, comme ça, assise sur sa sépulture, presque nue sous la pluie et le froid de la nuit ?

Elle fit quelques pas dans le cimetière désert et silencieux. Et sans doute abandonné, car là-bas ce qui avait été la cabane du gardien tombait en ruine.

Le temps était passé, mais Tùatha n'avait pas vieilli. Elle était toujours une jolie petite fille rousse d'une douzaine d'années, au visage impertinent plein de taches de son.

À l'entrée du cimetière, la grille grinça en s'ouvrant. Puis le bruit de deux grosses roues écrasant le gravier de l'allée centrale attira l'attention de Tùatha. Une forme sombre venait vers elle. Une vieille charrette brinquebalante, tirée par un cheval étique que guidait un homme au large chapeau noir, enroulé dans un manteau noir lui aussi. Dans la charrette quelques cadavres recouverts d'une bâche. Et sur le sinistre tas, une longue faux était posée, menaçant de choir chaque fois que les grandes roues mal fixées secouaient l'ensemble, en passant sur une pierre ou une branche morte.

C'était l'Ankou. Du moins l'Ankou de cette nuit de pluie et de brume, avec son triste attirail.

Le convoyeur tira sur les rênes et arrêta son attelage devant Tùatha. Il la regarda de ses yeux caves. Les globes oculaires étaient très enfoncés, ce qui faisait qu'à la lueur de la lune, on avait l'impression de voir une tête de mort qu'un lointain regard habiterait encore.

Tùatha leva la tête vers lui. La pluie dégoulinait sur elle, sur son visage, sans qu'elle y prenne garde :

– Qu'est-ce que tu veux ? C'est pour moi que tu es là ?

– Oui. Je n'ai rien à faire dans ce cimetière désaffecté depuis longtemps. Aucun des morts de la nuit n'y reposera…

– Alors ? Pourquoi je suis là ?

– L'ordre des choses est dérangé.

– Comment ça ?

– Il y a un ordre. Les choses sont, personne n'en est responsable, mais il y a un ordre.

– Quel genre d'ordre ?

– Il y a les vivants. Et puis les morts.

– Et alors ?

– Alors il n'y a rien entre les deux. On passe d'un état à l'autre, et chacun chez soi. Pas de situation intermédiaire. On est mort ou vivant, quoi.

– Moi j'étais morte et enterrée. Et me revoici. Explique.

– Il y a des gens qui sont morts et vivants à la fois. Cela dérange l'ordre des choses.

– Comment est-ce possible ?

– Des mortes vivantes. Elles sont mortes mais elles vivent.

– Qui c'est ?

– Tu les connais. C'est pour cela que tu es revenue : pour que tout rentre dans l'ordre. Qu'un choix définitif s'opère : dans la vie ou dans la mort.

L'Ankou marqua une pose. Il retira son grand chapeau noir, le secoua pour faire tomber l'eau qui s'était accumulée dans les rebords, et reprit, avec cette étrange voix morne, atone, qui était la sienne :

– Estelle et Edwige.

– Les Demoiselles ! Les Demoiselles de l'Étrange !

–Plus étranges encore que tu crois. Mortes, je te dis! Mortes et vivantes! Il faut que tu les trouves et les remettes dans l'un ou l'autre état.

–Dans la vie! Je les remettrai dans la vie!

–Peu importe. Seules les circonstances en décideront. Vie ou mort, cela n'a aucune importance. Mais pas les deux!

–Avant... Avant que leurs esprits s'éveillent, elles étaient mortes vivantes comme aujourd'hui, non?

–Non. Leurs esprits étaient ensevelis. Mais aujourd'hui, il y a comme une petite lueur de vie. Qu'il faut éteindre ou raviver complètement.

–Comment je dois faire?

–Je ne sais pas. C'est ton problème.

Tùatha réfléchit un moment.

–Il faut d'abord que je les retrouve...

Sans rien ajouter, l'Ankou fit tourner bride à son cheval, et la charrette s'éloigna vers la grille. Celle-ci se referma en grinçant, et le bruit des roues disparut bientôt. Le jour pointait à l'horizon.

Tùatha, tête basse, regardant ses pieds, boudeuse, traversa tout le cimetière jusqu'à la grille. La végétation avait tout envahi. Plusieurs pierres tombales disparaissaient sous les herbes folles, les buissons, les arbustes. La grille était rouillée. Tùatha saisit à deux mains l'un des barreaux et s'arc-bouta, poussant, poussant, jusqu'à ce que cette porte de fer s'entrebâille. Puis elle se faufila par l'ouverture et se retrouva sur un chemin de campagne qui serpentait vers le lointain.

Aucune maison, ni ferme, ni village. Rien que la campagne. Comme Tùatha marchait, en traînant les pieds, toujours boudeuse, un autre chemin, plus large, visiblement plus fréquenté, croisa le sien. Une pancarte indiquait « Ker-Goâl, 3 km ».

Le village de Ker-Goâl, près du château. Tùatha n'avait aucune envie de revoir ces lieux. Elle poursuivit sa route le long de son petit chemin à elle, qui allait vers n'importe où, sans indication. Tout en marchant, elle soliloquait à mi-voix:

–Estelle et Edwige, les Demoiselles de l'Étrange... Où les trouver? Comment renouer avec leur monde? Voyons... Il y avait... une espèce de mage, comme un gourou, qu'elles appelaient le Maître. Et, très loin, des moines, pas des religieux mais des sages, une communauté près du Tibet... Ils étaient en contact mental avec le Maître. Où est-il, celui-là? Si les Demoiselles sont des mortes vivantes, c'est que le Maître n'est pas avec elles...

Petit à petit, la campagne se peuplait d'arbres. De plus en plus nombreux, de plus en plus rapprochés. Et arriva le moment où Tùatha constata qu'elle se trouvait en pleine forêt.

Le jour était levé depuis une bonne heure au moins, mais l'épaisseur du faîte des arbres faisait régner une pénombre étrange.

Tout à coup, il fut là, devant elles. Deux pierres plantées en terre, au moins trois mètres de haut, et une autre pierre plus large en travers. Un dolmen. Perdu dans la forêt. Tùatha se souvint de celui sur lequel elle était perchée, le jour de sa rencontre avec les Demoiselles. L'idée lui vint de grimper sur celui-ci, de s'y asseoir en tailleur, comme avant, juste pour voir ce qui arriverait.

Mais Tùatha n'était qu'une pauvre petite morte revenue, et elle n'avait plus les pouvoirs qui avaient été les siens lorsqu'elle était l'Ankou. Comment grimper sur cet énorme mégalithe ? Elle regarda autour d'elle. Un chêne centenaire était presque contre le dolmen. Des branches partaient à un mètre du sol et grimpaient comme un escalier. L'agile petite gamine eut tôt fait de s'élever de branche en branche. Quand elle fut juste au-dessus de la pierre plate, recouverte d'ombre, elle sauta tout simplement.

Comme elle arrivait, ses deux pieds s'enfoncèrent non pas dans la pierre mais dans un corps mou, et un cri s'éleva.

Tùatha était debout sur le ventre d'un être humain allongé sur le toit du dolmen et qu'elle n'avait pas vu à cause de l'ombre.

– Alors même ici, il n'y a plus moyen de méditer en paix ?

– Méditer ? Sur quoi ? Sur qui ?

– Mais sur Merlin l'Enchanteur, sur qui ou quoi d'autre ?

– On n'est pas à Brocéliande.

– Apprends que toutes les forêts sont Brocéliande. Si on veut.

L'homme s'était redressé. Il était grand et mince, tout vêtu de noir, ce qui faisait que Tùatha ne l'avait pas vu. Cheveux embroussaillés aux épaules, longue barbe : on aurait dit un barde.

– Je suis Tùatha. Et j'ai l'habitude d'être sur les dolmens.

– Moi c'est Pierre Dubois. Je fréquente aussi les dolmens.

– Tu crois que Merlin existe ?

– C'est très compliqué. Personne n'existe. Mais toute la nature est une trace de Merlin ou de n'importe qui d'autre.

– La nature ?

– Écoute le ruisseau qui traverse cette forêt. C'est Merlin qui chante. Le vent dans les feuilles : c'est Merlin qui chuchote. Et, un jour, la nature se fâchera et avalera tout ce que les hommes ont fait. Alors ce sera la paix et on verra Merlin.

– Mais aujourd'hui, moi, je voudrais voir deux jeunes filles qui sont perdues. Tu peux m'aider ?

Pierre Dubois tira sur sa barbe.

– Peut-être, dit-il avec prudence.

Tùatha se sentait en confiance auprès de cet homme qui aimait les dolmens.

–Tu sais, je suis une morte, dit-elle avec une petite voix.

–Certainement pas !

–Pourquoi ?

–Parce que la mort n'existe pas. Elle n'existe pas parce que la vie n'existe pas non plus. S'il n'y a pas de vie, il ne peut pas y avoir de mort.

–Alors nous c'est quoi ?

–Ni la vie, ni la mort. Nous sommes, un point c'est tout. Hier, j'étais chef de clan écossais et je chevauchais dans la lande, avec un bouclier et un kilt. Avant-hier, archer insurgé dans la forêt de Sherwood. Avant encore, chevalier errant qui…

–Et demain ?

–Il n'y a pas de demain. Il n'y a que maintenant. Demain deviendra maintenant, quand nous y serons. Avant, ça ne sert à rien d'en parler.

–Tu peux me dire où sont les deux demoiselles que je cherche ?

–Pas vraiment. Tu dois aller vers la côte. Tu trouveras une très vieille femme que je visite parfois, car elle me raconte des légendes anciennes que personne ne connaît. Ou dont personne ne se souvient, ce qui est pareil. Un soir, elle m'a parlé de deux Demoiselles, je crois.

–Tu viens avec moi ?

–Non, pas aujourd'hui. Je dois partir vers le nord, retrouver ma femme Aline et mes filles Capucine, Charlotte et Mélanie.

–Tu quittes la Bretagne ?

–Un petit moment. Nous nous reverrons peut-être. Allez ! Que Merlin te protège, petite morte ! Et que le diable ampatafiolle ces cochons d'habits rouges !

Pierre Dubois sauta gaillardement du dolmen et s'éloigna sans se retourner. Tùatha le regarda partir, assise toute seule sur le dolmen. Puis elle agrippa la branche d'arbre, se hissa, et redescendit par où elle était montée.

Elle se mit en marche en direction de la mer. Vers le soir, elle arriva devant une ligne de rochers escarpés, comme déchirés. En bas, l'eau se précipitait, tourbillonnait, s'engouffrait dans les anfractuosités, découpant la roche. Le bruit était sourd, puissant. Seul le cri des mouettes l'accompagnait.

Tùatha s'arrêta pour regarder. Que faire maintenant ? Elle avait atteint la côte, une partie déserte de la côte. Là-bas, très loin, on devinait les lumières d'un petit village de pêcheurs… Tùatha s'assit en tailleur et attendit. Quand la nuit fut complètement tombée, un raclement régulier se fit entendre. Tournant la tête, la gamine vit une carriole tirée par un cheval maigre aux yeux exorbités, qui cahotait sur le chemin surplombant la mer. Elle reconnut la charrette de l'Ankou… Vite, elle se leva et s'approcha.

Cette nuit, l'Ankou était une femme. La faux était coincée debout entre ses jambes, et la lame recourbée la coiffait comme un bizarre chapeau. Une robe noire enveloppait la femme de la tête aux pieds. Un capuchon rabattu sur sa tête dissimulait son visage. On ne voyait que les yeux, qui luisaient dans la nuit, la bouche charnue.

Elle tira sur les rênes, arrêtant l'attelage.

– Tu ne peux pas me prendre, dit vivement Tùatha. Je suis morte, mais tu dois me laisser : il faut que j'arrange quelque chose.

– Je sais. Tu dois faire basculer deux Demoiselles dans la vie ou dans la mort.

– Alors pourquoi t'arrêtes-tu ?

– Juste pour te dire que tu peux rester à cette place où tu es. Au lever du jour viendra la vieille femme que tu espères.

Et la femme Ankou fit claquer les rênes. L'attelage se remit en marche et se perdit bientôt dans la nuit. Alors Tùatha s'assit face à la mer déchaînée, et attendit le jour.

C'était une très vieille femme au visage ridé comme une pomme reinette. Ses deux mains noueuses appuyées sur un bâton, elle regardait la mer, immobile, impassible, les yeux vers le lointain. Tùatha s'approcha d'elle tout doucement. Comme si elle avait eu des yeux dans le dos, la vieille Bretonne, la tête surmontée de la haute coiffe blanche des bigoudens, toute de dentelle, dit :

– Je ne te vois pas mais je sais que tu es là, petite. Que fais-tu ici ?

– Je cherche quelqu'un. Peut-être vous…

– Qu'est-ce que je peux faire pour toi ?

– Vous avez entendu parler des deux Demoiselles ?

La bigouden se retourna et dévisagea Tùatha avec surprise.

– Les Demoiselles ? Tu connais les Demoiselles de l'Étrange ?

– Oui, et il faut que je les trouve.

– Personne ne sait où elles sont. Ni elles, ni le Maître. Tous ces personnages n'existent plus.

– Alors vous ne savez rien ?

– Regarde. Ce que je sais… Et disant cela elle se tourna à nouveau vers la mer. C'est que ce grand rocher que tu vois émerger à une vingtaine de mètres de la côte est en réalité un menhir. Il a rendu la vie aux Demoiselles, un jour… un jour qu'elles étaient ensevelies. J'étais là. Et, depuis, je viens tout les jours regarder ce menhir qui a pouvoir de guérison.

–Mais les Demoiselles?

–Je te dis qu'elles n'existent plus. Mais si tu veux savoir, peut-être que si, à ton tour, tu te colles contre le menhir, à marée basse, c'est plus facile de le rejoindre, tu apprendras où elles reposent, sous quelle pierre tombale, sous quelle terre...

–Vous avez raison. Je vais attendre la marée basse...

Comme elle disait cela, la vieille femme tourna les talons et s'en fut vers le village, au loin. Tùatha se pencha et examina la mer qui battait contre les rochers. Elle descendait. Dans une heure ou deux, elle pourrait se risquer vers le menhir.

Tùatha passa ces deux heures à chercher comment gagner la pierre levée autrement qu'à la nage, car la mer était houleuse, démontée. Bien que morte, Tùatha ne voulait pas risquer la noyade. Enfin, elle découvrit un tronc d'arbre abattu et traîné non loin de là par le vent. La pièce de bois, couverte de branches encore feuillues, faisait environ trois mètres de long. Tùatha la poussa, la roula, jusqu'à la faire basculer vers la mer. Le tronc rebondit sur les rochers, et enfin se mit à flotter. Alors, les pieds et les mains agrippés aux rochers, Tùatha commença à descendre. Des paquets d'eau étaient projetés contre elle, collant le linceul à sa peau.

La mer se retirait, et avec elle le morceau de tronc d'arbre s'éloignait de la côte pour se rapprocher du menhir. Celui-ci émergeait presque dans son entier. On devinait, sous l'eau, le fond rocheux dans lequel il était planté...

Tùatha se recroquevillait contre le tronc rugueux qu'elle tenait à pleins bras, secouée par la houle, décoiffée par le vent, trempée par les embruns. Ses cheveux rouges étaient agités de part et d'autre de sa tête. Parfois, une partie de la chevelure feu se collait sur son visage. Alors, elle était aveugle. Mais le vacarme était toujours là: la mer furieuse, le vent sifflant, le cri perçant des mouettes qui semblaient à la fillette autant de cris d'agonie, comme l'horrible appel de centaines de noyés surgis de l'abîme.

Tout à coup une douleur brutale frappa la jambe gauche de Tùatha. écartant ses cheveux, elle regarda. Le tronc était tout contre le menhir, et c'était une pierre qui avait heurté douloureusement la cuisse de la jeune rousse. Malgré vent, malgré tempête, malgré peur, elle parvint à se redresser et se jeta à corps perdu contre la pierre levée. Elle la saisit à pleines mains, s'y agrippa des doigts, des pieds, écartelée, crucifiée. Et elle tint bon, hors d'haleine, dégoulinante, presque nue, collée au rocher comme un fruit de mer pourpre.

Le niveau descendit encore, et Tùatha fut hors de l'eau. La mer grondait à un ou deux mètres au-dessous d'elle. Elle sentit qu'elle allait lâcher prise et tomber, puis couler. Ses yeux virent le tronc d'arbre ballotter loin, si loin... Il ne pouvait lui être d'aucune aide.

Ses pieds glissèrent les premiers. Elle se mit à pendre lamentablement, soutenue par ses seuls doigts crispés dans deux petites anfractuosités. Pouvait-elle mourir ? Elle ne savait rien du sort réservé à une morte revenue pour une mission qu'elle ne pourrait accomplir. L'Ankou était-il sur la rive, à guetter sa fin pour la ramener sous sa tombe dans le petit cimetière près de Ker-Goâl ?

Elle essaya d'assurer sa prise, mais ses doigts glissaient sur la roche mouillée. Ce n'était plus qu'une question de secondes. À cet instant, sa joue toucha une petite excroissance du menhir. Comme une toute petite boule de roche. Comme un bouton. Tournant la tête, elle pressa son front contre cette imperfection, si petite qu'elle n'était visible que si l'on avait les yeux juste dessus.

La boule s'enfonça. Et un pan de rocher s'écarta. Une ouverture noire parut. Cela ne devait fonctionner qu'à marée basse, car dès que la mer montait tout cela était immergé.

Tùatha fit un effort désespéré, passa la tête, puis les épaules, par l'ouverture noire. Lâchant ses mains, elle saisit le rebord et parvint à passer le reste de son corps. Comme elle tombait à l'intérieur même du dolmen, la pierre glissa de nouveau, refermant l'ouverture. Du dehors, on ne voyait plus qu'un rocher dressé, perdu parmi les autres rochers de cette côte escarpée et sauvage. Quant à Tùatha, elle chut sur de la pierre dure.

Elle ne voyait rien mais, en tâtant avec ses doigts, elle reconnut que cette pierre contre laquelle elle était écrasée était taillée et qu'il s'agissait d'un escalier grossier, lequel s'enfonçait vers un néant sous la mer. La courageuse Tùatha se releva et, reconnaissant les marches avec ses pieds tâtonnants, elle descendit.

Dans le noir, avec pour seule compagnie le bruit sourd de la mer, étouffé par la roche, Tùatha s'enfonça toujours plus profond.

Elle ne savait ni où elle était, ni où elle allait. Ni même qui elle était, toujours vivante ou bien redevenue morte, car ce lieu était comme un tombeau.

Une heure, deux heures passèrent.

Elle était si profondément descendue sous terre qu'elle n'entendait même plus la mer.

Enfin, une clarté diffuse, verdâtre, lui montra l'étrange environnement dans lequel elle évoluait. L'escalier se terminait devant une grande caverne de pierre. Les parois, le sol, le plafond même, étaient recouverts de squelettes encastrés, de squelettes humains, fossilisés par le temps. La roche portait trace de formes humaines qui, dans un temps lointain, s'étaient trouvées là et sans doute avaient péri. Certains squelettes n'étaient plus que des éléments osseux dépassant de la roche : un demi-crâne, un tibia, un pied, une main… Tous ces restes étaient recouverts d'une sorte de mousse verte qui luisait et donnait cette lumière chargée d'horreur.

Un peuple avait vécu ici, et y était mort. Peut-être s'agissait-il d'un sanctuaire, d'un ossuaire, d'un lieu d'habitation… Mais quel peuple ? Des anciens Celtes, bâtisseurs des mégalithes, ou bien… une forme de vie beaucoup plus ancienne, venue de l'aube du monde ?

Impressionnée, Tùatha avança dans la caverne, butant sur des squelettes de mains qui sortaient du sol comme pour la saisir, heurtant des crânes couverts de mousse verte. Elle se mit à trembler : là-bas, tout au fond, deux formes humaines se tenaient debout.

Elle fit quelques pas et retint un cri.

En face d'elle, à quelques mètres, se tenaient Estelle et Edwige, les Demoiselles de l'Étrange, immobiles, comme pétrifiées. Les yeux braqués droit devant elles, mais ne voyant rien, ne sentant rien, les bras ballants le long de leurs corps.

Tùatha les secoua, les appela : en vain.

Les Demoiselles de l'Étrange n'étaient plus que des portes closes.

La petite Celte aux cheveux rouges fit un pas en avant, afin d'examiner les visages impénétrables d'Estelle et d'Edwige. Son pied écrasa un crâne qui sortait à demi du sol. La boîte se brisa comme une coquille d'œuf, avec un bruit déplaisant.

Ce qui était le plus remarquable dans la figure de chacune des Demoiselles, c'était les yeux. Absence de regard, fixité des pupilles, impassibilité totale des traits. Elle réfléchit encore, passa vivement une main devant le visage des Demoiselles, puis claqua des doigts, comme elle l'avait vu faire au cinéma ou sur la scène d'un music-hall. Sans résultat. Tùatha murmura : « Le menhir n'opère plus sur elles ; c'est que le mal est caché dans cette caverne et les tient sous son emprise… »

Tùatha se mit à examiner les alentours. Du rocher. Rien que du rocher, avec ces tronçons de squelettes fossilisés ou encastrés. Contre certaines parois, il restait des squelettes humains entiers, verdâtres comme les autres, luisant faiblement. Elle en toucha un du bout du pied : il tomba en poussière. De la poudre d'os.

La roche n'était pas unie, mais percée de trous naturels, ou au contraire d'excroissance. Un des trous retint l'attention de Tùatha.

Quelque chose de noir semblait s'y tapir. Une chose immobile, mais vivante. La gamine savait percevoir la vie dans un environnement de mort. Elle se dirigea vers ce trou, peu profond, étroit, à la hauteur de ses yeux, et ce qu'elle y vit la glaça.

C'était un oiseau au plumage couleur de charbon. Un corbeau. Ses petits yeux cruels étaient braqués sur les Demoiselles.

Tùatha se souvint vaguement d'un semblable animal dans les précédentes aventures des Demoiselles. Le corbeau qui était perché sur l'épaule de cette femme mystérieuse, ennemie du Maître et qui l'avait certainement aimé. Femme qui fut une enfant, et sortie d'une tombe bouleversée avant de prendre feu…

Tùatha se baissa, saisit fermement un tibia et bouscula la bête. Celle-ci quitta son trou et s'envola en criant. Le bruit de ses ailes et son croassement retentirent, renvoyés par les murailles.

Là-bas, Estelle et Edwige clignèrent des yeux. Le sortilège s'interrompait.

Le corbeau s'était caché à l'intérieur d'un des squelettes. Faufilé dans la cage thoracique. Les côtes faisaient comme des barreaux. Il était là, en cage, certain que Tùatha n'oserait pas briser les os humains pour l'atteindre.

Mais Tùatha ne pensait plus qu'aux Demoiselles qu'elle secouait en les appelant par leurs noms. Estelle et Edwige la regardaient, bougeaient, mais leur hébétude persistait. Elles n'étaient plus figées par l'hypnose, mais elles demeuraient des ensevelies, des idiotes.

Tùatha se mit à pleurer, assise en tailleur au pied des Demoiselles. Comme rien ne se passait, elle décida d'agir. Prenant le poignet de chacune des Demoiselles, elle les tira jusqu'à l'escalier de pierre par lequel elle était venue.

Toutes trois commencèrent à le gravir. Bientôt, le mugissement de la mer devint à nouveau perceptible. Elles étaient dans le menhir et remontaient vers la sortie. Longtemps elles peinèrent, gravissant les marches une à une, la première tirant les deux autres. Enfin, elles arrivèrent tout en haut. L'escalier finissait là, face à une paroi de pierre.

Tùatha tâtonna, et au bout de quelques minutes elle sentit la présence d'une excroissance semblable à une petite boule. Comme elle l'avait deviné, il y avait de ce côté aussi une sorte de bouton. Elle appuya. Et cette fois encore la pierre pivota. L'air froid de la nuit entra par ce trou assez grand pour le passage d'un corps humain, mais pas plus.

Tùatha scruta la nuit. La mer remontait. Passant sa main par le trou, elle sentit l'eau froide à quelques centimètres à peine sous l'ouverture. Il fallait attendre le jour afin de tenter de regagner la rive. Mais que pourrait-elle faire, embarrassée par les inertes Estelle et Edwige ? Elle ne pouvait nager en traînant ces deux poids morts.

Tùatha fit asseoir les Demoiselles, qui lui obéirent bien sagement. Elle s'assit également et, perdue dans ses pensées, se mit à guetter l'aube.

Avec un claquement sec la pierre se referma.

LE FANTÔME À LA CORNEMUSE

Loin, très loin du menhir, du cimetière visité par l'Ankou, le château de Ker-Goâl, loin de la Bretagne celtique, les moines du monastère du Ladàkh étaient assemblés.

Cette communauté de sages ne se réclamait d'aucune religion. Mais ils étaient unis par un commun amour de la paix. C'était eux qui avaient envoyé le Maître à la rencontre des Demoiselles de l'Étrange, là-bas, en France. Et aujourd'hui, le contact était rompu. Aucun d'eux ne savait ce qu'était devenu leur compagnon. Le lien mental grâce auquel ils communiquaient n'existait plus. Pourtant, ils sentaient dans leurs têtes que le Maître était encore en vie.

Le plus âgé d'entre eux était un vieillard qui avait dépassé cent ans. Comme le Maître, il lévitait. Sa tête et son esprit étaient clairs. Ce jour-là, il présidait l'assemblée. Une fois de plus, tous avaient uni leurs esprits afin de contacter celui du Maître disparu. En vain : l'intérieur des têtes n'était que silence.

Alors, le centenaire prit la parole, et dans le silence de la vaste salle de l'abbaye, sa voix résonnait comme un torrent.

–Que l'on aille chercher Boris et qu'on le ramène ici.

Trois moines sortirent et leurs robes safran disparurent dans la nuit. L'attente dura deux heures. Enfin les trois moines revinrent. Mais ils n'étaient pas seuls. Boris marchait entre eux.

Un murmure parcourut l'assemblée. Murmure admiratif. Pourtant tous connaissaient bien Boris qui, chaque nuit, errait aux alentours de l'abbaye et souvent visitait l'un ou l'autre dans sa cellule, dont la porte n'était jamais fermée.

Boris était un loup blanc gigantesque. Plus énorme que le plus énorme des chiens, une sorte d'animal titanesque. Dressé sur ses pattes arrières, il était plus grand qu'un homme.

On le conduisit jusque devant la chaise où était assis le vieux moine.

Regardant le loup dans les yeux, il lui parla comme on parle à un enfant capable de comprendre les choses les plus sérieuses.

–Tu te souviens du Maître ? Tu l'as bien connu. Il fut, il y a longtemps, le premier à poser une main amie sur ton pelage blanc. Il est à l'autre bout du monde. En danger. Disparu. Il y avait avec lui deux jeunes Demoiselles. Perdues également. Il faut que tu les trouves, lui et elles, et que tu les fasses se rejoindre.

Le loup secoua sa fourrure couverte de la rosée de la nuit. Puis il regarda tout à tour chacun des moines, dans les yeux et profondément. Chacun lui envoya de bonnes pensées. Alors Boris se détourna, et soudain partit comme une flèche.

Pour les moines, une longue attente commença. Chaque soir ils faisaient le vide dans leurs esprits, espérant capter un signe. Mais il fallait du temps. Beaucoup de temps.

Boris traversa une partie de l'Himalaya. Il descendit les pentes des montagnes, traversa les fleuves. Il courait la nuit, se cachait le jour.

Pendant qu'il courait, Estelle et Edwige se retrouvaient dans la cour de récréation. Quand il coupa à travers l'Afghanistan et l'Iran, elles étaient perdues dans la campagne. Quand il fut en Turquie, l'Ankou délivrait Tùatha de sa tombe.

Il courut, courut encore, jusqu'à l'Europe. Epuisé, sa fourrure blanche collée à ses côtes par la sueur, la langue pendante, Boris ne s'arrêtait pas. Il savait où aller. Et dans sa tête il sentait la présence caressante des moines.

Tùatha devina une présence derrière elle. Tournant la tête, elle vit le corbeau qui la surveillait, posé sur la dernière marche de l'escalier.

– Tu es un méchant corbeau, dit-elle. À cause de toi ce menhir bienfaisant ne peut pas guérir les gentilles Demoiselles… Si je t'attrape, je te tords le cou !

– Croa croa, répondit le corbeau.

Le jour venait, la mer descendait à nouveau. Le niveau de l'eau était à un bon mètre de l'ouverture où Tùatha guettait. Soudain elle sursauta : un énorme animal nageait vers elle. Un chien ou un loup. Tùatha eut très peur. Cet animal était-il un allié du corbeau ? Mais le loup, arrivé sous l'ouverture, se mit à nager sur place. Il fixait la gamine droit dans les yeux. Et ce que Tùatha voyait dans ce regard n'était que bonté. Alors elle comprit que c'était là le secours qu'elle espérait.

– Tu es venu nous aider, hein le loup ? Tu comprends ce que je te dis ?

L'animal émit un son.

– Alors je vais faire descendre dans la mer Estelle et Edwige. Elles vont tomber juste sur ton dos. Nage, porte-les jusqu'à la côte ! Pour moi, il n'y a pas de problème : je nage comme un poisson.

Vite, elle saisit Edwige par les poignets, la fit pendre par le trou. La jeune Demoiselle était toujours apathique, malgré sa situation insolite.

Tùatha ouvrit les mains, Edwige tomba, juste sur le dos de Boris qui, sous le choc, s'enfonça dans l'eau, but la tasse mais reparut presque aussitôt pour recevoir Estelle. Sans attendre Tùatha, il se mit à nager vers les rochers de la rive.

Comme Tùatha les suivait des yeux, elle entendit un frottement: la pierre se refermait. Sans doute l'une des Demoiselles avait-elle sans le vouloir pressé une excroissance. Toujours est-il que l'ouverture ne pourrait bientôt plus laisser passer le corps pourtant mince de Tùatha. Elle sauta, mais fut arrêtée dans sa chute et entendit un horrible bruit de petit bois cassé. La pierre s'était refermée sur sa jambe gauche. La chute reprit. La jambe de Tùatha avait été sectionnée comme par un couperet juste sous le genoux.

Avant le claquement de la pierre contre la paroi, par les quelques centimètres d'ouverture qui restaient, le corbeau s'envola. Tùatha, déséquilibrée, coulait. Elle entendit le cri de l'oiseau noir. C'était comme un rire.

À si faible distance de la côte, la mer n'est pas très profonde. Un peu étourdie, Tùatha se trouva reposer sur un fond rocheux qui remontait en pente douce.

La petite morte ne sentait rien, ne saignait pas. Le sel de l'eau aidait sa plaie à cautériser. Elle ne souffrait pas, mais elle était incapable de marcher sur une seule jambe. Alors elle se traîna. Mètre après mètre. S'aidant de petits rochers, comme un grimpeur escalade la paroi d'une montagne, elle gagna du terrain jusqu'à ce qu'enfin sa tête émerge. Elle était à la côte. Maintenant il fallait grimper jusqu'à la route, où elle voyait le loup hors d'haleine et les Demoiselles silencieuses et absentes.

Tùatha ne sentait pas la douleur de sa jambe arrachée, mais elle sentait la fatigue. Couchée contre la roche, elle attendit.

Deux heures, trois heures passèrent. Tùatha regardait de temps en temps son moignon de jambe. Des lambeaux de peau et des bouts d'os qu'elle entortilla dans un morceau de ce qui restait de son suaire. Pauvre loque blanche, laissant voir la nudité de la gamine.

Enfin, elle retrouva assez de force pour se hisser le long de la pente rocheuse jusqu'au chemin, tout en haut. Estelle et Edwige n'avaient pas bougé, non plus que le loup Boris dont les yeux vifs et intelligents suivaient les efforts de la petite morte rousse.

Tùatha se hissa sur le dos de Boris, incapable qu'elle était de marcher avec une seule jambe. D'un pas tranquille, l'animal se mit en marche. Les indifférentes Demoiselles suivirent.

Bientôt, ils passèrent devant une petite maison paysanne basse dont la porte était ouverte. Ils entrèrent.

Dans la chambre, une femme très âgée était couchée dans un grand lit. Tùatha comprit tout de suite qu'elle était morte. Le loup se coucha et s'endormit. Tùatha sautilla jusqu'à un fauteuil usé et troué, et s'y laissa choir. Les Demoiselles s'assirent à même le sol.

Tùatha comprit la raison pour laquelle le loup les avait emmenées dans cette maison. Cette nuit, l'Ankou viendrait chercher la morte.

Et, quand le soir vint, tout le monde dormait dans la maison basse près de la mer: la paysanne de son dernier sommeil, le loup qui avait parcouru des distances insensées pour retrouver les protégées des moines du Ladàkh, l'unijambiste Tùatha et les Demoiselles absentes.

Tùatha ouvrit les yeux. Il faisait nuit, mais elle distinguait nettement la haute et maigre silhouette de l'Ankou, debout devant elle.

La gamine était allongée sur la table de la cuisine, dans la maison paysanne. Par la porte ouverte, elle voyait le lit avec la morte. Les Demoiselles étaient couchées à même le sol, enroulées dans la nappe qui avait couvert cette table de cuisine sur laquelle Tùatha s'était hissée.

Sans un mot, le charretier des morts alla chercher un tas de vêtements féminins dans sa carriole et les tendit à Tùatha. Celle-ci, nullement gênée par la probable provenance de ces vêtements, les passa. Étant elle-même une morte, ce qui venait des cadavres lui était indifférent. Alors, toujours en silence, l'Ankou lui tendit un objet qu'il sortit de sa cape. C'était une simple jambe de bois taillée grossièrement, avec une lanière de cuir pour l'attacher. Une jambe de bois comme celles que l'on voit dans les dessins caricaturaux représentant des pirates.

Tùatha prit l'objet étrange et glissa son moignon dedans. Elle l'attacha et s'essaya à marcher. Elle parvint très vite à se mouvoir ainsi. Alors elle interrogea l'Ankou:

–Que dois-je faire maintenant? Je ne sais même pas où je suis. J'ai retrouvé les Demoiselles de l'Étrange, mais vois comme elles sont: ensevelies, fermées, absentes. Seul le Maître pourrait se glisser dans leurs têtes et les éveiller. Mais personne ne sait où il est. Est-ce que ce loup le sait? Il nous a sauvées toutes les trois. Ce n'est pas n'importe quel loup...

–Tu es tout près du petit cimetière où se trouve ta tombe. Retourne là-bas avec les Demoiselles. Tu recevras des instructions, ou tu trouveras une piste. Je n'ai pas le temps de t'en dire plus: beaucoup sont morts cette nuit et du travail m'attend.

Et l'Ankou s'en fut, laissant la pauvre Tùatha perplexe.

Un étrange cortège quitta la maison. Devant marchait le loup blanc Boris. Ensuite venaient les Demoiselles, tenant chacune par une main la petite rousse à la jambe de bois, qui les guidait en boitillant.

Vers la fin de la matinée, ils arrivèrent devant la grille du petit cimetière abandonné où avait été enterrée Tùatha. Ils entrèrent et, avec une certaine émotion, Tùatha revit sa propre tombe, sur laquelle elle s'assit. Deux événements se produisirent alors, qui causèrent une grande peine et une grande joie à la gamine.

Tout d'abord, le loup Boris se dressa, lui passa sur le visage sa langue râpeuse, puis il se coucha, se raidit et mourut. D'épuisement sans doute, car il était venu en courant du Ladàkh, avait nagé avec les Demoiselles sur son dos, et enfin avait porté Tùatha elle-même quand elle n'avait qu'une jambe et ne pouvait se déplacer seule.

Tùatha pleura. Et la grande joie arriva. Les deux Demoiselles, Estelle et Edwige, étaient toujours lointaines et apathiques. Mais Tùatha vit une chose qui la bouleversa : au coin de l'œil gauche d'Estelle, une larme se formait et se mettait à couler le long de sa joue. De même, au coin de l'œil droit d'Edwige, une semblable larme descendait.

Cela voulait dire que l'esprit des Demoiselles de l'Étrange n'était pas totalement mort, et qu'une lointaine, oh, très lointaine émotion pouvait se frayer un chemin jusqu'à leurs cerveaux. La mort du loup en était la cause.

Tùatha repoussa la pierre tombale descellée qui lui avait permis de sortir de terre. Elle prit le loup et le coucha sur le cercueil vide qu'elle avait occupé. Elle dit :

– Boris, quand ma mission sera finie, je te rejoindrai probablement dans cette tombe. Alors, à tout à l'heure.

En guise d'oraison funèbre, elle alla s'asseoir au vieux piano tout rouillé, pourri, poussiéreux, et joua, comme jadis le fossoyeur du temps que le cimetière était en activité, le début de la première *Gnossienne* d'Erik Satie. Les notes désaccordées résonnaient bizarrement dans cet endroit envahi par une végétation sauvage et désordonnée.

Une petite pluie fine se mit à tomber. Tùatha cherchait des yeux un signe, quelque chose qui la guiderait ; à travers le rideau de pluie se dessina comme une forme. Vague, transparente. À un mètre du sol à peu près. Tùatha chercha à la distinguer.

Un homme très âgé, au crâne nu, enveloppé dans un tissu jaune, la regardait.

Elle reconnut un moine. En lévitation. Et il semblait la voir. Il portait la tenue des moines tibétains. Son image était fluide, mouvante, comme reflétée dans l'eau. Était-ce lui ou n'était-ce que son reflet ?

Ce moine était le Vénérable du monastère du Ladàkh. En lévitation dans la grande salle, il était parvenu à projeter son image devant la petite Tùatha ébahie.

–Tùatha, je te parle de l'autre bout du monde…

–Vous… vous êtes celui qui inspirait le Maître…

–Aujourd'hui, c'est toi que je veux guider. Tu as retrouvé les Demoiselles de l'Étrange, mais elles sont ensevelies comme jadis. Tu dois retrouver le Maître pour qu'il entre dans leurs têtes et les éveille. Le Maître et les Demoiselles doivent être inséparables.

–Je veux bien, mais où est-il ?

–Je l'ignore.

–Comment puis-je le trouver, si vous-même en êtes incapable ? Je ne suis qu'une pauvre petite morte sortie de terre…

–Grâce à l'Ankou, tu as quelque chose pour t'aider.

–Et c'est quoi ?

–Ta jambe de bois. Le bois est du coudrier. Elle peut agir comme une baguette de sourcier.

–Ah ? Mais elle ne peut trouver que de l'eau…

–Non. Ta jambe de bois est possédée par l'esprit de l'Ankou, et par celui de tous les moines mes frères, réunis en méditation en ce moment même. Concentre-toi sur elle comme nous le faisons, et laisse-toi guider.

–Vous voulez que je croie que ma jambe de bois est possédée ?

–Oui, je veux que tu le croies comme je le crois.

–Après tout, si vous pouvez m'apparaître alors que vous êtes si loin, pourquoi ma jambe de bois ne pourrait-elle pas m'emmener vers le Maître…

–Tùatha, petit elfe celtique, le Maître est prisonnier. Je vois… je vois un monde mégalithique comme le dolmen sur lequel tu faisais tes devoirs quand tu étais vivante… Comme le menhir immergé à l'intérieur duquel reposent les restes d'une civilisation sans âge… Mais de noirs corbeaux crient dans nos têtes et nous empêchent de localiser le Maître…

–Des corbeaux ? Il y en avait un qui gardait les Demoiselles dans le menhir !

–Méfie-toi des corbeaux ! Méfie-toi des…

L'image du Vénérable devint transparente, sa voix se perdit, et l'apparition s'effaça.

Tùatha resta songeuse :

–Ma jambe de bois, hein ? On va voir ! Et ce sont pas quelques corbacs croassants qui vont me retenir !

Elle tourna la tête vers Estelle et Edwige, toujours immobiles et indifférentes.

–Regardez ! Regardez ma jambe de bois ! Eh, petites gourdes, il y a tout un tas de moines au bout du monde qui sont concentrés sur elle ! Alors vous aussi regardez-la !

Le son de la voix criarde de Tùatha tira les Demoiselles de leur apathie. Oh, pas beaucoup. Mais leurs têtes bougèrent et leurs yeux vides se posèrent sur la jambe de bois. Tùatha avait saisi une pierre et faisait résonner le bois de coudrier en tapant dessus, afin d'attirer le regard des Demoiselles.

Quand elle jugea que tout allait bien, elle s'allongea sur la terre du vieux cimetière et attendit, pensant très fort à cette jambe en bois qu'avait taillée l'Ankou.

Tout d'abord il ne se passa rien. En restant concentrée, Tùatha fredonnait à mi-voix, machinalement, sa petite chanson de quand elle était vivante :

–Qui craint le grand méchant loup… méchant loup… méchant loup…

Tout à coup, elle se sentit tirée. La jambe de bois glissait sur la terre, et le corps de Tùatha suivait !

La jambe allait de plus en plus vite. Les graviers et les cailloux du cimetière râpaient les fesses de la pauvre Tùacha qui ne songeait même pas à résister. Toute tuméfiée et écorchée, elle se trouva enfin arrêtée devant une très vieille tombe dissimulée par la végétation. À la perpendiculaire de la pierre se trouvait une autre pierre sur laquelle quelque chose était gravé. Se soulevant sur les coudes, Tùatha parvint à déchiffrer : « Ici repose le capitaine Parpain qui a, pendant cinquante ans, sillonné les mers. » Au-dessus de l'épitaphe était grossièrement gravée une carte du monde.

Il se passa alors une chose inouïe : la jambe de bois se dressa, le reste de la jambe gauche de Tùatha se dressant avec elle, et alla frapper un point sur la carte gravée dans la pierre.

–L'Angleterre… Ma jambe désigne l'Angleterre… Non, plus précisément l'Écosse ! C'est en Écosse que se trouve le Maître !

La jambe de bois retomba et avec elle la demi-jambe de chair. Tùatha vit Estelle et Edwige qui arrivaient, tout doucement, incapables de faire autre chose que de suivre la petite rousse.

–Bon. Il va falloir gagner l'Écosse avec ces deux poids morts… Comment diable vais-je m'y prendre ?

Tac tac tac tac…

Le vieux Mac Grégor ouvrit les yeux, tiré de sa somnolence par ce bruit insolite. Scotch Whisky, son chat de gouttière, bondit des genoux du châtelain et s'enfuit sous un meuble.

Mac Grégor constata que cette attitude du chat annonçait généralement la présence dans le château d'un ou de plusieurs fantômes. Chacun sait que les chats n'aiment pas les spectres.

–Un fantôme qui fait tac tac tac, murmura Mac Grégor. Ce serait bien la première fois!

Il se leva, quitta le chaud refuge de son fauteuil près de la cheminée où brûlait un feu, et s'en alla regarder dans le corridor aux armures. Un couloir de plus de trente mètres, coupé à intervalles réguliers par de vieilles armures rouillées ou des potences en bois supportant des boucliers, des kilts, des épées à larges lames, souvenirs de la bataille de Culloden. Ce couloir, chichement éclairé, était vide.

Mais le tac tac tac tac subsistait, bien que lointain.

Mac Grégor assura sur sa tête son large béret et regagna sa place près du feu: il n'avait pas peur des fantômes et attendait celui-ci avec curiosité.

Le vieux châtelain vivait seul en compagnie de son chat dans ce qui restait du château de ses ancêtres. Ce dernier, situé en pleine lande, non loin d'Inverness, surplombait la rivière Ness. Au loin, on pouvait voir, par une des fenêtres, le scintillement de la mer du Nord.

Une fois par mois, Mac Grégor mettait en marche son antique automobile et s'en allait jusqu'à Inverness afin de renouveler ses provisions. Pour ce faire, il devait passer devant le loch Lovers, un lac d'eau douce d'une vingtaine de kilomètres, ainsi nommé parce que, disait la légende, un couple de jeunes amants s'y était jadis précipité afin de vivre dans la mort un amour impossible.

Ce loch, noir, froid, sinistre, était bordé d'un champ de pierres dressées que Mac Grégor était particulièrement fier d'avoir sur ses terres et qu'il ne manquait pas de saluer à chaque passage: descendant de voiture (mais sans couper le moteur de crainte de ne pouvoir repartir), il caressait familièrement l'une ou l'autre des hautes pierres…

Tac tac tac tac…

–Tiens, dit Mac Grégor calmement, cela se rapproche… Il vient par ici, attiré par la chaleur…

Il tisonna le feu qui reprit. De hautes flammes s'élevèrent.

–Scotch Whisky, tu es bête de te cacher. Les fantômes ne sont pas dangereux. Il y en a dans tous les vieux châteaux comme celui-ci.

Mais le chat resta où il était.

Tac tac tac tac…

–Ah, cette fois il est dans la galerie!

Le vieil homme se leva, rouvrit la porte et passa la tête afin de voir qui ou quoi se trouvait dans la grande galerie des ancêtres.

Ce qu'il vit était le spectacle le plus étonnant que ses yeux aient jamais enregistré. Une gamine venait vers lui, vêtue d'un épais chandail à col roulé encore trempé d'eau de la mer du Nord ou de la rivière

Ness. Elle était rousse, et sa jambe gauche était en bois. C'était le pilon qui faisait tac tac tac tac sur les parquets. Derrière elle, se tenant par la main, deux jeunes filles absolument inexpressives, blanches comme des spectres.

– Venez par ici ! cria Mac Grégor. Il y a du feu !

– Oui monsieur, répondit la petite unijambiste.

Mac Grégor alla se rasseoir dans son fauteuil et attendit. L'étrange trio entra. La petite rousse conduisit les deux filles absentes jusque devant le feu où leurs vêtements dégoulinants commencèrent à fumer. Puis elle s'assit devant le fauteuil de Mac Grégor. Scotch Whisky sortit de sous son meuble.

– Tiens, constata le châtelain, vous n'êtes pas des fantômes, puisque Scotch Whisky revient…

– Vous avez des endroits étranges, par ici ? Je m'appelle Tùatha.

– Il n'en manque pas, des lieux bizarres. Et moi, je me nomme Mac Grégor.

– Quoi par exemple ?

Mac Grégor répondit à côté de la question :

– Et elles, là, qui sont-elles ?

– Estelle et Edwige. Mais faites comme si elles n'étaient pas là. D'ailleurs elles ne sont pas là.

Rien ne pouvait vraiment surprendre le vieux Mac Grégor.

– Eh bien, il y a le loch Lovers. Des choses se sont passées à cet endroit, dans le temps. Et puis les alignements de pierres levées… Et enfin le château lui-même, bien entendu.

– Des pierres levées… Des menhirs ?

– Sans doute.

– Le château ? Qu'est-ce qu'il a ?

– Il est tellement labyrinthique que moi-même qui l'habite depuis toujours je m'y égare. Surtout si je descends dans les caves. C'est plein de souterrains et de passages secrets. Et puis il y a le fantôme, depuis quelques mois.

– Quel fantôme ?

– Un fantôme écossais qui joue du *bagpipe* ! Je l'appelle le Monsieur à la cornemuse.

– Dites donc, ma petite demoiselle, reprit Mac Grégor, pourquoi venez-vous dans mon château et comment avez-vous fait ?

– Moi je ne suis pas une Demoiselle. Ce sont elles deux, les Demoiselles. Moi je ne suis que Tùatha. On vient de la côte française. Pour arriver jusqu'ici, j'ai dû faire la cuisine pour tout l'équipage d'un petit chalutier qui nous a débarquées non loin de votre château. Ma jambe de bois m'a tirée jusqu'ici.

– Ta jambe de bois ?

– Oui. Elle est un peu spéciale. Elle me guide vers quelqu'un que je dois trouver.

– Et elles ?

– Oh, elles, elles suivent. Ce sont des idiotes. Mais attention, celui que je cherche peut les guérir.

– Bon. Tu veux sans doute rester ici avec tes deux protégées ?

– Ben oui, puisqu'il y a des endroits bizarres. Il ne peut être que dans un endroit étrange, vous savez.

– Je vis seul et cloîtré dans ce salon poussiéreux. Tu vois, dans le coin là-bas, ce grabat est mon lit. Il y a une petite cuisine à côté. Tout le reste du *castle* Mac Grégor est à l'abandon. Les tentures tombent en poussière, l'air marin a pourri les meubles. Et moi-même je m'égare dans les corridors, ayant oublié depuis bien longtemps la géographie des lieux…

– Et les fantômes ?

– Des apparitions. Mais nous parlons, parlons. Avez-vous faim ? soif ? sommeil ?

– Rien de tout cela. Je ne suis jamais fatiguée, parce que je… enfin j'ai surtout envie de voir les apparitions. Comment sont-elles ?

– Cela dépend. Mais si tu y tiens, la nuit est tombée, et je sens un petit courant d'air, comme une brise très légère, qui annonce une présence insolite. Allons mettre au lit tes deux idiotes et partons à la recherche des hôtes terrifiants du *castle* Mac Grégor.

Le vieux châtelain conduisit Tùatha et les Demoiselles jusqu'à une chambre au sol couvert de poussière. Là, il secoua la literie d'un lit déserté depuis des lustres, et parvint à arranger une couche acceptable.

Estelle et Edwige se laissèrent coucher sans réagir, fermèrent les yeux.

Quelques instants plus tard, elles dormaient.

Mac Grégor et Tùatha, s'éclairant d'une grosse et antique lampe à pétrole, dont le long col de verre fumait un peu, partirent à la découverte dans les couloirs déserts.

Il y avait une traînée d'eau sur le sol du couloir.

–Pourquoi il y a de l'eau? La toiture fuit?

–Non. C'est un signe. Cela signifie que ce que nous allons voir vient de l'eau… L'eau de la mer ou celle du loch Lovers. Mac Grégor se pencha, trempa son doigt dans la mince coulée liquide.

–C'est de l'eau douce… celle du loch!

Ils poursuivirent leur marche.

Le couloir tournait. Mac Grégor dit:

–Au-delà de ce coude se trouve la partie la plus mystérieuse du *castle*. Autrefois, j'évitais d'y aller. Je prenais le couloir dans l'autre sens, qui mène aux appartements, au donjon. Par ici se trouve l'escalier descendant aux caves et souterrains. Tout cela a toujours été un peu effrayant. Du temps de la splendeur de cette maison, même les domestiques refusaient d'y aller faire le ménage. On y rencontre des ouvertures béantes sur des marches qui s'enfoncent. Même pas de porte. Comme des gueules ouvertes. Tu es certaine de vouloir continuer?

–Bien sûr, puisque les apparitions sont là!

–Et si le filet d'eau nous conduit à l'escalier? Tu descendrais dans les souterrains où nul n'est allé depuis des siècles?

–Pourquoi pas? Moi je ne crains rien.

–Tu n'as pas peur de mourir?

Tùatha éclata d'un rire clair.

–Si tu n'as pas peur, alors moi non plus!

Et ils franchirent le coude.

Le couloir se poursuivait. Sur ses côtés, des portes, chambres ou communs. À quelques mètres d'eux, l'une d'elles était entrebâillée, grinçante. Un léger courant d'air, celui qu'avait senti Mac Grégor, la faisait bouger. Le filet d'eau venait de derrière cette porte.

C'était une chambre. Peu meublée, mais curieusement propre, au contraire de tout le reste du château. Un grand lit en occupait le centre. Sur ce lit un jeune couple était étendu.

Leurs mains étaient unies. Leurs visages, blafards. Aucune respiration ne soulevait leurs poitrines. Leurs vêtements étaient très simples, mais très anciens. Tùatha et son compagnon s'approchèrent et examinèrent les deux morts.

–Qu'est-ce que ça veut dire? interrogea la gamine.

–Je crois deviner, lui répondit Mac Grégor.

Tous deux, en présence des morts, parlaient à voix basse.

–Ce sont les amants noyés du loch Lovers. La légende du suicide de la jeune fille et du jeune homme remonte au XIIIe siècle… Et les voici devant nous. En tout cas leurs spectres sortis des profondeurs du loch, comme ils étaient il y a sept siècles.

Soudain, les amants trépassés eurent un léger mouvement. Même la morte vivante Tùatha eut peur : elle se serra contre le vieux Mac Grégor. Celui-ci assura sur sa tête son bonnet de laine écossaise, enveloppa Tùatha de son plaid écossais, et dit, avec son accent écossais :

–Tais-toi !… regarde !

Les deux spectres se dressèrent droit sur le lit. Sans que l'on ait pu voir comment, ils se retrouvèrent debout sur le sol. Ils se déplacèrent vers la porte. Sans marcher. Ils flottaient à quelques millimètres à peine du plancher.

–Il faut les suivre. Ils vont nous conduire là où ils veulent que nous allions, dit Mac Grégor.

Et le vieux châtelain, tenant par les épaules la rouquine unijambiste, se mit en route derrière les fantômes.

–Que saint Patrick nous protège, dit Mac Grégor. L'entrée des souterrains !

C'était comme une bouche de terreur. La peur semblait jaillir du trou, presque palpable.

Le jeune couple glissait vers le bas, sans toucher les marches de l'escalier recouvert d'une poussière grisâtre accumulée depuis des siècles : aucun des Mac Grégor ne s'était aventuré dans les caves souterraines depuis la nuit des temps.

Pourtant, le vieil homme et la gamine s'y engagèrent. Le seul bruit qu'ils entendaient était celui de la jambe de bois de Tùatha. Jadis, dans les abîmes sans fond des sous-sols du château, il avait dû exister des prisons. On voyait pendre des chaînes rouillées, scellées dans les murs. Certaines se terminaient par un bracelet auquel était encore relié un squelette humain décomposé, dissous par l'humidité. Des restes de portes béant sur des cachots habités par quelques rats qui s'enfuyaient dès que paraissait la lueur de la lampe à pétrole.

Les deux amants fantômes flottaient toujours, et cette sinistre promenade dura longtemps. Le petit groupe, les uns suivant les autres, parcourut deux ou trois kilomètres de couloirs obscurs bordés de geôles ou de culs-de-basse-fosse. On n'osait imaginer ce qui achevait de pourrir au fond.

Mac Grégor tâta du doigt une paroi de pierre suintant un liquide nauséabond :

–Des infiltrations d'eau… Nous devons être proches du loch.

Le sol devint incliné, une pente douce remontait vers la surface. Bientôt Tùatha vit la lumière des étoiles : une simple ouverture donnait à ciel ouvert quelque part sur la lande, à peu de distance du château.

–Nous venons sans doute d'emprunter un passage secret qui permettait de fuir en cas de siège, dit le vieil Écossais.

Dès qu'ils furent dehors, ils s'immobilisèrent, saisis par le spectacle. Devant eux se trouvaient les alignements de pierres levées. Le champ de menhirs. Ce champ, le loch dont on devinait l'étendue sombre sur la droite et le *castle* Mac Grégor formaient comme un triangle.

Le couple de noyés s'engagea entre les menhirs.

–Je ne les vois plus ! cria Tùatha.

–Moi non plus.

–Ils se sont évanouis.

–Sans doute nous ont-ils conduits là où nous devions aller…

–Où sont-ils maintenant ?

–Au fond du loch Lovers.

–Ma jambe de bois me tiraille vers les menhirs. Il faut entrer dans le champ !

–Pourquoi pas, petite. Après tout, ce champ et les pierres qui y sont plantées font partie de mes terres.

Tous deux avancèrent, passèrent entre les premières pierres. À peine eurent-ils parcouru le tiers du terrain empierré qu'ils s'arrêtèrent, stupéfaits.

Une forme sombre venait de s'écarter d'un menhir qui la dissimulait jusque-là. Cette forme était celle d'un homme, mais son visage était dans le noir de la nuit, ses traits indistincts. Il portait un kilt, en travers de sa poitrine une écharpe aux couleurs d'un clan inconnu, et sous son bras un sac gonflé duquel émergeaient comme des serpents. Mac Grégor murmura :

–Le fantôme au *bagpipe*, Monsieur cornemuse lui-même…

La musique, une vieille marche écossaise, retentit dans tout le champ de pierres. Elle courut sur la lande déserte, fit résonner les eaux du loch Lovers, gagna le *castle* Mac Grégor, se faufila par le passage secret, par les vitres brisées, par les portes démantibulées, et vint enfin sonner dans la chambre où dormaient Estelle et Edwige.

Avec un ensemble parfait, les Demoiselles de l'Étrange ouvrirent les yeux. Puis elles se dressèrent sur leurs lits. À peine vêtues de chemises de nuit d'homme que le châtelain avait prêtées à Tùatha pour en couvrir les deux simplettes, elles se levèrent et, silencieusement, quittèrent la chambre.

Leurs regards restaient vagues, sans vie. Mais elles trouvèrent sans aucun problème l'escalier conduisant à la porte d'entrée. Elles quittèrent ainsi le château et, toujours main dans la main, s'éloignèrent sur la lande. Que se passait-il dans leurs têtes ensevelies ? Rien sans doute. Mais la musique de la cornemuse les attirait. Le son était si fort que l'on aurait dit qu'un régiment entier de highlanders jouait. Le musicien, tout de noir et d'ombre, restait méconnaissable malgré la lune qui baignait le champ de pierres levées.

–Ses couleurs me sont inconnues, dit le vieux châtelain. En tout cas, ce ne sont pas celles des Mac Grégor. Ni d'aucun clan d'ici à Inverness…

En effet, le kilt du cornemuseur était, lui, bien visible.

–Cela fait combien de temps que ce fantôme hante la lande autour du château ?

–Quelques mois. Il joue, et soudain disparaît comme il est apparu. Sans que l'on puisse savoir d'où il vient et où il va.

–Je vais essayer de voir son visage, dit Tùatha.

Et aussitôt elle se mit en marche vers la silhouette.

Au même moment, Estelle et Edwige, les Demoiselles de l'Étrange, se démasquèrent de derrière un menhir, entre Tùatha et le fantôme à la cornemuse. Elles se tenaient par la main et toutes deux, tournées vers le fantôme, pleuraient à chaudes larmes.

Tùatha les contourna, vit leurs larmes et d'un geste tendre essuya leurs yeux avec son mouchoir. La musique du *bagpipe* cessa. Tùatha se retourna d'un bond, trébuchant sur sa jambe de bois : le joueur et son instrument avaient disparu.

–Vous avez vu ? Vous avez vu où il est allé ?

–Rien du tout, répondit Mac Grégor. Il jouait, et puis il a cessé de jouer et il n'était plus là.

–Il est peut être que derrière un menhir !

Tùatha et Mac Grégor cherchèrent autour de chaque pierre. Ils ne trouvèrent aucune trace du fantôme qui avait fait pleurer les Demoiselles de l'Étrange.

Assise en tailleur au milieu du champ de menhirs, Tùatha réfléchissait. Estelle et Edwige avaient retrouvé leur visage hagard, perdu. Leur yeux dont tout regard était absent se perdaient au loin du côté du loch. Mac Grégor arpentait le terrain, cherchant une trace. Tùatha concentre son esprit sur sa jambe de coudrier. Et elle sentit comme un frémissement. Elle ferma les yeux. Sa jambe de bois se mit à bouger. La gamine sauta sur ses pieds et se laissa guider.

À quelques mètres des premiers menhirs, se trouvait une petite butte de terre. Un monticule d'un mètre environ. C'est devant lui que la jambe de bois conduisit Tùatha. Sur le sommet de la butte de terre se tenait un corbeau.

LA FEMME MYSTÉRIEUSE

–Le fantôme reviendra, dit Mac Grégor.

–Ce n'était pas un fantôme.

–Comment ça?

–Moi je sais reconnaître un fantôme. Ils habitent là d'où je viens. Ce joueur de cornemuse était un être humain vivant.

–Alors où est-il?

–Il n'y a qu'un endroit où il a pu disparaître assez vite pour que nous ne puissions pas le voir.

–Et c'est?

–Dans cette butte de terre.

–Tu veux dire à l'intérieur?

–Exactement. Elle est creuse.

Tùatha fixa le corbeau qui les regardait avec méchanceté. Elle comprit immédiatement que l'animal noir indiquait une présence maléfique. Une semblable bête, déjà, avait tenu les Demoiselles sous une sorte d'hypnose, à l'intérieur du dolmen immergé de la côte bretonne.

Tùatha grimpa sur la petite hauteur et chassa le corbeau qui s'envola avec des croassements de fureur. De là où elle était, Tùatha voyait les Demoiselles, main dans la main. Les deux pauvres filles la regardaient. De même, le vieux Mac Grégor s'était arrêté et fixait Tùatha, dans l'attente de ce qu'elle allait découvrir.

La jambe de bois se mit à frétiller. Puis elle frappa de grands coups sur la terre, comme si la gamine aux cheveux rouges tapait du pied.

Ce ne fut pas long. La terre s'effrita, laissant apparaître une pierre carrée d'une soixantaine de centimètres de côté. Elle avait été habilement dissimulée par une mince couche de terre, que le pilon avait dérangée.

Allègrement, Tùatha sauta sur cette pierre. Et la pierre s'enfonça, doucement, comme un monte-charge qui descend. Tùatha disparut aux yeux de ses compagnons. Mac Grégor avait compris:

–Cette butte de terre dissimule un cairn. Un cairn mégalithique. Et la petite en a trouvé l'entrée.

Au-dessus du cairn, le corbeau tournoyait.

La pierre, mue par un mécanisme, s'arrêta quelques mètres plus bas. Devant Tùatha s'étendait un couloir creusé dans la terre et grossièrement étayé par de larges pierres plates, gravées de signes indéchiffrables, traces d'une ancienne civilisation. Probablement la même que celle qui avait composé, sous forme de squelettes encastrés et desséchés, l'ossuaire à l'intérieur du dolmen breton planté dans la mer.

Au bout du couloir, un incroyable spectacle attendait la petite morte. Une pièce ronde, avec pour seul élément un autel de pierre. Sur cet autel, inconscient, se trouvait allongé le « fantôme ». Sa cornemuse reposait à ses pieds. Un léger courant d'air, preuve que l'intérieur du cairn était respirable, agitait doucement la jupe de son kilt. Devant lui, une femme grande et belle, ses longs cheveux noirs pendant dans son dos, le regardait avec ravissement.

Tùatha ne connaissait pas la femme mystérieuse, l'ancienne petite fille jaillie d'une tombe bouleversée, et qui avait pris feu en sortant de l'ombre du bois pour s'exposer à la lumière. Par amour pour le petit garçon qu'était le Maître en ce temps-là. Mais Tùatha connaissait le Maître, qu'elle avait rencontré dans l'aventure des tours d'Elven. C'était lui qui était étendu là, sur cet autel.

Alors une bonne trentaine de corbeaux sortirent de différentes anfractuosités pratiquées dans les parois, et se précipitèrent sur Tùatha, faisant claquer leurs becs coupants. Tout se passa très vite. Les bêtes furieuses entouraient la gamine, sa jambe de bois s'agita et, comme si elle était douée d'une vie propre, tira et s'arracha du moignon de la pauvre Tùatha.

La gamine, déséquilibrée, tomba sur le sol et protégea son visage de ses bras. Les corbeaux lui donnaient des coups de bec cruels. La jambe de bois de coudrier disparut dans le couloir qui menait à la sortie. Mue par l'esprit des moines du Ladàkh assemblés, elle surgit à l'air libre. Puis elle alla se planter devant Estelle et Edwige, qui baissèrent les yeux et la fixèrent de leurs regards vides.

Tùatha, couverte de morsures et de piqûres, mais insensible à la douleur étant donné son état de morte, se redressa. Elle chassa les corbeaux les plus tenaces avec ses mains, et se mit à sautiller jusqu'à l'autel où était étendu le Maître. La femme mystérieuse s'adressa à la gamine :

–Ne t'approche pas de lui ! Ne le touche pas ! Le contact de quelqu'un de mort pourrait le tirer de l'état d'hypnose dans lequel je le tiens !

–Et comment vous m'en empêcherez ?

–Je peux te précipiter dans des profondeurs abominables, intermédiaires entre la vie et la mort. Jamais tu ne regagneras ton cimetière !

Même le vieux sage du monastère, qui lévite en ce moment pour t'aider, ne pourra rien pour toi !

–On verra bien, dit Tùatha philosophiquement.

En sautant sur son unique jambe, elle était parvenue devant l'autel. Mais un coup de bec violent lui fit perdre son fragile équilibre. Elle tomba sur le corps du Maître qui ouvrit aussitôt les yeux.

La femme mystérieuse tendit les bras vers la petite rousse :

–Maudite ! Tu vas disparaître à jamais et tu subiras une éternelle errance dans le gouffre imaginaire dans lequel je vais te précipiter !

Mais la femme mystérieuse se retourna, entendant un bruit léger. Se tenant par la main, Estelle et Edwige entraient dans la pièce ronde.

Il y eut un silence. Et tout à coup, une lueur fugitive passa dans le regard des deux idiotes. Cette lueur partit, puis revint et s'installa définitivement. Le Maître s'était glissé dans leurs esprits et, doucement, tendrement, les éveillait.

Elles eurent un frisson qui fit trembler tout leur corps. Elles se précipitèrent vers le Maître et l'aidèrent à se lever.

Dans le même temps, la jambe de bois reprenait sa place sous le moignon de Tùatha. Comprenant qu'elle avait perdu, la femme mystérieuse s'enfuit à toutes jambes, suivie par ses corbeaux piailleurs.

Quand le Maître, suivi de Tùatha et des Demoiselles, sortit du cairn, le champ de menhirs était désert. Mac Grégor n'était plus là. On entendait, loin dans la lande, les croassements des corbeaux. Il ne restait plus aux quatre compagnons qu'à regagner le château. Ce qu'ils firent.

Bientôt, installés devant un bon feu, ils entendirent Mac Grégor revenir. Il avait un drôle d'air.

–D'où venez-vous ? demanda le Maître.

–J'ai assisté à la fin de cette femme mystérieuse.

–Racontez ! dit Tùatha.

–Êtes-vous certains de vouloir entendre pareil récit ?

–Nous le voulons, dit Edwige.

–Elle nous a fait tant de mal, renchérit Estelle.

–Alors, écoutez.

Et le vieux Mac Grégor commença son récit.

–Elle se sauvait. À travers la lande, comme si on la poursuivait. C'était une femme vaincue, et elle le savait. Son prisonnier mental lui avait échappé. Les pouvoirs sans doute hypnotiques de cette sorcière ne pouvaient rien contre l'arrivée des Demoiselles. Tout rentrait dans l'ordre, et elle devait disparaître. Elle arriva devant le loch Lovers. Personne alentour, sauf moi qui me jetai à plat ventre pour qu'elle ne me voie pas. Une petite barque à fond plat était amarrée à la rive. On la manœuvrait avec une godille, c'est-à-dire une seule rame fixée à la poupe. Elle grimpa dans cette barque et bientôt se trouva à quelques encablures du bord où je me trouvais. Ce qui advint se passa très vite. Des bras jaillirent de l'eau. Les bras d'un homme, les bras d'une femme. Les quatre mains saisirent le bord de la barque. Celle-ci bascula et la femme fut ainsi précipitée dans les eaux sombres du loch. Elle s'enfonça presque aussitôt, happée, tirée vers le fond par ces bras qui devaient la tenir aux chevilles. À n'en pas douter, ces membres appartenaient aux deux amants de jadis, les amants noyés dont nous avons, la petite et moi, suivi le spectre dans les souterrains du château. Elle ne dit rien et se laissa couler. Comme elle disparaissait, une dizaine de corbeaux vinrent tournoyer autour de l'eau encore agitée de remous. Ils croassaient désespérément. Leurs cris aigus et bizarrement modulés rappelaient vaguement le son de la cornemuse. En véritable Écossais jadis chef de clan que je suis, j'essuyai furtivement une larme… Il me semblait entendre, résonnant sur les eaux du lac les premières mesures du *Scotland the Great*. Puis le calme revint, l'eau du loch fut à nouveau immobile et impassible. Les corbeaux s'éparpillèrent dans toutes les directions. J'attendis le retour du silence, puis je me dirigeai vers le château afin d'en apprendre plus sur les mystères auxquels j'avais assisté.

–Maître, dit Tùatha, dites-nous comment vous en êtes arrivé à devenir cornemuseur fantôme dans les landes d'Écosse !

–C'est bien, dit le Maître. Vous avez mérité de savoir, Mac Grégor. Et toi aussi, gentille Tùatha, ramenée d'entre les morts pour nous sauver. Mais attendez un instant, il me reste une chose à faire qui ne peut souffrir la moindre attente. Faites silence, je vous prie.

Et le Maître ferma les yeux.

Tout doucement, une pensée envahit son esprit. C'était le mental de tous les moines du monastère du Ladàkh. Le lien était renoué. Le Maître avait quitté l'état qui le rendait introuvable.

Estelle et Edwige, attentives, fixaient les yeux fermés du Maître. De ces yeux clos sortit une sorte de fluide. Qui entra dans la tête des Demoiselles. Et elles s'éveillèrent complètement. La mémoire leur revint, et avec elle le souvenir de leurs aventures. Comment, en pleine épopée, elles étaient soudainement retournées à leur opacité, à l'instant même où le Maître tombait sous le charme de la femme mystérieuse.

Le Maître ouvrit les yeux. La sérénité régnait dans la pièce. Il prit la parole.

–Maintenant je vais vous dire.

CONCLUSION

Le vieux Mac Grégor était allé chercher une bouteille poussiéreuse. Une des dernières étiquetées. Elle datait du temps où les Mac Grégor étaient de grands distillateurs et avaient leur propre marque. C'est dire si cet alcool était vieux. Il servit le Maître, se servit.

–Nous étions imbriqués dans une aventure inouïe. Une sorte de résurgence du passé. Estelle, Edwige et moi courions sur les traces de la Nonne Sanglante. Oh, je sais, vous savez sans doute qu'il s'agit d'une vieille histoire romanesque publiée jadis dans un de ces romans dits « gothiques ». Mais la Nonne Sanglante existe. Dès que nous serons rentrés à Paris, cette aventure se poursuivra. Donc, pendant que nous cherchions la Nonne Sanglante, cette femme mystérieuse tendait son piège. Dans une cabane de berger, quelque part sur le causse Noir, au cœur des Pyrénées, elle se dressa en face de moi. Aussitôt, je tombai en son pouvoir. Inconscient, j'eus à peine le temps de sentir mon esprit se fermer. Comme se fermait, privé de mon contact qui l'irriguait comme une source, l'esprit des Demoiselles de l'Étrange. Voilà.? C'est tout.

–Mais, dit Tùatha, et le fantôme à la cornemuse?

–Cette femme voulait m'éloigner. Elle me transporta dans ce cairn dont nul ne connaissait l'existence.

–Pourquoi? interrogea encore la rouquine.

–Je l'ai connue petit garçon. Elle s'est enflammée devant moi après avoir quitté sa tombe bouleversée, un corbeau sur l'épaule. La petite fille qu'elle était a sans doute aimé le petit garçon qui la rencontra ce jour-là. Et moi, je ne pouvais l'oublier. Comment oublier un amour d'enfance? C'est pour lui échapper que je suis entré au monastère du Ladàkh.

Ému, le Maître marqua une pause.

–La nuit, elle me permettait de sortir. Afin d'éloigner les importuns, elle inventa le fantôme à la cornemuse. Près des lochs, on croit volontiers aux apparitions. Le reste est encore plus simple; rien ne m'émeut comme le son bizarre et plaintif du *bagpipe*.

Tous le regardaient. Et tous pensaient qu'il n'avait pas tout dit, et que ses rapports avec la femme mystérieuse étaient sans doute plus complexes que ce qu'il venait de narrer. Mais personne ne parla.

Le surlendemain, tous quittèrent le vieux Mac Grégor qui les regarda partir avec nostalgie. En chemin, ils déposèrent Tùatha sur la côte bretonne, près du cimetière dont l'Ankou l'avait tirée. Estelle et Edwige ne voulaient pas la quitter, mais le Maître fut ferme :

– Il y a des choses auxquelles il ne faut pas toucher. Peut-être un jour pourrons-nous rendre à Tùatha l'aide généreuse qu'elle nous a apportée.

Et le Maître et les Demoiselles de l'Étrange regagnèrent Paris.

Le petit cimetière breton abandonné était silencieux. Il fut troublé par le bruit de deux hautes roues de bois. C'était une charrette. Elle s'arrêta devant la grille. Un homme vêtu d'une grande cape noire et coiffé d'un chapeau à larges bords en descendit. Il tenait une faux à la main.

C'était l'Ankou. Il entra dans le cimetière et se dirigea vers une petite tombe très ancienne, une simple dalle de pierre moussue, disparaissant presque sous la végétation.

L'Ankou resta un moment devant cette tombe. Venant de très loin sous la terre, il lui sembla entendre comme le refrain d'une chanson enfantine : « Qui craint le grand méchant loup... méchant loup... méchant loup... »

L'Ankou tira de sa cape un simple bouquet de fleurs. C'était des marguerites à longues tiges urticantes. Les mêmes qui avaient failli étouffer Estelle et Edwige au château de Ker-Goâl.

L'Ankou déposa le bouquet de fleurs sur la pierre tombale. Puis il se détourna.

Bientôt on entendit le bouquet de fleurs sur la pierre tombale. Et le silence retomba sur le petit cimetière.

Un vieux piano achevait de moisir non loin de la tombe. La dalle usée par le temps ne portait aucun nom gravé. Bientôt, elle disparaîtrait totalement sous les herbes folles. Sur la pierre un escargot se déplaçait lentement, laissant derrière lui une trace luisante.

LA NONNE SANGLANTE

UNE ROBE ROUGE ET BLANCHE

Quelquefois, en semaine, le Maître emmenait Estelle et Edwige faire une étrange promenade.

Tous trois se rendaient dans un cimetière parisien ou de proche banlieue. Là, pratiquement seuls visiteurs, ils cherchaient, les yeux au sol. Quand l'un d'eux découvrait une vieille tombe moussue, abandonnée, dans le coin le plus ancien, perdue au milieu des herbes, il faisait signe aux deux autres qui le rejoignaient.

Alors, à tour de rôle, chacun collait son oreille contre la pierre tombale, et écoutait.

Chaque fois, une voix humaine, lointaine, si lointaine, qu'ils n'étaient pas certains de l'entendre véritablement, montait des profondeurs.

Cette voix chantait « Qui craint le grand méchant loup, méchant loup, méchant loup... » ou bien fredonnait les premières mesures de *Scotland the Great*.

Le Maître et les Demoiselles savaient alors que la petite Tùatha, qui circulait de cimetière en cimetière, sous la terre, leur faisait signe.

Tùatha était pour eux présente dans chaque cimetière, dans le coin le plus reculé, le plus abandonné, le plus misérable.

Un matin, c'était un dimanche, le Maître jugea qu'Estelle et Edwige étaient suffisamment rétablies de leur longue période d'ensevelissement. Il ouvrit la porte de sa chambre. Au même moment, comme appelées mentalement, les Demoiselles sortirent de la leur.

Elles étaient en chemise de nuit, se frottaient les yeux, bâillaient. Le Maître gagna la pièce où il travaillait et elles le suivirent. Là, tous trois s'assirent dans de profonds fauteuils placés aux pieds du lutrin sur lequel le Maître disposait les documents à étudier.

– Voyons, dit-il, dites-moi ce dont vous vous souvenez dans l'affaire de la Nonne Sanglante.

– C'est une femme habillée en religieuse.

– Une robe blanche. Tachée de sang frais.

– Oui, elle est blanche et rouge.

– Elle apparaît comme un fantôme...

– Mais elle est matérielle.

– Elle s'incarne pour de vrai ; les fantômes ne peuvent pas tuer.

–Elle, elle tue.

–Avec des armes blanches. Couteaux, poignards, stylets...

–On ne sait pas d'avance où elle va s'incarner.

–Ces crimes sont, pour les autorités, insolubles.

–Elle tue puis disparaît.

–On ne sait pas comment.

–Elle passe derrière un mur, ou un arbre...

–Et puis plus rien.

–C'est tout ce qu'on sait.

–On a failli l'avoir une fois.

–Mais on s'est retrouvées idiotes, et vous avez été pris par la femme mystérieuse.

–On s'est réveillées en Écosse.

Elles se turent. Un instant passa, puis le Maître prit la parole:

–Vous souvenez-vous comment on a failli la coincer?

Elles firent non de la tête.

–Je vous avais utilisées comme relais mental, et j'étais ainsi parvenu à situer cette cabane à l'intérieur de laquelle devait s'incarner la Nonne Sanglante. Mais notre ennemie la femme mystérieuse avait lu mes projets dans ma propre tête, et nous tombâmes dans son piège.

–Vous pouvez nous utiliser encore!

–Oui, faites-le, cette Nonne Sanglante doit être quelque part!

–On ne réussit ces coups-là qu'une fois, dit le Maître en riant. Nous n'allons pas parcourir toute la France, car elle ne s'incarne que peu de temps chaque fois et change de lieu sans cesse. Non. Il faut qu'elle nous mette elle-même sur sa propre trace. Quand nous saurons où elle a frappé, nous nous y rendrons et là, nous suivrons sa trace.

–À partir de ce jour, le Maître et les Demoiselles, comme de simples détectives, se mirent à éplucher la rubrique des faits divers dans tous les quotidiens. Ils cherchaient un témoignage, un signe, un récit de témoin faisant mention d'une femme en robe religieuse blanche.

LE TRAIN FANTÔME

Tout dormait dans l'express de nuit fonçant vers la frontière.

Il était un peu plus de minuit. Toutes les portes des wagons-lits étaient closes. L'employé, les pieds sur sa petite table, s'assoupissait doucement.

Un bruit feutré attira son attention.

Les portes coulissantes qui séparaient le wagon de la voiture-bar venaient de s'ouvrir. La restauration était terminée depuis longtemps.

Le chef de train ? Un inspecteur des douanes ? Le contrôleur rectifia sa position et feignit de se plonger dans l'étude des passeports qui s'empilaient devant lui. Levant les yeux, il vit une simple religieuse s'engager dans le couloir.

Vêtue d'une robe blanche, la tête serrée dans une coiffe blanche. Que faisait-elle là ? Sans doute était-elle partie vers le restaurant afin de tenter – en vain – de nettoyer la coulée rouge qui maculait le devant de sa robe. Une couleur fraîche, luisante, qui coulait lentement.

L'employé n'eut guère le temps de voir autre chose. La religieuse le fixa, et il tomba endormi sur sa pile de passeports. La femme en blanc fit quelques pas et s'arrêta devant la porte du premier T2. Elle fixa la serrure qui aussitôt se débloqua. La sœur ouvrit la porte et entra dans le compartiment. Un couple dormait. L'homme sur le lit du bas, la femme en haut.

La Nonne sortit ses mains de ses larges manches. Les doigts de chacune d'elles étreignaient un stylet à la lame fine, longue, acérée.

Elle leva les bras et d'un mouvement précis enfonça la lame du stylet tenu par sa main gauche dans le cœur de la femme allongée au-dessus d'elle. La victime n'eut pas un soupir, pas un mouvement. Son cœur s'arrêta de battre et un mince filet de sang commença à couler jusqu'au sol où se forma une petite mare.

Pour l'homme, ce fut plus long. Il était mieux à portée. La Nonne se baissa et, lentement, calmement, en prenant son temps, elle lui trancha la gorge d'une oreille à l'autre. Cette fois le sang gicla, et un jet pourpre vint se fondre avec les traces rouges qui déjà maculaient la robe de la religieuse.

Impassible, elle abaissa la vitre. Le vacarme du train entra, accompagné de vent. La Nonne jeta les stylets. Projetés très loin par la vitesse de l'express, ils se perdirent dans la nuit. Alors la meurtrière quitta le sleeping et passa au suivant.

Vers une heure du matin, elle se trouvait tout au bout du wagon. Toutes les portes des compartiments étaient ouvertes et battantes.

Par chacune des fenêtres grandes ouvertes par lesquelles s'engouffrait un vent sinistre, elle avait jeté, à chaque opération, deux stylets. Ces stylets ressemblaient à ceux que portaient les spadassins du temps des Borgia. On devait plus tard en déduire qu'elle ne tuait jamais deux fois avec la même lame.

Alors elle tira le signal d'alarme.

Dans un bruit de freins surchauffés, avec un sifflement aigu, l'express s'arrêta.

La Nonne Sanglante ouvrit la portière à contre-voie et descendit. Elle se mit à courir. Le train était arrêté en pleine campagne. La forme blanche disparut bientôt. Seul le chef de train devait se souvenir de cette forme blanche. De même que le contrôleur du wagon, seul survivant, devait parler d'une nonne en robe blanche tachée.

Tous les journaux narrèrent le peu que l'on savait de cet inexplicable massacre. Et, en plein Paris, le Maître, Estelle et Edwige comprirent tous trois au même moment que la Nonne Sanglante était de retour.

Quelques jours plus tard, les enquêteurs abandonnèrent l'endroit où le train s'était arrêté. C'était une campagne rase. Chaque mètre avait été fouillé, mais aucune trace du mystérieux assassin en blanc n'avait été découverte. L'enquête s'orientait maintenant sur les victimes et les policiers cherchaient en vain un lien entre ces malheureux, lien pouvant justifier pareil massacre.

Par une matinée froide et brumeuse, le Maître, Estelle et Edwige arrivèrent dans cette rase campagne.

Si la Nonne Sanglante n'avait laissé aucune piste, les policiers, eux, avaient été moins discrets. Empreintes de pas, canettes de bières vides, mégots: le lieu précis où le train avait stoppé fut vite identifié.

Les Demoiselles s'assirent sur le ballast et regardèrent le Maître. Une muette interrogation se lisait dans leurs regards. Le Maître sourit.

–Nul ne disparaît sans laisser de traces. Nous savons que la Nonne s'incarne matériellement, puisqu'elle peut tuer. À vous de découvrir ce qu'elle a laissé derrière elle.

–Je ne vois rien, dit Estelle.

–Tout est désert, dit Edwige.

–Parce que vous cherchez avec vos yeux. Vous possédez d'autres sens. Le toucher, par exemple, et surtout l'odorat.

–Toucher ?

–Sentir ?

–Je vais vous aider. Vous allez passer la paume de vos mains sur les rails, jusqu'à ce que vous sentiez quelque chose. L'endroit précis où elle a posé les pieds en sautant du train.

–Mais c'est impossible !

–Il n'y a pas de véritable trace !

–Je vais me glisser un peu dans votre tête, dit le Maître. Et avec moi, le Vénérable et tous les moines du Ladàkh qui sont en ce moment réunis. Nous allons décupler votre sensibilité. Vous serez notre relais.

Et, en effet, Estelle et Edwige sentirent bientôt comme une étrange douceur les pénétrer. Dociles, elles fermèrent les yeux, s'isolant du monde, et chacune se mit à caresser un des deux rails parallèles.

Ce ne fut pas long. À peine avait-elle parcouru quelques mètres qu'Estelle dit à mi-voix :

–Je sens quelque chose... Viens Edwige !

Edwige rejoignit Estelle, et toutes deux posèrent leurs mains sur le rail, comme un masseur pose ses mains sur la chair de son patient.

–C'est là. Son pied s'est posé là.

Les mains d'Edwige quittèrent le rail et cherchèrent un instant sur les cailloux :

–Et son autre pied était ici...

Toutes deux dirent en même temps :

–Elle s'en enfuie droit devant elle.

Mais il n'y avait que la rase campagne déserte.

–Votre odorat va nous permettre de la suivre, dit le Maître.

De nouveau, les Demoiselles fermèrent les yeux. Leurs narines se dilatèrent, et...

–Une odeur bizarre...

–Désagréable...

–C'est...

–Oui, c'est l'odeur du sang !

–Le sang qui coule sur sa robe blanche a laissé son emprunte olfactive !

Tous trois se mirent en marche à travers la rase campagne, suivant la trace sanglante de la Nonne monstrueuse. Tout à coup, Edwige s'arrêta.

–Maître... L'odeur est partie... Je ne sens plus rien.

–Elle s'est évaporée. Nous ne retrouverons pas la piste aujourd'hui. Il faudra qu'elle commette de nouveaux meurtres pour que vous puissiez à nouveau la sentir. Rentrons à Paris.

Estelle n'avait rien dit. Dans sa tête se déroulait un étrange combat. Les Demoiselles étaient si liées l'une à l'autre, que la pauvre Estelle n'osait pas contredire Edwige. Pourtant, elle, Estelle, sentait encore l'odeur fade du sang frais. Erreur de ses sens ? Peut-être. Toujours est-il qu'elle resta avec cette odeur déplaisante. Sans rien dire ni à Edwige ni au Maître. Mais dans son esprit des idées arrivaient, troublantes : et si la Nonne Sanglante l'avait repérée, elle, et lui avait laissé cette odeur collante comme une marque… Et si cette Nonne allait la rechercher, la prendre, la tuer ?

Estelle se promit d'être prudente. Et si, le lendemain, cette senteur trouble était toujours là, elle en parlerait au Maître.

DANS LES PROFONDEURS DE LA SEINE

Vers onze heures du soir, le Maître se retira dans ses appartements après avoir souhaité le bonsoir aux Demoiselles. En embrassant Estelle, il hésita un instant, fut sur le point de dire quelque chose, mais s'en abstint. Avait-il deviné qu'un secret se cachait dans la tête de la Demoiselle ? Mais il était trop respectueux de leur vie intérieure pour interroger.

Estelle se coucha avec l'odeur du sang qui semblait l'environner. Et elle s'endormit ou crut s'endormir. Dans le lit au-dessus d'elle, Edwige dormait elle aussi.

Un temps passa. Le lointain ronronnement de la ville berçait le sommeil des Demoiselles. Soudain, les lits à étage bougèrent très légèrement. Mais ce mouvement fut suffisant pour qu'Estelle ouvre les yeux.

Dans la pénombre de la chambre, elle vit une forme noire qui se coulait sur le sol, sortant de sous le lit. Étant sur la couche du bas, Estelle aurait pu tendre la main et toucher la chose. Mais la peur la paralysait. Car cette chose qui se traînait jusqu'au centre de la pièce dégageait comme un relent de sang nauséeux.

La forme se redressa lentement et fit face à Estelle. La lumière lunaire entrait par le fenêtre et rendait la silhouette identifiable. Estelle se redressa sur les coudes et étouffa un cri.

Devant elle se trouvait une éblouissante adolescente romantique. De longues anglaises blondes tombant sur ses épaules, elle pouvait avoir treize ou quatorze ans. Sa robe à volants était parée de multiples fanfreluches et rubans de couleurs vives. Elle était chaussée de souliers vernis blancs, et ses mains étaient également gantées de blanc. Elle sautait à la corde, sur place, claire, limpide, souriante, rassurante.

Estelle se souvint vaguement d'avoir déjà rencontré cette petite fille de rêve, un peu plus jeune peut-être. Mais elle oublia que la gracieuse apparition s'était transformée en un gnome repoussant[1].

Un nom vint aux lèvres de la Demoiselle : « Marguerite ». Elle murmura ce nom. Venait-il du plus profond de son inconscient, d'un jour lointain où elle avait rencontré fugitivement celle qui sautait à la

1. Voir *Les Demoiselles de l'Étrange*, « Le mystère souterrain ».

corde en silence, ou ce nom évoquait-il pour elle ces fleurs avec lesquelles le Maître, enfermé dans son petit cimetière de campagne, les avait attirées ? Ou encore les dangereuses marguerites au parfum empoisonné du château de Ker-Goâl ?

L'apparition arrêta de sauter, lâcha sa corde, et tendit les mains vers Estelle. Son sourire était si confiant, si innocent, si gentil, que la Demoiselle quitta ses draps, repoussant ses couvertures, et prit pied sur le sol, en évitant de faire trembler le lit à étage afin de ne pas réveiller Edwige.

Elle prit dans les siennes les mains qui s'offraient. Elle sentit la chaleur de la paume. La jeune fille bouclée était donc véritable.

Et Estelle se laissa entraîner vers la porte, sans plus prêter attention à une vague odeur qui se dégageait de « Marguerite » et rappelait celle du sang…

La porte se referma derrière elles.

Edwige dormait toujours.

Les deux silhouettes, sur la pointe des pieds, traversèrent l'appartement, passèrent en silence devant la porte du Maître. Un clin d'œil plus tard, elles dévalaient l'escalier vers la porte donnant sur la rue, en riant gaiement.

Sur le trottoir, Estelle frissonna. Elle ne portait qu'un léger pyjama et des socquettes en coton. Mais déjà sa compagne l'entraînait.

Rêve ou réalité ? La rue descendait, descendait, et en bas était le fleuve. Prise d'un doute, Estelle s'arrêta. Marguerite la dévisagea.

–Où va-t-on ? demanda Estelle.

L'apparition murmura :

–Sur le fleuve. Viens.

L'haleine de Marguerite sentait le sang.

Estelle voulu reculer, mais sa compagne la saisit par la taille et l'entraîna. Toutes deux coururent, l'une tirant l'autre, vers les berges de la Seine que l'on devinait tout en bas.

L'image que donnaient les berges était sinistre.

Le fleuve coulait, silencieux, masse noire mouvante, à peine perceptible.

Aucun bruit de circulation ne venait de la voie express, qui devait être fermée. Estelle vit en effet que le niveau de la Seine avait monté. Elle fut incapable de se souvenir s'il avait plu, ces derniers temps. Toujours est-il qu'il aurait suffit à la Demoiselle de fléchir les genoux pour que son pied touche la surface. Aucune lumière en provenance des quais. Seule la nuit, et la présence du fleuve qui coulait, coulait. Estelle se tourna vers Marguerite :

–Qu'est-ce qu'on fait ici ?

–Nous nous promenons, gentille Demoiselle…

–Je veux rentrer, j'ai peur.

Estelle était redevenue une petite fille apeurée. Mais son étrange guide bouclé émit un rire clair et rassurant :

–Viens avec moi…

–Qui es-tu ?

–Je suis la plus jolie chose qu'il y ait dans ta tête. Tu ne te souviens pas ? Nous nous sommes déjà rencontrées.

–Oui, je me rappelle. Mais tu t'étais transformée en un gnome repoussant…

–Aujourd'hui le méchant gnome est vaincu. Je ne suis plus que Marguerite, une petite compagne pour t'aider, te distraire, te guider.

–Où est Edwige ? se lamenta Estelle qui cherchait à se raccrocher à ce qui lui restait de raison.

–Edwige ? Qui est Edwige ? Je ne la connais pas, elle n'existe pas.

Estelle cru tomber dans un puits sans fond :

–Edwige ! cria-t-elle.

Mais Edwige ne lui répondit pas. Seul entra dans sa tête malmenée le rire cristallin de Marguerite. Cette dernière s'était mise à sauter à la corde. Sur la pierre du quai, juste au bord de l'eau noire. Estelle, terrifiée, abandonnée, se mit à pleurer en silence. Puis, entre deux sanglots, elle murmura :

–Maître… Edwige… Venez à mon secours.

–Il n'y a que toi et moi. Nous seules existons, tu comprends. Les autres ne sont que des créations de ton esprit malade. Avec moi, tu vas guérir. Viens, prends ma main.

Marguerite lâcha sa corde, tendit les deux mains à Estelle. Marguerite qui était si jolie, avec ses anglaises, sa petite robe de taffetas rose, oui, Estelle malgré la nuit la voyait rose, ses nœuds de couleurs… Marguerite qui venait du temps passé, de l'inconscient le plus profond de la Demoiselle.

La mémoire d'Estelle s'en allait. Déjà la réalité du Maître et d'Edwige s'effaçait. Déjà plus rien n'existait pour elle que cette petite fille magique qui lui tendait les mains et dont la voix était si belle.

Estelle sentit ses bras se lever, ses mains se fondre dans celles de Marguerite, et toutes deux s'approchèrent du bord.

Là, juste sous elle, une barque à fond plat flottait, régulièrement cognée contre la pierre du quai. Le petit bruit régulier de la barque en bois contre la maçonnerie emplissait l'esprit d'Estelle. Rien n'existait plus que ce bruit. Mêlé à celui, immense, sourd, du fleuve noir qui coulait.

Soudain Marguerite, en riant, poussa Estelle qui se sentit tomber. Elle dégringola sur le plancher de la barque, folle de peur. Mais Marguerite sauta derrière elle, l'aida à s'asseoir sur le banc transversal à la poupe, s'assit elle-même sur celui d'en face. La barque partit au fil de l'eau, gagna le milieu du fleuve, entraînée par quelque mystérieux courant.

Transie, Estelle serra contre elle la veste de son pyjama en satin doré.

Elle ferma les yeux, essayant de retrouver le visage d'Edwige. Mais comme celui-ci se formait, la barque tangua. Le visage s'évanouit, Estelle rouvrit les yeux, se cramponnant au bord.

Devant elle Marguerite n'était plus Marguerite.

Comme jadis la petite fille bouclée s'était transformée en nain hideux et menaçant, la petite fille de cette nuit étrange s'était métamorphosée. Estelle était face à une femme jeune, jolie, de cette beauté un rien banale, aux traits fins et sans personnalité, comparable à celle de la danseuse de music-hall qui posa, dit-on, pour le portrait officiel de Thérèse de Lisieux. Celle-ci était vêtue d'une longue robe blanche. Monacale. De larges taches rouges, d'un rouge frais, maculaient cette robe. Le visage était enveloppé d'une capuche également blanche. Sur la poitrine, un gros crucifix de bois. Un chapelet servait de ceinture, et maintenait plusieurs poignards anciens à la lame effilée. C'était la Nonne Sanglante.

Estelle eut un mouvement comme pour fuir. La barque tangua. L'eau noire de la Seine faillit entrer. Quelques gouttes mouillèrent le pyjama de la Demoiselle.

–Faites-moi revenir, dit Estelle d'une voix blanche. J'ai peur. Où est Edwige ? Où est le Maître ?

–Il n'existe ni Edwige ni Maître, dit la Nonne d'une voix douce. Tu es seule au monde. Seule avec moi. Et nous allons nous noyer…

–Je ne veux pas ! Je ne veux pas !

Pour toute réponse, la Nonne tira de sa ceinture-chapelet deux poignards. Elle les brandit, un dans chaque main. Et comme Estelle se dressait épouvantée, au risque de faire chavirer la barque, d'un geste violent elle les planta à ses pieds. Estelle fixa les deux lames enfoncées dans le plancher du bateau.

La Nonne les arracha, et par les fentes qu'elles laissèrent, l'eau noire entra. En quelques instants, les pieds des navigatrices étaient immergés.

Estelle cria, hurla, appela au secours. Mais les rives de ce Paris de cauchemar restaient silencieuses, aucune voiture ne passait sur la voie express. Et la barque filait toujours, descendant le fleuve.

La course se ralentit : le bateau s'enfonçait. Il s'immobilisa et commença à couler. Au bout de quelques instants, Estelle debout eut de l'eau jusqu'à la taille, tandis que seuls la tête et le cou de l'impassible Nonne émergeaient encore.

Estelle se sentit avalée par l'eau noire. Environnée par le noir, celui du fleuve glauque et celui de la nuit, nuit qui aurait dû être troublée par les lumières de la ville, mais qui semblait si épaisse qu'elle recouvrait tout, la Demoiselle se laissa glisser, parvenue au faîte de la peur et de l'angoisse.

Tout d'abord la Nonne disparut. Puis Estelle sentit se refermer tout autour d'elle le froid de l'eau mouvante.

La barque, Estelle et la Nonne Sanglante s'abîmèrent dans les flots, en un sinistre et silencieux naufrage.

Le liquide immonde, qui charriait des ordures, des cadavres d'animaux, mille souillures et pestilences, entrait dans la bouche d'Estelle, dans ses oreilles, dans ses narines. Elle attendait un évanouissement qui ne venait pas. Elle coulait, coulait... Tout au fond de la Seine, il y a la boue. La vase accumulée depuis des siècles, faite de tous les déchets de la ville.

Estelle s'enfonça dans ce magma, les pieds d'abord, puis les chevilles, les jambes. Et toujours elle était consciente. Aucune noyade n'arrêtait sa respiration, aucune perte de connaissance. Elle se sentait enfoncée dans le gluant mélange, incapable de bouger, ses longs cheveux flottant au-dessus de sa tête, son pyjama de satin collé à son corps.

Elle ne voyait plus, et ne pouvait plus que *sentir* contre elle la vase qui l'engluait, qui bientôt la recouvrit tout à fait. Où était la Nonne, où était-elle ? Estelle gisait sous les eaux polluées du fleuve, toute seule, toute noire, tout épouvantée.

Alors son esprit qui ne comprenait pas ce qui lui arrivait vécut la chose la plus horrible au monde : il se mit à régresser.

À toute vitesse défilèrent dans sa tête les aventures des Demoiselles de l'Étrange. Elle aurait voulu au passage happer le Maître, saisir Edwige, mais ses bras restaient collés à son corps par la pression de la vase.

Et elle s'enfonçait, descendait de plus en plus profondément...

Tout défilait en sens inverse, du présent vers le passé... Toutes les aventures, jusqu'à la charrette où le Maître s'était glissé dans leurs esprits, à elle et à Edwige, et les avait éveillées.

Puis ce fut « avant » : le petit cimetière de campagne avec les grandes marguerites, et cet homme enveloppé dans un linceul qui cueillait les fleurs et les leur lançait pour éveiller leur attention.

Des marguerites... Ce nom lui disait vaguement quelque chose... Marguerite. N'était-ce pas une personne qu'elle connaissait ?

Puis tout s'éteignit. Sa tête demeura vide. Estelle cessa de descendre dans la vase, ses pieds se posèrent sur le fond du fleuve. Mais elle fut incapable de s'en rendre compte : elle était redevenue l'idiote du village du début, elle ne pensait plus, elle était ensevelie, elle était morte.

UN RECUL DANS LE TEMPS

Edwige ouvrit les yeux.

Il faisait encore nuit, mais quelque chose avait troublé son sommeil.

Elle murmura « Estelle ». Silence. Inquiète, Edwige descendit sans faire de bruit du lit supérieur et se pencha au-dessus d'Estelle qui dormait.

Edwige retint un cri : le visage d'Estelle avait changé. Au lieu de l'expression calme qu'aurait dû avoir la Demoiselle, Edwige voyait une expression de vide absolu, de néant, de rien. Immédiatement, elle comprit : sa compagne était retombée dans son absence originelle. Elle n'était plus une Demoiselle de l'Étrange, mais une pauvre idiote de campagne, venant d'on ne sait où. Edwige, atterrée, la secoua. Estelle ouvrit les yeux, mais son regard était éteint, sans vie.

Alors Edwige vit l'incroyable état de sa compagne.

Le ravissant pyjama de satin doré disparaissait sous une épaisse couche de vase. Une odeur nauséabonde s'en échappait.

Affolée, Edwige, serrant contre elle sa chemise de nuit diaphane, sortit de la pièce en courant. Elle traversa le couloir, parvint à la porte des appartements du Maître. Et elle fit ce qu'aucune d'elles n'avait jamais osé : elle frappa de ses poings fermés contre le bois.

D'habitude, toutes deux, si elles se levaient les premières, s'en allaient sur la pointe des pieds se préparer un petit déjeuner. Le chuchotement était de rigueur, troué de rires étouffés, jusqu'à ce que la porte du Maître s'ouvre. Alors un joyeux pandémonium détendait les Demoiselles.

La porte du Maître s'ouvrit.

– Maître ! Maître ! Vite ! Estelle ! balbutia Edwige.

Sans répondre, le Maître se précipita derrière elle.

Et force lui fut de constater que la Demoiselle avait perdu toute pensée, et qu'elle était souillée par une boue mystérieuse et puante.

– Maître ! qu'est-ce qu'on peut faire ? Ramenez-la !

C'était la première fois que les Demoiselles étaient dans des états différents. Le Maître était perplexe. Il tenta de rassurer la gémissante Edwige :

– Elle reviendra. Je crois comprendre quelque chose : elle est à mi-chemin entre son rêve et la réalité. Tu vois, cette boue, c'est son rêve qui pénètre le réel. Il faut que le réel gagne sur le cauchemar!

–Comment vous le savez, Maître?

–Le Vénérable et les moines du monastère sont assemblés. Aux écoutes. Et leurs esprits pénètrent celui d'Estelle, ou ce qu'il en reste. Bien peu en vérité.

–Mais quel cauchemar? Comment a-t-il pu s'emparer d'elle?

–Quelqu'un le lui a envoyé. Quelqu'un qui veut s'en prendre à vous. Après Estelle, cela risque d'être ton tour, si nous ne parvenons pas à repérer celui qui agit.

–Pourquoi nous et pas vous, Maître?

–Je ne sais pas. Peut-être parce que vous êtes plus influençables. Ou qu'à travers vous, c'est moi que l'on atteint, car je n'existe que par vous. De même, si je disparaissais, vous seriez replongées dans votre néant.

–Qu'allons-nous faire, Maître?

Le Maître réfléchit un instant. Ses yeux ne quittaient pas la pauvre Estelle. Mais dans son esprit, il faisait le vide pour laisser entrer le mental commun du Vénérable et des moines du Ladàkh, assemblés dans la grande salle.

Tout à coup, une idée lui vint. Venait-elle de lui-même, ou lui était-elle suggérée par ses lointains inspirateurs? Il souleva Estelle et, suivie d'Edwige, la porta dans sa pièce de travail.

–Il faut voir si nous parvenons à la faire réagir à quelque chose. Edwige, ferme les persiennes, tire les rideaux.

Docilement, elle alla sur le balcon, ferma les volets, rentra, tira les lourds rideaux. L'obscurité se fit. Le jour frappait contre les volets, parvenait à empêcher le noir total. Edwige distinguait la haute silhouette du Maître, quelques meubles. La pièce était vaste et décorée d'étranges objets. Le grand lutrin sur lequel le Maître posait les livres qu'il étudiait était éclairé par un trait de lumière venu du dehors entre deux lattes disjointes des persiennes. Edwige était intimidée: les Demoiselles n'étaient pas souvent conviées dans les appartements du maître. Mais la situation était grave.

Edwige regardait avec étonnement et admiration cette pièce pour elle magique, mais Estelle, la bouche un peu ouverte, le regard vide, se tenait plantée là sans le moindre mouvement. Le Maître posa une main sur l'épaule d'Edwige:

–Je vais me servir de toi comme relais.

–Oui Maître, répondit-elle docilement.

–Je vais te mettre sous hypnose. Et je me glisserai dans la tête, comme lorsque je vous ai éveillées, Estelle et toi, tu te souviens?

–Oh oui, c'était tendre, c'était doux…

–Et je vais t'envoyer des impulsions, des images. Ces images sortiront de tes yeux, comme des images venues d'un projecteur cinématographique. Elles se recomposeront sur ce grand mur blanc et vide en face de toi. Et Estelle les verra. Peut-être une de ces images provoquera-t-elle un mouvement, une réaction qui nous mettra sur la piste.

–Oui Maître. Je suis prête.

–Cette expérience demande une grande concentration physique. Une tension mentale éprouvante pour toi et moi. Nous ne devons pas être dérangés. Va débrancher le téléphone, couper la sonnette de l'entrée.

Edwige fit comme le Maître disait et revint silencieusement dans la pièce.

Le Maître la plaça face au mur vide, debout, les bras le long du corps. Puis il assit l'indifférente Estelle sur une chaise, entre Edwige et le mur. Estelle regardait ce mur sans paraître le voir.

Alors, l'envoyé du monastère fixa les yeux d'Edwige, fit des passes avec ses mains, murmura quelques mots. Au bout d'un instant, Edwige était profondément endormie. Sans dire un mot, le maître ferma les yeux et glissa son esprit dans celui de sa Demoiselle, qui tressaillit dans son sommeil.

La voix basse du Maître parvenait à son cerveau et une image tout doucement se formait, qui traversait son esprit et ressortait par ses yeux :

–Il tourne… Sur un manège de chevaux de bois anciens… Devant la tour Saint-Jacques… Tu te souviens de lui ? C'est Triboulet. Il vous guettait, cette nuit-là, tu te souviens ?

Une ombre se forma sur le mur blanc.

–Triboulet ! avec son tricorne à clochettes et sa marotte !

L'ombre bougea, prit forme.

–Il est rouge, il est bleu, ses couleurs sont vives et claquent dans la nuit… Il tourne avec le manège…

Sur la surface blanche du mur, l'image de Triboulet, éclatante de couleurs, grimaçante, dansait follement. Mais Estelle ne réagit pas.

Le Maître ferma son esprit et l'image disparut. Puis il se concentra à nouveau. Une petite forme noire se matérialisa sur le mur. Un double pinceau de lumière paraissait sortir des yeux d'Edwige. La petite forme noire projetée par la Demoiselle sous hypnose se précisa. C'était un oiseau. Un corbeau. Et presque aussitôt un visage se dessina. Celui d'une étrange femme brune. La femme mystérieuse qui les avait si longtemps combattus.

Mais cette fois encore Estelle ne réagit pas. Alors les images se succédèrent de plus en plus vite. Le méchant châtelain de Ker-Goâl, Tùatha l'Ankou, les dieux de l'île des trépassés, Horus, la Harpie, tous ceux qui s'étaient heurtés aux Demoiselles. Mais Estelle resta sans le moindre mouvement. Pourtant, ses yeux bougeaient avec les images, preuve qu'elle voyait.

Toutes les aventures des Demoiselles de l'Étrange défilèrent ainsi sur le mur de la pièce. Et rien ne réveilla l'esprit d'Estelle.

Déçu, le Maître arrêta. D'un geste il rendit conscience à Edwige. Le mur fut replongé dans la pénombre.

– Tous ceux qui ont pu impressionner son esprit ont été projetés sur ce mur.

– Tous ? Même Méduse, même...

– Tous. Ceux qui sont morts comme ceux qui sont en fuite. Aucun d'entre eux ne l'a fait réagir. L'attaque vient d'ailleurs. D'un ennemi que nous ne connaissons pas. Pas encore.

Tout à coup, les yeux d'Edwige s'ouvrirent tout grands, ainsi que sa bouche. Elle se mit à trembler de tout son corps. Le maître la prit aux épaules, la secoua, affolé :

– Edwige ! Qu'est-ce qui se passe ? Que t'arrive-t-il ?

De plus en plus tremblante, Edwige sembla perdre conscience sans que le Maître y soit pour quelque chose. Elle se tourna vers le mur. Des pinceaux lumineux sortirent de ses yeux.

– Résiste ! cria le Maître. Une force inconnue s'empare de ton esprit !

Mais cette force était trop puissante pour la fragile Demoiselle.

Une forme blanche parut sur le mur. Le Maître regardait, regardait l'image de leur ennemi qui lentement se matérialisait, projetée par les yeux de la jeune possédée.

C'était une silhouette de femme, debout, immobile. Elle portait une robe blanche monacale, une coiffe blanche de religieuse enserrait sa tête. Le visage était jeune et les traits réguliers et purs. Elle souriait. Mais son visage avenant était terni par les rouges et humides taches de sang qui maculaient sa robe. À sa ceinture faite d'un chapelet, deux poignards étaient passés. Le crucifix de bois qui pendait à son cou s'arrêtait entre les seins, juste au-dessus des taches de sang.

Stupéfait, le Maître la fixait, incapable de réagir.

À ce moment, les yeux d'Estelle, ses yeux indifférents et morts, se posèrent sur l'image.

Estelle se dressa d'un seul coup, poussa un long cri modulé, comme le hurlement à la mort d'un chien ou d'un loup. Puis elle s'effondra tel un pantin dont on tranche les fils, évanouie.

L'image s'effaça, les pinceaux lumineux des yeux d'Edwige s'éteignirent, et la Demoiselle chut à son tour sur le tapis, sans connaissance.

Atterré, le Maître contemplait ses Demoiselles évanouies.
Il comprit qu'il venait de rencontrer la Nonne Sanglante.

Estelle et Edwige reprirent conscience en même temps.

Toutes deux sourirent. Le cauchemar les avait quittées. Elles avaient retrouvé leur espièglerie, leur vivacité.

La sinistre Nonne avait lâché l'esprit d'Estelle.

Le Maître acheva de les rassurer. Il les baigna, les coiffa, les parfuma. Puis, il les enveloppa dans de grandes robes de chambre en tissu-éponge blanc, qui tombaient jusqu'à leurs pieds. Enfin, il les installa à la table de la cuisine où il leur servit un chocolat chaud.

Les Demoiselles oubliaient leurs émotions, tant leurs esprits étaient simples et candides.

Doucement, avec précaution, le Maître les soumit à l'inévitable interrogatoire, car il pensait avoir compris quelque chose :

–C'est après vous qu'elle en a. Je crois qu'elle n'existe pas matériellement parlant ; elle n'est qu'une projection mentale très forte. Mais elle est matérielle quelque part. Elle se projette à distance. Durant de courts moments. Elle vous a cherchées. Partout où elle s'est incarnée, à michemin entre le réel et le fantasme, elle a tué. Maintenant qu'elle vous a découvertes, elle vous persécute. Pourquoi ? Vous l'avez déjà vue ?

–Non, Maître. Jamais.

–Son visage de chromo, régulier et banal comme celui des saintes ou des vierges que l'on voit, vous savez, sur les cartes religieuses enluminées que l'on recevait… dans le temps… et que l'on glissait dans les pages du livre de messe… Non, je ne l'ai jamais vue.

C'était Estelle qui venait de parler. Le Maître lui caressa le visage de ses mains :

–Tu viens pourtant de relier cette femme à un souvenir précis : la petite fille à qui l'on donnait des images pieuses qui lui servaient à marquer les pages de son missel.

–Cela m'a traversé comme ça, sans raison…

–Et toi, Edwige. Ce que vient de dire Estelle n'évoque rien pour toi ?

Edwige réfléchit intensément. Perdue dans sa tête, elle dit, d'une toute petite voix lointaine :

–Les images pieuses… Oui, je les vois… La Sainte Vierge, sainte Thérèse et les autres… Toutes avec leur visage à l'ovale parfait… Leurs lèvres pâles sur lesquelles je voulais passer du rouge… Leurs voiles blancs ou bleus… Les calices, les enfants sages tout autour… La crèche… Oui, ces images dorées je les ai tenues dans mes mains, moi aussi je les ai glissées dans mon missel…

– Mais cette jeune femme tout aussi belle que les autres mais dont la robe blanche est tachée de rouge… Tu ne la vois pas ?

– Non…

– Pourtant elle doit être là, elle fait partie de ce souvenir qui vient de se réveiller… Peut-être justement parce qu'elle t'a visitée, Estelle, parce qu'elle t'est apparue, Edwige…

Mais rien n'y fit. Les Demoiselles se souvenaient bien chacune de son missel, mais nullement d'une nonne, sanglante ou non. Et déjà elles redevenaient les espiègles compagnes du Maître.

Comme elles commençaient, insouciantes, une bataille de coussins, le Maître quitta discrètement l'appartement. Il lui fallait réfléchir, méditer sur la situation. Pour cela il se rendit dans le Ve arrondissement et entra dans les petites arènes de Lutèce désertes. Il aimait le calme de cet endroit. Et, sans doute aussi, se souvenait-il du jour où la femme mystérieuse avec son corbeau sur l'épaule lui était apparue. Le Maître ne l'avait jamais oubliée et dans le fond de son cœur il gardait pour elle une sorte d'affection. Affection pour la petite fille sortant de sa tombe bouleversée et qui avait pris feu devant le petit garçon qu'il était alors, enflammée par la lumière du soleil.

Le Vénérable et les moines du Ladàkh avaient déserté sa tête, respectant sa méditation.

« Elle va chercher de nouveau à les atteindre, pensa-t-il, je dois la devancer. »

Il faisait les cent pas, au centre de l'arène, cerné par les gradins de pierre.

Peu à peu, une stratégie se faisait jour dans son esprit. Un moyen de sauver les Demoiselles des attaques de la nonne fantomatique. Un moyen de sauver Estelle et Edwige par leurs propres souvenirs. Leur mémoire la plus lointaine, la plus enfouie, celle dont elles avaient perdu la trace. Cette mémoire qui existait dans leur inconscient mais dont nulle trace palpable ne remontait à la surface. Une mémoire abolie et dont pourtant une image était parvenue à percer l'espace intérieur de l'oubli, une image clé si forte et si déterminante qu'elle pouvait permettre au reste de revenir. C'était l'image des cartes pieuses, de ces cartes dont les Demoiselles avaient sans doute, dans un très lointain passé, dans une petite enfance effacée, garni leurs missels.

Quel rôle tenaient les images pieuses dans l'histoire ? Quel rapport entre ces chromos bien-pensants, ces bondieuseries, et la Nonne Sanglante ?

Quelque chose traversa l'esprit du Maître. Les descriptions de la Nonne, faites par le contrôleur des wagons-lits, puis par les Demoiselles

elles-mêmes, Estelle qui avait vu sa petite fille fantasmatique se transformer sur la barque errant au fil de la Seine, Edwige qui l'avait vue sous hypnose... Oui, toutes les descriptions concordaient. La Nonne était jeune et belle, mais d'une beauté banale. Son visage avait cet ovale des dessins de la Vierge ou de sainte Thérèse de Lisieux. Beauté sans personnalité, beauté de gravure. Oui, c'était cela, la Nonne ressemblait aux images pieuses.

Quelle leçon tirer de cette constatation ? De toute évidence, ces images jouaient un rôle, mais lequel ?

Au même instant, Estelle et Edwige, seules dans l'appartement, jouaient à se poursuivre dans les pièces et les couloirs, riantes et gaies.

–Si je t'attrape j'te croque !

–Jamais tu pourras m'avoir ! L'appart est trop grand !

–Tu sais que je cours plus vite que toi !

–Oui mais t'es trop balourde !

Tout à coup, Estelle qui poursuivait Edwige, cria :

–Arrête ! Tu saignes !

–À d'autres, le piège est un peu gros !

–Tu laisses des traces ! Arrête, Edwige !

Edwige baissa les yeux. Les empreintes rouges de ses pieds maculaient nettement la moquette claire. Elle s'arrêta, interdite. Puis s'examina.

–Mais je ne saigne pas...

–Regarde, c'est là ! Tu as marché dedans.

En effet, au centre de la pièce, une large tache de sang frais, venue de nulle part, stagnait sur la moquette.

Terrifiées, oubliant leurs jeux, les Demoiselles s'approchèrent et se penchèrent sur la tache.

–D'où vient-elle ? Qui l'a faite ?

–Et si elle était revenue ?

Toutes deux se serrèrent l'une contre l'autre, tremblantes, regardant tout autour d'elles.

La peur rôdait à nouveau dans l'appartement. Et les Demoiselles étaient seules.

LES IMAGES PIEUSES

Tout à coup, une forme parut, comme s'élevant de la tache de sang elle-même. Et se reforma la Nonne Sanglante. Edwige murmura à l'oreille d'Estelle :

– Tu crois qu'elle est là ? Je veux dire vraiment ? Ou c'est simplement une image, comme tout à l'heure sur le mur…

– Elle est avec nous. Tu as bien vu la tache de sang. Elle était réelle.

Elles se serrèrent plus fort l'une contre l'autre.

La Nonne tendit les mains vers les Demoiselles. Dans ses paumes ouvertes se trouvait comme un jeu de cartes. Elle se mit à manipuler les petits rectangles et Estelle et Edwige reconnurent des images pieuses, naïvement enluminées de brillant, de paillettes.

Fascinées, elles regardaient les images. Alors la Nonne, d'un geste brusque, les déchira en deux et les laissa tomber au sol.

Elles s'abîmèrent dans la flaque de sang aux pieds de l'apparition.

Estelle fit un pas en avant, regarda les images devenues rouges, puis le beau visage de madone de la Nonne. D'une petite voix implorante, elle dit :

– S'il vous plaît… Redevenez la petite fille bouclée qui sautait à la corde… Oh, s'il vous plaît, faites-le…

– Il y eut un silence. Edwige, terrifiée par ce que faisait Estelle, gémit.

Devant les yeux d'Estelle fascinée et éblouie, la Nonne se transforma. Elle devint la petite fille bouclée avec sa corde à sauter. L'émotion d'Estelle était à son comble. Comme la petite fille d'un autre âge ouvrait les bras, elle s'y précipita. Edwige cria pour l'avertir : elle, elle voyait toujours la Nonne. Et, dans les mains de celle-ci avaient surgi deux poignards. Edwige hurla.

La porte de l'entrée s'ouvrit à toute volée, et le Maître entra comme un fou dans le salon. Il se rua sur Estelle, la saisit aux cheveux et la tira brusquement en arrière.

La Nonne Sanglante disparut.

Le Maître serra contre lui les Demoiselles de l'Étrange.

Tous trois fixaient en silence les morceaux d'images pieuses imbibés par le sang qui, tout doucement, séchait.

– Pourquoi vous ? Pourquoi s'en prend-elle à l'une et à l'autre ? Vous l'avez certainement rencontrée.

–Maître, on la connaît pas !

–On l'a jamais vue !

–Vous en avez perdu le souvenir, mais dans votre petite enfance vous avez été confrontées à cette religieuse meurtrière. Au sujet d'images pieuses…

–Vous savez bien que nous ne nous souvenons de rien… D'aucun événement « d'avant ».

–Nous revoyons juste vaguement le jour où vous nous avez jeté les marguerites pour attirer notre regard.

–Et encore, c'est flou. Nous étions intriguées, mais toujours idiotes.

Le Maître réfléchit un instant, puis dit :

–Je vous ai tiré bien des fois de votre obscurité première. Aujourd'hui, je vais vous y replonger. Je vais vous faire descendre tout au fond de votre gouffre, là où vous étiez avant même de perdre votre intelligence, afin que vous puissiez voir et dire ce qui s'est passé.

–Mais on a toujours été des idiotes du village !

–Jusqu'à ce qu'on vous trouve !

–Je ne crois pas. Avant que vos esprits chavirent, il y a eu le temps des images pieuses. Nous allons nous enfoncer dans ce temps, même s'il est lointain.

–Maître, êtes-vous sûr qu'il existe ?

–Que nous n'avons pas toujours été idiotes ?

–Bien évidemment. Quand je me suis glissé dans vos esprits, ce jour où nous étions dans une charrette, j'y ai trouvé l'intelligence endormie. Je n'ai eu qu'à l'éveiller.

–Alors vous allez entrer à nouveau dans nos têtes ?

–Oui. Et tous les trois, nous descendrons dans l'abîme.

–Ce n'est pas dangereux ?

–Peut-être.

–Que devrons-nous faire ?

–Juste décrire à haute voix ce que vous verrez. Ce que vous allez revivre.

–Et s'il n'y a rien ?

–Eh bien vous resterez muettes.

–Mais nous reviendrons ? Vous nous ferez revenir à aujourd'hui, à maintenant ?

–Vous ne quitterez jamais matériellement l'instant présent. Seulement vos esprits voyageront. Nous allons jouer aux souvenirs.

Le Maître baissa les lumières.

Les Demoiselles, un peu inquiètes, se serraient l'une contre l'autre et ne quittaient pas le Maître des yeux. Il les assit côte à côte sur un divan. Puis il plongea son regard dans leurs yeux et, tout doucement, tendrement, il commença à s'insinuer dans leurs têtes. Une grande douceur les pénétrait, comme chaque fois. Et bientôt, elles perdirent tout sens des réalités. Leurs esprits remontaient en arrière, remontaient.

Tout allait de plus en plus vite. Repassaient à toute vitesse leurs aventures, leurs errances, le château Mac Grégor et avant, avant la nuit, l'obscurité de la cour de récréation. Puis la lumière revenait et elles voyaient la nuit des éclairs avec l'île des dieux à têtes d'animaux, et tout s'accélérait encore. C'était maintenant l'échiquier ardent et les mystères de la Bretagne et des tours d'Elven. Et toujours le Maître conduisait leurs esprits en une incroyable déroute vers le passé. Vinrent alors Méduse et son regard de la folie. Le professeur Ferne. Le mystère souterrain et la femme mystérieuse.

Enfin le maelström de la régression se ralentit. Elles étaient dans le petit cimetière aux marguerites et rencontraient le Maître.

Alors tout s'arrêta. De nouveau, le noir. L'esprit vide. Et elles traversaient ce noir. Le Maître allait-il enfin voir comment étaient Estelle et Edwige avant, avant que leurs esprits ne se ferment ? Il ralentit encore. Tout à coup, Estelle parla et tout naturellement Edwige lui répondit.

–Je vois… Je vois un petit garçon.

–Oui, il a dix ans peut-être.

–Il marche dans la campagne. Il se dirige vers un petit bois très touffu.

–Tout autour ce sont des champs labourés. Le soleil est très ardent.

–Au loin, on entend un tracteur.

–Le petit garçon entre dans le bois.

–Et là, il y a des tombes bouleversées. Comme par un séisme.

–Le petit garçon regarde un trou noir, l'intérieur d'une tombe ouverte.

–Une petite fille sort de la tombe. Elle porte une longue chemise de nuit blanche. Un corbeau est posé sur sa main.

« Mon Dieu, pensa le Maître, elles sont entrées dans mes propres souvenirs. Le processus est en train de s'inverser. Je ne les contrôle plus, elles sont plus fortes que moi. Leurs esprits ligués rejettent mon intrusion, et s'infiltrent dans ma tête. Si cette incursion se prolonge, je suis perdu : elles vont me faire régresser ! »

Dans la pénombre du salon, le spectacle était étrange. Estelle et Edwige, debout dans les bras l'une de l'autre, serrées comme des sœurs siamoises, les yeux grands ouverts, le regard fixe et perdu au loin, poursuivaient leur monologue.

Ce qu'elles disaient était la description de ce qu'elles voyaient dans la tête du Maître. Profond. Toujours plus profond.

–La petite fille est sortie de l'ombre. Quand le soleil l'a touchée, elle s'est enflammée.

–Il n'en reste plus rien. Là-bas, le moteur du tracteur couvre tout autre bruit.

–Autour du trou, au milieu des tombes bouleversées, le corbeau tourne en rond.

–Le petit garçon s'en est allé tout triste.

–Qu'est devenue cette jolie petite fille qui sortait du sol, dans son linceul blanc, avec son corbeau noir ?

–Demain, il va revenir, car il ne peut s'arracher à ce petit bois où il fait nuit et froid.

–Il veut connaître les habitants des tombes.

–Peut-être que la petite fille renaît, tout en bas ?

–Il s'approche du trou.

–Il descend le long de la terre éboulée.

–Il lui faut maintenant entrer dans le trou noir de la tombe brisée.

–Il hésite. Qu'est-ce qui l'attend en bas ?

–Il entre. Son envie de revoir la petite fille au corbeau est trop forte.

–Il disparaît. Avalé par la tombe béante.

–Englouti par le noir. Peut-être à jamais ?

Les Demoiselles se turent un instant, puis reprirent, de leurs voix monocordes, atones, décrivant ce qu'elles voyaient tout au fond de la mémoire refoulée du Maître.

–Nous sommes dans la tombe avec le petit garçon. Un couloir de pierre, qui mène vers une sorte de grotte ronde, un caveau peut-être.

–Il est venu avec une torche électrique et ce qu'il découvre dans le caveau est stupéfiant.

Le Maître se prit la tête dans les mains, appuyant sur ses tempes :

–Assez ! Assez ! Arrêtez ! Je vous en supplie ! N'allez pas plus loin !

Mais elles ne l'entendaient pas et continuaient :

–Tu vois, Edwige, ce qu'il y a dans cette rotonde, ce caveau de famille ?

–Oui, Estelle. Dans les parois sont creusées des alvéoles, lesquelles contiennent les cercueils.

–Mais ce n'est pas ça qui retient le regard…

–Au sol… Tout le sol est recouvert d'ossements. De petits ossements que l'on peut facilement identifier, car certains forment des squelettes…

–Des pattes, deux… Une cage thoracique… Des squelettes d'ailes, une tête, un bec ouvert dans un dernier cri d'agonie.

–Le sol est un cimetière d'oiseaux. Des corbeaux. Ils viennent mourir là, par centaines, tout autour de…

–Oui tout autour d'une cage en fer.

–Cette cage est vide et certains barreaux sont tordus.

–Celle qui y était enfermée s'est sauvée.

–C'est la petite fille qui, hier, est sortie de la tombe avec son blanc linceul.

–Le petit garçon a compris. Mais il ne sait pas pourquoi la fillette était enfermée dans cette tombe, enfermée sous la terre...

Le Maître tomba sur les genoux. Il se tordait en criant, suppliant ses Demoiselles d'arrêter. Mais toujours sourdes à ses cris, elles poursuivaient implacablement :

–Le petit garçon examine les lieux.

–Là-bas, il y a comme une estrade de pierre...

–De vieilles pierres noires et usées...

–Aussi noires et usées que le reste de la tombe.

–Il s'approche. Sur l'estrade un objet couvert de poussière est là, debout.

–Il ne voit pas ce que c'est, tant la poussière et les toiles d'araignées l'enveloppent. Il s'approche encore.

Trépignant, le Maître dont l'esprit violé laissait échapper ses souvenirs occultés, enfouis dans son inconscient, hurla « Non ! non ! ». Mais en vain. Elles s'aventuraient au fond, toujours plus au fond.

–Il souffle et la poussière tourbillonne.

–Elle l'enveloppe comme un nuage.

–Mais quand elle est retombée...

–...il voit. Il contemple la statue grandeur nature, resplendissante d'or terni par le temps, de son amour de petit garçon, son premier amour...

–La statue de la petite fille au linceul et au corbeau.

–Elle est là, toute d'or, elle le regarde. Elle a dix ans comme lui. Impassible, elle le regarde. Il fixe ses yeux. Il ne remarque même pas qu'elle a été sculptée nue. L'or luit faiblement. Il ne bouge pas, fasciné. Déesse de quelque étrange cité souterraine, ou hommage d'un statuaire à une petite fille morte et enterrée, enterrée dans une cage parmi les restes d'un cimetière de corbeaux ?

–Il voudrait tellement savoir...

–Il saura peut-être un jour.

–Car la petite fille mystérieuse sera peut-être la femme mystérieuse...

–Qu'il reverra quand il sera le Maître...

L'homme sanglotant sur le tapis du salon ne criait plus. Il murmurait « Pitié...pitié »... dans le vide.

HORUS

La marée descendait lentement.

Au fur et à mesure que l'eau se retirait, les carcasses rouillées ou pourries des vieux bateaux apparaissaient.

Du cimetière marin montait la sourde lamentation des noyés. Plus loin, se dressait la forteresse.

Sur le toit-terrasse, un personnage dégingandé, une sorte d'échassier titubant, allait et venait, les mains derrière le dos, la tête penchée.

Tête dont la bouche n'était qu'un bec crochu et meurtrier.

C'était Horus, le dieu à tête de faucon[1]. Il était seul, perdu dans de silencieuses pensées.

Horus surveillait l'état du monde. Son esprit immense était le réceptacle de toutes les pensées humaines, qu'il ordonnait, classait, répertoriait dans le grand livre de sa tête.

– Comment peux-tu gérer tout cela ? lui demandait souvent son complice Anubis, le dieu des cérémonies mortuaires.

– Ce ne sont que des pensées d'enfants ou d'adolescents. Les autres n'existent pas.

– Tu veux dire qu'il n'y a pas de véritable pensée à l'âge adulte ?

– Aucune. Rien que des éléments pris dans l'enfance et l'adolescence. Un peu remodelés, un peu arrangés. Mais tout cela n'est qu'un retour en arrière.

Anubis n'avait pas très bien compris quelle était la fonction d'Horus. Aussi l'homme-faucon restait-il solitaire dans cette forteresse d'où nul ne pouvait sortir, au cœur de l'île que personne ne pouvait quitter.

Las de déambuler sur le toit-terrasse, Horus descendit, de son pas chaloupé, l'escalier à flanc de muraille. Il prit pied sur la grève devant le cimetière de bateaux dévoilé par la marée descendante.

Il souriait, comme un faucon peut sourire, au passage d'une pensée plus belle, plus claire que les autres.

Anubis, quittant un moment le service des morts, s'approcha.

– Horus, espèce d'échassier bécu et griffu, que viens-tu faire ici ?

Les yeux dans le lointain, Horus ne répondit pas.

---

1. Voir *Les Demoiselles de l'Étrange*, « La nuit des éclairs ».

–Tu tripatouilles encore les pensées qui transitent par ta tête ?

–Ce ne sont pas exactement des pensées. Mais plutôt des émotions. Des émotions neuves. Émises par des enfants ou des adolescents. Ensuite, elles ne sont plus neuves, car les émotions des adultes ne sont que des résurgences de leurs émotions de jeunesse. Toutes les émotions des humains, comme tout leur imaginaire, leur vie en quelque sorte, sont vécues entre leur enfance et leur adolescence. Ce qu'ils deviennent après n'est que vaine prolongation.

–Pourquoi tout cela passe-t-il par ta tête ?

–Sans doute parce que je suis le dieu solaire. Je sens passer ces émotions, pfuitt... comme des nuages clairs. Je ne sais pas d'où elles viennent ni pourquoi je les reçois. C'est inexplicable. Mais c'est très beau, d'être intérieurement caressé par ces émotions jeunes et neuves...

–Cela ne change jamais ?

–Eh bien, aujourd'hui, et c'est cela qui me trouble, des émotions traversent ma tête, émises par des adultes. Des émotions d'enfants, d'adolescents, donc pures et neuves, mais envoyées par des êtres chez qui le mal est absent et qui, pourtant, viennent de dépasser leur première jeunesse.

–Tu ne les connais pas ?

–Eh bien il me semble qu'ils, elles, sont venus ici, qu'elles sont mortes et vivantes. Tu les as vues, Anubis, tu as fait sur l'une le rite de la barque des morts. Et pourtant elles vivent mais d'une vie coincée.

–Que veux-tu dire par « coincée » ?

–Elles sont à la fois dans le monde réel et dans le monde du non-être, celui des simples d'esprit. Ceux que l'on appelle les « idiots ».

–Je crois me souvenir. Deux gentilles petites demoiselles, n'est-ce pas ?

–Oui. Quelle confusion en ce moment dans leurs têtes d'idiotes. Sans le vouloir, elles remontent le temps, non pas le leur mais celui de leur compagnon.

–Et alors ?

–Alors c'est mal. Pour cet homme dont elles violent le passé, et pour elles, car c'est leur propre passé qu'elles devaient revivre.

–C'est bien compliqué. Et tu veux faire quelque chose ?

–Nous ne pouvons quitter cette île, tu le sais. Mais je puis peut-être intervenir d'une manière ou d'une autre...

–Prends garde, Horus, nous n'existons pas et si tu commets une faute, il nous faudra disparaître.

–Si nous n'existons pas, Anubis, elles non plus. Seules vivent leurs émotions, et elles me pénètrent. Il doit y avoir un sens à tout cela.

–Tous deux se turent, plongés dans leurs pensées.

Comme foudroyé, comme paralysé, le Maître gisait sur le grand tapis persan du salon. Estelle et Edwige, toujours serrées l'une contre l'autre, les yeux toujours fixes et grands ouverts, poursuivaient le récit à haute voix de l'enfance du Maître, qu'elles ingurgitaient à la place de leur propre enfance.

D'une certaine manière, elles s'identifiaient à ce petit garçon qu'elles n'avaient pas été. Elles suivaient avec lui sa longue marche. Il avait quitté la campagne aux tombes bouleversées, et marchait, marchait droit devant lui, en proie au trouble inexplicable d'un premier amour enfantin teinté de magie et de maléfices.

Il n'était pas rentré chez lui, il s'éloignait, s'éloignait... Et les Demoiselles de l'Étrange s'éloignaient avec lui.

–Le petit garçon est perdu.

–Il a mangé ce qu'il a volé dans une ferme, il a dormi au pied d'un arbre...

–Il pense qu'une magie l'attend au bout de la route...

–Que la petite fille au corbeau va resurgir et le guider...

–Mais voici qu'en pleine nature surgit un pont immense.

–Tendu au-dessus du vide comme un pont suspendu.

–Il est très tôt le matin et il n'y a aucune voiture.

–Personne ne le voit, il s'engage sur le pont.

–C'est le pont de Tancarville. Et, arrivé au milieu...

–... le vertige le prend. Il sent le pont bouger sous lui, il est attiré par le vide.

–Il tombe sur le béton.

–Le voici gisant, le cœur sur les lèvres, la tête qui tourne...

–Alors devant ses yeux une apparition trouble, floue, commence à se former.

–Là-bas, sur le pont où il est lui-même couché...

–... un groupe d'hommes le regarde.

–Ils sont assis en tailleur. Le crâne rasé. Vêtus de toges couleur safran.

–L'un d'entre eux, le plus vieux, se lève et marche vers le petit garçon.

–Surpris, lui qui espérait l'apparition de la petite fille au corbeau, il regarde le Vénérable. Et il sent dans sa tête la douce présence des moines du Ladàkh.

Horus claqua du bec.

« Quel est ce mélange? pensa-t-il. Une troisième émotion vient de s'unir aux autres. L'émotion innocente et enfantine d'un groupe d'hommes… La voici liée à celle des Demoiselles et du petit garçon… Quel galimatias ! » Puis, perplexe, il ajouta :

« En plus, tout ceci n'est pas dans le réel. Ce n'est qu'un retour en arrière mental provoqué par cet homme, et qui a glissé. Tout cela s'est effectivement produit, mais il y a longtemps… »

Là-bas sur le pont de Tancarville, le Vénérable parlait au petit garçon :

– Nous te guiderons. Cela durera des mois. Mais un jour tu arriveras en haut du Tibet, au monastère du Ladàkh. Là tu seras initié. Tu deviendras un maître.

– Et la petite fille qui flambe ? demanda le petit garçon.

– Elle est le mal, elle est ton ennemie. Tu la reverras, mais tu devras la combattre.

Le garçon ne dit rien. Ce qui lui importait, c'était de la revoir.

Le Vénérable et les moines disparurent. Mais leur présence était à jamais installée dans la tête de celui qui les avait vus. Il se mit en marche.

À l'écoute, la créature anthropomorphe à bec de faucon sentit disparaître l'émotion des moines. Il ne ressentait plus que celle du petit garçon – le Maître – et celle des Demoiselles.

« Il faut provoquer une sorte de court-circuit pour qu'elles sortent de la tête du Maître et regagnent la leur. »

Alors Horus claqua plusieurs fois du bec.

On entendit un bruit d'ailes.

Les yeux fixes, Estelle et Edwige poursuivaient le récit du voyage initiatique du jeune garçon qui deviendrait le Maître. Allongé sur le sol, les bras en croix, le Maître revivait ses souvenirs de jeunesse, incapable d'en arrêter le défilement. Une sorte de boule de la taille d'un petit enfant, passa à travers les vitres de la fenêtre, les brisant dans un fracas épouvantable.

Immédiatement, l'image de la Nonne Sanglante en colère parut sur le mur du salon.

Elle sembla se détacher du mur, s'épaissir, acquérir du relief : elle se matérialisait. Dans le même temps, la forme qui était passée à travers la vitre et qui avait roulé contre un meuble se dépliait, se redressait.

Visage de femme, corps de rapace aux longues ailes, c'est la Chimère, la messagère annonciatrice des désastres, la complice d'Horus que lui jalousent Anubis et Khnoum, les deux autres habitants de l'île des noyés.

Chimère n'existe pas plus qu'eux. Pourtant la voilà qui prend son vol dans le grand salon. Elle s'approche d'Estelle et Edwige qui poursuivent leur mélopée, racontent le long voyage du petit garçon vers le

Ladàkh, vers le monastère. Et, comme elle l'a jadis fait au Maître, Chimère plante ses dents dans le cou des deux Demoiselles de l'Étrange, leur inocule son venin.

La parole cesse. Les yeux se ferment. Les corps ploient, s'écroulent sur le tapis persan. Sur ce même tapis, le Maître se décrispe, ses muscles se détendent : le récit est interrompu, son esprit clairvoyant lui revient, il se relève tout étourdi. Il voit ses Demoiselles alanguies, il voit la Nonne, il voit Chimère qui surveille la religieuse fantôme, laquelle a ses poignards à la main.

Mais il n'a pas le temps d'intervenir. Chimère fonce sur la Nonne menaçante. Celle-ci griffe l'air avec la lame de ses poignards, en vain. Chimère la mord elle aussi au cou. Mais son venin n'a pas le même effet sur le spectre incarné que sur les gentilles Demoiselles. La Nonne Sanglante se tord, lâche ses couteaux, porte les mains à sa gorge, recule, recule, les yeux exorbités, se cogne au mur, semble tout à coup s'y enfoncer. Aspirée, seuls ses mains et son visage sortent encore du mur. Et puis elle disparaît à l'intérieur. Il n'y a plus de trace de la Nonne Sanglante dans l'appartement du Maître. Sauf peut-être une vague ombre à forme humaine qui, comme une tache mal lavée, macule le mur blanc.

L'ENFANCE DES DEMOISELLES

Titubant, épuisé, le Maître s'était relevé, puis traîné jusqu'à un fauteuil dans lequel il s'effondra. Alors deux petites voix s'élevèrent. Imperturbables, les Demoiselles reprenaient leur récit, le récit de ce qui se déroulait devant leurs yeux. Le Maître craignit un instant qu'elles poursuivent leurs investigations dans sa propre mémoire. Mais tout était rentré dans l'ordre. Le Maître le comprit dès les premières paroles des Demoiselles :

–Ce sont deux petites filles.

–Elles ont huit ans.

–Elles s'éloignent de leur village.

–Un petit village à la campagne.

–On ne peut pas remonter plus avant.

–On ne sait pas qui elles sont. Mais elles viennent de ce village.

–Ce sont peut-être des filles de paysans.

–Ou de l'instituteur.

–Elles ne sont peut-être pas sœurs. Juste des copines d'école.

–L'une pourrait être la fille de l'instituteur, et l'autre la fille du pharmacien.

–Elles portent de petits tabliers d'écolières.

–Et des nattes. Elles se tiennent sagement par la main.

–Dans leur main libre, chacune tient un paquet de petites cartes.

–Ce sont des images pieuses.

–Elles vont les faire bénir au couvent qui est là-bas sur la colline.

–Un couvent de religieuses qu'on ne voit jamais.

–Elles sont cloîtrées.

–Mais par un ingénieux système de tourniquet, on peut passer les images pieuses à la sœur tourière.

–Qui les fera bénir par la mère supérieure et les repassera aux enfants.

–Elles gravissent la colline.

–Voici le couvent. Elles reprennent leur souffle.

–Elles vont sonner.

–Une voix leur parvient à travers la porte tournante.

–Nous sommes des petites filles du village, dit l'une.

–Nous voulons faire bénir nos images pieuses, ajoute l'autre.

–Une sorte de petite porte de bois tourne, et paraît un plateau où les gamines déposent leurs images pieuses.

–Le tourniquet se referme. Les deux petites filles attendent sagement qu'il se rouvre avec les images bénies.

–Mais la porte ne s'ouvre pas. Et un hurlement terrifiant leur arrive. La sœur tourière est-elle prise de folie ? Assurément c'est d'elle que provient ce cri déchirant.

–Glacées d'effroi, les gamines restent immobiles, ne sachant que faire. Le bruit d'une course, qui va décroissant, leur indique que sœur Marguerite a fui son poste.

–Des clameurs d'épouvante arrivent de l'autre côté des murs…

–Et tout à coup la lourde porte d'entrée qui ne s'ouvre jamais tourne sur ses gonds.

–Paraît alors Mère supérieure, titubante. De sa gorge ouverte coule un flot de sang. De ses deux mains plaquées contre son ventre ouvert de haut en bas, elle tente de retenir tripes et boyaux.

–La bouche des petites filles s'ouvrit de stupeur.

–Mère supérieure tomba.

–Sœur Marguerite parut dans l'encadrement de la porte. Sa robe blanche était couverte de sang. La large coiffe blanche que les religieuses portaient encore à cette époque dissimulait son visage.

–Dans sa main droite, elle tenait les images pieuses tachées de sang.

–Les petites filles, dont le nom n'était pas encore Estelle et Edwige, dont le véritable nom était… était…

–L'histoire ne le dit pas. La mémoire inconsciente qui raconte en ce moment n'a pas pu remonter si loin. Elle n'est remontée qu'à l'histoire des images pieuses, et les gamines ont huit ans. Ce qui s'est passé avant…

–Ah, cela, je crois que personne ne le saura jamais. Pas même elles.

–Donc les petites filles sans nom, leur regard horrifié embrassant à la fois le cadavre de Mère supérieure répandu sur le seuil du couvent, et sœur Marguerite au triste sourire tentateur tendant vers elles sa main avec les cartes sanglantes, les petites filles firent un pas en arrière, se serrant l'une contre l'autre, leurs cartables tenus dans leurs dos par des courroies croisées.

–Alors la nonne entra en fureur. Secouant les images souillées, faisant tomber sur le sol de grosses gouttes de sang, elle cria :

–Venez ! Venez ici immédiatement !

–Mais les petites reculèrent encore.

–Sœur Marguerite tenta de franchir le seuil, mais en fut incapable. Elle vociféra :

–Je suis cloîtrée ! Je ne peux pas sortir ! Venez ici !

–Comprenant que la nonne meurtrière, par magie, par traumatisme, ou par incapacité psychologique, ne pouvait passer le seuil du couvent, les deux petites filles tournèrent les talons et s'enfuirent à toutes jambes non pas vers le village d'où elles venaient, mais vers le large, vers la campagne déserte et inconnue. Et plus elles couraient, plus leurs esprits se fermaient, plus les souvenirs s'enfouissaient.

–Si bien que lorsque le soir vint, elles étaient loin, très loin de leur village, de leur petite enfance, de leur passé. Et leur mental était fermé, clos.

–Ce fut une longue errance. Lorsqu'on les découvrit, elles n'étaient que deux idiotes de la campagne, sans parole, sans rien.

–On les plaça faute de mieux dans un petit orphelinat du pays.

–Loin, très loin, sœur Marguerite avait tiré à l'intérieur des murs le corps sans vie de Mère supérieure. Elle referma les portes du couvent, qui plus jamais ne s'ouvrirent.

–Plus personne ne sut si les nonnes étaient mortes ou vivantes.

–Personne n'avait jamais vu la douzaine de cloîtrées qui vivaient là, coupées du monde, en totale autarcie, cultivant un pauvre potager et tirant l'eau d'un puits.

–On les oublia.

–De même que finit par s'effacer le souvenir des deux petites filles qui n'étaient jamais revenues de l'école.

–Un jour de février, de l'année… de l'année…

–D'il y a quelques années.

CHIMÈRE

C'était une petite pièce carrée, creusée dans la pierre du fort.

Elle ne possédait qu'une table, une caisse et un lit de camp dans un coin.

Une simple ouverture sans vitre ni rideau tenait lieu de fenêtre. Sur le rebord était perchée la Chimère. Horus, assis à la table, lui faisait face. De sa voix aiguë et désagréable, Chimère demanda :

–Grâce à mon intervention – sur ton ordre il est vrai – le récit rétrospectif a eu lieu. Maintenant, tous sont dans le présent. Les deux petites gourdes ont fermé leur bec, et leur pauvre Maître a claqué dans ses doigts et les a ramenées.

–Pourquoi es-tu méprisante envers les humains, Chimère ?

–Leur religion qui les oppresse, les réprime, m'énerve.

–Tous n'y croient pas…

–Beaucoup. Dans le pays de ces trois personnages que tu protèges, ils trimballent une pauvre momie dorée et nuisible dans une voiture blindée, entretenant les superstitions…

–Mais nous n'existons pas plus que les autres dieux…

–Alors qu'est-ce que nous faisons ici ?

Horus réfléchit un instant. Puis il sourit et dit d'une voix étrangement douce :

–Cette île est celle de l'imaginaire. Celle de l'imagination poétique de certains… et je crois que c'est bien ainsi. Nous sommes, moi, toi, Khnoum et Anubis, quelque chose comme un refuge contre le quotidien.

–Tu vas intervenir encore ?

–C'est terminé. Nous avons remis dans le bon sens la roue des souvenirs. Maintenant, à eux de découvrir le sens de l'énigme qui les occupe.

Horus alla s'allonger sur son lit de camp. Chimère fit un mouvement qui pouvait passer pour un haussement d'épaules, et prit son vol.

Bien que ses yeux soient clos et son bec fermé, Horus ne dormait pas vraiment. Son esprit voyageait, et il avait la faculté de « voir » ce qui entourait cet esprit. Il appelait cela « écouter aux portes ». En effet, il ne pouvait ni intervenir ni même manifester sa présence. Seulement voir. Et déduire de ce qu'il voyait ce qui devait en être déduit.

Ainsi, dès que Chimère se fut envolée, le grand et dégingandé Horus se projeta-t-il dans l'appartement du Maître. Il mourait de curiosité : qu'allait-il se passer maintenant ? Le Maître connaissait une partie de l'enfance de ses Demoiselles, et cette partie était essentielle car elle retraçait l'événement qui avait traumatisé les adolescentes et avait fermé leurs esprits. Cet événement expliquait également la haine que leur vouait la Nonne Sanglante.

Mais il restait néanmoins plusieurs énigmes : Pourquoi la sœur tourière, sœur Marguerite, était-elle devenue folle furieuse quand les innocentes écolières avaient posé sur le plateau du tourniquet leurs images pieuses ?

La Nonne avait tenté d'attirer Estelle et Edwige à l'intérieur des murs dont elle ne pouvait sortir, mais le cadavre égorgé et éventré de la Mère supérieure avait à ce point terrifié les enfants, qu'elles s'étaient enfuies droit devant elles, abandonnant leur passé, leur conscience.

Qu'était devenue sœur Marguerite face aux autres cloîtrées, une dizaine tout au plus, qui n'avaient pas manqué de découvrir l'horreur ? Enfin, et ce n'était pas le plus mince mystère, comment sœur Marguerite, pauvre sœur tourière cloîtrée dans un petit couvent de montagne, pouvait-elle massacrer tous les occupants d'un wagon-lit et disparaître, sortir de sous le lit d'Estelle comme un cauchemar, et l'entraîner sur la Seine ? Comment son ombre portée sur le mur du salon pouvait-elle s'incarner, se matérialiser ?

Même Horus ne le savait pas. Lui dont l'existence imaginaire était tenaillé par une curiosité toute humaine.

Horus vit donc le salon du Maître, comme s'il flottait, comme une entité impalpable de non-être.

Le Maître et les Demoiselles regardaient une grande carte d'état-major ouverte sur le tapis. Tous trois, à genoux, suivaient du doigt le parcours probable des deux idiotes, depuis leur point d'arrivée, c'est-à-dire l'orphelinat qui les avait recueillies, près du petit cimetière où le Maître était revenu à la vie, jusqu'à leur point de départ, le cloître.

–Ici, peut-être, murmura Edwige en posant un doigt tremblant sur un point de la carte.

–Notre village d'origine serait… là…

Estelle désignait un petit carré noir avec un clocher simpliste, indiquant la présence d'un village.

–Pourquoi cet endroit ? interrogea doucement le Maître.

–Il me fait frissonner. Tiens, Estelle, pose ton doigt à côté du mien.

Estelle posa son doigt tout contre celui d'Edwige et à son tour frissonna.

–Oui. C'est ici. Maître, faut-il vraiment que nous y allions ?

Le Maître les regarda. Son visage était grave.

–Il faut exorciser. Et, sans doute, délivrer cette malheureuse criminelle de sa folie. Sinon, elle vous hantera toute votre vie. Et elle peut être dangereuse.

Estelle et Edwige échangèrent un regard rapide. Ainsi faisaient-elle chaque fois qu'une décision immédiate devait être prise en commun. Puis elle regardèrent à nouveau le Maître, et dirent, à la grande satisfaction d'Horus qui « écoutait à leur porte » :

–Nous irons, Maître. Et que le petit garçon que vous avez été…

–Et dont nous avons raconté l'histoire avant de dire la nôtre…

–Nous accompagne et nous protège tous trois.

Horus écoute aux portes.

Le dieu imaginaire n'en peut plus de curiosité. Il ne peut attendre que le Maître et les Demoiselles soient rendus au monastère dans la montagne. Vite, il se projette, il survole, il écourte le temps, il se désagrège pour se reconstituer là-bas.

Son esprit plane maintenant au-dessus des murs, au-dessus du grand corps de bâtiment qui abrite le réfectoire, les cellules, la chapelle.

De l'autre côté, le verger des nonnes, le potager d'où elles tirent leurs pauvres ressources, les puits. Mais on dirait que tout est en friche. Les fruits sont tombés sur le sol et y pourrissent. Les herbes folles ont envahi les labours et les semis du petit jardin. Des outils traînent à terre.

Le monastère est-il abandonné, les nonnes sont-elles mortes ou parties ?

Pourtant le petit filet de fumée qui indique aux villageois que la vie est toujours présente en cet endroit où nul n'entre et ou nul ne sort, s'élève toujours vers le ciel. En bas, la cheminée dont le feu réchauffe seul le grand réfectoire glacé, été comme hiver, brûle toujours les brassées de bois mort que les nonnes ramassent chaque jour dans le parc.

Elles entretiennent ce feu, car pour elles il veut dire :

« Nous sommes encore là. Inutile de venir : nous sommes cloîtrées et nous n'ouvrirons pas. Le jour où cette fumée disparaîtra, cela voudra dire que le feu est éteint, que toutes les nonnes sont mortes. Alors vous pourrez venir, ouvrir grandes les portes et faire ce que bon vous semblera du monastère de la montagne. »

Certes la fumée monte, mais Horus ne distingue aucune activité, ni dans le parc, ni dans le potager, ni au puits, ni au verger. Est-ce l'heure où les nonnes prient et chantent à la chapelle ? Mais aucun son ne franchit les vitraux.

Sont-elles à prier dans leurs cellules froides et vides ? Non, il fait encore jour, et le repos n'est toléré que tard dans la nuit, après les dernières actions de grâce.

Horus écoute aux portes, mais il ne peut les franchir, encore moins voir à travers. Le mystère reste pour lui entier.

Il va lui falloir attendre l'arrivée du Maître et des Demoiselles. Tout Horus invisible qu'il soit.

Étendu sur sa couche dans l'île des noyés, son esprit plane pourtant au-dessus du couvent de la Nonne Sanglante.

C'est le privilège des représentants de l'Imaginaire que de pouvoir être ailleurs sans y être.

COMPLICITÉ ET ERRANCE DU MAÎTRE ET DES DEMOISELLES

Horus écoute aux portes. Même quand ces portes se déplacent. Pour l'instant, il est revenu en arrière. Son esprit invisible plane au-dessus d'un train lancé à toute vitesse. Un train à l'ancienne, un des derniers : compartiments, portes coulissantes, banquettes recouvertes de tissu, filet à bagages. Et couloir étroit qui traverse tout le wagon jusqu'aux portes à soufflets. Sas bruyant entre les wagons.

Horus distingue mal ce qui se passe à l'intérieur. Mais tout de même, il peut voir le contour des êtres et des choses, alors que tout à l'heure l'intérieur du monastère lui était impénétrable. Ainsi devine-t-il dans un compartiment un homme aux cheveux blancs assis en face de deux jeunes filles qui se tiennent par la main.

Ce sont le Maître et les Demoiselles qui roulent vers les Cévennes, en direction du monastère de la Nonne Sanglante.

Beaucoup de choses se trouvent maintenant changées. Estelle et Edwige ont voyagé dans l'esprit du Maître, pénétré son enfance, vu l'étrange pouvoir de la petite fille au linceul et au corbeau qui sera la femme mystérieuse. Elles savent. Elles connaissent le Maître autant qu'il les connaît, elles. Et quand lui se glisse dans leurs têtes, il y voit cette étrange énigme des images pieuses. Il sait ce qui a transformé les deux petites filles en idiotes du village. Et il a peur que la sinistre sœur Marguerite ne ramène une fois encore ses protégées à cet état dont il ne pourra peut-être plus les tirer.

De leur côté, les Demoiselles craignent que la Nonne puisse ensorceler le Maître dont elle connaît l'histoire.

Pourtant une aura bienfaisante les environne tous trois ; les pensées des moines du monastère du Ladàkh, conduites par le Vénérable qui, chaque jour, vient à leur rencontre. Ces pensées, bien que destinées au seul Maître, rejaillissent sur Estelle et Edwige, calment leurs inquiétudes.

Elles ont été dans la tête du Maître comme il a été dans les leurs, et elles ont ainsi acquis une manière de communion plus forte qu'auparavant.

Mais le fonctionnement du mental humain est inattendu. Voici que le Maître se dresse sur sa banquette, à l'écoute : en face de lui Estelle dodeline de la tête, expression de vide et d'absence, sa bouche est entrouverte, ses yeux vagues. Edwige à côté d'elle est plongée dans la lecture d'un magazine. À voix basse, le Maître l'interpelle :

–Edwige… Edwige…

La jeune fille lève les yeux. Le Maître lui désigne sa voisine. Edwige tourne la tête et étouffe un cri. Elle se dresse aussitôt et bondit à côté du Maître chez qui elle vient chercher protection. Elle se serre contre lui et, sans quitter des yeux la malheureuse Estelle, murmure :

–Maître… Elle est retombée… Elle est morte… Elle n'a plus d'esprit… Elle est idiote comme nous l'étions avant… Avant que…

–Toi, tu ne sens rien ?

–Non. Mon esprit est vivant. Maître, que faire ?

–C'est une attaque mentale. Elle n'a pas assez de force pour vous vaincre toutes les deux. Elle a choisi Estelle. Si nous n'intervenons pas, ce sera ton tour. Et peut-être le mien.

–Maître, sauvons-la !

–Tu dois unir ton esprit au mien. Le Vénérable et les moines sont là. Ils se sont installés dans ma tête. Viens les rejoindre et appelons Estelle de toutes nos forces !

Edwige se serra plus fort contre le Maître, qui entoura ses épaules de son bras. Tous deux fermèrent les yeux, et leurs esprits, lentement, oh, si lentement, s'unirent à ceux des moines lointains.

Une force en naquit. Et cette force tourna autour d'Estelle. Sans pour autant amener une quelconque lueur dans ses yeux éteints.

–Il faut forcer l'esprit malfaisant qui la domine à s'en aller, pensa le Vénérable.

Le Maître connaissait le pourquoi de certaines choses. Il avait deviné une partie du fonctionnement de l'esprit dérangé de sœur Marguerite. Il savait comment la faire réagir, bien qu'il ignorât la motivation de ses réactions.

Il força une image à se former dans sa tête, laquelle fut renforcée instantanément par les pensées accumulées des moines du Ladàkh et d'Edwige. Dès que l'image fut bien nette, il l'envoya tourbillonner autour de la tête perdue d'Estelle. Elle représentait une image pieuse comme celles que les enfants glissaient jadis entre les pages de leurs missels, dans les collèges religieux.

Une Vierge vêtue d'une belle robe bleue, avec sur ses genoux un rose bambin couronné. Le visage extatique de la Vierge était d'un ovale parfait. Les traits fins. On aurait dit un dessin issu d'une « maison de la bonne presse » ou d'un magazine confessionnel comme *La Vie catholique illustrée* ou *Le Pèlerin*. Avec un côté carte de Noël.

Le résultat ne se fit pas attendre. Un cri venu du néant retentit dans le compartiment, courut dans les couloirs, résonna effroyablement dans tout le train et se perdit enfin dans le bruit du convoi tranchant la nuit.

Une lumière de conscience envahit le regard d'Estelle. Edwige se précipita et la prit dans ses bras.

–Elle est revenue? demanda Estelle d'une toute petite voix.

–Tu es libérée de sa présence, dit le Maître.

–Pas complètement, balbutia Edwige. J'ai autour de moi cette odeur de sang… Le sang qui macule sa robe… Je la sens rôder autour de nous…

Un silence se fit.

Tous trois reprenaient peu à peu leurs esprits, se détachaient de l'effort commun qui avait fait fuir la Nonne. Estelle était encore fragilisée par l'expérience qu'elle venait de vivre. Tout à coup, elle leva les yeux et dit:

–Il y a quelqu'un dans le couloir.

–Oui, dit Edwige, je sens aussi une présence.

Le Maître devint attentif:

–Vous avez encore vos dons de double vue.

–Maître, si cette religieuse revient, nous serons sans défense.

–Elle s'insinuera dans nos têtes, mêlera le rêve et le réel comme elle l'a déjà fait.

–Et même vous, Maître, ne pourrez pas nous sauver.

–Nous redeviendrons des idiotes.

–Elle sait ce qu'il y a dans votre tête. Vos pouvoirs sont amoindris par votre traumatisme d'enfance…

–Cette petite fille au linceul qui sortit de cette tombe bouleversée…

–Maître, cette histoire rejoint la nôtre. Votre petite fille de feu est semblable à celle aux longues anglaises d'antan, qui joua avec nos émotions et se transforma…

–Comme votre petite fille en corbeau s'est transformée en femme maléfique contre laquelle nous avons dû lutter…

Le Maître leur fit signe de se taire. Il écoutait. Le silence était troublé par un petit bruit régulier qui venait du couloir: « Flop… flop… flop… »

Le Maître se leva et sans rien dire se dirigea vers la porte coulissante du compartiment. Estelle et Edwige crièrent:

–N'y allez pas, Maître!

–N'allez pas dans le couloir!

–Le mal vous y guette!

–C'est la peur qui joue de l'autre côté de la porte!

–N'ayez pas peur. Nous l'avons fait fuir une fois, nous recommencerons.

–Ne nous laissez pas seules dans le compartiment !

–Emmenez-nous !

Mais le Maître ouvrit la porte, sortit, la referma derrière lui, illusoire protection. Les Demoiselles échangèrent un regard.

Au-dessus du train, l'esprit d'Horus jouissait de la situation.

Lui aussi percevait le « flop flop flop » venant du couloir. Et il savait que l'arrivée du Maître éclaircirait la situation.

L'esprit d'Horus courait le long du train, cherchant à visualiser à travers les vitres ce qui se passait dans le couloir. Il distinguait deux silhouettes. L'une, à l'évidence, était celle du Maître. L'autre, plus petite, était en mouvement. On aurait dit qu'elle dansait.

« Flop flop flop flop... »

Le Maître ne pouvait en croire ses yeux.

Tandis que les Demoiselles tremblaient de peur et d'inquiétude dans le compartiment, le Maître ne pouvait détacher son regard de ce qui bougeait devant lui.

C'était une petite fille vêtue d'une robe rose à volants, comme au début du siècle dernier. De longues anglaises dansaient sur ses épaules. De belles boucles blondes...

Ses souliers vernis claquaient sur le sol, car elle sautait. Elle sautait à la corde. Et cette corde, frappant les parois du couloirs, faisait « flop flop flop ».

Estelle n'avait jamais vraiment parlé de ses visions au Maître. À peine avait-elle mentionné la petite fille des temps anciens, en racontant l'épisode de la barque sur la Seine. Mais le Maître fit aussitôt le rapprochement entre le récit décousu de la Demoiselle et ce qui se trouvait devant lui.

Il comprit que cette étrange petite fille sautant à la corde n'était qu'un des pièges de sœur Marguerite. La Nonne Sanglante était devant lui et le provoquait ! Le Maître ferma son esprit aux sollicitations et dépersonnalisa ce qu'il voyait. Il se contenta de regarder un « objet en mouvement » que son esprit se refusait à désigner. Lui donner un nom, un qualificatif, c'était se livrer pieds et poings liés. Aussi effaça-t-il de sa tête tous les mots que son mental conditionné pouvait lui suggérer : petite fille, anglaises, boucles, robe rose, souliers vernis, corde à sauter, poupée à l'ancienne. Tous ces termes disparurent, et son esprit libéré se mit à voir la réalité. Cette réalité devenait, grâce au ménage que le Maître avait fait dans son mental, impossible à nommer. Comme un arbre, un simple arbre, cesse d'en être un si le mental oublie le mot « arbre », oublie de le nommer, de le désigner. Comme l'arbre devient alors « une chose observée », qui dégage toute sa vérité pour l'observateur, la petite fille devenait pour le Maître un objet d'observation sans nom ni définition. L'observateur et la chose observée ne faisaient plus qu'un, se fondaient l'un dans l'autre dans un état de perception du réel. Et l'image trompeuse se dissolvait doucement, faisant place à la silhouette encore vague et floue d'une religieuse en cornette. À la robe blanche tachée de rouge…

Sœur Marguerite dut sentir que le mental arrêté du Maître le mettait en contact avec le réel. Pour percevoir ce réel et faire disparaître la vision, le Maître avait dû stopper sa pensée, le fonctionnement même de la pensée, c'est-à-dire abolir la mémoire. Mémoire qui lui fournissait les mots « petite fille, boucles, anglaises, robe rose, corde à sauter… » La pensée et la mémoire fermées lui permettaient d'affronter le réel sans être victime des pensées malfaisantes de sœur Marguerite.

La Nonne recluse changea de tactique et présenta au Maître une image qu'elle devinait plus forte que le travail mental de son ennemi.

Le Maître poussa un cri rauque et tomba sur les genoux, au milieu du couloir, comme s'il avait reçu un coup. La vitesse du train le projeta contre les parois, mais il n'y prit pas garde : devant lui se tenait une petite fille. Mais celle-ci avait les cheveux noirs. Elle n'était vêtue que d'un suaire blanc, diaphane. On devinait la forme gracile de son corps de douze ans. Sur son épaule était perché un corbeau.

Décervelé face à son premier amour d'enfant, cette femme mystérieuse qu'il avait aimée et combattue jusqu'au fond d'un cairn perdu au milieu des brumes d'Écosse, le Maître ouvrit la bouche pour crier son désarroi et appeler ses Demoiselles à son aide.

À ce moment, la fille au corbeau prit feu.

Elle s'enflamma tel un mannequin de cire, et se mit à brûler sans quitter son énigmatique sourire.

Le suaire partit en cendres avec un grand souffle d'air. Le corps nu de l'adolescente se couvrit de cloques qui éclataient. Le feu la dévorait littéralement.

Un feu imaginaire ou réel ?

Cloué au sol, le Maître aurait voulu l'étreindre, empêcher qu'elle se consume, noyer entre ses bras les flammes dont il lui semblait sentir la chaleur atroce sur son visage.

Le visage seul de l'incendiée échappait aux flammes. Ainsi souriait-elle doucement. Le corbeau avait quitté son épaule et se trouvait maintenant perché sur sa tête. Le corps de la malheureuse ressemblait à celui d'un écorché. Les plaques avaient disparu, mais la peau noircissait, se fendait, éclatait par endroits, révélant d'affreuses plaies.

Le Maître ne parvenait pas à hurler, hypnotisé par la détérioration physique de son premier amour lequel, l'instant d'avant, lui était apparu au milieu du couloir de ce wagon de chemin de fer tel qu'il avait été au sortir même des tombes bouleversées du petit bois de jadis.

Serrées l'une contre l'autre, dans le compartiment, Estelle et Edwige guettaient avec anxiété le retour du Maître. « Il y a quelqu'un dans le couloir », avaient-elles dit. Maintenant, une très légère odeur de fumée se faufilait par les interstices de la porte coulissante que leur compagnon avait fermée derrière lui.

Dès qu'elles réalisèrent la présence de cette odeur, les Demoiselles échangèrent un regard, se levèrent d'un bond, manœuvrèrent la porte et se précipitèrent dans le couloir.

Elles virent le Maître à genoux et, à quelques pas de lui, une forme noircie qui se consumait, entourée de flammes. Sur cette forme, une tête intacte. Mais pour les Demoiselles, cette tête n'était pas celle de la petite fille sortie de sa tombe, mais celle d'une nonne en cornette blanche, dont le beau et angélique visage souriait avec extase et béatitude.

Ignorant cette vision, Estelle et Edwige se saisirent du Maître, le relevèrent et le traînèrent jusqu'au compartiment.

Là, elles l'allongèrent sur une des banquettes en moleskine. Alors elles se regardèrent :

– Notre arrivée a brisé le charme.

– Charme réel, nous sentions la fumée.

– Charme illusoire tout de même.

– Tu crois que tout est parti ?

– Il suffit de regarder.

Timidement, craintivement, elles firent coulisser la porte, et passèrent la tête.

Le couloir était vide.

L'esprit fureteur d'Horus avait quitté le train.

Il ne s'y passait plus rien de distrayant. Les deux Demoiselles de l'Étrange s'employaient à réconforter le Maître.

En revanche, là-bas au-dessus du petit village perdu au cœur des Pyrénées, une étrange animation régnait autour du monastère verrouillé.

Un jeune homme gravissait le chemin qui y menait. Son visage était inexpressif. Il était vêtu d'une lourde chemise paysanne, d'une veste usée et d'un pantalon de velours. Sur sa tête un béret était enfoncé, le coiffant jusqu'au front. Il marchait en s'aidant d'un bâton.

C'était le portrait parfait d'un idiot de village comme on en rencontre souvent, sur le causse ou dans les régions les plus attardées du pays.

Un « niais » comme disaient les villageois. Pas dangereux. Perdu dans une sorte de non-vie intérieure.

L'idiot s'approchait du monastère.

Venant de la direction opposée, une autre silhouette parut. Sa démarche était hésitante, cahotante. Il avançait lentement, se dandinant d'une jambe sur l'autre, parcourant le paysage d'un regard égaré, comme s'il ne comprenait pas où il était, ce qu'il faisait là, ni même qui il était. C'était un autre idiot du village.

Enfin, le premier idiot eut un geste, celui d'assurer sur sa tête son béret qui descendait jusqu'à ses yeux. Puis il s'assit sur une pierre, et resta sans bouger, la tête tournée vers le monastère.

Le second idiot, fit de même. Sans chercher à se rapprocher du premier, il s'assit lui aussi, à même la terre, et contempla d'un air bête la grande bâtisse cernée de quatre hauts murs que seule dépassait la pointe du clocher de la chapelle.

Du fond de l'horizon, de loin, très loin derrière l'idiot au béret, parut une nouvelle silhouette. Elle marchait en traînant les pieds. Il lui fallut une bonne heure pour arriver derrière l'idiot assis, qui ne bougea pas.

Cette troisième silhouette était celle d'une fille. Sans âge, mais probablement jeune. Vêtue d'une robe très simple, presque une robe d'écolière, à carreaux. Serrée à la taille par un ruban. Elle était pieds nus et tenait à la main une paire d'espadrilles trouées, usées.

Son visage était disgracieux, fermé, et un petit bout de langue passait entre ses dents. Un filet de bave coulait sur son menton.

Elle alla s'asseoir à quelques pas de l'idiot au béret, et, elle aussi, fixa le monastère.

Ainsi, pendant que se déroulaient les événements du train fonçant vers les Cévennes, de très nombreux idiots du village convergeaient vers le monastère isolé sur sa hauteur.

Si bien que lorsque le train s'arrêta en gare de Millau, ils étaient une bonne trentaine, tous assis en silence, encerclant le lieu saint. Et d'autres se profilaient à l'horizon. Il en venait de partout. Comme à un rendez-vous. Un incroyable, un impossible rendez-vous d'idiots.

Nul signe de vie dans ce monastère, à part un mince filet de fumée qui s'échappait de la cheminée du réfectoire, et indiquait que quelqu'un vivait là.

Invisible, l'esprit d'Horus surveillait ces événements surprenants. Il lui semblait entendre un son bizarre venant de l'intérieur du monastère...

Tout au fond du jardin, se trouvait le cimetière des nonnes. Quelques dizaines de tombes, certaines très vieilles, pieusement entretenues.

Le son qui parvenait aux oreilles indiscrètes d'Horus venait de là. De là-dessous, plus précisément. Étouffée par l'épaisseur de terre, une petite voix joyeuse se frayait un passage jusqu'à la surface. Cette vois chantait : « Qui craint le grand méchant loup, méchant loup, méchant loup… »

L'esprit d'Horus planait au-dessus du petit cimetière.

Celui qui n'existait pas sentait la présence de celle qui n'existait plus. Et, tout naturellement, ils engagèrent un étrange dialogue, l'esprit de l'un parlant à l'esprit de l'autre :

–Que fais-tu sous la terre ?

–Je circule. Je vais partout.

–Et dans ce cimetière ?

–C'est par là que je m'approche de la surface.

–Tu peux sortir ?

–Pas plus que tu ne peux apparaître. Mais comme toi, je vois et j'entends.

–Tu sais ce qui va se passer tout à l'heure ?

–Je le devine. Le Maître et les Demoiselles de l'Étrange vont arriver.

–Ensuite ?

–Ils entreront dans le monastère.

–Est-ce bien ?

–Tu sais que non, grand oiseau. Ce lieu est maudit, habité par le mal.

–Alors ?

–Je suis ici pour faire basculer les choses.

–Ces idiots qui s'assemblent, c'est toi ?

–Un peu. Ils ont senti la présence des deux idiotes, Estelle et Edwige, et qu'elles sont en danger. Alors ils sont venus. Quand elles retombent dans leur nuit, les autres font en quelque sorte corps avec elle.

–C'est une étrange confrérie que celle de ces idiots du village !

–Oui. Une forme de communication essentiellement poétique. Leurs esprits vides aux choses du monde forment un tout. Mais les Demoiselles ne le savent pas. Elles apprendront.

–Parce qu'elles vont à nouveau perdre la pensée ?

–Je le crois.

–Tu es Tùatha, n'est-ce pas ?

–Oui. Et toi tu es Horus. J'ai été l'Ankou, c'est pourquoi j'ai le pouvoir de me déplacer sous la terre.

–Moi je n'existe pas. Et mes compagnons Khnoum et Anubis non plus.

Il avait dit cela avec une certaine mélancolie. Mais Tùatha se mit à rire :

–Moi non plus, je n'existe pas, grand oiseau ! mais l'existence, hein, entre nous…

Quand le Maître et les Demoiselles arrivèrent en vue du monastère, les idiots étaient devenus une véritable foule.

Garçons et filles, l'air vague et absent, le visage dirigé vers le monastère. Ils ne prêtèrent aucune attention aux nouveaux arrivants. Le spectacle était impressionnant. Tous ces personnages assis en tailleur cernant le lieu de retraite. En silence ; sans paraître même le voir.

–Maître, dit Estelle, ils sont comme nous… tous… ce sont nos semblables…

–Allons-nous les rejoindre ? ajouta Edwige. Redevenir des mortes ?

–Tant que je pourrai me glisser dans vos têtes, dit le Maître, vous vivrez.

Il sentait la présence rassurante des moines du Ladàkh, du Vénérable. Une présence d'amour qui le poussait à suivre sa route, à sauver définitivement ses Demoiselles.

Il se remit en marche, oubliant les idiots, allant vers la lourde porte en chêne, seule ouverture. À côté on voyait la petite lucarne qui commandait la loge de la sœur tourière. Mais cette pièce, comme le reste, semblait abandonnée.

« Où sont les nonnes ? » pensa le Maître.

« Elles sont dedans, répondit l'esprit du Vénérable. Elles sont cloîtrées, ne peuvent sortir. Peut-être sont-elles toutes mortes, depuis qu'Estelle et Edwige enfant vinrent ici pour faire bénir leurs images pieuses… Plus de dix ans ont passé… »

Tous trois étaient maintenant devant la porte. Le Maître actionna le loquet et elle s'ouvrit en grinçant.

Dans le petit cimetière monacal au bout du jardin, la voix étouffée de Tùatha essayait de sortir de terre :

–N'entrez pas ! Non ! Il ne faut pas entrer !

Mais Tùatha n'existait plus et le Maître n'entendit rien. Non plus que les Demoiselles. Quant à Horus, il se garda bien d'intervenir tant il était anxieux de connaître la suite.

Le Maître passa le seuil, suivi des Demoiselles.

Et tout bascula.

LE SECRET DES IMAGES PIEUSES

Dès qu'ils eurent passé la porte, instantanément, la présence du Vénérable et des moines dans la tête du Maître disparut. L'expression vive et enjouée des Demoiselles s'effaça pour faire place au visage mort de deux idiotes.

Le Maître comprit que le mal était le plus fort. Il tenta de refranchir la porte en sens inverse, de sortir de cet endroit maudit. En vain. Une force invisible barrait la sortie.

Une forme bizarre gisait sur le sol, à quelques pas de l'entrée. Un squelette décharné, encore vêtu d'une loque blanche et d'une cornette pourrie. C'était tout ce qui restait de Mère supérieure. Le cadavre n'avait pas bougé depuis ce jour où sœur Marguerite l'avait égorgée et éventrée devant les petites du village... Les petites Estelle et Edwige d'alors. Le Maître frissonna.

Il ne lui restait qu'à faire face, seul, sans l'aide du Ladàkh, sans l'aide d'Estelle et d'Edwige.

Les prenant chacune par une main, il les entraîna à sa suite à l'intérieur du monastère.

Leurs pas résonnèrent sur les dalles du long couloir qui traversait le bâtiment de part en part, aboutissant à la chapelle.

La construction était fort simple : à l'entrée, le bureau de Mère supérieure. Sur la gauche, la lingerie. Puis une vaste salle, le réfectoire. Au centre du mur, une gigantesque cheminée. Du bois y brûlait, créant cette fumée que l'on voyait de l'extérieur. Mais bureau, lingerie, réfectoire étaient vides de toute présence humaine.

Tout le côté droit du couloir était réservé aux cellules des nonnes. Toutes les portes, en chêne épais comme la porte d'entrée, étaient fermées, mais les vieilles clés rouillées étaient dans les serrures.

Le Maître ouvrit les portes.

Les deux premières cellules étaient vides, mais dans la troisième et celles qui suivaient se trouvaient les cadavres des nonnes. Assassinées au couteau, elles n'étaient plus que de tristes squelettes.

Toutes les occupantes du monastère étaient là, surprises pendant leur sommeil par sœur Marguerite devenue folle, devenue la Nonne Sanglante.

Le Maître hésita devant la dernière porte, tout au bout du couloir, juste avant la chapelle. Cette dernière cellule ne pouvait être que celle de l'ancienne sœur tourière.

Était-elle là, cloîtrée parmi les cadavres de ses sœurs, depuis dix ans ?

Devant les Demoiselles indifférentes, il tourna la clé, et entra.

Elle était là.

Recroquevillée tout au fond de la froide cellule dépersonnalisée.

La lumière du couloir entra en même temps que le Maître et éclaira la forme rabougrie assise à même le sol, collée à la muraille, le visage déformé par un rictus de haine.

La cornette gisait à terre, et le Maître vit son visage.

Alors il comprit.

Les traits de sœur Marguerite avaient dû être d'une beauté angélique. De cette beauté fine et impersonnelle qui est celle des images pieuses de notre enfance. Des traits qui rappelaient les illustrations confessionnelles de Marie, de Thérèse de Lisieux, de Jeanne d'Arc... Sans doute sœur Marguerite avait-elle, sans en rien dire à cause du péché d'orgueil, cultivé cette ressemblance.

Et puis elle avait commencé à vieillir. Et les images pieuses, elles, restaient les mêmes. Thérèse de Lisieux, Thérèse d'Avila et toutes les autres gardaient leur pureté physique, tandis que la Nonne recluse se fanait peu à peu.

Sœur Marguerite était devenue acariâtre, aigrie. Elle avait fui la compagnie des autres sœurs. Renfermée dans sa cellule, son cerveau malade s'était échappé, elle était entrée dans le mal, acquérant ainsi certaines forces. Comme celle qui consistait à se dédoubler, à apparaître dans un couloir de train par exemple, double assez réel pour permettre le meurtre des voyageurs. Mais ces « projections » ne duraient que quelques instants et la Nonne revenait bien vite dans sa cellule. Maîtresse du couvent, après en avoir massacré toutes les habitantes, elle entretenait le feu dans la cheminée du réfectoire afin qu'alentour chacun soit persuadé que les nonnes recluses étaient toujours là. La crise meurtrière avait été déclenchée par les visions des images pieuses que les innocentes gamines Estelle et Edwige étaient venues faire bénir. C'était aussi la raison de la haine dont l'ancienne sœur tourière entourait les Demoiselles.

Le Maître comprit tout cela. Et devina l'étendue du pouvoir que des années de solitude parmi les cadavres de ses sœurs, des années de méditation hallucinée avaient donné à la malheureuse.

La force mauvaise de sœur Marguerite régnait sans partage sur tout le couvent. Dès l'entrée, le bien s'en allait : la conscience et l'intelligence des jeunes Demoiselles qui s'affalaient, laissant revenir la sinistre idiotie, la présence mentale des moines et du Vénérable qui disparaissaient, laissant le Maître seul et désarmé face à la démente.

En s'appuyant au mur, la Nonne se leva. Sa robe portait les mêmes taches de sang éternellement frais que lors de ses matérialisations.

Indifférentes, les Demoiselles fredonnaient un air simplet.

Mais, comme la Nonne se mettait debout, là-bas à l'extérieur, la foule des idiots du village se dressait de même.

Deux cents simplets étaient maintenant sur leurs pieds. Et ils commencèrent un insolite chœur, à bouche fermée.

C'était la petite comptine enfantine émise par Estelle et Edwige. Et, ainsi amplifiée par des centaines de bouches fermées, la mélodie devenait effrayante.

À cet instant, sœur Marguerite se figea, sembla se statufier. Elle se dédoublait, et son double se matérialisa juste derrière le Maître. Le double bougeait, vivait, alors que la véritable nonne était devenue semblable à un mannequin de cire.

Estelle et Edwige virent l'incarnation sortir des plis de sa robe ensanglantée les deux stylets. Elles ne dirent rien, incapables de réaliser ce qui se passait.

L'image de la Nonne bondit, et planta les deux poignards dans le dos du Maître.

Il se cabra, tituba, et s'écroula sur le sol où il ne bougea plus.

Alors la projection s'effaça et la Nonne, tout au fond de la cellule, reprit vie.

Elle fixa les deux Demoiselles et s'avança vers elles, dans l'intention évidente de les occire.

Estelle et Edwige sentirent vaguement, grâce à la symbiose qui les liait aux idiots assemblés devant le couvent, la présence d'un danger.

Elles s'enfuirent, la Nonne derrière elles, sortirent du bâtiment et coururent droit devant elles.

Elles arrivèrent au petit cimetière. Elles ne pouvaient continuer, car ce cimetière était délimité par le mur du jardin.

Elles se retournèrent, faisant face à sœur Marguerite triomphante qui, savourant sa victoire, s'approchait à petits pas, ses poignards pointés.

Là-haut, l'esprit d'Horus exultait : il allait certainement se passer quelque chose d'inouï...

Dans la cellule désertée, le Maître gisait, la face contre le sol. Deux trous profonds marquaient son dos. Il s'en écoulait de minces filets de sang.

Dehors, les idiots debout se turent soudain.

Un silence annonciateur de tragédies recouvrit décors et personnages.

Comme sœur Marguerite, devant Estelle et Edwige, levait ses stylets, le prodige se produisit.

Deux mains sortirent de terre, juste derrière la Nonne. Deux mains prolongées par deux avant-bras, doigts écartés. Ces mains se refermèrent comme des pinces de crabe sur les chevilles de la Nonne.

Ces mains étaient celles de Tùatha qui, du fond de la terre, était parvenue à briser partiellement son enfermement pour venir en aide à ses amis. Pareille incongruité ne pouvait durer longtemps. Déjà, les mains de la petite Celte s'enfonçaient, rentraient sous terre. Mais elles entraînaient la Nonne Sanglante !

Celle-ci hurla, se débattit, en vain. La terre du cimetière l'avalait. Elle était déjà enfouie jusqu'aux genoux.

Son visage, alors, se transforma. Le mal et la folie s'en allaient. Les rides et les creux s'effacèrent, les cheveux redevinrent souples, le corps mince. Elle retrouvait sa jeunesse, elle redevenait, juste avant de disparaître dans les profondeurs d'où elle ne reviendrait plus, la jeune et belle novice qui ressemblait tellement aux images pieuses. On aurait dit sainte Thérèse, on aurait dit sainte Marie mère de Dieu, on aurait dit... Mais plus personne n'était là pour constater sa beauté. Sauf deux pauvres filles hébétées qui ne comprenaient rien à ce qui se passait.

Ainsi, sans véritable témoin, la Nonne Sanglante disparut-elle sous la terre et nul ne la revit jamais.

Cependant, de la foule des idiots assemblés sortirent tout à coup un petit garçon et deux petites filles. Tous trois entrèrent dans le couvent.

Le petit garçon se dirigea droit vers le couloir central et les cellules. Les petites filles s'en allèrent en direction du cimetière.

Le petit garçon entra dans la cellule de sœur Marguerite. Il se pencha sur le corps du Maître et posa l'index de sa main droite sur la plaie de droite, l'index de sa main gauche sur la plaie de gauche.

Le sang se tarit, les chairs se refermèrent, le Maître se retourna.

Il dévisagea longuement le petit garçon qu'il ne reconnaissait pas, qu'il n'osait pas reconnaître. Comme l'enfant allait ressortir, le Maître lui dit :

– Reste avec moi.

Et l'enfant répondit :

– Je ne peux pas. Je suis à la recherche d'une petite fille en feu. Elle flambe avec un corbeau sur l'épaule.

Et il sortit.

Dans le cimetière du couvent, les deux petites filles s'approchèrent des Demoiselles de l'Étrange.

Se haussant sur la pointe des pieds, elles posèrent leurs lèvres sur les bouches d'Estelle et d'Edwige. Et comme cet étrange baiser se prolongeait, la couleur revenait aux visages, l'esprit vif et malicieux se lisait à nouveau dans les yeux, la pensée et la conscience revenaient.

Dans le même temps les esprits des moines et du Vénérable, alarmés par leur longue absence, se glissaient à nouveau dans la tête du Maître.

Comme celui-ci sortait du bâtiment par la porte de derrière, il vit ses deux Demoiselles qui couraient vers lui, riantes et gaies. Il leur ouvrit les bras.

Là-bas, près des tombes, les deux petites filles jetaient en l'air une poignée d'images pieuses que le vent balaya et dispersa.

Les trois enfants se fondirent dans la masse des idiots, y disparurent. Alors l'assemblée se disloqua. Chacun repartit par où il était venu, regagnant sa ville ou son village.

Quand le Maître et les Demoiselles sortirent à leur tour du couvent, celui-ci resta abandonné, la porte grande ouverte.

Aucune fumée ne sortait plus de la cheminée.

Dans l'île des noyés, Horus se leva de sa couche.

Au même moment, entrèrent ses compagnons de non-existence, Khnoum et Anubis.

–Je vais vous raconter une étrange histoire, dit Horus. Cela nous aidera à passer la nuit qui vient.

Dehors, le vent sifflait, la mer battait contre les parois du fort. On entendait la triste mélopée des noyés, dans le cimetière de bateaux.

–Vous vous souvenez des Demoiselles de l'Étrange, reprit Horus.

Les deux autres acquiescèrent.

Horus commença son récit:

–Quelquefois, en semaine, le Maître emmenait Estelle et Edwige faire une étrange promenade…

LA MORT DU MAÎTRE

LA MORT DU MAÎTRE

C'était un homme très âgé.

Il cheminait à pas lents sur un chemin qui descendait de la montagne. Ses sandales de corde claquaient sur les cailloux. Au-dessus de lui, le ciel était d'un gris ferreux, annonçant un de ces orages violents fréquents en cette région, le Laddàkh, proche du Tibet.

Le vieil homme portait la robe jaune safran des moines. Son crâne était rasé. Il allait tête basse, observant le sol afin d'éviter les obstacles qui pouvaient le faire trébucher. Tout en descendant afin de regagner le monastère avant que la nuit dérobe à son regard les aspérités du chemin, son esprit, lequel avait gardé toute sa vivacité, était tourné vers l'intérieur de sa tête. En effet, tout en progressant, il avait senti comme une caresse intérieure. Un esprit cherchant à rejoindre le sien.

Il avait donc ouvert sa tête à cette pensée qui le sollicitait. C'est ainsi qu'il était entré en communion avec le Maître. Et maintenant, le Vénérable et son disciple, là-bas en Europe, partageaient les mêmes sensations, unissaient leurs pensées, se fondaient l'un avec l'autre pour mieux se comprendre.

La pensée du Maître était douce à l'esprit du Vénérable. Malgré la nuit qui tombait, il ralentit encore sa marche afin de goûter davantage l'étrange lien qui s'était tissé au fil des ans depuis la résurrection du Maître au fond du caveau de sa famille en Europe.

Le Vénérable était si occupé par cet échange mental, par la concentration qu'il exigeait de lui, qu'il ne se rendit pas compte que l'air se chargeait d'électricité, que des lueurs brèves, accompagnées de coups de tonnerre, se rapprochaient. Et tout à coup, les éclairs furent là. Ils éclairaient la nuit qui était maintenant venue, et aussitôt derrière eux, éclataient les coups de tonnerre, violents, assourdissants.

Lorsque le Vénérable s'aperçut de ce qui l'entourait, il était trop tard. L'orage le cernait de toute part. L'angoisse de son esprit parvint au Maître, et il tenta de le soutenir de tout son amour, de toute sa bienveillance.

Il se mit à pleuvoir. Par brèves ondées drues, d'une violence comme les montagnes du Laddàkh en avaient rarement connues. Puis, au bout de quelques instants, la pluie cessait brusquement, et de nouveau les éclairs tombaient, frappant au hasard.

Le Vénérable chercha à s'abriter. À une centaine de mètres se trouvait un arbre. Il se mit à courir vers lui. Il allait y arriver, quand un éclair gigantesque le frappa. Comme s'il avait été lui-même cet arbre vers lequel il se hâtait, il se fendit en deux de tout son long. Son corps sembla se couper comme une bûche frappée par une cognée inexorable. Sa robe safran abandonna son corps noirci, et s'envola, poussée en tous sens par le vent, déchirée elle aussi par l'éclair. Bientôt il ne resta plus devant l'arbre qu'un corps mutilé, sans mouvement, sans respiration, sans vie. Et un morceau de tissu jaune que le vent traînait plus loin, et qui disparut, comme avalé par la montagne.

Enfermé dans sa pièce de méditation, le Maître reçut comme une ultime caresse, la dernière pensée du Vénérable. Elle était toute de douceur, de confiance, de joie parfaite. Juste avant que son corps soit séparé en deux par l'éclair, le moine avait réalisé que l'instant de sa mort était venu, et il s'y était préparé. La communauté à laquelle appartenait le Vénérable ne se mentait pas à elle-même. Quand les moines assemblés parlaient de leur mort, ils ne savaient pas s'il existe quelque chose après, ou s'il n'y a rien. Mais ce mystère, sur lequel pourtant les humains réfléchissent depuis toujours, était pour eux de peu d'importance. Qu'importait que la vie se poursuive, ou qu'une autre vie commence, ou que cette vie soit mise en jugement par un créateur ? En effet ce qui comptait était de dispenser l'amour qui était en eux. Cet amour qui n'était pas un sentiment, car le sentiment est désir, mais un état. Et cet état était pour eux infini. Beaucoup pensaient même qu'ils s'immergeaient dans cet état au moment de leur fin. D'autres pensaient différemment. Mais quelle que soit leur approche, tous étaient parvenus à éteindre en eux cette peur que les hommes éprouvent.

En même temps que la dernière pensée du Vénérable lui parvenait, le Maître ressentit, comme le Vénérable l'avait ressentie, la décharge électrique produite par l'éclair. Et le choc fut tel qu'il tomba de sa chaise avec un grand cri.

Ce cri fut entendu par deux très jeunes filles en pyjama qui, à peine éveillées, tout juste levées, se dirigeaient, les yeux papillonnant, vers la cuisine dans l'intention de préparer leur café au lait et beurrer leurs tartines.

C'était Estelle et Edwige, les Demoiselles de l'Étrange.

Entendant le cri du Maître, elles coururent jusqu'à sa porte, et y collèrent l'oreille afin de deviner ce qui peut-être s'y passait d'inaccoutumé.

Mais elles n'entendirent rien. N'osant intervenir davantage, elles gagnèrent la cuisine, et, inquiètes, préparèrent leur petit déjeuner silencieusement. Guettant le moindre bruit venant de la chambre de méditation, laquelle leur était défendue lorsque la porte en était fermée, comme c'était le cas ce matin.

N'entendant rien, elles finirent en hâte leur repas, regagnèrent leur chambre et s'habillèrent. Ensuite, pomponnées et parfumées, elles s'en allèrent écouter une nouvelle fois à la porte. Estelle murmura au bout d'un instant :

–Je n'entends rien, et toi ?

–Il est peut-être sorti, répondit Edwige.

–Nous l'aurions entendu, rétorqua Estelle.

Nouvelle écoute. Nouveau silence. Nouvel échange de regard entre les Demoiselles. Alors, timidement, Estelle se risqua :

–Maître ! Maître vous allez bien ?

Silence.

–Il ne répond pas. Qu'est-ce qu'on fait ? On entre ?

–Pendant qu'il médite ? Tu n'y penses pas !

–Mais s'il a eu un malaise ? C'est bien lui qui a crié !

–Entre si tu veux ! Moi je ne m'y risque pas...

Elles se turent. Enfin, sur un échange de regards, Edwige crut avoir une idée :

–Si on allait demander de l'aide à Tùatha ?

–Tu sais où elle est ?

–Il y a un petit cimetière en haut de la rue. Tu sais qu'elle voyage de l'un à l'autre... Elle nous entendra peut-être...

Elles frappèrent une dernière fois à la porte du Maître, en vain, puis elles se précipitèrent vers la porte qu'elles franchirent d'une traite et claquèrent derrière elles. Dégringolant quatre à quatre les escaliers, elles furent dehors avant d'avoir pu dire autre chose. Vite vite, elles grimpèrent la rue qui conduisait au point le plus élevé de Paris, le métro Télégraphe.

À quelques pas de la bouche de métro, se trouve le tout petit cimetière de Belleville. Presque oublié, malgré la présence du mausolée de Léon Gaumont, il n'est plus guère fleuri que le 1er novembre, et encore.

Une grille en protège l'entrée. Essoufflées, Estelle et Edwige la franchirent sans s'arrêter, la repoussèrent derrière elles, et là, devant l'aspect désertique du lieu, elles reprirent leur calme et leur souffle.

Elles pénétrèrent plus avant, sans un instant se douter qu'elles n'étaient pas venues là par hasard, mais qu'à cet instant même, elles entraient dans la tête déréglée du Maître.

Assis à sa table, le Maître se tenait la tête à deux mains, les coudes sur la table. Son esprit était plein de crépitement, plein d'instantanés lumineux comme des explosions. Il était souffrance, et sa pensée était vague, errante, incapable de se fixer ni sur le Vénérable, ni sur les Demoiselles, ni sur lui-même. Il se sentait divaguer, il se sentait devenir électricité, il n'avait rien à quoi se raccrocher. Il entendit les Demoiselles respirer derrière la porte. Il chercha à écouter leurs paroles quand il reconnut leurs voix à travers la porte. Mais il fut incapable de parler. Enfin il réalisa qu'elles frappaient, puis il entendit distinctement la porte d'entrée qui claquait. Mentalement il leur avait envoyé un message, leur enjoignant de chercher de l'aide auprès de Tùatha ; mais seule Edwige avait reçu cette suggestion, et encore n'avait-elle pas compris qu'elle venait du Maître.

Toute sa tête emplissait le cimetière de Belleville.

Toute l'électricité de sa tête douloureuse se répandait dans les allées. Émettant de petits grésillements, provoquant de minuscules étincelles, elle courait au ras su sol, se faufilant entre les croix, glissant parmi les tombes. Et c'est dans ce lieu hanté qu'entrèrent les Demoiselles. Elles s'avancèrent dans ce qu'elles ne savaient pas être l'émanation de la folie du Maître. Et, tandis qu'à sa table, dans sa chambre de méditation fermée, rongé par le choc de la fin du Vénérable, le Maître perdait lentement la raison, l'équilibre qui avait été le sien, les Demoiselles de l'Étrange s'enfonçaient entre les mausolées comme deux noyées qui battent des bras afin de rester à la surface, mais qui coulent peu à peu, ignorant les mouvements simples de la nage.

L'esprit du Maître, divaguant mais cependant ému par un lointain souvenir, celui de deux petites ensevelies qu'il avait un jour tirées à la surface, l'esprit du Maître se refermait sur elles comme autant de tentacules. Et même s'il sentait ses bras ne saisir que le vide, tout en sombrant définitivement, il murmura d'une voix à peine audible : « Estelle... Edwige... » et ce fut tout ce qui resta de sa tête, laquelle sembla se briser intérieurement comme une montagne, là-bas au fond du Laddàkh, qui, sans raison, tout à coup, imploserait.

Les Demoiselles devinaient à de petits détails que le minuscule cimetière de Belleville était plein de vie. Mais d'une vie mourante. Ou plutôt d'une existence suspendue, en apesanteur, comme une mort qui ne voudrait pas s'avouer qu'elle est la mort. Elle était présente partout, immobile, chargée d'électricité. Elle était le contenu de la tête du Maître.

Estelle et Edwige frissonnèrent. Sans même échanger leur habituel regard, sans cesser de parcourir des yeux l'étendue des tombes et des mausolées, elles dirent quelques mots, à mi-voix, comme si elles se trouvaient dans une église où l'on n'ose élever la voix.

Loin derrière elles, la grille grinça, puis claqua; elles sursautèrent sans se retourner. Leurs yeux regardaient droit devant elles.

Il sembla aux Demoiselles que quelque chose bougeait dans ce cimetière... imperceptiblement, mais tout de même, un mouvement se produisait au ras du sol. Comme un déplacement. S'approchant d'une grande croix qui surmontait une haute tombe, elles l'examinèrent.

Le soleil de midi faisait naître au sol l'ombre de la croix.

Cette ombre remuait... Les extrémités du montant transversal donnaient l'impression de doigts s'ouvrant et se fermant, se crispant, menaçants...

Tournant la tête, elles virent ainsi de multiples ombres tremblantes comme si elles prenaient vie, mouvantes, agitées de mouvements convulsifs. Un peu plus loin, un bouquet de fleurs fanées. L'ombre de ces fleurs faisait comme des têtes de serpents agitées spasmodiquement. Tout le cimetière grouillait de mouvements imperceptibles mais terrifiants dans le silence. Baissant la tête, Estelle et Edwige virent leurs propres ombres remuer. Sans quitter les pieds des Demoiselles, les ombres s'étreignirent, et, se prenant dans les bras, se fondirent en une seule et amoureuse masse noire.

Terrifiées, les Demoiselles se retournèrent et coururent à la grille d'entrée. Elles trouvèrent celle-ci fermée. Malgré leurs efforts, elles ne purent l'ouvrir. Elles étaient prisonnières. Et, cette fois, elles étaient seules, sans le Maître. Elles échangèrent un coup d'œil. Que faire? Affronter le danger. Découvrir ce qui les menaçait et le combattre. L'étrange et l'insolite semblait les solliciter une nouvelle fois. Mais n'étaient-elles pas les Demoiselles?

Dans un coin tout au bout du cimetière se trouvait une sorte de chapelle, comme une guérite de pierre. La porte en fer battait, comme une invite. On devinait à l'intérieur un vitrail, un petit autel avec une statue de la Vierge. Cette statue était sans tête, cassée. Flanquée de deux bouquets fanés. Les Demoiselles allaient s'avancer vers cette chapelle et y entrer afin de voir de plus près cette statue décapitée, quand elles se sentirent saisies par les chevilles. C'était leurs propres ombres. Celle d'Estelle agrippait les chevilles d'Edwige. De même l'ombre d'Edwige saisissait les chevilles d'Estelle. Les Demoiselles hurlèrent de terreur. À cet instant un nuage passa devant le soleil, voilant la lumière. Les ombres disparurent. Les deux demoiselles étaient libres. D'un bond elles se retournèrent pour fuir, mais elles s'immobilisèrent, poussant un nouvel hurlement.

Il y avait là un grand arbre, un marronnier dont les fruits éclatés jonchaient le sol.

La vie des Demoiselles de l'Étrange n'est pas un conte de fées. Elle n'admet aucune mièvrerie, et, si elle est poétique, c'est d'une poésie de sang et de mort.

Sanglante, crucifiée sur le tronc de l'arbre, gisait la petite fille aux longues anglaises blondes, vêtue de la même robe ancienne qui la faisait ressembler à une héroïne de la comtesse de Ségur. Cette petite fille qui avait si souvent hanté Estelle, dans l'aventure de la Méduse notamment. Cette petite fille issue sans doute de l'inconscient d'Estelle et se rattachant certainement à quelque événement de son enfance oublié, avait à chacune de ses apparitions fantasmatiques, une corde à sauter. Maintenant, cette corde était enroulée autour de son cou, l'étranglant, faisant saillir les globes oculaires de la malheureuse, tandis qu'une langue épaisse sortait d'entre ses dents, gonflait sa bouche, distendait sa mâchoire. En la revoyant, pareille à ses apparitions au château de Rochefort, et dans les jardins du Trocadéro, au milieu des jets d'eau, Estelle se mit à pleurer. Un long filet de bave coulait de la bouche ouverte de la gamine, mouillait le menton pour enfin goutter sur la robe ancienne.

Estelle, en larmes, tomba à genoux.

Edwige tenta d'arracher Estelle à l'horrible vision. Mais en même temps elle découvrait une seconde horreur. Une grande femme aux longs cheveux noirs gisait devant le porte de la chapelle. Éventrée du nombril à la gorge, elle était déjà exsangue. Couchée dans une mare de sang à demi séché, laissant voir ses entrailles sous sa longue robe ouverte par l'instrument tranchant qui avait été la cause de l'éventration, ses yeux étaient fermés. Qui les lui avait clos ? Instantanément, Edwige sut qui elle était. La femme mystérieuse, jadis ennemie du Maître, et qui avait été la petite fille au corbeau sortant d'une tombe ravagée. La petite fille au corbeau qui avait soudain pris feu à la lumière du jour du temps de l'enfance du Maître…

Edwige fut la première à reprendre ses esprits. Avec violence elle arracha Estelle à la contemplation de l'enfant crucifiée et étranglée, elle détourna la tête de cette femme découpée qu'avait peut-être aimé le Maître.

Faisant face à la chapelle-guérite entrebaîllée, regardant la vierge sans tête, Estelle se mit à appeler d'une voix forte :

– Tùatha ! Tùatha ! À l'aide !

Et aussitôt Edwige joignit sa voix à celle d'Estelle. Toutes deux criaient et l'écho emplissait tout le cimetière. Mais déjà le nuage qui avait dissimulé le soleil était passé, et les ombres ressurgissaient, encerclant les malheureuses. L'ombre de la crucifiée et l'ombre de la femme éventrée rampaient toutes deux, chacune vers une Demoiselle…

Alors il se passa une chose inimaginable. La statue de la Vierge incomplète sembla grandir, s'allonger, descendre de l'autel. Maintenant à sa place se tenait un spectre blanc. Une silhouette féminine vêtue seulement d'un linceul blanc et transparent, tendant les bras comme pour attirer les Demoiselles de l'Étrange.

C'était le spectre de Tùatha.

Les Demoiselles cessèrent de l'appeler. Reconnaissant la gamine rousse, elles se précipitèrent vers le fantôme, et, échappant aux ombres tueuses, se réfugièrent entre les bras pourtant immatériels de l'ectoplasme. Le fantôme de Tùatha referma ses bras sur elles. Tout disparut, et, poussant un grand cri, les Demoiselles sentirent tourner l'univers autour d'elles. Elles qui tombaient, tombaient, tombaient sans fin.

C'est un curieux endroit qui vient d'avaler les Demoiselles, et dans lequel elles se trouvent maintenant assises sur un sol froid. De la buée sort de leurs bouches. Elles ne sont plus du tout dans le petit cimetière de Belleville, rue du Télégraphe.

Dans la pièce de méditation, tout ce qui restait de l'esprit du Maître s'effilochait, perdait pied. Et un grand froid venait de s'emparer de son corps. Tremblant de tous ses membres, il allait et venait dans la pièce, incapable de rassembler ses esprits. Ne prenant conscience que du froid qui l'engourdissait, il se mit à crier :

– Estelle ! Edwige ! Venez !

Mais ses deux demoiselles n'étaient plus là pour l'entendre.

Leur toit est fait de glace, comme autour d'elles le paysage. Un monde appartenant à l'ère glaciaire. Des stalactites pendent du plafond, des stalagmites se dressent du sol comme des épieux… Le silence qui les environne est lui aussi de glace. Pas un son, pas un mouvement, tout est comme suspendu, glacé par la peur dirait-on. La peur qui suinte de partout, la peur elle-même froide et glacée qui tout à coup saisit les Demoiselles d'une main qui les transperce, pose un doigt sur leurs cœurs. On dirait qu'il va s'arrêter de battre. Estelle et Edwige ne peuvent plus bouger. Transies, il leur est même impossible de claquer des dents, mâchoires soudées, doigts engourdis. Seuls leurs yeux regardent désespérément autour d'elles. Mais rien. Pas le moindre son, le plus petit bruit. Elles écoutent de tous leurs yeux et de toutes leurs oreilles, mais rien.

Elles sont perdues dans le rien, le rien du tout. Les pointes de glace qui pendent du plafond où s'érigent du sol ne gouttent même pas. Ne luisent même pas, comme un bout de glace qui va fondre. Tout est mort. Et elles aussi meurent lentement, attendant que les mâchoires du piège figent leurs deux cœurs qui battent à l'unisson, les immobilisent comme une main qui les serrerait, les serrerait, obligeant la pompe à sang à s'arrêter. Elles sentent cette main, et elles ne peuvent rien faire pour l'immobiliser, pour sauver leurs cœurs pourtant si aimables, si attendrissants, leurs cœurs de Demoiselles de l'Étrange, qui attendent leur mort inéluctable et pensent au Maître, enfermé dans la chambre de méditation, loin, si loin, dans l'appartement où ils habitent tous les trois.

Est-ce la fin d'Estelle et Edwige, les Demoiselles de l'Étrange ?

Un son… Oui, peut-être un son, si faible, si ténu, que l'on dirait qu'il n'existe pas. Mais est-ce vraiment un son ? Une espèce de son, peut-être. Estelle qui l'entend dans ses oreilles gelées tente de l'identifier. À quoi peut donc ressembler ce qui produit cette espèce de frottement ? Et ses yeux voient comment ses oreilles entendent. Quelque chose de bariolé, dont les multiples couleurs vives tranchent sur le blanc de la glace.

C'est petit, c'est rond… De la grosseur d'une boîte d'allumettes, de celles dites « de cuisine », jadis soufrées. C'est en métal léger, en fer blanc par exemple. C'est recouvert de papier peint multicolore. Comme un objet-jouet pour un jeune enfant. Sur le dessus de cette espèce de boite, il y a une petite manette que l'on tourne.

Les Demoiselles reconnaissent le jouet tapi dans leurs souvenirs. On vendait ce jouet dans les kiosques de jardins publics. Il y avait de grandes pochettes de papiers, les surprises. Des bonbons, des cachous, diverses babioles. On les appelait « boîte à musique ». Il suffisait de tourner avec deux doigts la petite manivelle pour qu'une sorte de crécelle retentisse jouant sur un rythme plus ou moins rapide, suivant que l'on tournait plus ou moins vite. De petits airs simples. Comme la *Lettre à Élise*, par exemple. Elles en sont maintenant certaines : c'est cet objet enfantin qu'elles entendaient dans le cimetière de Belleville. Et cette boîte en fer blanc glisse sur le bloc de glace où une main négligente l'a oubliée, elle glisse avec un petit bruit de frottement. Lequel, dans le silence de la glace et du blanc a attiré le regard et l'oreille des Demoiselles. Elle tombe sur le sol de glace, avec un nouveau léger bruit, et le petit tourniquet se trouve actionné par le choc, il bouge un tout petit peu. Et deux pauvres notes de musique retentissent dans le silence du froid. Les deux Demoiselles échangent un regard d'espoir car il leur semble bien avoir reconnu deux notes de la *Lettre à Élise*. Cette boîte était bien là pour elles, la musique tant et tant de fois entendue accommodée de mille manières, que finalement elle est devenue banale, leur était destinée. Pourquoi et par qui ? Peut-être par celui qui vient, car elles entendent maintenant le bruit, bien faible pourtant, de deux pas qui se dirigent vers elles. Les pas légers de deux petits pieds nus. Qui peut donc marcher pieds nus sur la glace, cette glace qui est partout ?

Anxieuses et pleines d'espoir, les Demoiselles gelées regardent de tous leurs quatre yeux, écoutent de leurs quatre oreilles, les pas de celui qui vient les sauver ou les perdre. Mais voici que les pas s'accompagnent maintenant de reniflements et de sanglots. Qui pleure ainsi ? Une forme se dessine entre les stalactites et les stalagmites. Une forme frêle, qui traîne des pieds, en larmes et reniflante. C'est une adolescente aux cheveux roux qui pendent jusqu'au milieu du dos. Elle est nue, son corps piqué de taches de rousseur est très blanc. Elle avance la tête dans ses mains. À travers ses doigts passent de grosses larmes. Les deux Demoiselles ouvrent une bouche béante de stupeur, car cette apparition sur laquelle le froid de la glace ne semble avoir aucun effet, c'est Tùatha.

Tùatha n'a pas vu Estelle et Edwige. Elle s'arrête soudain, et, les yeux dans le vague, elle entonne à mi-voix une vieille chanson triste. Et les larmes viennent aux yeux des Demoiselles de l'Étrange, car il est impossible d'entendre cette chanson sans fondre en larmes, quand on est une sensible jeune fille à peine sortie de l'enfance, comme c'est le cas pour Estelle, pour Edwige, pour Tùatha.

« Tiens ma jolie maman
« Voici des roses blanches
« Toi qui les aimes tant… »

C'est en effet le grand succès de Berthe Sylva *Les roses blanches* que fredonne d'une toute petite voix la trop sensible Tùatha. Puis elle s'interrompt, se mouche dans ses doigts, redresse la tête et voit enfin Estelle et Edwige, statufiées par le froid. Poussant un cri de joie, Tùatha se précipite, rejoint ses amies, les frotte, les cajole, refait couler le sang dans leurs veines, les fait revivre en somme. Toutes trois rient. Puis vient le temps des questions.

–Qu'est ce que tu fais là ? Interroge Estelle.

–Tu n'as pas froid, à poil comme te voilà ? Poursuit Edwige.

–Pourquoi tu chantes une si triste chanson ? Reprend Estelle.

Et toutes les deux :

– C'était toi qui jouais le fantôme pour nous attirer ?

Elles s'interrompent enfin. Tout en riant à travers ses larmes, Tùatha parvient à répondre :

– Vous savez bien que j'habite sous terre et que je ne peux communiquer avec votre monde que par l'intermédiaire des cimetières ! Je suis à la fois pas tout à fait morte et pas tout à fait vivante, vous vous en souvenez ? Je ne pouvais pas sortir car le cimetière de Belleville est hanté ! Alors je vous ai envoyé mon fantôme pour que vous veniez me rejoindre. Je sais, pour vous il fait un peu froid, mais vous n'avez encore rien vu !

Elle rit, elle s'amuse. Mais les Demoiselles sont inquiètes :

– Qui hante ce cimetière presque abandonné ? Et qu'est ce qu'on doit encore voir de terrible ?

– Et qui a crucifié la petite fille contre un arbre ?

– Et qui a éventré la femme mystérieuse ? Hein ! Qui donc ?

– Et pourquoi nos ombres nous prennent par les pieds ?

– Ne parlez pas toutes les deux en même temps, dit Tùatha en riant, vous saurez tout cela. Mais d'abord, accompagnez-moi un peu plus loin, vous allez comprendre la situation.

Les trois jeunes filles, se tenant par les mains pour ne pas glisser, s'éloignent vers les profondeurs de ce monde de glace, dont les épieux solidifiés, montant du sol ou descendant de la voûte luisent d'une faible lueur bleutée, provoquée par on ne sait quelle source de lumière.

HUMAINES GLACIATIONS

C'est un spectacle hallucinant qui s'offre maintenant aux yeux des Demoiselles.

Les stalactites et les stalagmites ont revêtu des formes humaines. Ceux qui se dressent du sol ressemblent à des femmes, ceux qui descendent de la voûte ont des formes masculines. Femmes dressées, hommes pendus la tête en bas, tous gelés, tous glacés, les yeux ouverts et fixes car ce sont des cadavres. Des corps souvent en piteux état, des corps d'humains morts de mort naturelle, ou bien assassinés, écrasés par une voiture, ils sont tous là. Parmi eux, on reconnaît Léon Gaumont, l'ancien directeur des studios de cinéma Gaumont. Il est justement inhumé dans le cimetière de Belleville. Les Demoiselles comprennent aussitôt qu'il s'agit là des enterrés du cimetière se trouvant inexplicablement sous forme de glace, loin sous terre…

Tùatha s'amuse de la stupeur des demoiselles :

– Ne vous en faites pas, ils ne sentent rien. Leur enveloppe n'est là, rigide, que pour nourrir « l'oiseau des profondeurs ». D'ailleurs, le voilà, vous allez comprendre.

En effet, un oiseau au long bec volait entre les corps. Il se pose sur l'épaule d'une très jolie jeune femme brune. Et son bec commence à attaquer la glace qui entoure le visage de la morte. Le revêtement froid s'éparpille en de multiples petits éclats blancs. Et bientôt le haut du visage est dégagé. L'oiseau marque un temps, on dirait qu'il choisit. Puis son bec agile entre dans l'œil droit du cadavre, le pique, le perce, s'abreuve du liquide cristallin qui coule. Il boit, il mange, il se repaît du contenu de cet œil droit. Une fois l'œil disparu, quand il ne reste plus qu'une cavité osseuse, l'oiseau s'en prend à l'œil gauche.

Estelle et Edwige sont au bord du vomissement d'horreur. Mais Tùatha que rien ne semble déranger, remet les choses à leur juste place :

– Qu'est ce que ça peut faire puisqu'elle est morte ? Il faut bien que l'oiseau des profondeurs se nourrisse. Mais venez… il faut intervenir, car là-bas se trouve une horreur véritable.

Pleines d'appréhension, les Demoiselles suivirent Tùatha. Celle-ci se faufilait entre stalactites et stalagmites, évitant de s'éborgner avec ceux qui pendaient, ou de s'éventrer avec ceux qui jaillissaient du sol. Elle avait une grande habitude de cette gymnastique, mais Estelle et Edwige allaient plus lentement, prenant mille précautions. Malgré cette étrange situation dans laquelle elles se trouvaient, leurs pensées émues allaient au Maître. Quand le reverrait-elles ? Était-il sorti de sa chambre de méditation pour constater leur absence... Soudain, elles s'arrêtèrent. Tùatha n'avançait plus. Et toutes trois virent passer, dans le plus grand silence, un jeune garçon, aux cheveux bouclés. Sur son épaule était perché un simple moineau. Avec sérieux, il les croisa. Sans leur prêter la moindre attention, il poursuivit sa marche, avec un air sérieux. Quand il les croisa, Estelle ne put s'empêcher de demander :

– Qui est-ce ?

Après un instant Tùatha répondit à voix basse :

– C'est le secret de la nuit. Il faut le laisser passer. Et surtout ne pas le questionner. D'ailleurs, il ne répondrait pas : il est d'ailleurs. On ne sait où. Venez, continuons.

Toutes trois reprirent leur marche en silence. Impressionnées par le mystérieux petit garçon, elles se taisaient. Il n'y avait rien à dire en effet.

Au bout d'un moment, elles virent que les stalagmites et les stalactites humains, du moins moulant de leur enveloppe glacée les corps des morts du cimetière de Belleville, s'espaçaient. Seul, dressé à partir du sol, un imposant pic de glace semblait défier tous les autres. Isolé comme il l'était, on aurait dit qu'il avait été placé là exprès, afin de souligner son importance. On devinait sous la couche de glace une forme humaine figée, angoissante. Les cavités oculaires étaient vides. L'oiseau des profondeurs était déjà passé. Mais son bec avait dû avoir du mal à se satisfaire, car deux minces traînées de sang partaient de ce qui avait été ses yeux, et faisaient autour des pieds du cadavre comme une petite mare rouge à jamais figée. Estelle et Edwige, étreintes par un mauvais pressentiment, hâtèrent le pas. Elles arrivèrent devant la stalagmite, et, muettes de terreur, fixèrent un instant le corps emprisonné dans le froid. Alors elles se mirent à hurler, sans fin, tandis que Tùatha pleurait de leur douleur et de leur épouvante.

Dans la glace était un homme.

Il était nu, mais les Demoiselles ne le remarquèrent même pas.

Ce corps énuclée était celui du Maître.

Du Maître qu'elles croyaient encore dans leur commun appartement, enfermé dans la pièce de méditation, et qui maintenant était tout de glace dans cet endroit dont elles ne savaient pas où il était exactement situé.

C'était la première fois que les Demoiselles voyaient la nudité du Maître. Mais elles n'y prêtèrent aucune attention, tant l'horreur et le désespoir les prenaient.

Tùatha, qui savait l'attachement quasi filial qu'Estelle et Edwige vouaient au Maître, lequel les avait sauvées de leur état premier, leur état d'ensevelies, était en larmes.

Pour les pauvres Demoiselles de l'Étrange, tout était fini. Déjà, elles se sentaient basculer dans leur ancien non-être, elles devinaient leur esprit qui abandonnait leur tête pour s'enfuir dans les limbes. Les dernières images qui s'incrustèrent en elles furent des images abominables : la petite fille qui avait hanté Estelle étranglée par sa propre corde à sauter, la femme mystérieuse qu'avait aimé le Maître éventrée devant l'entrée fatale de la chapelle.

Un lien mystérieux et très étroit unissait les Demoiselles à Tùatha. Et, au fur et à mesure que leur mental les quittait, celui de Tùatha s'ouvrait pour les accueillir. Ainsi, une partie de l'esprit des Demoiselles s'unit en une étrange symbiose avec celui de Tùatha. D'abord surprise, la petite rousse comprit vite ce qui était en train de se passer. Ne cherchant pas à lutter contre le phénomène, elle l'accepta sans résistance, et s'assit sur la glace. Prenant sa tête dans ses mains, elle se concentra sur ce qui pénétrait sa tête. Elle parvint ainsi à une sorte de méditation bienfaisante.

Bientôt, la force mentale de Tùatha, augmentée de celle des Demoiselles, devint d'une puissance qu'elle n'avait jamais connue. Revenant à la conscience, elle murmura :

–Heureusement que je suis autant morte que vivante. Je suis un réceptacle. Le principe des vases communicants s'est établi entre Estelle, Edwige et moi. Maintenant, je suis un peu elles. Mais l'inverse n'existe pas : les pauvres Demoiselles sont revenues à leur état primitif. Je les en sortirai. En attendant, il faut que je sauve le corps du Maître…

Tùatha rejoignit les Demoiselles ensevelies dans leur néant. Sans doute restait-il un petit quelque chose de leur conscience enfuie, car lorsque Tùatha leur prit la main, une sorte de courant électrique les unit les unes aux autres.

Les Demoiselles avaient leur regard, leur regard vide mais en vie, leur regard éteint mais en vie, leur regard qu'habitait encore une petite flamme inconsciente, et ce regard était dirigé vers le bloc de glace contenant le corps du Maître.

Tùatha semblablement dirigea ses yeux sur ce bloc de glace. Et la puissance du regard de Tùatha, qu'habitait la force mentale des Demoiselles, secondée par ce qui restait encore de vie à l'intérieur d'Estelle et Edwige, fixa la glace.

Tùatha avait arrêté son mental, et dirigé ses forces sur le bloc de glace. Elle n'était plus qu'énergie, que passion.

Lentement, quelque chose brilla sur la pointe du bloc de glace. Ce quelque chose qui luisait forma une goutte. Une goutte d'eau qui tomba et fit, elle aussi sur le sol glacé un petit « floc ». Puis une seconde goutte tomba et fit, elle aussi, un « floc ». Ces flocs étaient pour Tùatha des flocs d'allégresse. Car ils signifiaient que la glace emprisonnant le corps du Maître était en train de fondre. Elle devenait eau, et, en silence , elle desserrait son emprise. Déjà, on voyait plus nettement le corps raidi du Maître, ses yeux caves.

Tandis que le cadavre du Maître sortait de sa gangue de glace, les Demoiselles le regardaient sans même le voir.

De son côté, Tùatha laissait faire les choses. Elle était toujours assise sur la glace. Elle ne sentait pas le froid contre ses fesses nues, elle ne sentait rien. Seulement, son espoir tout entier était concentré. Et un mystérieux sourire éclaira fugitivement son visage parsemé de taches de rousseur.

–Tout cela n'existe pas, dit-elle à haute voix.

À cet instant le corps nu du Maître apparut débarrassé de sa gangue de glace. Ses yeux caves étaient tournés vers les muettes Demoiselles. Il ouvrit la bouche. Sa voix sortait, rauque, difficile à comprendre. Tùatha tourna la tête vers le corps encore roide.

–Je suis en train de mourir. Mon esprit s'est enfui, les vaisseaux de ma tête, brûlés par l'électricité, se cassent. Mon mental se désagrège. La fulgurance de l'éclair brûle encore mes yeux, je suis aveugle. Elle me mange l'esprit. Je suis déjà mort à toute cohérence. Là-bas, dans la chambre de méditation, je suis secoué sans fin comme par une chaise électrique détraquée. Cette image de moi ne reflète plus la réalité. Du sang coule de mes yeux, de mes narines, de mes oreilles même. Je perds la raison ! Estelle ! Edwige ! Venez à mon secours !

Entendant les supplications du Maître, les Demoiselles furent à leur tour comme secouées par une décharge électrique. Peut-être celle qui possédait le Maître passait-elle à travers son image, son incarnation l'instant d'avant couverte de glace. Toujours est-il que cette décharge émanant probablement du cadavre, éveilla les jeunes filles. Avec un regard tout d'abord surpris, elles examinèrent ce qui était autour d'elles. Elles virent le corps debout du Maître. Elles virent Tùatha qui leur souriait. Et Tùatha sidérée voyait, elle, la conscience, l'intelligence qui affluaient maintenant dans l'esprit des ensevelies. La matière grise, pourrait-on dire, emplissait à nouveau leurs cerveaux comme un vase plein remplit un autre vase vide avec lequel il communique. En quelques instants elles furent à nouveau les Demoiselles de l'Étrange. Elles secouèrent Tùatha :

–Comment sortir d'ici ?

–Comment rentrer chez nous ?

–Il faut que nous quittions cet endroit !

Tùatha eut à nouveau son mystérieux sourire.

–Venez avec moi. Je vais vous faire passer dans le monde réel. Ici, tout n'est qu'illusion.

Elle entraîna les Demoiselles vers un bloc de glace qui faisait comme une sorte de table, entre les stalagmites et les stalactites.

–Allongez-vous côte à côte. Je serai près de vous. Et fermez les yeux. Nous allons voyager un petit peu.

Estelle et Edwige firent comme l'avait dit Tùatha. Bientôt les trois jeunes filles reposèrent, les yeux fermés, détendues, sereines, sur la table de glace. Et...

Et, dans le cimetière de Belleville, au pied du mausolée de Léon Gaumont, trois jeunes filles étaient maintenant allongées sur le sol. Elles ouvrirent les yeux. Tùatha dit aux Demoiselles étonnées :

–C'est comme ça que je voyage d'un cimetière à l'autre. Levez-vous. La grille est ouverte, vous êtes libres.

Du temps était passé. Il faisait maintenant presque nuit. Estelle et Edwige coururent vers la grille, qui s'ouvrit sans difficulté. Elles sortirent, puis se retournèrent. Devant le monument de Léon Gaumont, une petite silhouette à la blanche nudité leur faisait « au revoir » de la main. Les Demoiselles saluèrent également Tùatha. Puis, se prenant par la main, elles se mirent à courir vers l'appartement du Maître.

Estelle et Edwige entrèrent en trombe. Tout était silencieux, et la porte du Maître était toujours fermée.

Les Demoiselles se calmèrent, et, très inquiètes, collèrent une fois de plus l'oreille contre cette maudite porte qui ne s'était pas ouverte de toute la journée.

Juste à ce moment, elle s'ouvrit violemment, renversant Les Demoiselles, et le Maître parut devant Estelle et Edwige atterrées.

Il était hagard, les yeux exorbités, les cheveux ébouriffés, les vêtements en désordre, la bave aux lèvres. Sa bouche éructait des imprécations incompréhensibles.

Il se pencha, saisit Estelle et Edwige par le col de leurs vestes, les releva, et se mit à les secouer comme un furieux en criant :

–Je vais vous détruire ! Tout est de votre faute ! Vous êtes l'éclair qui vrille l'intérieur de ma tête, vous êtes l'orage qui électrifie la montagne !

C'est vous qui êtes la cause de la mort du Vénérable ! Vous êtes la mort et la destruction ! Petites misérables !

Les Demoiselles ne comprenaient rien à la brusque fureur du Maître. Tout ce qu'elles devinaient, c'est qu'il fallait lui échapper. Elles s'arrachèrent à son étreinte et s'enfuirent dans l'appartement. Comme elles entraient dans la cuisine, le Maître les rejoignit. Il se mit à crier :

– Estelle ! Edwige ! Je perds la raison ! Je suis fou ! Pendant qu'il me reste un peu de lucidité, écoutez-moi ! Il vous faut m'achever ! Je vous en supplie ! Tuez-moi ! Tuez-moi ! Vite ! Je ne me contrôle plus !

Après ces paroles tragiques que les Demoiselles entendirent avec stupeur, il reprit ses vociférations démentes :

– Salopes ! Je vais vous massacrer avec l'électricité que je porte en moi !

Il tendait les mains vers elles, et des crépitements jaillissaient de ses doigts.

– Venez que je vous touche ! Venez que je vous fasse goûter à la chaise électrique !

Il les poursuivit dans la cuisine. À la fin, coincées contre le buffet, elles implorèrent merci. Il les regarda. Une fraction de seconde, la folie meurtrière disparut de ses yeux, remplacée par son regard d'avant. Et il murmura :

– Ne me laissez pas devenir comme ça… Pitié, achevez-moi !

La situation était atroce pour les Demoiselles. Le Maître était tout pour elles, il les avait éveillées, sauvées de la nuit, de leur ensevelissement… Elles avaient vécu avec lui tant et tant d'aventures exaltantes… Et il les implorait de le tuer… Elles préfèreraient mourir.

Pourtant la voix émouvante du Maître était comme un ordre. Elles ne pouvaient s'y dérober. Elles se mirent à pleurer sans retenue, à gros sanglots. En même temps, leurs mains tâtaient dans leur dos le tiroir aux couverts. Elles le tiraient, cherchaient à l'intérieur et s'emparaient de deux couteaux à découper, longs et pointus.

Le regard du Maître était redevenu fou. Il les saisit par le cou et commença à les étrangler. Elles râlèrent, leurs yeux se révulsèrent, elles voyaient des lumières danser devant leurs yeux.

Soudain leurs mains étreignant les couteaux sortirent de derrière leurs dos, et d'un même geste, elles plantèrent les lames aiguisées dans le ventre du Maître.

Ce dernier eut un hoquet, lâcha le cou des Demoiselles et recula, un flot de sang jaillissant de son corps et inondant le visage et les robes d'Estelle et Edwige.

L'hypertension artérielle montait, détruisant ses neurones, dans le même temps qu'il perdait son sang. Il tomba comme une masse sur le dallage de la cuisine, éclaboussant les murs de son sang. Les Demoiselles, à ce spectacle, perdirent connaissance et churent à leur tour dans le sang du Maître. Et dans le silence s'installa un spectacle dégageant une odeur fade et écœurante.

Plongées dans leur mutisme habituel, Estelle et Edwige descendaient, main dans la main, le grand escalier de l'orphelinat.

Comme jadis, lorsqu'elles étaient ensevelies, lorsque leurs têtes ne fonctionnaient pas, on leur laissait une semi-liberté que les autres n'avaient pas.

La brusque folie du Maître avait été reconnue. Leur innocence, leur légitime défense, admise. Comme nul ne savait qui elles étaient ni d'où elles venaient, elles avaient été confiées à cet orphelinat qui les avait recueillies il y a maintenant plusieurs années. Cet orphelinat qui était voisin du petit cimetière dans lequel elles avaient rencontré le Maître sortant de son tombeau. Certes, elles étaient conscientes, éveillées, normales pouvait-on dire. Mais la joie et la vivacité n'existaient plus chez elles. Elles erraient lamentablement dans la bâtisse froide, promenant leur solitude et le choc qu'elles avaient subi, sans but, attendant.

Chaque jour juste après le repas de midi, elles sortaient, et, à petits pas, gagnaient la campagne. De hautes marguerites poussaient toujours dans le cimetière.

Mais leur esprit était envahi par une sensation, toujours la même, omniprésente, qui les asservissait.

C'était le souvenir de la lame du couteau s'enfonçant dans le ventre du Maître, mouvement absurde de douceur et d'horreur. Douceur de cette sensation de la lame coupante, tranchante, pénétrant dans la matière molle et accueillante du corps, à cet endroit du corps. Et l'horreur de réaliser que ce geste, cette pénétration douce et bienfaisante, comme une pénétration sexuelle, était la cause de la mort du Maître. Quelque part, elles avaient ressenti un plaisir doux et troublant à cet acte, et aussitôt après, revenant à la lucidité, une horreur sans nom en sentant le sang chaud du Maître les asperger. Dégoulinantes de ce sang presque vivant, jaillissement dont elles étaient la cause, elles ne pouvaient que se laisser enfermer dans l'orphelinat de jadis. Elles regardaient maintenant de tous leurs yeux le mausolée au fond duquel le corps avait été descendu. Certes, on les considérait comme innocentes. Mais pour elles-mêmes, c'était deux demoiselles assassines qui contemplaient le mausolée.

Elles éprouvaient toujours un amour infini pour le Maître. Et cet amour, pendant qu'elles se tenaient immobiles à l'entrée du cimetière, voyageait. Il traversait l'espace, passait à travers la pierre du tombeau, descendait les escaliers de la crypte, se glissait dans le cercueil. Et le cadavre du Maître ouvrait les yeux. La conscience lui revenait.

Tout à coup, le fantôme du Maître sortit du caveau. Et les demoiselles le virent.

Le spectre venait vers elles, souriant et leur tendant les mains.

Un paysan qui passait par là ne vit rien d'autre que deux jeunes filles éblouies, qui regardaient quelque chose que lui ne pouvait pas voir.

Les Demoiselles virent le Maître venir à elles avec des transports d'allégresse. Elles seules pouvaient l'entendre, lui parler.

Le Maître s'habituait à son état immatériel.

Estelle et Edwige abandonnèrent sans regret l'orphelinat. Elles regagnèrent Paris, accompagnées par le fantôme invisible. Tous trois retrouvèrent leur ancien appartement, et la vie, à peine modifiée par le nouvel état du Maître, reprit. Ni le fantôme, ni les Demoiselles, ne gardaient le moindre souvenir de ce qui s'était passé. Tout avait disparu de leur mémoire, même Tùatha. Mais le Maître disait que c'était bien ainsi.

À quelques temps de là, deux jeunes demoiselles espiègles et enjouées se promenaient en compagnie d'un fantôme.

Estelle, Edwige et le Maître passèrent ainsi devant l'entrée du petit cimetière de Belleville.

Tournant la tête, tous trois virent – crurent voir – une forme juvénile, nue, qui dansait parmi les tombes. Ils s'arrêtèrent. Le fantôme du Maître dit :

–Qui est-ce ?

–Je ne sais pas, répondit Edwige.

–Elle me semble vaguement... comment dire... familière, ajouta Estelle.

Puis ils reprirent leur promenade.

Au cœur du cimetière, la silhouette s'immobilisa. Tùatha suivit des yeux le trio, qui déjà tournait le coin de la rue. Et elle murmura :

–Continuez votre jeu. Votre vie toute entière, est le jeu. Ma vie à moi est aussi un jeu. Et il croise le vôtre. Dès qu'une nouvelle aventure commencera pour vous, Tùatha vous accompagnera. Qui sait ? Peut-être pourrais-je un jour ou l'autre vous sauver. En attendant, je sens que je vais m'amuser comme une folle à vivre à vos côtés toutes vos aventures !

Et Tùatha se mit à rire gaiement.

TABLE DES MATIÈRES

Préface 9

LES DEMOISELLES DE L'ÉTRANGE

Les ensevelies 15
Le mystère souterrain 28
Intermède 72
Le regard de la folie 74
Intermède 115
L'échiquier ardent 118
Intermède 160
La nuit des éclairs 163
Intermède final 187

LA RÉSURRECTION DES DEMOISELLES

La cour de récréation 193
Les mortes vivantes 212
Le fantôme a la cornemuse 223
Les secrets du château Mac Grégor 232
La femme mystérieuse 237
Conclusion 241

LA NONNE SANGLANTE

Une robe rouge et blanche 245
Le train fantôme 247
Dans les profondeurs de la Seine 251
Un recul dans le temps 257
Les images pieuses 264

Horus 269
L'enfance des Demoiselles 274
Chimère 277
Complicité et errance du Maître
et des Demoiselles 281
Le secret des images pieuses 290

LA MORT DU MAÎTRE

La mort du Maître 297
Humaines glaciations 307

FILMOGRAPHIE DE JEAN ROLLIN

Le Viol du vampire (1968).
La Vampire nue (1970).
Le Frisson des vampires (1971).
Requiem pour un vampire (1972).
Les Démoniaques (1974).
Le Rose de fer (1975).
Lèvres de sang (1977).
Les Raisins de la mort (1980).
Fascination (1981).
La Nuit des traquées (1983).
Les Paumés du petit matin (1981).
La Morte vivante (1983).
Les Trottoirs de Bangkok (1991).
Perdues dans New York (1991, téléfilm de 54 minutes).
Killing Car (*La Voiture rouge sang*) (1993).
Les Deux Orphelines vampires (1998).
La Fiancée de Dracula (2002).

Achevé d'imprimer en avril 2003
pour le compte des Éditions e-dite
6, place de la Madeleine, 75008 Paris,
www. e-dite. com
par Corlet, 14110 Condé-sur-Noireau - N° d'Imprimeur : 70595
N° éditeur : 2287. Dépôt légal : avril 2003
Imprimé en France.